비화밀교

이청준 李淸俊 (1939~2008)

1939년 전남 장흥에서 태어나, 서울대 독문과를 졸업했다. 1965년 『사상계』에 단편 「퇴원」이 당선되어 문단에 나온 이후 40여 년간 수많은 작품들을 남겼다. 대표작으로 장편소설 『당신들의 천국』『낮은 데로 임하소서』『씌어지지 않은 자서전』『춤추는 사제』『이제 우리들의 잔을』『흰옷』『축제』『신화를 삼킨 섬』『신화의 시대』등이, 소설집 『별을 보여드립니다』『소문의 벽』『가면의 꿈』『자서전들 쓰십시다』『살아 있는 늪』『비화밀교』『키 작은 자유인』『서편제』『꽃 지고 강물 흘러』『잃어버린 말을 찾아서』『그곳을 다시 잊어야 했다』등이 있다. 한양대와 순천대 교수를 역임했으며 대한민국예술원 회원을 지냈다.

동인문학상, 대한민국문화예술상, 대한민국문학상, 한국일보 창작문학상, 이상문학상, 이산문학상, 21세기문학상, 대산문학상, 인촌상, 호암상 등을 수상했으며, 사후에 대한민국 금관문화훈장이 추서되었다. 2008년 7월, 지병으로 타계하여 고향 장흥에 안장되었다.

이청준 전집 18 중단편집
비화밀교

초판 1쇄 2013년 11월 14일

지은이 이청준
펴낸이 주일우
펴낸곳 ㈜**문학과지성사**
등록번호 제1993-000098호
주소 121-840 서울 마포구 서교동 395-2
전화 02) 338-7224
팩스 02) 323-4180(편집) 02) 338-7221(영업)
전자우편 moonji@moonji.com
홈페이지 www.moonji.com

ⓒ 이청준, 2013. Printed in Seoul, Korea

ISBN 978-89-320-2138-6
ISBN 978-89-320-2120-1(세트)

이청준 전집 18

비화밀교

문학과지성사
2013

일러두기

1. 문학과지성사판 『이청준 전집』에는 장편소설, 중단편소설, 그리고 작가가 연재를 마쳤으나 단행본으로 발간되지 않은 작품과 미완성작 등을 모두 수록했다.

2. 전집의 권별 번호는 개별 작품이 발표된 순서를 따르되, 장편소설의 경우 연재 종료 시점을, 중단편소설의 경우 게재지에 처음 발표된 시점을 기준으로 삼았다. 단, 연재 미완결작의 경우 최초 단행본 출간 시점을 그 기준으로 삼았다. 중단편집에 묶인 작품들 역시 발표된 순서대로 수록하였으며, 각 작품 말미에 발표 연도를 밝혀놓았다.

3. 전집의 본문은 『이청준 문학전집』(열림원) 발간 이후 작가가 새롭게 교정, 보완한 내용을 충실히 반영하여 확정하였다. 특히 미발표작의 경우 작가가 남긴 관련 자료에 근거하여 수록하였음을 밝힌다.

4. 전집의 각 권에는 작품들을 수록하고 새롭게 씌어진 해설을 붙였으며 여기에 각 작품 텍스트의 변모 과정과 이청준 작품들의 상호 관계를 밝히는 글을 실었다. 이 글은 현재의 문학과지성사판 전집의 확정 텍스트에 이르기까지 주요한 특징적 변모를 잘 보여준다.

5. 이 책의 맞춤법은 국립국어연구원의 '한글 맞춤법'에 따르는 것을 원칙으로 하되, 띄어쓰기의 경우 본사의 내부 규정을 따랐다. 단, 작품의 분위기에 영향을 준다고 판단되는 방언이나 구어체 표현·의성어·의태어 등은 작가의 집필 의도를 살려 그대로 두었다(괄호 안: 현행 맞춤법 표기).
   - 예) ① 방언 및 의성어·의태어: 밴밴하다(반반하다) 희멀그럼하다(희멀겋다) 달겨들다(달려들다) 드키(듯이) 뚤레뚤레(둘레둘레) 뎅강(뎅궁) 까장까장(꼬장꼬장)
   - ② 작가의 고유한 표현:
     - -그닥(그다지) 범상찮다(범상치 않다) 들춰없다(둘러없다)
     - -입물개 개없고 아심찮게도 목짓 편뜻 사양기
   - ③ 기타: 앞엣사람 옆엣녀석 먼젓사람 천릿길 뱃손님 뒷번 그리고 나서(그러고 나서) 그리고는(그러고는)

6. 이 책의 외래어 표기는 국립국어연구원의 '외래어 표기법'에 따라 바꾸었다. 단, 작품의 제목이나 중요한 어휘로 등장하는 경우에는 원본을 그대로 살렸다.
   - 예) ① 맘모스(매머드) 셰느(센) 뎃쌍(데생) ② 레지('종업원'으로 순화)

7. 이 책에 쓰인 문장부호의 경우 단편, 논문, 예술 작품(영화, 그림, 음악)은 「 」으로, 단행본 및 잡지, 시리즈 명 등은 『 』으로 표시하였다. 대화나 직접 인용은 큰따옴표(" ")와 줄표(—)로, 강조나 간접 인용의 경우 작은따옴표(' ')로 묶었다.

차례

시간의 문

1

— 유종열(柳宗悅) 유작 사진전(遺作寫眞展)

1980년 9월 19일부터 23일까지

신문회관 전시실

퇴근 준비를 끝내고 나서 나는 다시 한 번 전시회 날짜와 시간을 확인해본다.

며칠 동안 기다리고 별러온 일이다.

그러면서도 벌써 사흘째나 참관을 미뤄온 전시회다. 오늘이 21일이니 전시회는 이틀 전부터 시작되고 있을 터. 아니 오늘을 넘기고 나면 종람일(終覽日)을 이틀밖에 남기지 않는다.

— 오늘쯤은 가봐야지.

하지만 마음을 작정하고 나서도 나는 얼핏 자리를 일어서지 못한다. 물러앉았던 걸상을 다시 끌어 붙이곤 잠시 뒤 전시장에서 보게 될 유종열 선배의 사진들에 대한 내 기대를 한 번 더 가눠본다.

개장 첫날 참관을 미룬 것은 전시회의 소식이 내겐 그만큼 뜻밖이고 일방적이었기 때문이다. 유 선배의 갑작스런 유작전 소식은 이상한 의혹과 배신감 같은 것으로 나를 몹시 긴장시키고 있었다. 개장 첫날은 이런저런 치레객들로 주위가 차분하질 못할 것 같았다. 따로 조용한 날을 잡아서 유 선배의 사진을 찾아보고 싶었다. 작품들의 내력이나 전시회를 열게 된 사연에 대해서도 앞뒤 사정을 좀 알아보고 싶었다. 유 선배의 일이나 사진에 대해서는 내게 그만한 관심이 있었기 때문이다. 나의 의혹과 배신감은 이를테면 그런 유 선배에 대한 내 관심이 외면을 당해버린 듯한 느낌 때문이었다.

하지만 나는 전시회 개장 첫날 이후에도 계속 사흘째나 참관을 미루어오고 있었다. 미루어왔다기보다 참관을 회피해온 꼴이었다. 기대와 긴장과 그에 따른 두려움이 컸기 때문이다. 혹은 그 유 선배의 작품들에 대한 기대를 그만큼 아끼고 있었다고 할 수도 있었다.

— 유 선배에게 과연 어떤 유작들이 남아 있었을까. 어떤 방법으로, 어떤 사진들이? 그리고 그 사진들은 그에게 과연 미래로 나가는 시간의 문을 열어줄 수 있었던 것들일까?

오늘도 내가 얼핏 자리를 일어서지 못한 것은 바로 그런 궁금증과 기대감과 두려움 때문이었다. 다시 말해 그것은 내가 사귀고

경험해온 유종열이라는 인간의 삶과 죽음에 대한 나 스스로의 감
정 정리 과정이자, 그의 사진에 대한 자기 기대의 조절 작업인 셈
이었다.

내겐 그것이 필요했다.

내게는 아직도 유종열이라는 인간과 그의 사진 작품들에 대한
풀리지 않은 수수께끼가 있었기 때문이다.

수수께끼— 그래, 수수께끼라면 뭐니 뭐니 해도 애당초 그 유
선배의 유작전이 열리게 되었다는 소식을 듣게 된 일부터가 나에
겐 큰 수수께끼였다. 일주일쯤 전이던가. 유 선배의 유작전 소식
을 알리는 안내장이 전해져왔을 때 나는 도무지 그런 전시회가 열
린다는 사실 자체가 믿기지 않았었다.

유 선배는 이미 이 세상 사람이 아니었다. 그래 '유작전'이 열린
다는 것이겠지만, 그가 세상에서 사라진 지는 이미 5년의 세월이
흐르고 있었다.

5년여 전 그가 홀연 세상을 등져 가고 말았다는 소식이 전해지
던 무렵, 그는 타이라든가 말레이시아, 버마 등지의 동남아 쪽 나
라들을 돌아다니고 있었다. 타이로 들어가 캄보디아 접경 근처의
난민촌을 찾아다닌다는 소리도 있었고, 탈출 난민들의 비극적인
선상 유랑을 쫓아 배를 타고 바다를 누빈다는 소문도 있었다. 그
러다 어느 날인가는 문득 그의 해상 실종 사고 소식이 회사로 전
해왔다. 취재를 끝내고 귀국길에 오른 배 위에서였댔다. 그는 그
때 라이베리아 선적의 한 화물선을 얻어 타고 귀국길에 올랐는데,
남중국해 부근을 항해해올 무렵 하룻밤을 지새우고 나니 배 위에

서 문득 자취가 사라지고 말았다는 것이었다.

그게 유 선배의 죽음에 관해 내가 들어 안 경위의 전부였다. 그를 태워준 화물선의 일본인 선장이 당사국 관계 기관을 통해 가족에게 알려온 사고의 내역이었다. 이미 5년 전 초여름께의 일이었다.

자살이었는지, 불의의 실족사였는지, 그것부터가 내겐 아직까지 풀리지 않는 수수께끼의 하나가 되어온 셈이었다. 하지만 그의 죽음의 경위에 관한 수수께끼는 어차피 내 힘으로는 해답을 얻을 수 없는 것. 그보다도 나를 더욱 궁금하게 하는 것은 그 유작전에 전시될 그의 사진들에 대한 것이었다.

— 그에게 아직도 그럴 만한 사진들이 남아 있었단 말인가.

나는 이를테면 그의 사진 작품의 거의 대부분을 알고 있는 셈이었다.

신문과 잡지를 통해, 그의 이름이 끼어든 전시회의 작품들을 통해, 혹은 그의 개인 스튜디오의 작업 과정을 통해. 적어도 그가 마지막 여행을 떠날 때까지의 사진 작품들은 거의 전부를 알고 있는 셈이었다.

더러는 내가 미처 대해보지 못한 작품들이 따로 간직되어 있었을 수도 있긴 하였다. 설사 그런 작품들이 몇 점쯤 남아 있었다 하더라도 그가 떠나간 지 5년 이상의 세월이 흘러간 지금에 와서 그것들을 다시 꺼내 모아 보인다는 건 별다른 뜻이 있을 수 없었다.

문제는 어떤 요행수로 해서 그가 그 마지막 여행을 떠나갔을 때의 사진들을 구해 보여주느냐 못하느냐에 있었다. 그것은 물론 쉽사리 기대를 걸 수 있는 일이 아니었다.

유 선배는 원래 필름을 그때그때 현상하고 인화해내는 일이 썩 드물었다. 그게 그의 오랜 버릇이자 일종의 취미였다. 그는 물론 그 마지막 여행에서도 사진을 국내로 보내온 일이 없었다. 그러다 그의 필름과 함께 귀국길의 배 위에서 유명을 달리해 가버린 것이었다.

실종 소식이 전해올 당시에도 필름의 소식을 따로 알아볼 길이 없었던 걸로 보면(그래 주위에서들은 그 점을 더욱 애석해하기도 했지만), 그때의 사진들이 남아 있긴 어려웠다.

하지만 무슨 예감이랄까. 아니면 유 선배에 대한 기대 때문일까. 나는 어쩐지 아직도 그쪽 희망을 버릴 수가 없었다.

— 새 사진들입니다. 꼭 오셔서 살펴봐주십시오. 허 선생님은 꼭 와주실 줄 믿습니다.

유 선배의 고등학교 후배이자 작업실 조수 격이던 오 군이 안내장 끝에 부러 덧붙여 쓴 말이다. 유 선배에게 그런 변고가 생긴 다음에도 오 군은 유 선배의 미망인 격인 정성희 여사와 함께 스튜디오를 계속 지켜온 친구였다. 그리고 이번의 유작전이라는 것을 정 여사와 함께 주관한 친구였다.

나는 오 군의 그런 덧붙임 뒤에서 정성희 여사의 음성을 듣고 있었다. 그것은 차라리 정 여사의 목소리요, 그녀의 당부였다. 나는 그런 정 여사의 당부가 담긴 말에서조차 어떤 은밀스런 귀띔의 기미를 느꼈다.

소식을 받은 대로 미리 스튜디오로 찾아가 자초지종을 알아볼 수도 있었다. 하지만 나는 그런 내 스스로의 궁금증과 기대 때문에 오늘까지 날짜를 미뤄온 것이었다. 궁금증과 기대감을 조심스럽게 아끼면서 하루하루 시간을 기다려온 것이다. 유 선배의 마지막 사진들에 대한 내 기대가 그처럼 자신을 두렵게 했기 때문이다.

— 유 선배는 마지막으로 어떤 사진을 찍었을까. 그리고 그것으로 그는 과연 그의 시간의 문을 열 수가 있었을까. 그가 찍은 미래의 시간은 어떤 모습을 한 것이었을까.

2

"허 형은 퇴근 안 하실려우?"

한 목소리가 느닷없이 상념을 깨뜨리고 든다. 무슨 할 일이 남았던지 자리를 지키고 앉아 있던 건너편의 김 형이다.

"아, 이제 나가시려고요? 난 어디 전시횔 한 곳 가볼 데가 있어서요."

나는 졸지에 상념 속을 빠져나오며 부질없이 본심을 털어놓는다.

"허 형이 전시회를요? 그거 참 어떤 전시횐진 몰라도 대단한 성황을 이루겠군요."

김 형도 무심히 말참견을 계속해온다. 내가 그런 자릴 자주 찾아다니지 않는 걸 두고 하는 소리다. 내 쪽도 그 김 형에게 굳이 숨기거나 고집해야 할 일이 없을 듯싶다.

"사진 유작전이에요. 유종열 씨라고…… 그 왜 우리 회사에도 몇 년 있었으니까 김 형도 아실걸요. 그 양반의 유작전 안내장이

와서요……"

"아, 유종열 씨요. 알고말구요. 그 사람 유작전이라면 며칠 전서부터였을 텐데요?"

"그제부터였지요. 김 형은 벌써 다녀오신 겁니까?"

"아니에요. 난 안 가봤지만, 아까 갔다 온 사람들이 얘길 하더군요, 사진이 참 대단하더라구요……"

"가보면 알겠지요. 김 형도 아직 안 가봤으면 나하고 오늘 가볼 생각 없소?"

나는 이제 그만 김 형의 말길을 가로막아버린다. 대단한 사진이라니…… 과장스런 표현이 어딘지 야유기 같은 것이 느껴지는 소리다. 야유거나 찬사거나 김 형에게 평가를 의지하고 싶진 않다. 내가 사진들을 직접 볼 때까진 기대를 좀더 아껴두고 싶다. 김 형을 계속 응대해나가다간 헛김이 미리 새나갈 것 같다.

김 형도 물론 애초부터 특별한 관심이 있어 하는 소리는 아닌 모양이다.

"그야 물론 가보면 알겠지요. 하지만 죽은 사람의 사진이 대단하면 어떻고 시시하면 어떻겠소. 허 형이나 혼자 가보도록 하시구려. 난 따로 초대를 받은 것도 아니고, 이놈의 원고나 마저 끝내고 나가려오."

심드렁한 표정으로 담뱃불을 비벼 끄고는 책상 위의 원고지로 다시 눈길을 돌려버린다.

나는 다시 시계를 본다. 아직 6시.

전시회 폐장 시각은 8시로 되어 있다.

나는 어차피 오 군과 함께(아마도 그 정성희 여사와 함께) 폐장 시각을 기다려야 할 것이다. 오 군이나 정 여사나 양쪽 모두 오랜만의 대면이다. 사진을 대강 둘러보고 나면 저녁이라도 함께해야할 처지다. 그간의 근황도 근황이려니와 유 선배와 그의 사진들에 대한 이야기들이 적잖을 터이다. 그러자면 전시장이 닫힐 때까지 시간을 함께 기다리고 있어야 한다.

내 출발은 그 8시 폐장 시각에 걸맞은 게 편하다. 아직은 너무 출발이 이르다.

— 그는 과연 미래의 시간이라는 걸 찍어놓고 갔을까.

나는 다시 턱을 괸 채 상념으로 시간을 지워가기 시작한다.

유종열은 한마디로 미래의 시간을 찍는 사진 작가였다. 하지만 그것은 다만 그의 소망이나 주장일 뿐이었고, 그는 오히려 늘 지나간 과거의 시간대 속에 살고 있는 사람이었다. 그것은 내가 그를 처음 알게 되었을 때부터도 그랬다.

나이나 입사 연도가 칠팔 년이나 앞서는 유종열 씨를 제법 깊이 알게 된 것은 10여 년 전 내가 이 신문사를 들어오고 나서도 이삼 년쯤이나 더 지났을 무렵이었다. 강원도의 한 광산촌으로 사고 취재를 함께 떠나게 된 것이 인연이었다. 사건을 쫓는 사회부 기자에겐 사진부 기자가 늘 동행해가게 마련이었다. 유종열 씨에겐 그래 전에도 몇 번 현장 취재에 도움을 받은 일이 있었지만, 그런 식의 간헐적이고 기계적인 공동 작업을 통해선 사람을 알거나 사귈 수가 없었다.

광산 사고 취재는 그러나 하루이틀로 일이 끝나질 않았다. 오고 가는 거리도 거리려니와 갱 속에 파묻힌 광부들의 구조 작업이, 몇 날 몇 밤을 계속되고 있었다. 우리는 둘 다 구조 작업 현장을 떠날 수가 없었다. 나는 시시각각으로 희비가 엇갈리는 상황의 변화를 놓쳐서는 안 되었고, 유종열 씨는 유종열 씨대로 언제가 될지 모르는 매몰 광부들의 구조 순간을 놓쳐서는 안 되었다. 우리는 아예 갱구 입구에 늘어붙다시피 하면서 구조 작업의 결과를 함께 기다렸다. 밥을 먹는 것도 밤잠을 자는 것도 그렇게 한곳에서 교대교대로 해나갔다. 그런 상황이 일주일이나 계속됐다.

두 사람의 꼴은 말이 아니었다. 사정이 워낙 엉망진창이라 둘 사이엔 그동안 주고받은 말도 많지 않았다.

그러나 그런 일주일을 함께하고 나니 우리는 그것으로 상대방을 속속들이 알아버린 것 같았다. 그리고 그 일이 인연이 되어 나는 곧 서울의 하숙집까지 그에게로 한데 합쳐 들어갔다. 내가 그때까지의 하숙집을 별로 마음에 들어 하지 않음을 알고 유 선배가 그것을 권해온 것이었다.

"합숙이라곤 하지만 난 알다시피 출장이 잦아서 허 형 혼자나 마찬가질 테니까요."

유 선배가 은근히 나를 유인해온 그런 이점 외에도, 나는 그 일주일 동안의 경험으로 그가 손윗사람답게 무척 말수가 적은 것을 마음에 들어 한 참이었으니까.

우리는 자연 회사 출근을 함께하는 날이 많았고, 퇴근 때가 되어서도 특별히 따로 볼일이 없을 땐 서로 상대방을 기다리게 되는 일이 잦았다. 아니, 좀더 정확하게 말하자면 일이 늦은 건 유 선배

쪽이었으니까, 퇴근 시각이 지나서도 사람을 기다리는 것은 거의 가 내 쪽이었다. 사진부 쪽 사람들의 사정이 대개 그렇기도 했지만, 유 선배는 유독 그렇게 늘 일이 많은 사람이었다. 회사 일은 회사 일대로 하면서 그는 또 누구보다 자기 작품 일에 열심이기 때문이었다. 그것도 현상실을 따로 마련하지 못한 그로서는 자신의 개인적인 작품 일까지도 회사의 시설을 이용해야 했기 때문이었다.

유 선배는 신문사의 일이 끝나고서도 계속 회사의 현상실에 틀어박혀 작품 작업에 열중하고 있기가 예사였다. 나는 그러는 유 선배를 찾아가 그의 사진들을 구경하면서 일이 끝나기를 기다릴 때가 많았다.

그런 식으로 한 몇 달을 지내다 보니 유 선배의 사진 작업 가운데에 한 가지 기묘한 버릇이 발견되기 시작했다.

유 선배는 사진을 찍어온 필름을 그 즉시 현상하거나 인화해내는 일이 거의 없었다. 대부분 흑백 필름을 사용하던 시절이긴 했지만(게다가 유 선배는 특히 흑백 사진만을 고집했다), 필름째로 그냥 몇 날 몇 주일씩 내팽개쳐두는 수도 있었고, 현상을 끝낸 필름의 경우에는 몇 달이나 인화 작업을 미뤄두는 때도 있었다. 그렇다고 그 필름들에다 사진을 찍은 장소나 날짜를 명시해두지도 않았다. 무엇보다도 그는 사진을 찍은 날짜나 시간을 거의 괘념하지 않았다. 그가 필름에 해놓는 일이란 생필름과 현상치를 나누어 보관하는 정도가 고작이었다.

그의 작품 작업은 자연히 일정한 날짜나 시간 배열에 따라 진행되어나갈 수가 없었다. 그는 거의 무작위적으로 아무 필름이나 손에 닿는 대로 현상 일에 들어갔고, 현상된 필름들을 인화해내었다. 먼저 찍은 사진이 나중에 나오고, 나중에 찍은 사진이 먼저 나오는 경우가 다반사로 생겼다. 그리고 그렇게 하여 그의 지나간 어느 날은 그가 사진을 찍은 날이 아니라, 필름을 현상하고 인화해내는 날에야 비로소 사진의 화면으로 되살아나는 것이었고, 그렇게 뒤늦게 되살아난 과거의 날들은 그것을 찍은 날과는 상관없이 그가 그것을 현상하고 인화해낸 날짜 위로 새로운 시간대의 배열이 지어지는 것이었다.

왜냐하면 그는 그 사진들에 그것을 찍은 날짜 대신 인화해보는 작업 날짜 쪽을 차근차근 기록하고 있었기 때문이다.

뿐만이 아니었다. 그는 묵은 필름들을 인화할 때마다 그가 만든 사진들에 대한 일기 비슷한 메모를 적어가고 있었는데, 그것이 또한 기묘했다. 그는 어떤 날의 사진을 인화하고 나면, 그 사진을 근거로 그것을 찍게 된 사정과 장소 그리고 그때의 느낌들을 상당히 자세한 데까지 회상해내고 있었다. 그리고 그것을 일종의 소급 일기 형식으로 메모해나갔다. 기묘한 것은 그러나 유 선배는 그 지나간 날의 정황과 느낌들을 사진을 인화한 당일의 것으로 현재화시켜 적고 있는 것이었다.

한마디로 유 선배는 그의 사진 작업을 통해 자신의 과거를 현재화시키면서 그것으로 자신의 현재의 시간을 채워가는 격이었다. 혹은 그의 사진 속의 과거 속에서 자신의 현실을 살고 있는 사람이었다. 거꾸로 말하면 그의 현재 시간 가운데엔 자신의 소재가 없는 사람이었다. 그의 현재는 과거의 재생으로 연속되고 있는 것이었다.

어디에서 그런 버릇이 연유하게 되었는지 나로선 물론 내력을 알 수 없었다.

그러나 그는 자신의 버릇에 태연자약했다. 그럴 수밖에 없는 일이기도 하였다. 왜냐하면 그는 자신의 현재가 과거가 아니라 미래 속에 산다고 믿고 있었기 때문이다.

"우리는 때로 현실의 무게를 정면으로 감당해낼 엄두를 낼 수가 없을 때가 있지요. 그 현실의 무게라는 것이 너무 엄청나 보일 경우엔 말이오."

어느 날 내가 유 선배에게 그런 버릇이 생기게 된 연유를 물었을 때, 그는 그날따라 좀 피곤기가 심해 보인 얼굴로 그렇게 대답해온 일이 있었다.

"그래, 사람들은 그 현실로부터의 압살을 모면하기 위해 그가 직면한 현실을 잠깐 비켜설 여유를 찾거나 소망하게 될 때가 있어요. 어떤 사람에겐 그게 아예 버릇이 되어버린 경우도 있겠구……"

"유 선배님이 바로 그렇게 버릇이 들어버린 경운가요?"

나는 그때 어차피 내친걸음이라 싶었다. 현실의 무게니 압살의 위험이니, 이야기가 엉뚱하게 비약을 해가고 있는 느낌이었지만, 어차피 한번은 매듭을 보아두고 싶던 이야기였다. 나는 그래 그렇게 터놓고 추궁해들어갔다.

하지만 그는 짐작보다 속이 허심탄회한 일면을 지니고 있었다.

"아마, 그럴는지도 모르지요."

그는 여전히 힘없이 웃으면서 금세 자신을 시인해버렸다. 그리고는 뭔가 겸연쩍은 느낌인 듯 내가 할 말까지 자기 쪽에서 변명투로 덧붙이고 있었다.

"그건 사람의 눈에 따라선 용기가 썩 모자라 보일 수도 있겠지요. 그것도 아마 사실일 겁니다. 하지만 용기가 모자라 겁을 잘 먹는 것이 마지막 죄가 될 수는 없겠지요. 그렇게 해서라도 다른 시간대 안에서 자기 몫의 시간을 감당해보려 한다면 말이오. 그게 당장에 압살을 당하고 마는 것보다야 나은 길 아니겠소?"

나이 먹은 사람답게 솔직한 말이었다.

하지만 내겐 그의 변명이 아직도 그저 궤변으로만 들렸다. 그의 궤변에 승복을 할 수가 없었다.

"현재의 사물, 현실의 상황, 카메라 렌즈는 바로 그 현재라는 시간대와 직면하는 순간에서 작업이 이루어지는 것 아니던가요?"

나는 짓궂게 추궁을 계속했다.

"그런데 하필이면 카메라의 렌즈를 둘러멘 유 선배님이 늘상 그 과거 속으로 도피를 일삼는 게 기묘한 아이러니처럼 느껴지는구먼요."

하지만 그때였다. 시비가 시작되면서부터 계속 물러서기만 하던 유 선배의 입에서 내가 미처 생각지 못한 반격이 시작됐다.

"아니, 지금 보니 허 형은 오헬 하고 있군요. 내가 즐겨 비켜서는 시간은 과거의 시간대가 아니잖아요. 그걸 굳이 도피라 한다면, 나는 허 형이 생각하듯 과거의 시간대로 도망을 치는 게 아니에요. 미래의 시간대를 좇고 있는 쪽이지요."

"미래의 시간대를 좇고 있다구요?"

나는 얼핏 그의 말뜻을 알아들을 수 없어 좀 어이가 없는 표정으로 되물었다. 그런데 유 선배의 주장은 즉흥적인 감정의 반발이 아니었다. 그야 버릇이 그토록 몸으로 배어들기까지는 나름대로 생각이 없지도 않았을 테니까.

유 선배가 다시 차근차근 설득조로 말해왔다.

"내가 사진 찍는 일을 생각해보세요. 난 내가 찍는 사진을 당시로선 아무것도 해석을 하려 하지 않아요. 다만 사진을 찍는 것뿐이지요. 해석은 훨씬 나중의 일이에요. 사진들은 나중에 인화가 될 때 비로소 내 해석을 얻게 되고 현실의 의미도 지니게 된단 말입니다. 그렇다면 내가 그 사진을 찍은 일은 무엇이 됩니까. 나는 오히려 미래의 시간대를 찍고 있는 거지요. 그리고 그때의 내 시간은 미래의 이름으로 살아지고 있는 셈이구요."

미래를 찍는 사진 작가—

그 말은 바로 그래 나온 소리였다.

근거가 없지는 않은 말이었다. 유 선배의 주장은 사진 작업의 시간 기준을 그 해석 행위 쪽에 두었을 때 상당한 근거를 지닐 수 있었다. 사진을 찍는 것은 행위 자체였고, 인화를 하는 것은 그 행위의 해석이었다. 사진을 찍는 당시에는 행위가 있을 뿐 해석이 없었다. 해석은 나중에 인화로 행해진다. 그 해석을 얻음으로써 행위는 비로소 현실화하게 된다…… 그렇다면 그의 행위의 의미는 해석이 행해지는 미래의 현실에 속하는 것이었다. 따라서 그가 현실을 찍는 것은 미래를 찍는 것이 될 수밖에 없었다……

어느 면엔 치기와 억지가 느껴지는 주장이기도 하였다. 유 선배의 그 이상스런 습벽은 그만큼 억지를 감내하고 있을 것이었다.

하지만 그것이 소박하고 억지스러운 만큼 유 선배의 그 현실 대응 방법이라는 것도 그런 부자유스러움을 우겨 눌러야 했었는지 모른다.

어쨌거나 그런 부자연스러운 억지를 눈감아넘긴다면, 그의 사진 일은 일종 시간의 재편집 작업과도 같은 것이었다. 그리고 그 경우 그는 내일의 시간을 찍어내는 미래의 사진사였다.

하지만 그의 현실이 과거로 비켜서든 미래를 좇아가든 결과는 마찬가지일 수밖에 없었다. 그에겐 어차피 현재라는 것이 없었다. 그에게 있어 시간의 흐름은 과거에서 곧바로 미래로 넘어갔다. 현재의 시간 속엔 그의 소재가 없었다. 그에겐 그 현재의 시간과 존재 자체가 실종 상태였다.

그것이 나를 계속 석연치 않게 하였다.

유 선배는 그러나 그러는 나를 괘념하지 않았다. 내가 그를 어떻게 생각하든 그는 계속 미래의 사진을 좇으면서 그것 속으로 홀러들고 있었다······

3

"허 형은 그 유종열 씨하고 하숙을 함께하신 일도 있지요?"

일이 어지간히 지겨운 모양이다.

김 형이 그새 또 볼펜을 내던지곤 담배를 피워 물며 참견을 해온다.

"십 년쯤 전이었지요. 한 이삼 년 함께 지냈을까요."

나는 다시 상념을 빠져나오며 잠시 김 형의 휴식을 거든다.

그러나 김 형이 말하고 싶은 건 나와 유종열 씨와의 동숙 사실이
아니었다.

"헌데 그 양반, 사진이 원래 좀 이상하지 않았어요?"

김 형이 이번에는 다시 그의 사진을 물어온다. 깊은 관심이 있
어서 하는 소리가 아니다. 그저 무심히 해보는 소리일 뿐이다. 하
지만 그의 말뜻은 알 만하다. 바로 그 미래를 찍는다는 사진 때문
이다. 유 선배는 물론 누구에게나 자신의 사진에 대한 이해를 구
하는 일이 없었다. 그의 사진에 대한 소망을 아는 사람은 유 선배
자신과 나 그리고 나중에 그와 작업실을 함께한 오 군과 그의 아내
정 여사 정도가 고작이었다.

그의 사진에 대해선 자연히 편견과 오해를 지닌 사람이 많았다.
사건을 쫓으며 항상 세상의 움직임 속에 함께 움직이는 김 형 같은
사람에겐 그의 사진이 더욱 그렇게 보일 수밖에 없었다.

"그렇지요. 그 양반 사진을 좋게 보는 사람은 그리 많지 못했지
요. 더욱이 신문 같은 데는 맞지가 않았어요. 하지만……"

나는 김 형 앞에 유 선배를 설명하려다 금세 다시 부질없는 노릇
같은 생각이 든다. 게다가 그 유작전 사진들에 대한 의문과 궁금
증이 나를 자신 없게 만들어버린다.

그런데 김 형 쪽도 그 보도 사진이라는 것에 대해선 문외한이 아
니었다.

"그가 언젠가 월남엘 갔을 땐가요? 그때 사진들은 꽤 괜찮은 것들이 많았었지요?"

김 형이 이번에는 나의 말을 대신하고 나선다.

"하지만 아마 그걸로 그만이었을걸요. 그 뒤론 별로 그 양반 사진을 볼 수 없었지 않아요?"

"월남엘 다녀와선 바로 우리 신문살 그만두었으니까요."

"프리랜서로 일하고 싶어 한다는 이야기를 들었어요. 그렇더라도 그 나름대로 사진을 계속하긴 했을 거 아닙니까."

"물론 사진을 계속했지요. 개인 스튜디오까지 가지고 말이에요. 다만 우리 신문에서 그 양반 사진을 써주질 않았을 뿐이지요."

"그렇다면 회사에선 왜 그를 다시 동남아로 보냈지요? 그가 마지막 취재 여행을 떠난 건 우리 회사 사람으로 간 걸로 아는데요."

"우리 회사에서 보낸 건 아니에요. 여행 절차의 편의를 위해서 신문사 명의를 빌린 것뿐이었지요. 그것도 그냥 자유 계약 형식으로……"

"어쨌든…… 그때도 신문엔 그 양반 사진이 한 장도 안 실렸었지요?"

"그 양반 원래 보도용 사진엔 적합지가 못했으니까요. 게다가 제때제때 사진을 뽑아 보내는 성미도 아니었구. 그러다 그만 실종 사고가 생기고 말았으니까…… 하지만 그 양반 그때나 저때나 사진을 계속해서 찍고 있긴 했을 겝니다."

"그럼 이번 유작전에는 그때 사진들이 나온 겁니까?"

"글쎄…… 그거야 나도 아직은 참관 전이니까 가봐야 알겠지요."

나는 다시 자신이 없어졌다.

김 형과의 문답이 새삼 부질없는 노릇으로 느껴진다. 김 형이 공연히 귀찮고 괴롭다. 이제 그만 자리를 일어서고 싶다. 시간은 아직도 7시를 조금 넘고 있는 정도. 거리가 그리 멀질 않으니 차를 타지 않고 걷는다 해도 아직 시간이 너무 이르다.

하지만 이제는 더 이상 앉아서 버티기도 뭣하다.

"어때요, 김 형도 한번 들러보지 않겠소?"

나는 그만 자리를 일어서며 치레 소리로 한 번 더 김 형을 권해본다.

그러나 김 형은 까닭 없이 완강하다. 완강하다기보다 단호한 편이다.

"난 역시 그만두겠어요. 허 형도 아까 말했지만, 난 원래 그 사람 사진을 좋아한 편이 아니었으니까. 그렇다고 허 형처럼 그 사람한테 각별한 우의가 있었던 것도 아니고……"

김 형의 그런 매몰찬 말투엔 숫제 나에 대한 비난기마저 느껴진다.

— 이 친구 아마 유 선배를 비겁한 몽상가로 몰아붙여 욕을 하고 싶겠지.

나는 더 이상 권하지 않는다.

김 형 쪽도 그저 그것으로 그만이다. 그는 다시 볼펜을 집어 들고 원고지로 매달린다.

"먼저 갑니다."

한마디를 던지고 나는 혼자서 신문사를 나선다. 초가을인데도 아직 저녁 공기가 몹시 후텁지근하다. 그러거나 말거나 길거리는 언제나처럼 인파가 붐빈다. 가고 오는 사람들로 길거리는 흐름이 엇갈리는 물 웅덩이 한가지다.

나는 사람들 사이를 이리 뚫고 저리 비키며 힘든 전진을 계속해나간다. 구름다리를 오르고 지하도를 건넌다. 갈수록 사람들의 북적임이 더해간다. 사는 것이 바로 이런 아귀다툼 한가지 아니던가.

나는 내 걸음걸이를 지치게 만드는 행인들의 무리를 일방적으로 매도하고 싶어진다. 그러다간 문득 다시 유 선배를 생각한다.

— 유 선배도 그런 마음으로 이 길을 걸어본 일이 있었을까. 사람들 사이를 이렇게 몸을 부딪치며 걸어본 일이 있었을까.

나는 사람들의 무리에 끼여 섞인 그의 모습을 쉬 상상할 수가 없다. 그의 사진이 그러했듯이 그에겐 그것이 쉬운 일이 아니었다.

사진이 바로 그의 삶이었고 사진에 대한 욕망이나 허물이 바로 그 삶의 욕망이요, 허물이었기 때문이다.

"저 거리를 좀 나가보아요."

내가 아직 유 선배와 하숙을 함께하고 있던 시절, 그게 내가 유 선배를 몰아세우며 자주 지껄여댄 힐난의 소리였다.

"사람들과 몸을 부딪치며 함께 길거리를 걸어보세요. 서로 발들을 밟고 밟히면서 사람들이 들이마시는 공기를 함께 들이마시면서 말입니다……"

그것은 바로 아까 김 형이 그의 사진에 대해 지니고 있었던 것과 똑같은 불만에서 나온 소리였다. 그 무렵엔 나도 유 선배에 대해 늘상 그런 불만을 느끼고 있었으므로.

그것은 이를테면 자신이 살고 있는 시대와 그 시대의 사람들에 대한 일종의 이웃으로서의 사랑의 이야기였다.

유종열이란 위인의 가슴속엔 그런 사랑이 없는 것처럼 보였다. 그의 사진들은 사람들이나 사람의 일에 초점을 맞추는 일이 거의 없었다. 사람의 삶이나 삶의 자취들 대신, 그는 나무와 산을 찍고 강과 바다와 하늘을 찍고 때로는 구름과 바람과 바위를 찍었다. 그의 사진에선 이 시대의 사람들과 삶의 흔적이 깡그리 사라져가고 있었다. 남은 것은 오직 지극히 추상적인 시간에의 동경과 그것에 대한 예감 같은 것뿐이었다. 그게 말하자면 그가 자신의 흑백 화면에 담아내려는 미래의 시간이라는 것이었다.

하지만 유 선배는 그것으로 어떤 미래의 모습을 찍어낸다기보다 그 자신이 어떤 미지의 시간대 속으로 사라져 들어가버리고 싶은 강렬한 자기 실종의 욕망 같은 걸 드러내 보일 뿐이었다.

유 선배는 그런 식으로 현재의 시간대에서 자신의 소재를 지워버리고 싶어 한 것이었다. 그리고 그저 사진으로써가 아니라 그 자신이 미래의 시간대로 사라져 들어가버리고 싶어 한 것이었다.

유 선배 자신도 언젠가 그런 내 지적에 솔직히 시인을 해온 일이 있었다.

그가 어느 날 바다의 사진을 찍어 왔을 때였다. 한 주일 이상이나 방을 비운 채 바다를 갔다 온 그의 모습은 구사일생으로 목숨을 구해 돌아온 난파선의 선원처럼 심신이 모두 지쳐 있었다.

그러나 그가 하루 만에 금방 뽑아낸 사진들을 보고 나는 그만 어이가 없어지고 말았다. 화면들은 그저 텅 빈 바다뿐이었다. 파도의 바다, 안개의 바다, 섬들이 멀어져가고 있는 수평선의 바다……
그저 그런 바다들뿐이었다. 얼핏 보고는 무엇을 찍었는지조차 알
아보기 어려웠다. 나무나 구름이나 바위를 찍었을 때보다도 화면
의 구성이 훨씬 더 단순했다. 주제라고 내세울 만한 것이 아무것
도 없었다.

나는 그 단조롭고 유치한 화면들 속에 깊이 감춰진 유 선배의 마
음을 읽어낼 수 있었다. 그는 끝없이 바다의 어디론가 사라져들어
가고 싶어 하고 있었다…… 첩첩이 이어지는 파도들 너머로, 안
개 속에 고즈넉한 섬들 사이로, 구름으로 뒤엉킨 하늘과 바다의
수평선 너머로…… 그러나 그가 넘어가 사라지고 싶어 한 것은 파
도나 안개나 섬들이 아니었다. 끝없는 시간의 그림자 속이었다.
그 시간대의 수평선 너머였다. 그의 앞에 걸려 있는 끝없는 바다
와 수평선들은 차라리 그가 뚫어 넘기를 소망한 두껍고 고통스런
시간대의 문이었다.

"전 여태까지 선배님이 찍고 싶어 하신 그 미래라는 시간대의
이름이 희망이라고 알고 있었어요. 그런데 이번에 선배님이 찍어
오신 건 오히려 허망하기 그지없는 절망 쪽이군요."

사진을 보고 나서 내가 씁쓸하게 내뱉었다. 그런데 그때 유 선
배는 모처럼 관대한 어조로 이렇게 말했다.

"글쎄, 난 실제로 배를 달리면서 무서운 절망감을 맛보고 있었
으니까요. 섬을 지나면 다시 섬이 나오고 안개를 뚫으면 다시 안
개가 나오고…… 나는 그 안개와 섬들이 끝날 때까지 계속 바다를
달려볼 참이었어요. 그 안개와 섬들 저쪽의 바다를 찍어오기 위해

서요. 하지만 난 끝내 거기까지 나갈 수가 없었어요. 무한정 계속
되는 안개와 섬들이 나를 바다 한가운데다 가두어버린 겁니다. 바
다 한가운데서 나는 그만 길을 잃고 만 거예요. 그 안개와 섬들 가
운데로. 아니 흐름을 멈춰버린 시간 속에 내가 갇혀버린 거지요.
나는 시간을 잃고 바다 위를 헤맸어요. 시간 속에서 실종을 한 거
지요……"

자기 실종의 욕망을 자기 입으로 말한 유 선배의 첫 번 자기 고
백이었다.

하지만 그는 정작 그런 식으로 자기 실종을 받아들일 수는 없었
던 모양이었다. 섬들 사이로 안개 속을 뚫으며 끝없이 바다를 달
리고 있을 때 그의 가슴속에선 분명히 그 자기 실종의 황홀한 욕
망이 무섭게 부풀어올랐을 터였다. 그는 오랜 소망이 바로 이루어
지려는 순간에 무서운 공포를 경험한 게 분명했다. 그리하여 그는
허겁지겁 배를 돌려 시간 속의 실종을 벗어져 나온 것이었다. 그
가 난파선의 선원처럼 심신이 지쳐 돌아와 필름의 인화를 서둘러
댄 것은 바로 그런 두려움을 씻어내기 위해서였다. 그가 그 바다
에서 잃어버린 시간의 흐름을 되찾기 위하여 그리고 그 정지된 시
간 속에 길을 잃고 사라진 자신의 소재를 찾아내기 위하여.

유 선배의 그 자기 실종 욕망이란 것은 실상 그런 정도에 불과한
것이었다. 그는 실종을 소망하면서도 그것을 현실로 받아들일 용
기는 없었다. 그는 대신 그것을 사진으로 성취하려 한 것이었다.
그의 욕망이 현실에서 불가능한 만큼 강렬한 열정과 성취욕을 가
지고.

그의 사진 작업은 그러니까 바로 그의 은밀스런 자기 실종 욕망의 대행 행위라고 할 수 있는 그런 어떤 것이었다.

그의 사진은 그의 욕망의 표현일 뿐이었다. 사람들 가운데서 자기 소재를 지워 없애버리고 싶은 실종 욕망의 결과일 뿐이었다. 그의 사진에서 사람의 모습이 사라지게 된 것은 당연한 결과요, 그 결과의 현상인 것이었다. 아니 다시 말을 바꾸면, 그것은 그의 현실의 시간대 가운데엔 살아 있는 사람의 모습이나 숨결이 전혀 존재하지 않는다는 말이 되었다. 유 선배에게 있어 현실의 시간대는 항상 과거의 그것으로 채워지고 있었다. 자신의 소재마저 지워버리고 싶은 그였다. 그런 그에게 하물며 이웃에 대한 관심이나 사랑 같은 것이 있을 리 없었다.

그렇다고 그 유 선배가 사람들과 깡그리 등을 돌리고 살았던 것은 물론 아니었다. 다른 사람들처럼 회사도 나다녔고, 거기선 거기서대로 필요한 사진을 찍어내기도 하였다. 나와 하숙을 함께하기도 하였고 나중에 그의 아내가 된 아마추어 사진작가 정성희나 학교 후배인 오 군들과의 관계에서처럼 각별한 사귐을 보여주기도 하였다.

길거리를 나다니지 않았을 리도 없었다.

그도 수없이 이 거리를 오갔을 터였다. 하지만 역시 그에겐 경우가 같았을 수 없었다. 그는 아마 이 거리를 지나가면서도 자신의 깨어 있는 시간대 속에 사람들과 함께 있어본 일은 없었을 터였다. 밟고 밟히고 부딪고 부딪히면서 미움과 사랑으로 그것을 자신의 깨어 있는 현실로 껴안아본 일이 없었을 터였다.

앞뒤로 몰려드는 사람들의 발길이 끊임없이 내 상념을 방해한다. 나는 그 사람들 가운데에서 지친 사지를 허우적대고 있는 꼴이었다. 그런 가운데서도 나는 한사코 상념의 실마리를 놓치지 않는다.

사람이 없는 유 선배의 사진은 자연히 그를 만족시킬 수 없었다. 유 선배는 그 사진을 통해 시간의 문을 열 수가 없었다. 사람의 삶이 드리우지 않은 사진은 사람의 시간을 담을 수 없었다. 바위와 나무와 하늘의 시간은 그저 그것들 자신의 시간일 뿐 사람의 시간은 될 수 없었다. 그런 바위와 나무의 시간들이 유 선배에게 문을 열어줄 리 없었다.

유 선배의 집념은 꺾일 줄 몰랐다. 지치지 않고 계속 비슷한 사진들을 찍어댔다. 삶의 숨결이 사라진 사진. 바위, 구름, 바다, 나무들…… 그러나 언제나 화면 위에서 시간의 흐름이 멈춰버린 사진, 유 선배 자신이 그것 속으로 사라져들어가고 싶은 어렴풋한 실종의 꿈이 피곤하게 잠든 사진…… 줄기차게 그런 사진들을 찍어대고 있었다. 사진에서나 생활에서나 사람의 숨결이 드리울 가망은 당분간 기대할 수가 없을 것 같았다.

하지만 유 선배의 그런 고집스런 집념 뒤에도 나름대로의 한계는 있게 마련이었을까. 아니면 그것을 재촉하는 고민과 절망이 그동안 그토록 깊어졌던 것일까.

하루는 유 선배가 뜻밖의 고백을 했다. 그것은 일종 카메라의 절망적인 숙명에 관한 것이었는데, 유 선배는 그때도 묘하게 공격적인 방법으로 고백의 전주를 꺼냈다.

"허 형은 이 그림에서 뭔가 흐름이 그치지 않는 시간의 소리 같
은 게 들리지 않소?"

그날 유 선배는 내게 먼저 한 장의 사진을 꺼내 보여주며 그렇게
물어왔다. 가파른 해변가의 절벽 아래에 하얗게 파도가 부서지고
있는 사진이었다. 그 사진에선 과연 어떤 소리가 들리고 있는 것
같았다. 영원히 멈추지 않는 파도 소리. 그것은 어쩌면 영원한 시
간의 소리 같기도 하였다.

하지만 나는 언제나처럼 서서히 비위가 상하기 시작했다. 그가
묻고 있는 것을 알고 있기 때문이었다. 대답을 기다리는 유 선배
의 얼굴이 어딘지 의기양양해 보이기까지 했다.

"글쎄요. 전 별로 들리는 게 없는데요. 들리는 게 있다면 무슨
몽유병을 앓고 있는 병든 시간의 잠꼬대 같은 소리나……"

나는 부러 뒤틀린 소리로 유 선배의 기대를 빗나갔다. 그리고
그것을 발단으로 유 선배와 나 사이에 한동안 그 버릇이 되다시피
한 말싸움이 계속됐다.

"또 첫마디부터 비웃으려드는군. 하기야 허 형한테는 사회부 기
자의 귀밖엔 없으니까. 그걸 알면서 물은 내가 잘못이지."

유 선배가 곧 반격을 해왔다.

"물고 뜯고 아우성치는 사람의 목소리, 허 형은 그런 거나 들을
줄 알았지, 시간의 소리 같은 건 들을 귀가 없는 사람이거든."

"전 그걸로 충분하니까요."

나도 이젠 물러설 수 없었다.

"살아 움직이는 사람의 소리, 거기서 옳고 그른 것을 가려들을

수만 있다면 그 도깨비 하품 소리 같은 시간의 소리 같은 건 듣지 않아도 그만 아니겠어요."

마음 내키는 대로 유 선배를 함부로 매도하고 들었다.

"그런데 유 선배님은 그 허깨비 같은 소리에 귀가 홀려 사람의 소리를 듣는 귀는 그렇게 못마땅해지고 마신 겁니까."

"사람의 소리를 듣는 걸 허물하려는 게 아니오. 살아 움직이는 것들은 그 시간과 함께 죽음으로 지나가버리기 쉽다는 것뿐이지. 그러니 그 순간의 소리에만 너무들 깊이 매달리지 말고 좀더 먼 시간의 소리에도 귀를 기울여보라구 말이오."

유 선배도 지지 않고 계속해서 맞서왔다.

나는 이제 더 길게 듣지 않아도 그 속을 알 만했다.

"그 미래의 시간이라는 것이 구실이겠군요."

나는 기다리지 않고 그보다 한 발 더 앞질러 나갔다.

"하지만 그 미래라는 것이 유 선배의 생각처럼 그렇게 독립적인 시간대로 존재할 수 있는 것일까요. 그것은 오히려 우리가 살고 있는 이 시간과 현실의 집적이나 연장의 형식으로 오는 게 아닐까요."

"그렇게 봐야 할 일면이 있겠지요. 미래는 어차피 현재의 연장 위에 자리하는 것일 테니까."

"그렇다면 현실을 외면하고 미래만을 지나치게 신봉하는 건 일종의 미망이나 망상이 아니겠어요. 어쩌면 그 미래라는 걸 구실로 현실을 속이는 사기가 될 수도 있는 일이겠구요. 우리에겐 이미 그런 경험이 숱하게 많은 터인데 말입니다."

"그건 반드시 그렇게만 말할 수 없는 일이지요. 미래의 시간을 보려는 건 미래의 시간을 근거로 현실의 시간을 보고 그 자리를 정하려는 것이니까요. 우리에겐 때로 죽음의 모습이 삶의 양식을 결정지어주듯이 말이오. 미래는 오히려 현실의 담보지요. 미래를 보는 건 바로 현실을 보는 방법의 하나구요."

유 선배는 부득부득 억지를 써대고 있었다. 나는 그럴수록 공격적이 될 수밖에 없었다.

"하지만 난 유 선배의 그 미래라는 걸 간단히 곧이들을 수가 없는걸요. 선배님의 그 사진들의 미래 속엔 사람의 모습이 보이질 않거든요. 우리들의 시간은 현재나 미래나 어차피 사람과 사람의 삶의 시간이 되어야지 않습니까. 그런데 선배님의 사진처럼 사람의 흔적이 사라진 미래도 우리의 미래가 될 수 있을까요?"

"사람의 모습이 보이지 않는다고 그것이 우리의 시간이 아닐 순 없지요. 내가 내 사진들에서 사람의 모습을 기피하는 것은 거기서 사람의 시간을 지우기 위해서가 아니라, 절망을 지우고 싶어 한 때문이었으니까요. 사람들의 얼굴을 통해선 미래의 시간의 모습도 절망의 모습밖엔 찍을 수가 없거든요."

"절망하지 않았다면, 유 선배도 사람을 찍을 수 있었을까요?"

"그랬겠지요. 나도 첨에는 그런 노력을 해온 편이었으니까. 하지만 난 끝내 지치고 말았어요. 그래 차라리 사람의 얼굴이 무서워진 겁니다."

"그게 바로 유 선배가 자신의 패배를 드러낸 것이지요. 미래라는 것이 어차피 우리들 사람의 것이어야 하는 이상 사람의 얼굴이 아무리 무섭고 절망스럽더라도 유 선배는 그럴수록 그것을 정확하게 찍어내야 하지 않았을까요. 그리고 그런 얼굴들에 대한 사실성의 확인 위에서 거꾸로 미래의 구원을 찾아야 하지 않았을까요."

"아까도 말했지만 그러기엔 난 너무 지쳤어요. 그렇게 일찍 지쳐버린 것이 어쩌면 내 체질일 수도 있었겠구요. 그래서 난 내 방법이 생긴 것이고 이렇게 허 형에게 이해를 구하고 있는 것 아닙니까. 그것이 나와 내 체질엔 가장 알맞은 방법이고 또 그게 사람들사이에서 이루어져야 한다는 허 형과도 다를 수 없다는 믿음이 있으니까요."

시비가 오히려 부질없어진 것일까. 아니면 그 유 선배에겐 처음부터 이야기가 엉뚱한 방향으로 빗나가고 있었는지도 모른다. 유 선배의 어조가 웬일인지 거기서 갑자기 풀이 꺾이고 있었다. 그의 말투는 이젠 주장이나 설득조가 아닌 이해의 주문에 가까웠다.

나는 아직도 물러설 수가 없었다. 유 선배에게 마지막 항복을 받아내고 싶었다. 그의 사진에 대한 자신의 절망을 보게 해주고 싶었다. 나는 마지막 추궁을 가해 들어갔다.

"그래 유 선배는 그런 식으로 한 번이나마 미래의 시간을 찍을 수 있었나요? 그래 그 미래의 모습을 보고 그곳으로 나가는 시간의 문을 열어본 일이 있었어요?"

그러나 나의 그런 마지막 추궁도 유 선배에겐 이미 소용이 없는 것이었다. 내가 추궁을 가하기도 전에 그는 이미 자신의 실패를 시인하기 시작했다.

그는 잠시 나의 말에는 대꾸를 않은 채 입가에 희미한 미소만 홀리고 있었다. 그리고 그 미소 끝에 조용히 머리를 가로저으며 독백조로 어려운 고백의 소리를 해왔다.

"없었어요…… 실은 여태까지 단 한 번도."

오랫동안 별러오던 비밀을 털어놓은 어조였다. 벼랑 아래의 파도 사진이나 그간에 수없이 오고 간 공격적인 주장들은 공연히 한번 그래 본 것뿐이라는 식이었다. 아니, 그는 그동안 수없이 허물해온 자기 사진의 허점을 속속들이 다 알아차리고 있으면서도 그의 마지막 고백을 위해 자신을 한 번 더 시험하고 있었던 것 같기도 했다. 변명 겸해 그가 다시 덧붙여온 소리가 그것을 분명히 해주고 있었다.

"그것은 아마 카메라라는 기계의 비극적인 숙명의 탓일 겝니다."

그가 이번에는 아주 편한 목소리로 말했다.

"카메라의 숙명이라니요?"

유 선배는 이미 자기 허물이나 약점을 깨닫고 있었다. 더 이상 그를 추궁하거나 괴롭혀댈 일이 없을 듯싶었다. 한데도 그는 아직 쓸데없는 구실을 덧붙이고 있었다. 뭔가 아쉬움이 남아 있기 때문일 터였다. 이야기의 분명한 마무리를 위해서도 나는 마지막까지 난폭해지지 않을 수 없었다.

"카메라의 작업은 이를테면 순간을 통해 영원의 시간을 붙잡으려는 거지요."

유 선배가 다시 천천히 말하기 시작했다.

"순간의 흐름을 파고 들어가 대상의 시간을 붙들어 흐르려고 하는 거지요. 그런데 카메라는 그 순간을 정지시켜버린단 말입니다.

대상의 시간을 포착하는 순간, 그것은 그 순간뿐만 아니라 대상의 시간 전체의 흐름을 화면 위에 정지시켜버려요. 그게 카메라의 어쩔 수 없는 숙명이지요. 그리고 내게 끝없는 실패를 거듭시키고 있는 비극의 원인인 셈이기도 하구요……"

자신의 허물은 역시 외면한 소리였다. 나는 다시 한 번 그를 깨우쳐주지 않을 수 없었다.

"대상의 시간을 정지시켜버리는 게 카메라의 숙명이라면 유 선배의 실패는 그런 카메라에다 허물을 물을 수가 없는 것이지요. 아까도 말씀드렸지만 허물은 오히려 그런 대상을 선택해 시간을 찍으려는 유 선배 자신에게 있는 것 아닙니까? 붙잡으려는 대상의 시간은 원래 사람의 것이 아니었으니까요. 사람의 삶이나 숨결이 드리우지 않은 산이나 나무나 바위의 시간, 그것은 사람의 시간이 아니지요. 사람에겐 그저 화석화되어버린 정지일 뿐이에요…… 그것은 유 선배의 카메라 앞에서 흐름을 정지한 것이 아니라 처음부터 정지되어 있는 화석의 시간이었어요. 흐름의 문을 열어주지 않은 게 아니라, 유 선배 앞에서 처음부터 문을 열어줄 수 없는 시간이었어요. 카메라가 뚫고 들어갈 수 있는 그 순간에서조차 말입니다."

"……"

유 선배는 마침내 입을 다물었다. 다문 입가에 희미한 미소를 떠올리고 있는 것이 어찌 보면 그는 거기까지도 이미 모든 걸 짐작하고 있었던 사람 같았다. 뭘 새삼스럽게 열을 올리느냐는 표정이었다.

하지만 나는 마저 이야기를 끝내지 않을 수 없었다.

"전 카메라는 잘 모르는 사람이지만, 유 선배의 경우 그 카메라는 처음부터 정지된 시간밖에 찍어낼 수가 없었을 것 같아요. 그걸 어차피 카메라의 숙명이라 하신다면, 그런 숙명을 지닌 카메라에 유 선배의 실패의 허물을 묻기보다 유 선배 자신의 눈의 숙명을 먼저 돌아봐야 했어요. 사람의 삶이 아무리 괴롭고 절망스럽더라도 우리는 어차피 그런 삶을 보아야 하고, 그런 삶 속으로 함께 섞여들어가 살아야 하는 것이 또한 숙명이니까요. 미래로든지 과거로든지 우리 인간들의 시간이라는 것은 그런 삶 속을 흐르고 있으니까요."

4

"와주셨군요."

전시장엔 사람이 별로 많지 않았기 때문에 정성희 여사는 전시실 입구에서부터 금방 나를 알아보고 곁으로 다가왔다.

"그러지 않아도 오늘쯤은 한번 찾아주시지 않을까 기다리고 있었어요."

여자와 함께 전시실을 지키고 있던 오 군도 나를 꽤 기다린 눈치였다.

"일찍 못 와봐서 죄송합니다. 마음의 준비가 미처 안 되어서였다고 할지…… 금방 달려오기가 뭣해서요. 워낙 뜻밖의 소식이 되어놓으니 어쩐지 당황스러워지기도 하구요……"

나는 얼핏 적당한 구실이 떠오르질 않는다. 정 여사와 오 군 앞에 그저 그런 식으로 늦게 온 변명을 얼버무려 넘긴다.

하지만 이쪽 심중을 미리 다 헤아리고 있는 정 여사 앞엔 그런 변명 따위가 소용될 리 없었다.

"허 선생님께서 죄송하시긴요. 오늘 이렇게 와주셨으면 되지 않으셨어요."

그녀가 외려 송구스런 목소리다.

"죄송하기로 말하면 그동안 허 선생님께 의논 한마디 없이 이런 일을 벌이고 나선 저희 쪽 허물을 죄송해 해야지요. 허 선생님은 전에도 늘 겁을 먹고 놀라길 잘하시던 분이라 이런 일로 괜히 혈압을 올려드리고 싶지 않았거든요. 호호……"

나의 허물에 대한 이해의 말을 곁들여 남편의 옛 동료에게 짐짓 귀띔 한마디 없이 유작전을 갖게 된 자신의 당돌성을 밉지 않은 농담으로 비켜서버린다. 하지만 그녀의 그런 농담기 속에서도 내가 뒤늦게 나타난 일이나 그녀가 내게 귀띔이 없었던 양쪽의 허물은 허물대로 확인된다.

그렇다면 그녀가 전시회의 소식을 부러 아껴온 이유는 무엇인가. 그것은 물론 남편에 대한 그녀의 믿음과 사랑 때문이었다. 그리고 그의 사진과 유작전에 대한 그녀 나름의 자신감 때문이었다. 그녀는 옛날부터 유 선배에 대한 내 불만스런 눈길을 알고 있었다. 유 선배의 사진에 대한 나의 주문을 누구보다도 깊이 알고 있었다. 정 여사는 이를테면 거기에 자신이 있었던 것 같았다. 이번의 전시회로 그에 대한 해답을 알게 할 자신이 있었던 것 같았다. 그래 마지막까지 소식을 짐짓 아껴두고 있었으리라.

나는 우선 사진부터 좀 돌아보고 싶었다.

"먼저 한 바퀴 돌아오겠습니다."

그러지 않아도 사진에 대한 궁금증으로 마음이 쫓기고 있던 판이라 나는 그쯤 인사치례를 접어두고 사진들 쪽으로 발걸음을 옮겨갔다. 그리고 그것으로 금세 여자의 존재를 까맣게 잊는다. 사진들이 내게 그럴 여유를 빼앗아가버린다.

첫 번 사진을 대하는 순간부터 그랬다.

예감이나 기대가 전혀 없었던 것은 아니지만, 사진들은 말 그대로 유작품들인 것이 틀림없어 보인다. 생전에 발표를 안 했대서가 아니라 발표할 기회를 못 가진 것들이기 때문이다. 어떻게 해서 입수된 것인지 경위는 당장 알 수 없었다. 하지만 그것들은 모두 유 선배가 그 마지막 여행에서 찍어 보낸 사진들임이 분명했다. 망망대해의 파도 위에 떠 있는 망국 난민들의 비참스런 유랑선들. 어떤 것은 마치 부두를 떠나가는 사람들처럼 아쉽고 간절한 손 흔듦의 모습을 보여주고 있었고, 어떤 것은 또 울부짖음으로 호소하고 있거나 아니면 그저 저주 어린 눈길과 절망감 속에 넋 없이 이쪽을 바라보고 있는 소름끼치는 표정을 보여주고 있었다. 한결같이 지치고 헐벗고 야윈 얼굴들. 공포와 절망과 저주에 절어든 인간의 얼굴들. 유 선배는 온통 그런 얼굴들로 그의 화면을 채우고 있었다. 보도용과 작품치를 따로 구분할 필요도 없었다. 그는 바다로 가서 그 바다를 찍지 않고 사람의 얼굴을 찍어 보낸 것이었다.

나는 거기서 잠시 발길을 머물고 유 선배의 옛날 사진들을 회상하기 시작한다. 특별히 유 선배가 마지막으로 찍어 보여주고 간 사진들을 생각한다.

유 선배가 바다를 찍지 않은 것은 이번에사 처음 알게 된 일이 아니었다. 유 선배는 실상 마지막 여행을 떠나기 훨씬 전에 바다의 사진을 단념하고 있었다. 바다도 산도 나무도 바위도 끝내는 단념하고 만 그였다. 바다나 산 대신 그의 화면에 사람의 모습이 나타나기 시작했다.

카메라의 숙명을 구실로 한 그의 실패의 고백이 있고 난 얼마 뒤였다. 카메라의 숙명을 탓하기보다 유 선배 자신의 삶의 숙명을 되돌아보라던, 그날의 내 데데한 설교에 그가 생각이 달라진 것이었을까. 아니, 끝끝내 웃음기를 잃지 않고 있던 그 말 없는 유 선배의 관용 뒤에는 이미 나를 앞선 자기 각성이 자리를 잡고 있었는지도 모른다. 어쨌거나 그런 일이 있고 나서 유 선배는 차츰 자신이 달라져가기 시작했다. 아니 유 선배의 그런 변화는 사진에서보다도 생활에서 먼저 드러났다.

끊임없는 갈등과 배반감 때문이었으리라. 유 선배의 변화는 맨 먼저 나를 배척하는 자기 고립 행위의 형식으로 시작됐다. 다툼이 있고 난 며칠 뒤, 그가 느닷없이 방을 옮겨가버린 것이다. 나와는 사전에 의논 한마디 해오지 않은 채였다. 그것은 그저 나를 떠나간 것만이 아니었다. 나중에 알고 보니 여자대학 시청각교육과를 다닐 때부터 그의 사진을 좋아하고 따르던 정성희란 아가씨와의 동거 생활을 시작한 것이다. 나에겐 배척이요 자기 고립 행위였지만, 그의 입장에선 새로운 인간에의 해후인 셈이었다. 혼인식도 올리지 않은 데다 주변에 아무도 귀띔 한마디 해주지 않았을 정도의 사람이고 보니 신접살림을 시작하고도 그의 태도에 별다른 변화가 있을 수 없었다.

대범하다고 할까. 무심하다고 할까. 주위의 눈길을 괘념하지도 않았고, 집으로 사람을 청해주는 일 같은 건 더더구나 없었다. 나뿐만 아니라 회사 동료들 누구에게나 마찬가지였다. 그는 언제나 혼자 출근을 하고 혼자 일하고 그리고 혼자서 퇴근을 했다.

그러니까 그가 결혼을 하게 된 사실만으로는 아직도 그의 변화를 말할 수 없을는지 모른다. 변화는 오히려 그 결혼으로 인한 어떤 적극적인 자기실현의 욕망에서부터 시작되고 있었다.

월남전 특별 취재를 자원해 나선 것이 시발이었다. 전에는 전혀 흥미가 없어하던 일이었다. 그 일을 그가 자청하고 나선 동기는 막연하나마 그의 결혼에서 추리해볼 수밖에 없었다. 결혼이, 또는 결혼을 생각하게 한 동기가 그의 태도를 변화시킨 것이었다.

사진도 자연히 변하기 시작했다.

전쟁터의 사진들이 으레 그렇듯이, 유 선배가 월남에서 찍어온 사진들은 너무도 생생한 비극의 초상들이었다. 포탄에 몸이 찢긴 병사의 신음과 절규. 굶주림 속에 쫓기는 피난민들의 참상. 사신의 모습처럼 검붉게 치솟아 오르는 화염의 위세와 공포…… 그런 사진들의 주제는 물론 한결같이 인간의 삶과 죽음의 얼굴이었다.

유 선배는 거기서 참으로 수많은 사람들의 모습을 만나고 있었다. 유 선배의 사진에 사람의 모습이 주제가 되고 있는 것은 그것이 물론 처음은 아니었다. 앞서도 이미 말했지만, 보도자료로 찍은 사진들엔 전에도 가끔 사람이 등장했다. 그의 사진에 사람이 없는 것은 그 자신의 작품 사진의 경우였다. 그러니 그의 사진에 사람의 모습이 취해졌다 하여 그것을 반드시 변화의 계기로 말할 수는 없을는지 모른다.

하지만 그것은 분명한 변화요, 변화의 신호였다. 그의 다음 행동이 그것을 증명했다. 취재를 끝내고 귀국한 후로 한 달이 못 가 그는 아예 회사를 그만두고 물러나버린 것이었다. 사진을 그만두기 위해서가 아니었다. 작품 사진을 찍기 위해서였다.

"어떻게 된 겁니까. 사진에 대한 유 선배의 간절하고 오랜 꿈이 단 한 번의 전쟁터의 경험으로 그만 박살이 나버린 겁니까."

퇴직 소식을 듣고 내가 일부러 그를 찾아가 만류 삼아 물었을 때, 그는 어지간히 기가 질려 있는 것 같기도 했다.

"글쎄, 무서운 델 구경하고 나니, 어디 오그라든 오금이 다시 펴질 것 같아야 말이지요."

짐작이 가는 말이었다. 충격과 절망을 대신한 소리였다.

하지만 유 선배는 그것으로 카메라를 아주 내던져버린 것은 아니었다. 얼마 뒤에 그는 곧 종로 2가의 뒷골목 한구석에 부부 동업의 개인 작업실을 마련하였다. 그를 따르던 또 다른 후배인 오군까지 조수로 채용하여.

유 선배는 결국 자기 자신을 찍기 위해 회사를 그만둔 것이었다. 그리고 그렇게 보면 월남에서의 사진도 보도용이 아닌 자신의 사진을 찍어왔다는 얘기였다.

그의 작품 사진에 비로소 사람의 얼굴이 등장하기 시작한 것이다. 그의 결혼과 월남전 취재가 계기인 셈이었다.

그의 작업은 이제 그만큼 더 어려워질 수밖에 없었다.

그는 좀처럼 다시 사진을 찍지 못하고 있었다. 사진을 찍지 못하고 몇 주일 몇 달을 고심만 하고 있었다. 사진이 갈수록 두려워지고 있다는 것이었다. 알고 보니 그의 전쟁터 충격은 회사를 그만두는 것으로도 모두 정리된 것이 아니었다.

"난 도대체 감당할 수가 없어요. 그 무서운 현장들과 맞서기엔 내 카메라는 너무도 무력하단 말이오. 내 카메라는 번번이 그 대상의 시간을 정지시킬 뿐이었어요. 그 시간의 벽을 뚫고 대상 안으로 들어가 함께 흐를 수가 없었어요. 감당할 수가 없는 일이었어요. 그 두꺼운 벽을 허물 수가 없었어요."

어느 날 그의 작업실을 찾아갔을 때 유 선배는 거의 탈진한 어조로 털어놓았다.

나는 그의 말을 어느 정도 이해할 수 있을 것 같았다. 그는 아직도 전쟁터의 악몽을 벗어나지 못하고 있었다. 그래서 고심하고 있는 것이었다.

"사진 일이 이토록 두려워진 건 내 사진기가 살아 있는 현실 앞에 얼마나 무력한 것인가를 느꼈기 때문이 아니에요. 무력감을 느끼면 사진기를 버리면 그만인 게지요. 하지만 나는 그럴 수가 없어요…… 무서운 힘으로 맞서오거든요. 그 전장터의 참상들이, 그 얼굴들이 내게로 말이오. 내가 카메라를 버릴 수 없도록 순간 순간 내게 맞서오고 있어요…… 산이나 바다는 맞서오는 게 없지요. 그래 마음에 내키지 않을 땐 자리를 비켜서버릴 수가 있었지요. 하지만 이건 그럴 수가 없어요. 그럴 수 없는 것이 고통인 게지요."

그의 카메라 앞에 시간의 문을 열어주지 않는 현상들, 그러면서도 눈을 감고 돌아설 수 없게 하는 인간사의 모습들, 그건 아닌 게 아니라 그의 고통이자 절망이 아닐 수 없었으리라.

하지만 유 선배는 어쨌거나 이제 사진의 대상을 바꾸고 있었다. 그는 산과 바다와 나무를 좇는 대신 사람의 얼굴을 생각하고 있었다. 사진기를 아주 내던져버리지도 못했다. 그런 식으로 힘든 탐색을 계속해가고 있었다. 그리고 끝내는 그 나름의 해답을 찾아내고 있었다.

얼마 뒤에 내가 다시 그의 작업실을 찾았을 때, 유 선배는 마침 어린아이를 소재로 한 몇 장의 사진에 마지막 손질을 끝내가고 있었다.

그가 다시 사진을 찍게 된 일이나 그 소재의 새로운 발견이 내게는 반갑고 신기한 일이 아닐 수 없었다.

궁금한 일도 한두 가지가 아니었다.

하지만 나는 그에게서 이런저런 사연을 캐물으려 하지 않았다. 굳이 캐물어야 할 필요가 없었다. 자기 작품의 생명력을 위해 미래에 대한 시간의 문을 찾고 있던 사람이 그 미래의 시간의 모습으로 어린아이의 모습을 선택한 것은 어떻게 보면 지극히 안이하고 유치한 발상이랄 수 있었다. 그것은 시간의 문을 열어 그것을 초월하려는 인간 정신의 차원이 다시 물리적 시간대로 환원되어버리는 창작 의지의 상투성을 드러내 보임일 수도 있었다.

그러나 그런 것은 중요한 문제가 아니었다. 유 선배 자신도 그런 건 굳이 말하고 싶어 하는 기미가 아니었지만 어쨌거나 그런 건 따지거나 해명을 들어야 할 필요가 없었다.

중요한 것은 이제 그가 다시 사진을 찍기 시작했다는 사실과 어린애의 얼굴에서 사진의 소재를 찾아냈다는 사실이었다. 그것은 비록 끊임없이 그에게 맞서오는 전쟁터의 인간의 얼굴은 아니었지만, 그것을 끝내 감당해낼 수 있는 가장 손쉽고 편한 출발이었다. 그가 다시 사람의 얼굴로부터 사진을 시작하고 있다는 사실이 중요했다. 나는 그것을 확인하는 것으로 족했다. 더욱이 그가 지나가는 소리처럼 머지않아 한 아이의 아비가 될 거라고 아내의 임신 사실을 말했을 때 나는 더욱 그런 확신이 들었다. 그것은 그가 다시 사진기를 들게 된 동기를 그만큼 소박하고 개인적인 것으로 폄하시킬 수도 있었다. 그러나 그것이 소박하고 개인적인 만큼 자기 사진에 대한 유 선배의 소망도 그만큼 구체적이고 현실적인 것이 될 수밖에 없는 것이기 때문이었다.

유 선배에게는 물론 그것으로도 아직 자신의 사진에 대한 모든 숙제가 풀린 것은 아니었다.

그의 화면에 조그맣게 나타난 어린아이의 얼굴이 어떤 모습으로 발전해나갈 것인지가 그에게 다가온 우선의 숙제인 셈이었다.

유 선배의 사진에는 이후부터 과연 끊임없이 사람의 얼굴들이 지나가고 있었다. 어린애로 시작된 사람의 얼굴은 마치 번식력이 좋은 생식 세포처럼 여러 가지 모습으로 분열을 계속해갔다. 유아가 소년으로 소년이 다시 청년과 장년과 노인의 그것으로. 또는 남자와 여자와 부모와 자식들과 배부른 자와 배고픈 자와 병든 자와 건강한 자와 노는 자와 일하는 자와 웃는 자와 우는 자들로…… 그의 화면들이 어느덧 그렇게 삶의 꿈과 희망과 절망들로, 그런 사람들의 삶의 이야기로 채워져나갔다.

어떻게 보면 이젠 그 자신의 삶도 비로소 사람들과 사람들의 삶의 한가운데로 깊이 섞여들고 있는 것 같았다. 그리고 그 도깨비 같은 시간의 꿈으로부터 살아 있는 사람들의 한가운데로 돌아와 발을 서로 밟고 밟히면서, 몸을 서로 부딪고 부딪히면서 사람의 거리를 걷게 된 것 같았다.

하지만 유 선배는 실제론 아직도 거기까지 이를 수가 없었던 것 같았다. 그의 꿈은 끝내 그의 사진으로 시간의 문을 찾아 여는 것이었다. 그의 사진은 아직도 거기엔 어림이 없다는 것이었다.

"사람을 찍어도 역시 마찬가지더군. 사진의 사람들은 언제나 저쪽이고 나는 이쪽이거든. 공간이 지워지질 않는단 말이에요."

어쩌다 한 번씩 그의 작업실을 찾아가볼라치면 그는 여전히 실망과 불만에 젖어 있곤 하였다.

"찍히는 사람과 찍는 사람, 대상과 나, 언제나 둘은 그런 관계지. 둘 사이엔 엄청난 거리의 벽이 있거든. 그래, 바로 그 거리의 벽이에요. 그 두꺼운 거리의 벽을 뚫고 들어갈 수가 없어요. 참으로 엄청난 카메라의 숙명이지. 그 거리가 사라져주지 않는 한 우린 서로 다른 차원의 세계에 따로따로 떨어져 있을 수밖에 없어요. 벽을 뚫고 넘어가 함께 있거나 같은 시간의 흐름을 탈 수는 없어요. 그런 때 대상의 시간을 찍는다는 것은 그저 그 시간을 정지시키는 것 이외에 아무것도 아니에요. 문제는 결국 이놈의 지워지지 않는 거리와 공간인데……"

사람을 찍는다 해도 역시 대상과 렌즈 사이의 공간의 방해로 사진의 시간이 죽어버린다는 것이었다. 사람을 찍거나 무엇을 찍거나 그가 거기서 찍어내는 것은 죽어 굳어진 시간뿐이라 하였다. 살아 흐르는 시간을 찍기 위해선 거리와 공간을 제거해야 하는데, 그 방법이 찾아지질 않는다 하였다……

유 선배는 그런 식으로 끝없이 고심을 계속하고 있었다.

그런데 그 유 선배에게 끝낸 어떤 방법이 찾아진 것이었을까. 아니면 적어도 거기에 어떤 방법에 대한 희망을 걸어볼 수 있었던 것일까. 아니 그로서는 그때까지도 그 월남전의 경험이 어떤 피할 수 없는 숙제 거리로 끊임없이 맞서오고 있었을지도 모른다. 그리고 유 선배는 마침내 한 번 더 그것들과 맞서보기로 마음의 작정을 내렸는지 모른다.

그해 초여름께 어느 날 유 선배는 문득 다시 한 번 동남아 취재 여행을 떠나간 것이었다. 희망이 있었다면 이번에는 제법 자신을 가진 듯 옛 회사의 후원까지 얻어서. 그때는 이미 전쟁까지 끝나 직접 전쟁터를 갈 수는 없었지만, 전쟁이 끝나서도 아직 그 동남아 일대의 해상엔 월남 난민의 피난선들이 죽음의 항로를 헤매고 있을 때였다. 그리고 옛 우방국들의 배마저 그런 난민선의 구조를 외면한다는 비정스런 뉴스가 잇따를 때였다.

— 여기서 우리는 먼저 죽어간 사람의 고기를 먹는다. 그리고 동료의 고기를 먹던 사람이 죽으면 우리는 다시 그의 고기를 먹는다. 그리하여 나는 이 섬에 도착한 여덟 명의 난민 중에 마지막 살아 남은 사람이 되었다.

나는 이제 죽어간 인간들의 옷 위에 나의 피를 흘려 마지막 당부로 이 글을 적는다. 내가 그 일곱 인간의 고기를 먹고 살아온 빚을 갚기 위해. 그 위에 이젠 내가 죽더라도 다시 나의 고기를 먹어줄 사람이 없으므로. 이 이야기를, 이 섬에서 일어난 참극의 이야기를, 누가 이 섬을 찾아와 이것을 발견한 사람이 있거든, 눈감지 말고 전해주기 바란다. 우리를 위해 피 흘려 싸워준 우방국들에게. 우리를 외면하고 지나간 그 우방국의 선원들과 국민들에게. 세상의 모든 평화주의자와 인도주의자들에게. 그리고 누구보다도 먼저 우방국의 배와 비행기 편으로 재산과 함께 우방국으로 날아가 편안한 삶을 누리고 있을 우리의 옛 위정자들에게. 그 천추의 애국자들에게.

1975년 5월 × 일

이것은 그 무렵 국내 신문에도 보도된 한 난민선의 참극의 진상이었다.

동남아 해상의 어떤 무인도에서 있었던 참극의 내력이 소개된 글이었다. 유 선배가 마지막 여행을 떠난 것은 바로 그 기사가 소개된 무렵이었다. 그렇다고 그가 같은 섬을 찾아갔다고 할 수는 물론 없었다. 패망한 월남 땅으로 전쟁터를 찾아갈 수도 없는 일이었다.

하지만 그가 찾아 떠나간 것은 결국 땅에서든 바다에서든 그를 오랫동안 마음속에서 괴롭혀온 그 전쟁터의 참극의 얼굴들과 다시 한 번 맞서기 위해서였음이 분명했다. 그리하여 비로소 그 대상과 카메라 사이의 두꺼운 벽을 허물고 대상의 시간을 함께할 희망을 좇아갔음이 분명했다.

그가 거기서 찍을 사진들은 결국 그가 이곳에서 마지막으로 보여주고 간 사람의 모습에 다름 아닐 것이었다.

그리고 이제 그것이 어김없는 사실로 눈앞에 증명되어 나타나고 있었다. 그는 바다로 갔으되 바다의 사진을 찍은 것이 아니었다. 그리고 그것들은 전쟁터의 사진이 아니되 전쟁터보다 더한 인간의 참극을 보여주고 있었다.

그뿐이 아니었다.

유 선배는 이제 그가 찍은 사진들에 장소와 날짜를 한 장 한 장 모두 순서 정연하게 밝혀놓고 있었다.

1975년 6월 4일 아침 6시 30분.

말레이시아 동부 해상 북위 4도 8분, 동령 105도 20분 지점, 한국 화물선 태백호 선상에서.

1975년 6월 12일 오후 4시 27분.

남중국 해상의 북위 14도 26분, 동경 113도 30분 지점을 지나면서, 미국 화물선 버지니아호 선상에서……

사진들 아래에는 한 장 한 장마다 모두 촬영 장소와 날짜·시각들이 밝혀져 있었다. 그리고 그 날짜와 시간대를 따라 사진들이 차례로 전시되고 있었다.

앞뒤가 뒤죽박죽으로 뒤섞여 혼란스럽던 유 선배의 시간대가 그 끝없는 바다 위에선 신기할 만큼 정확한 질서를 되찾고 있었다. 그것은 이를테면 추상 속을 헤매던 그의 시간대가 현실의 그것으로 되돌아온 증거였다.

그러나 나는 아직도 궁금했다. 유 선배의 이런저런 변화의 성과로는 그간의 궁금증들에 대한 마지막 해답을 얻을 수가 없었다.

— 유 선배는 그럼 그것으로 마침내 공간의 벽을 허물 수가 있었을까. 그리고 죽어 화석이 되어버린 시간이 아닌 살아 움직이는 시간을 찍을 수가 있었을까…… 그 시간의 문을 열고 들어가 미래의 모습을 찍을 수 있었을까…… 이것들이 그가 찍은 그 미래의 모습들일까……

유 선배로서는 그렇게 믿어졌을는지도 모른다. 그리고 그에게선 실제로 그런 일이 일어났을지도 모른다. 사진들이 주는 끔찍스런 감동이 그런 유 선배의 성과 때문일 수도 있었다.

그러나 나는 아직도 확신할 수 없었다. 나는 아직도 시간의 흐름을 볼 수 없었다. 그 시간이 문 열어 보여주는 미래의 모습을 볼 수 없었다. 보이는 것은 그저 암울스런 절망감과 부끄러운 인간의 자기 배신감뿐이었다.

— 미래라는 것이 아무리 무섭고 절망스럽더라도 당신은 그럴수록 그것을 자세하게 찍어내어 그 사실성의 확인 위에서 미래의 구원을 찾아야 했어요.

내가 언제가 유 선배에게 지껄인 말이었다. 이제 와서 나는 미래의 참모습이 정말로 그런 것일 수는 없을 것 같았다. 유 선배가 비록 그것을 인간의 미래로 보여주려 했다 해도 나는 이제 막상 승복하기가 어려웠다. 거기엔 구원의 빛이 안 보였다.

— 그런데 유 선배는 과연 그런 것들을 미래의 얼굴로 선택할 수가 있었을까. 그리고 그런 절망의 시간을 자신의 미래로 흐르게 할 수 있었을까.

나는 궁금증을 씻어버릴 수 없었다.

그렇다고 그저 부인만 할 수도 없었다. 선택과 해답은 역시 유 선배에게 있었다. 그리고 그것은 누구보다 당사자인 유 선배 자신에게 필요한 것이었다. 최종적인 해답은 역시 유 선배 자신에게 맡기는 수밖에 없었다.

내가 할 수 있는 일은 어쨌거나 다만 그것을 믿으려고 노력하는 것뿐이었다. 그것은 어쩌면 내가 그를 위해 마지막으로 해야 할 일일 수도 있었다.

1975년 6월 20일, 사이공 동남방 보르네오 해상 북위⋯⋯

1975년 6월 21일⋯⋯

나는 천천히 다시 남은 사진들을 둘러보기 시작했다. 그리고 그 날짜별로 배열된 사진들을 한 장 한 장 훑어나가면서, 유 선배와 유 선배의 사진에 대한 믿음과 감동을 구하고 있었다. 그것으로 마치 유 선배의 죽음 앞에 추궁과 힐난으로 그의 사진에 깊이 관심해온 동료로서의 마음의 빚을 갚으려 하듯이.

그런 식으로 내가 전시장을 모두 한 바퀴 돌고 나서 다시 한 번 느낌을 정리해보고자 마지막 사진 앞을 서성거리고 있을 때였다.

"어떻습니까, 볼만한 사진이 좀 있습니까."

어느새 기미를 알아차리고 다가와 있었던지 등 뒤에서 갑자기 여자가 물어온다.

나는 비로소 사진에서 눈을 떼어내며 그녀 쪽으로 몸을 돌이켜 세운다. 하지만 나는 금세 뭐라고 입이 떨어지질 않는다.

"글쎄요, 정신이 얼떨떨한 게 왠지 머리를 된통 얻어맞은 것 같군요……"

나는 우선 어름어름 웃음으로 대답을 피해 선다. 여자도 굳이 대답을 원해 물어온 소리가 아닌 줄을 알기 때문이다. 하지만 그저 그런 식으로 끝내 여자를 피해 달아날 수는 없었다.

"그보다도 도대체 이 사진들은 어떻게 된 겁니까."

이번에는 내가 여자 쪽에 거꾸로 물음을 잇는다. 사진에 대한 감상담에 앞서 아까부터 줄곧 머릿속에서 혼자 궁금해해오던 일이었다. 사진들을 어디서 어떤 경로로 입수하게 되었느냐는 물음이었다. 생각 같아선 유 선배의 생사부터 한번 확인을 해보고 싶기도 하였다. 그것은 나의 희망 때문이기도 하였고, 그가 아직 살아 있을 가능성도 있었기 때문이다. 하지만 좀더 앞뒤를 재보면 그건 공연한 물음일 뿐이었다. 전시회는 애초 유작전으로 되어 있었다. 유 선배가 아직 살아 있긴 어려웠다. 공연한 소리로 여자의 상처를 건드리게 되어서는 안 되었다. 사진의 입수 경위가 밝혀지면 그쪽 궁금증도 저절로 함께 풀려날 것이었다. 그래 그냥 사진의 내력을 물어본 것이었다.

그런데 여자는 역시 눈치가 빠르다. 아니, 미리부터 예정이 그렇게 되어 있었는지 모른다.

"우리 어디 가서 저녁이나 하실까요. 허 선생님도 아직 저녁 전이시죠?"

여자가 대답 대신 저녁 제안을 해왔다. 이야기가 간단치 않다는 표시다. 자리부터 우선 옮기고 싶은 것이다.

그게 어쩌면 당연할는지도 모른다. 안내장에 부기한 말투에서나 전시장을 들어설 때의 인사에서나 그녀는 나를 기다리고 있었음이 분명했다. 사연이 그리 간단할 리 없었다.

그것은 내 쪽도 사정이 마찬가지다. 그녀가 일을 미리 알려주지 않은 것이나, 내가 일부러 날짜를 늦춰가며 전시장을 찾은 것이나 따지고 보면 양쪽 다 그만큼 하고 싶은 이야기가 많다는 증거였다. 저녁이라면 내 쪽도 어차피 예정을 하고 온 일이었다.

"그러지요. 바로 이 아래 지하실에 경양식집이 있지요?"

나는 간단히 동의를 보냈다. 하고 보니 여자는 이미 손가방까지 미리 챙겨들고 와 있다.

"그럼 가세요. 미스터 오도 이따 시간이 나면 내려오도록 하구요."

오 군에게 한마디 이르고 나서는 그길로 앞장서 전시실을 나선다.

5

역시 저녁은 핑계에 불과했다.

사람도 그리 많지 않은데, 여자가 굳이 조용한 식탁을 찾는 데서부터 그랬다. 식탁을 정해 앉고 나서도 막상 저녁을 시키려니 그녀는 전혀 생각이 없다는 것이었다. 저녁은 그만두고 술이나 몇 잔 하는 게 어떻겠느냐니까 그녀도 그게 좋겠다는 것이었다.

우리는 곧 안주 한 접시에 잔술을 시켰다. 그리고 그 잔술이 오기까지 이런저런 헛소리들로 잔뜩 뜸들을 들이고 앉았다가, 술이 오고 나서 첫 잔을 조금씩 비우고 나서야 내 쪽에서 먼저 본론을 꺼냈다.

"그래, 그 사진들은 도대체 어떻게 된 겁니까."

전시장에서와 같은 물음의 반복이었다.

그런데 사실은 여자도 그동안 다른 준비를 하고 있었던 모양이었다.

"아니 그보다도 제 쪽에서 먼저 여쭙고 싶은 게 있어요."

여자가 대뜸 내 물음을 묵살하고 나섰다. 그리고는 먼저 그녀 쪽에서 물어오기 시작한다.

"허 선생님은 아까 유종열 씨의 사진들을 어떻게 보셨어요. 선생님의 소감부터 좀 들어보고 싶어요."

그 역시 아깟번에 여자가 전시실에서 물어온 말이다. 어물어물 말을 얼버무려 넘긴 걸 본심의 대답으론 안 들은 모양이었다.

그녀로선 물론 당연한 노릇일 터. 나는 갑자기 다시 같은 질문을 받고 나니 이번에도 얼핏 적당한 대꾸가 떠오르질 않는다. 여자는 물론 누구보다 유 선배의 사진에 가까이 있던 사람이다. 가까이 있었던 만큼 이해나 애정도 깊은 사람이다. 섣불리 대답을 할 수가 없다. 자신 없이 하는 대답도 용납받기 어렵다. 그녀가 내게 묻고 있는 것이 무엇인지도 아직은 확연치가 않았다.

"사진을 어떻게 보다니요. 제가 무얼 볼 줄을 알아야지요. 아까도 말씀드렸지만, 그저 정신이 얼떨떨할 뿐입니다. 놀랐다고 할지 당황했다고 할지…… 어쨌든 무척 감동스러웠어요."

여유를 얻으려 주워대보았지만 역시 헛수고일 뿐이었다.

"놀라기도 하고 감동적이기도 하셨다면 무엇이 어째서 그랬는지 이유가 있으실 거 아니에요……"

술잔을 손에 든 채 나를 똑바로 건너다보는 그녀의 목소리가 신문관의 추궁처럼 매섭고 준열하다.

"전 허 선생님이 종열 씨의 사진에 대해선 흔치 않은 관심을 가져오신 분으로 알아요. 그런 분이시라면 그이의 사진에 대한 고민을 모르고 계셨을 리가 없으실 거예요. 종열 씨의 고민은 어쩌면 허 선생님과 전혀 무관한 것이 아닐 수도 있겠구요. 제가 알기론 종열 씨는 끝끝내 자기 사진에 자신을 못 가진 사람이었어요."

여자의 어조는 숫제 추궁을 넘어선 단정에 가깝다.

나는 더 이상 회피할 수가 없어진다.

"유 선배는 늘 어떤 미래의 시간이라는 걸 찍으려 하였지요……"

나는 마치 막바지에 몰린 피의자처럼 고분고분 진심을 털어놓기 시작한다.

"그렇담 이번 사진들에서 허 선생님은 그 미래의 시간이라는 걸 보실 수 있으셨나요? 그 시간의 흐름을 느끼실 수 있으셨느냔 말씀이에요."

여자는 계속 추궁의 고삐를 늦추지 않는다. 종열 씨, 종열 씨 하고 무관스러운 듯 이름을 불러대고 있었지만, 나는 여자가 사진을 찍은 사람의 미망인임을 염두에 두면서 되도록 듣기 좋게 응대해 나간다.

"전 유 선배가 늘 구름이나 바람, 나무나 바위 같은 데서 시간을 찍으려는 걸 못마땅해했었지요."

"하지만 종열 씨가 항상 그런 것들만 찍은 건 아니었잖아요."

"물론입니다. 언제부턴가 유 선배의 사진엔 사람의 얼굴이 나타나기 시작했지요. 이번 사진들도 물론 한결같이 모두 사람의 모습으로 채워지고 있구요."

"화면이 사람들로 채워진다는 것이 그 미래의 시간이라는 것과 어떤 상관이 있는 것일까요?"

"그것은 유 선배가 결국 그 미래를 향한 시간의 문을 허망한 추상과 꿈으로서가 아니라 살아 있는 인간의 삶 가운데서 찾아내려 했다는 말이 되겠지요. 유 선배가 오랫동안 꿈꾸어온 미래의 시간이라는 것은 어차피 나무나 바다나 바위의 시간들은 아니었을 테니까요. 게다가……"

말을 하다 보니 나는 공연히 부질없는 소리를 하고 있다는 생각이 들어온다. 여자도 어차피 그쯤은 모두 이해를 하고 있을 일이었다. 알고 있으면서도 그것을 다시 내게 묻는 여자의 속셈을 알 수가 없다.

그러나 여자는 여자대로 그럴 이유가 있었던 모양이다.

"그렇다면 유종열 씨가 꿈꾸어온 그 미래의 시간이라는 것은 희망의 모습이 아니었을까요? 그 사진들…… 그 비참하고 절망스런 사람들의 얼굴이 종열 씨가 우리에게 보여주고 싶은 것들이었다면 그가 그것들을 통해 우리에게 보여주려 한 미래의 모습은 과연 무엇이었을까요?"

여자가 아랑곳없이 계속 물어왔다. 바로 정곡을 찔러오는 소리다. 나는 그냥 입을 다물고 앉아 있을 수가 없다.

"글쎄요. 저도 물론 그런 사진을 희망의 모습으로 읽을 수는 없었지요. 뭐라고 할까요. 그건 어쩌면 우리 인간들이 앞으로 살아내야 할 시간의 무게나 책임 같은 것이라고 할까요. 전 그런 식으로 읽어보려 했어요. 사진에 찍힌 것이 절망과 비극이라면, 그 사진을 찍는 사람 쪽엔 자기 배반이 자리하고 있을 수밖에 없으니까요. 뿐더러 그 절망과 비극의 모습은 그 자체의 시간대로서가 아니라, 그것을 찍은 사람들 쪽의 미래의 시간대에 속해야 하니까요……"

여자는 그제서야 내 대답에 얼마간 수긍이 가는 모양이었다. 그녀가 이제는 입을 다물고 묵묵히 고개를 끄덕이고 있었다.

표정까지 상당히 누그러든 얼굴이다.

"여기 좀 봐요!"

그녀가 이윽고 손에 든 술잔을 바닥까지 비워냈다. 그리고 내겐 의논도 없이 이번에는 병째로 술을 시켰다.

"이거 병으로 하나 가져와요. 얼음도 함께요."

이야기에 술기가 젖어든 모양이었다.

나도 그녀를 말리려지 않는다. 그냥 그녀를 내버려둔 채 그녀가 내게 다시 추궁해올 말을 기다린다. 짐짓 말고삐를 늦추고 있는 그녀의 여유가 오히려 그것을 기다리게 만들었다.

이내 술병이 오고, 이번에는 그녀가 두 사람의 술잔에 손수 얼음과 술을 채운다. 그리고는 먼저 자신의 잔을 들어 올리며 내게도 함께 들기를 권한다.

"허 선생님 말씀을 들으니 종열 씨는 어쨌거나 결국 그 미래를 찍는 데엔 성공을 한 것 같군요. 자, 그러니 유종열 씨의 소원 성취를 위해서."

과장기가 섞인 여자의 말투에 나는 비로소 조금 마음이 놓여온다. 그래 모처럼 허물없는 웃음으로 그녀의 술잔에 나의 잔을 부딪는다.

하지만 그것도 아직은 속단이었다.

"그런데요…… 허 선생님은 아직 한 가지 빠뜨리고 계신 게 있으실 거예요……"

잔을 조금 비우고 난 여자가 불시에 다시 추궁해오기 시작한다.

"그 시간의 흐름이라는 거 말씀이에요. 유종열 씨는 언제나 카메라의 셔터를 누르는 순간에 대상의 시간이 흐름을 정지해버린다고 낭패스러워했지요."

결국은 나올 소리가 모두 나오고 만 셈이었다.

"그랬지요. 그걸 방해하는 것은 사진을 찍는 사람과 대상 사이의 거리, 그 공간의 벽이라고 했구요. 그 공간의 두꺼운 벽 때문에 대상의 시간은 렌즈가 열리고 닫히는 순간에 늘 순간으로 정지해버린다, 그게 어쩔 수 없는 사진의 숙명이다…… 그래 유 선배는 늘 그 공간의 벽을 뛰어넘어가 대상의 시간과 함께 미래를 향해 흐를 방도에 고심하고 있었지요⋯⋯"

나는 까닭 없이 다시 그녀의 추궁을 감수해나간다.

"그래요. 맞았어요. 그런데⋯⋯"

기다렸다는 듯 여자가 계속해서 질문의 꼬리를 이어온다.

"그렇다면 허 선생님은 어떻게 보셨어요. 종열 씨 자신은 과연 그 공간의 벽을 뛰어넘을 수 있었을까요? 그래서 자신도 그 대상과 함께 미래의 시간을 흐를 수 있었을까요? 허 선생님은 아까 유종열 씨의 카메라가 그 시간의 문을 찾은 것 같다고 하셨는데 말씀이에요. 허 선생님은 정말로 그이의 사진에서 그이가 그 미래의 시간을 함께 흐르고 있는 것을 보실 수 있었나요?"

추궁이 다시 시작됐을 때부터 이미 짐작하고 있었던 물음이다. 한 여자의 그 지아비에 대한 이해나 사랑이 그토록 깊고 뜨겁게 느껴질 수가 없다. 나에 대한 설득조의 추궁도 그처럼 집요하고 철저할 수가 없다. 지아비를 증거하고 싶은 그녀의 뜨거운 소망을 나는 절대로 허물할 수가 없었다.

하지만 이번에는 대답이 궁색하다. 나는 실제로 그런 시간의 흐름을 볼 수가 없었기 때문이다. ─그 사진들의 시간 역시도 유 선배 앞에선 흐름을 멈추어버린 게 아니었을까. 그리고 유 선배는 다시 절망하고 있었던 게 아닐까.

진짜 유 선배의 경우를 알 수는 없었다. 하지만 나는 믿을 수가 없다. 사진들에서도 그것은 마찬가지였다. 나는 그의 사진들에서조차 그것을 함께 느낄 수가 없었다. 내겐 역시 사진들의 시간이 정지해 있었다. 그 시간의 흐름 대신에 찍는 자와 찍히는 자의 자리가 차갑고 견고한 공간의 벽으로 절망스럽게 가로막히고 있었다. 거기엔 아무런 구원의 빛도 없었다. 구원으로 흐르지 않는 시간은 미래의 시간이 될 수 없었다. 내가 거기서 어떤 흐름을 느꼈다면 그것은 다만 그것을 그렇게 믿고 싶은 마음과 노력의 결과에서일 것이었다.

하지만 나는 여자의 열망 앞에 곧이곧대로 본심을 말할 수가 없다.

"우리가 유 선배의 시간을 볼 수 있고 없고가 문제가 되겠습니까. 유 선배가 그것을 찾아서 함께 흐를 수 있었다면, 그리고 유 선배 자신이 그것을 믿을 수 있었다면, 그걸로 그만인 일이 아니겠습니까. 그가 스스로 그걸 믿고 싶어 했다면, 우리도 역시 그를 위해 그것을 믿어주어야 하는 게 우리의 도리일 테구요."

나는 완곡하게 대답을 우회한다. 그러나 그걸로 여자의 추궁을 피해낼 수는 없었다. 여자는 쉽사리 나의 본심을 읽어내버린다.

"아니지요. 이건 도리의 문제가 아닐 겁니다. 도리상의 문제로 말한다 하더라도 우리가 그를 믿어주기 위해서는 그 믿음을 뒷받침해줄 최소한의 근거는 있어야 하는 것 아닙니까. 종열 씨에게 만약 미래의 시간이 열리고 있었다면, 아까 허 선생님도 말씀하셨듯이, 그 미래의 시간이라는 것은 다만 유종열 씨 한 사람의 것이 아니라 우리 모두가 함께 살아내야 할 만인 공유의 것이 되어야 할 테니까요. 그러자면 우리가 그 시간의 흐름을 보느냐 못 보느냐는 종열 씨가 그것을 보고 못 보고보다도 오히려 중요한 일이 될 수 있는 거지요."

여자는 절대로 나의 뒷걸음질을 용납하지 않을 기세다. 알 수 없는 일이었다. 그쯤 했으면 여자가 나의 마지막 대답을 모를 리는 없었다. 한데도 여자는 굳이 내게서 마지막 대답을 듣고 싶어 하고 있었다. 더 이상 어물거려 넘길 수가 없었다. 사실은 여자의 말이 옳기도 했으니까.

"제게는 아직 그토록 밝고 깊은 눈이 없는가 봅니다. 아직은 잘 보이지가 않더군요……"

나는 마치 양해라도 구하듯 면구스런 어조로 실토를 하고 만다.

한데 아닌 게 아니라 여자는 부러 나를 그렇게 만들고 싶을 뿐이었던 것 같았다. 대답을 이미 알고 있으면서도 무슨 이유에선지 그걸 내게서 확인해봐야 할 필요가 있었던 것 같았다. 아니, 그녀는 이미 그 모든 질문들에 대한 자신의 해답을 가지고 있었다. 그 해답을 보여주기 위해 그런 절차가 필요했던 것 같았다.

여자의 얼굴에 왠지 다시 까닭 모를 웃음기가 번지고 있었다. 짓궂어 보이면서도 어딘가 만족스럽고 자신이 만만해 보이는 그런 미소다.

"그렇게 말씀하실 줄 알았어요. 어쩌면 그 편이 정직한 말씀인지도 모를 일이지요."

기다리고 있던 소리를 듣기라도 한 듯 여자는 웃으면서 빈 술잔들에 다시 술과 얼음을 채워넣는다. 그리고 비로소 생각이 미친 듯 화제를 훌쩍 건너뛰어버린다.

"그런데 참, 아까 허 선생님께선 그 사진들이 모두 어떻게 된 거냐고 뒷사연을 궁금해하셨지요?"

여기 그 해답이 있노라는 듯 옆에 놓아둔 손가방을 집어다간 새삼스레 웬 사진 한 장을 꺼내주며 말을 잇는다.

"여기 허 선생님께 보여드릴 다른 사진이 한 장 있어요. 자, 보세요. 이 사진을 보시면 사연을 대략 짐작하실 수 있을 거예요. 종열 씨의 사진들…… 아마 그 사진들의 성패를 엿보는 데도 도움이 조금은 되실 수 있을 테구요……"

실상은 그게 바로 내가 궁금해하던 점이었다. 처음부터 그걸 물어놓고도 여자의 기세에 밀려 뒷전으로 밀어둔 사진의 경위였다. 여자는 그것을 잊지 않고 있었다. 아니 우정 이야기의 순서를 그렇게 정하고 있었던 것 같았다.

어쨌거나 나는 마음이 다시 조급해지기 시작한다.

나는 이내 사진을 밝은 등불 아래로 가져간다. 한동안 그 명암이 희미한 화면을 읽는 데에 애를 먹는다.

그리고 마침내 그 화면의 윤곽이 희미한 불빛 속으로 떠오르기 시작했을 때 나는 다시 한 번 놀라고 당황한다.

이게 도대체 어찌된 노릇인가.

사진 속엔 분명 유 선배로 보이는 사람의 모습이 하나 담겨 있었다. 그것도 물론 옛날에 미리 찍어둔 것이 아니었다. 해상 유랑선을 찾아 헤매던 마지막 취재길에서 찍힌 모습이다. 모습이 그리 분명한 것은 아니다. 사진의 화면은 사방이 바다다. 해무로 어슴푸레해진 바다 저편에 난민선으로 보이는 배가 한 척 떠 있고, 화면의 중간쯤엔 한 사내가 그 난민선을 향해 방금 작은 보트를 저어가는 중이다.

카메라의 초점은 바로 그 난민선을 향해 해무 속으로 노를 저어가고 있는 사내에게 맞춰지고 있는데, 마치 그 바다의 안개 속으로 배를 숨겨 올라가고 있는 듯한 사내의 모습은 유 선배의 그것으로밖엔 읽힐 수 없는 것이었다. 내게 느껴져온 예감이 그러했고, 여자가 부러 그것을 지니고 와서 내게 보여준 연유가 그러했다.

나는 도시 사연을 알 수 없었다. 여자는 그게 사정을 이해하는 데에 도움이 될 거라고 했지만, 그 사진은 내게 또 하나의 수수께끼거리가 될 수밖에 없었다.

"이거 혹시 유 선배의 모습이 아닙니까. 그것도 그 난민선을 찾아다니는 바다 위에서의……"

나는 차라리 한 번 더 여자의 도움을 구하는 게 빠를 것 같았다. 그래 눈길을 여자 쪽으로 옮기며 자신 없는 목소리로 확인을 구한다.

"맞아요. 그건 유종열 씨예요……"

여자도 이젠 대답을 굳이 아끼고 싶은 생각이 없는 것 같다.

"그렇다면 유 선배님은 아직……?"

"아니 아직 살아 있다고 할 수는 없어요. 그렇다고 그냥 죽었다고 할 수도 없는 일이구요."

"……?"

"그는 그냥 그렇게 사라져간 거예요. 이게 그의 마지막 모습이니까요."

나는 이제 차라리 입을 다물어버린다. 어디서부터 어떻게 무엇을 물어나가야 할지 물음의 순서가 떠오르질 않는다.

여자는 그러나 이미 나의 혼란을 짐작하고 있었다. 그녀는 마치 내 혼란이 가라앉기를 기다리듯 한동안 말없이 술잔만 만지작거리고 있었다. 하다가 이윽고 그녀가 마지막 수수께끼의 열쇠를 움직이기 시작한다.

"이 편지를 한번 읽어보시겠어요? 제가 설명을 드리는 것보다 그편이 훨씬 빠르실 거예요."

여자가 다시 손가방 속에서 웬 편지 봉투 하나를 꺼내어 건네준다. 속 부피가 제법 두툼한 봉투다.

"여기 이런저런 내력들이 모두 설명되어 있어요. 몇 달 전에 뜻밖에 작업실로 온 건데요, 종열 씨가 마지막으로 얻어 탔던 배의 일본인 선장이 아까 보신 그 사진의 필름들과 함께 보내온 것이에요."

봉투를 불빛에 비춰보니, 그것은 과연 다나카라는 일본인의 이름과 일본의 주소가 적힌 외국 우편물이었다.

나는 망설이고 있을 수가 없다. 미리 여자의 양해가 있었던 터이므로 곧장 알맹이를 등불 쪽으로 가져갔다. 사연은 원래 다나카 선장이 일본말로 쓴 것 뒤에 한글로 번역한 것을 다시 덧붙이고 있었다.

"제가 일본말을 몰라서요…… 아는 사람에게 부탁해서 번역을 시켰어요. 허 선생님도 불편하시면 번역을 읽으세요."

여자가 곁에서 덧붙여오는 소리가 아니더라도 나 역시 그쪽을 따를 수밖에 없는 처지였다.

나는 곧 사연을 읽기 시작한다.

유종열 선생의 영부인 되신 분께.

안녕하십니까?

뜻밖의 글을 받으시고 먼저 어리둥절해하시리라 믿습니다.

우선 이 글을 쓰게 된 내력을 겸하여 저 자신에 관한 소개의 말씀부터 올려야 하겠습니다.

저는 5년 전, 부인의 부군 되시는 유종열 선생께서 그 불행한 사고(이렇게 말하지 않을 수 없는 점 저로서는 무엇보다 유감입니다마는)를 만나시기까지의 마지막 항해를 함께하면서, 그 배(南洋丸)의 선장으로 일했던 사람입니다……

편지의 서두는 그런 식으로 먼저 글을 쓰게 된 동기와 글을 쓴 사람의 신분을 밝히고, 거기에 곁들여 사고를 초래케 한 배의 선장으로서의 유족에 대한 사과와 위로의 말을 덧붙이고 있었다.

그리고는 이어 유종열 씨를 만나 뱃길을 함께하게 된 사연과 사고의 경위를 적어나가기 시작했다.

부인께서도 이미 알고 계실 일이겠습니다만, 저희 배는 당시 라이베리아 국 선적의 화물선이었습니다. 그러나 외항선들이 흔히 그러하듯 배의 선적이 라이베리아로 되어 있는 것은 세제상의 편의를 위한 형식이 그러할 뿐 사실상의 선적국은 일본이었습니다. 배의 소유주나 선장인 저를 포함한 선원들도 모두 일본인들이었구요. 그런데 바로 그 점에 유 선생과 저희 배 사이에 불행한 인연의 시초가 있었던 것 같습니다. 그리고 사고가 있은 지 5년이 지난 지금에서야 겨우 이렇게 사실을 밝히게 되는 허물도 거기 있었겠구요. 그 배가 형식적인 선적국에 관계없이 사실상의 일본 배였다는 그 점에 말씀입니다.

1975년 6월 중순 무렵, 저희 배는 당시 타일랜드의 방콕으로부터 일본 고베까지의 항로 중 싱가포르항을 경유 중이었습니다. 싱가포르를 경유하여 타이베이로 가서 거기서 다시 화물을 바꿔 싣고 본국 귀환 항로에 오를 예정이었습니다.

그런데 저희 배가 싱가포르항에 입항했을 때였습니다. 우리는 전혀 예정에 없던 한 한국인의 승선 요청을 받게 되었습니다. 말할 것도 없이 그 사람이 바로 유 선생이었는데, 유 선생은 그때 미리 한국 대사관 발행의 승선 협조 요청서를 마련해가지고 있었습니다.

그러나 저는 처음 유 선생의 승선을 허락하지 않았습니다. 저의 배의 선적국이 선장인 저의 국적국인 일본이 아니라는 점 때문에 승선 허가 절차가 까다롭다는 구실을 내세워서였지요. 유 선생이 지닌 승선 협조 요청서에는 선명과 항로가 지정되어 있지 않았을 뿐 아니라, 설령 그게 저희 배로 지정이 되어 있다 하더라도 저희로선 그 요청서에 응해야 할 의무가 없었으니까요.

그러나 솔직히 말해서 제가 그때 유 선생의 승선을 거부한 진짜 이유는 다른 데에 있었습니다. 유 선생의 신분과 승선 목적이 문제였습니다.

유 선생은 그때 우리 배의 승선 목적이 동남아 지역 해상을 떠도는 난민선의 사진을 찍으려는 것이었습니다. 사실상 그 무렵에 우리는 그 지역 일대의 바다를 항해하면서 유 선생이 만나고 싶어 하신 그런 배들을 자주 만나고 있었지요. 그러나 우리는 그 배들을 그냥 지나칠 뿐 섣불리 구조의 손을 내밀 수는 없었습니다. 난민을 받아주는 나라가 없었으니까요. 난민을 실은 배는 입항이 금지된 항구도 많았습니다.

인도적인 처사가 아닌 줄 알면서도 우리는 그래 난민선을 구하는 걸 금기로 여기며 항해를 해왔지요. 제3국선들의 비정적인 처사가 때로는 인간의 양심과 인도주의의 이름으로 비난을 받고 있는 줄도 알았지만, 우리는 차라리 그런 비난을 감수하는 쪽을 택하는 수밖에 다른 길이 없었습니다.

그런데 그 유 선생을 배에 싣는 일이란 무엇이겠습니까. 우리는 가끔 한국 배들이 예외적으로 난민선을 구조하고 있다는 사실을 알고 있었습니다. 그리고 그런 실적을 근거로 하여 한국인과 한국 신문들이 누구보다도 제3국선들의 비인도적 처사를 비난하고 있다는 사실도 알고 있었습니다. 유 선생의 승선을 허락하는 것은 바로 그런 비난과 괴로운 말썽을 자초하는 것에 다름 아니었습니다.

저는 유 선생의 승선을 거부할 수밖에 없었습니다.

그러나 유 선생은 단념하지 않았습니다. 선적국과 선장의 국적이 다름을 내세워 이해를 구해보기도 하였지만, 유 선생에겐 애초 그런 구실이 통하지 않았습니다. 사실상의 선적국이 일본인 데다 선장까지 일본인이면 그걸로 그만이라는 것이었습니다. 앞서 제가 불행한 인연의 시초라는 말씀을 드린 일이 있습니다만 그건 바로 유 선생께서 어쩌면 애초부터 그런 식으로 일본인 선장인 저의 배를 점

찍고 나선 것 같아 보이기도 하였기 때문입니다. 같은 동양인끼리 이해가 가능하지 않느냐는 것이었습니다.

그런 유 선생이셨으니, 우리 배의 항로가 다시 타이베이를 경유하게 되어 있는 사실 따위는 애초에 거절의 구실이 될 수 없었습니다. 유 선생은 이미 이곳저곳의 바다를 찾아본 다음이었습니다. 항로가 길고 복잡할수록 자기는 오히려 그편이 새로워 좋다는 것이었습니다.

그러나 무엇보다 유 선생은 이미 제가 승선을 거부한 진짜 이유를 알고 있었습니다. 그와 관련해 유 선생은 말씀하시기를, 자신은 다만 사진을 찍고 싶은 것뿐이라 하였습니다. 그것도 그냥 보도용이 아닌 작품 사진이 목적이라 하였습니다. 작품 사진을 찍을 일 외에는 다른 목적이나 관심이 없다고 맹세를 하듯 다짐해오셨습니다. 그러니 유 선생은 기어코 그 배 위의 사람들을 만나야 한다고, 그 사람들의 모습을 통하여 자신의 사진을 완성하고 싶다고 절벽처럼 버티고 나서시는 것이었습니다.

결과부터 말씀드리겠습니다. 저는 결국 유 선생의 그 사진에 대한 열망에 항복을 하고 만 것입니다(유 선생의 고귀한 정신과 희생을 사진을 빌려 말씀드리고 있는 것을 용서하십시오). 뒤늦은 고백이 되고 있는지 모르겠습니다만, 왜냐하면 저도 오랜 뱃사람의 생활에서 사진 취미가 상당한 정도로 깊어 있던 참이었으니까요. 유 선생의 사진에 대한 사랑과 이해를 따를 수는 없었지만, 작품 사진이나 사진을 찍는 사람에 대해선 저도 나름대로 이해를 보이고 싶었던 것입니다. 제가 끝내 유 선생의 승선을 승낙한 것 역시 그런 스스로의 이유에서였을 것입니다. 사진에 대한 저 자신의 오랜 소망과 꿈 때문에 말씀입니다.

어쨌거나 전 그렇게 되어 몇 가지 조건을 다짐받은 뒤 유 선생의 승선을 허락하였습니다. 이미 짐작하고 계시겠습니다만, 제가 유 선생께 미리 다짐을 드린 승선 조건이란 물론 별다른 것들이 아니었습니다. 난민선을 만나더라도 그 난민선에의 지나친 접근이나 구조 요구를 해오지 않을 것, 사진은 반드시 선상에서만(이 경우 물론 망원 렌즈를 사용해야겠지만) 찍을 것, 촬영한 사진은 절대로 보도 목적으로 사용하지 않을 것(프리랜서 신분을 설명 듣고 나서 그 점을 믿을 수 있었습니다), 그리고 항해가 끝나고 하선한 이후에도 사진들과 관련하여 우리 배의 승선 사실을 밝히지 않을 것 등등이 제가 승선 전에 유 선생께 미리 다짐드린 일들이었습니다.

유 선생에겐 처음 그런 다짐들이 전혀 부질없는 일만 같아 보였습니다. 유 선생은 애초 제가 예상했던 것보다 이해와 자제력이 깊은 분 같았으니까요. 우리는 함께 싱가포르를 떠났는데, 항해가 시작되고 처음 한동안은 아무런 문제가 없었습니다. 말레이시아 해역을 지나올 때부터도 우리는 벌써 몇 차례나 난민선들을 가까이 지나치고 있었지만, 유 선생은 그저 적당한 거리에서 사진을 찍어댈 뿐 별다른 요구를 해오시지 않았습니다.

저는 그래서 차츰 안심을 하게 되었지요, 아무쪼록 유 선생이 좋은 작품을 얻게 되기만을 바랐습니다.

그런데 항해가 차츰 길어지면서부터 사정이 조금씩 달라져갔습니다.

배가 보르네오 해역을 북상하여 남중국해 쪽의 대양으로 들어서면서부터는 난민선을 만나는 기회가 훨씬 뜸해졌습니다. 난민선들의 사정도 그만큼 절망적이었고 절망적인 만큼 구조 요청도 결사적이었습니다.

유 선생의 눈길이 차츰 달라지기 시작했습니다. 난민선을 좇는 시간이 길어지고, 그 눈에 심상치 않은 빛이 어려들곤 했습니다.

아니나 다를까. 유 선생은 마침내 제게 한 난민선에의 접근을 요구해왔습니다. 좀더 가까운 거리에서 배와 사람들의 형편을 살피겠다는 것이었습니다. 그 비정스러운 절망과 절규의 소리를 사진기가 아닌 자신의 눈과 귀로 직접 보고 들어야겠다는 것이었습니다.

물론 저는 그 요구를 들어드릴 수가 없었습니다. 가슴 아픈 인간성의 배반을 맛보는 건 유 선생만이 아니었습니다. 저와 저의 배의 선원들 모두의 심정도 유 선생과 다를 바가 없었습니다. 가까이 가서 어려운 사정을 살피고, 남은 식량과 식수를 묻고, 가능하면 그중의 몇 사람이라도 구조해오고 싶은 것— 인간이라면 누구에게나 그런 소망이 없을 수 없었습니다.

그러나 앞에서도 이미 말씀을 드렸듯이(군이 이유를 다시 설명드려야 할 필요는 없겠지요) 그건 우리들의 금기였습니다. 우리는 그렇게 항해를 해왔고, 그렇게 버릇 들여온 뱃사람들이었습니다. 유 선생의 요구는 묵살될 수밖에 없었습니다. 그리하여 유 선생의 온갖 불만과 비난의 말을 감수하면서도 항해는 그런대로 큰 말썽 없이 계속되어나갈 수 있었습니다.

배가 대양 한가운데로 들어서면서부터는 난민선도 전혀 만나볼 수 없었습니다. 그러나 불행스러운 사고는 바로 그 남중국해의 한복판에서 일어나고 말았습니다. 그 망망대해 한가운데서 예상치도 않게 우리는 다시 난민선 한 척을 만나게 된 것입니다. 그토록 먼 바다까지 나올 수 있었던 배이고 보니, 규모도 크고 사람도 많았습니다. 미구에 닥쳐올 참극의 규모도 그만큼 크고 절망적일 수밖에 없는 배였습니다.

유 선생은 제게 다시 요구를 해오기 시작했습니다. 이제 사진 같은 건 찍으려 하지 않았습니다. 배의 운명이 너무도 분명하므로 이번만은 그냥 지나쳐 갈 수가 없다는 것이었습니다. 배를 난민선까지 접근시켜 가서 가능한 구조를 베풀고 가자는 것이었습니다.

사전 다짐 같은 건 염두에도 없었습니다.

저는 이번에도 물론 단호하게 거절할 수밖에 없었습니다.

그러자 유 선생은 제게 마지막 요구를 해왔습니다. 배를 가까이 접근시킬 수 없다면, 자신이 난민선을 다녀오겠다는 것이었습니다. 그래 제게 보트를 내리라는 것이었습니다. 저는 물론 이번에도 허락할 수가 없었습니다. 유 선생의 신변이 염려스러웠기 때문입니다. 신변의 위험이 아니더라도 유 선생의 행동을 믿을 수 없는 일이었습니다. 예감이 좋을 리 없는 일이었으니까요. 저는 극력 유 선생을 말렸지요. 그러나 유 선생의 결심은 이미 움직일 수가 없었습니다.

더 긴 설명드리지 않겠습니다.

저는 결국 보트를 내렸고, 유 선생은 혼자 보트를 저어 난민선으로 가셨습니다. 그리고 그것이 제가 아는 한의 유 선생의 마지막이었습니다.

불행히도 저의 예감이 적중한 것입니다. 배를 떠나보낸 지 한 시간이 지나도 유 선생의 보트는 돌아오지 않았습니다.

저는 새삼 당황하기 시작했습니다. 다른 보트를 띄워 사람을 보내볼까도 생각했습니다만 그것도 부질없어 보였습니다. 보트를 내릴 때 저는 두 사람의 선원을 동승시켜 보내려 하였지만, 그런 도움 따윈 차라리 사양을 하겠노라던 유 선생이었습니다. 그때도 혹시나 의심이 들기는 했었지만, 이제 그 유 선생의 의도는 분명해진 것이었습니다. 우리가 난민선의 구조를 결심하지 않는 한 유 선생을 다시 돌아오시게 할 수는 없는 일이었습니다. 말의 설득은 무용한 것이었습니다.

그렇다고 우리 쪽에서 난민선을 구조하러 갈 수는 없는 노릇이었습니다.

저는 그러나 기다렸습니다. 제가 유 선생을 위해 할 수 있는 일이란 그저 기다리는 일뿐이었으니까요. 꼬박 스물네 시간 동안 본 항로를 벗어난 저속 항해로 난민선과의 적당한 거리를 유지하면서 유 선생의 귀환을 기다렸습니다. 그것은 물론 유 선생에 대한 저의 개인적인 호의 때문이기도 하였고, 제3국인을 승선시킨 선장으로서의 의무와 책임 때문이기도 했습니다.

하지만 기다림은 무한정 계속될 수 없었습니다. 아무런 성과도 없이 꼬박 밤낮을 지내고 나자 저는 다시 본 항로 귀환을 결심하지 않을 수 없었습니다.

용서하십시오. 여기서 굳이 유 선생의 실종에 대한 저의 허물과 최선을 다하지 못한 무성의를 변명하려 하지는 않겠습니다. 뱃머리를 돌리면서 그때 제가 혼자서 자위할 수밖에 없었던 구실은, 난민선에 아직 얼마간의 항해 능력이 남아 있으리라는 사실과, 유 선생에겐 자신의 인생과 삶의 매듭을 풀어나가는 일이 자신의 책임일 수밖에 없다는 그 지극히도 범죄적인 방관자의 이기심에 눈을 감고 기댈 수밖에 없었던 형편이었으니까요……

하지만 어쨌거나 유 선생은 그렇게 하여, 불의의 사고를 만나 돌아가신 것이 아니라, 자기 스스로의 결단에 의하여 난민선에로의 양심과 행동의 결사적인 항해를 떠나가신 것입니다.

1975년 6월 23일. 15시 3분.

북위 17도 42분 동경 113도 50분 홍콩 서남방 ×50킬로 부근의 해상에서였습니다.

편지를 읽는 동안 여자는 나를 방해하지 않으려는 듯 일절 말을 걸어오지 않았다. 혼자 술잔의 술을 비우고, 그것을 다시 채워 붓곤 하면서 조용히 나를 기다리고 있었다.

이번에는 나도 거기서 잠시 눈길을 돌리고 잔을 한차례 비워냈다. 여자가 말없이 그 잔에 다시 술을 채웠다. 그리고는 마저 나머지를 읽으라는 듯 은근한 재촉의 눈길을 보내온다. 나는 다시 읽기를 계속한다.

— 그럼 이제부터는 저의 글월이 이토록 늦어지게 된 경위를 말씀드리겠습니다.

다시 말씀드릴 것도 없이 부인께서는 여태 유 선생의 실종을 보다 절망적인 종말로 알고 계실 터이고, 저는 바로 그런 왜곡을 유발한 최초의 장본인이었던 관계로, 불상사에 대한 진실을 일찍 알려드리는 것은 저의 불가피한 의무이자 책임이었습니다.

그러나 저는 결국 5년 동안의 짧지 않은 세월을 침묵 속에 혼자 흘려보내고 말았습니다. 그럴 이유가 한두 가지 있었습니다.

아니, 그 이유를 말씀드리기 전에, 여기 함께 보내드린 필름의 내력부터 말씀드리는 것이 순서이겠습니다.

인화를 해보면 곧 아시겠지만, 이 필름들은 물론 유 선생의 것입니다. 저의 배에서 찍은 것도 있지만, 우리 배로 오르기 전에 다른 배를 타고 찍은 것들도 함께 섞였습니다. 미처 현상이 되지 않은 것들은 입항 즉시 제가 현상을 하여 보관해온 것입니다.

앞서도 이미 말씀을 드렸듯이 유 선생은 그렇게 필름들을 모두 저의 배에다 두고 가신 것입니다. 필름뿐 아니라 카메라까지도 버리고 가셨으니까요(카메라는 다음 기회에 보내드리겠습니다).

어떻게 보면 유 선생은 그 마지막 배를 만나기 전부터 이미 그런 식으로 저희 배를 떠나갈 채비를 하고 계셨던 것 같기도 하였습니다.

왜냐하면, 오늘 이렇게 부인께 유 선생의 마지막 모습을 알려드리고, 필름들을 고스란히 전해드릴 수 있게 된 것도 어떻게 보면 유 선생께서 미리 그런 단속을 해놓은 덕분이랄 수 있는 일이니까요. 우연일 수도 있는 일이긴 하지만, 유 선생이 두고 가신 필름들에는 그렇게 모두 촬영 시기와 장소별 분류가 차곡차곡 모두 행해져 있었습니다. 거기에 그 필름들이 전해져야 할 서울 작업실과 부인의 주소까지 덧붙여져 있었습니다.

미리 마음을 작정하고 계셨던 흔적으로 읽혀질 수가 있는 일들이 었습니다. 어쩌면 바로 유 선생의 그런 점이 제게 엉뚱한 용기를 주었는지도 모릅니다. 제가 그 유 선생의 일에 감히 엉뚱한 왜곡을 감행하게 되는 지극히 이기적인 구실을 말씀입니다. 저는 사실 유 선생의 일로 무척 난처한 입장에 빠져 있었습니다. 유 선생의 일은 물론 관계국 당국에 즉시 통보를 내야 하였습니다.

그러나 부인께서도 짐작하시다시피 저는 사실을 사실대로 보고하기가 여간 난처하지 않은 입장이었습니다. 유 선생의 경우는 저의 배에 대한 승선 절차에도 문제가 있었고, 하선 경위에는 더욱 미묘한 말썽의 소지가 있었으니까요. 선장으로서의 저의 의무나 책임도 문제였지만, 하필이면 일의대수(一衣帶水) 간 사이인 두 관계 당국 간에도 예상 밖의 말썽을 빚게 할 염려가 있었습니다.

이럴까 저럴까 고심을 하던 판에 유 선생의 심중이 헤아려진 것입니다. 이렇게 말씀드리지 않을 수 없는 저의 입장을 이해하여주십시오. 저는 그때 저의 난처한 입장을 모면하기 위하여 유 선생과의 그 승선시의 약속을 상기해낸 것입니다. 유 선생이 그렇게 난민선으로 가신 것이, 남겨진 필름들에서 읽힐 수 있는 것처럼 일시적인 감정의 충동에서가 아니라 미리 계획된 행동이었음이 분명하다면, 유 선생은 그것으로 저와의 약속도 의식적으로 무시해버린 셈이었습니다. 저는 그렇게 생각할 수밖에 없었습니다. 유 선생은 그만큼 자신의 주장이나 행동에 양보가 없으신 분이었습니다.

그렇다면 유 선생의 행동엔 그만한 책임도 따라야 했습니다. 그리고 저는 그것을 믿어야 했습니다. 유 선생의 운명의 실을 맺은 것은

유 선생 자신의 의지와 선택에 의해서였습니다. 그렇다면 그 매듭을
풀어내는 일 또한 유 선생 자신의 책임이어야 했습니다……

저는 두 번 실수를 할 수는 없었습니다. 저는 사건을 될수록 간결
하게 마무리 짓기로 하였습니다.

그러나 부인, 이 점만은 오해하지 말아주시기 바랍니다. 제가 비
록 그러저러한 구실로 유 선생의 마지막을 죽음으로 왜곡하려 했다
하더라도, 그것이 제가 유 선생의 죽음을 믿으려 했다거나 바라고
있었던 것은 절대로 아니었다는 점을 말씀입니다. 앞에서도 누차
말씀을 드렸듯이, 저의 왜곡은 유 선생의 생사와는 상관이 없었습
니다. 저는 그저 유 선생께서 다시 돌아오시거나 소식을 들을 수 있
게 되었을 때의 저의 입장을 미리 걱정하지 않기로 했던 것뿐이었습
니다. 유 선생이 만약 다시 살아 돌아오시거나 소식을 전해오실 경
우엔 그것으로 저절로 모든 매듭이 풀리게 될 것이었으니까요. 그
리고 그런 식으로 유 선생께서 자신의 삶의 매듭을 풀어내는 일에
저를 난처하게 해야 할 일은 없으리라고 믿고 싶었으니까요.

하여 저는 저의 선원들의 입을 그쪽으로 모두 단속하였습니다. 그
리고 다음 달 홍콩 항을 경유하게 되었을 때 그곳의 관계국들(물론
한국과 저의 일본의) 영사관을 찾아가 사고 경위를 보고하였습니다.

보고 과정에서도 특별한 어려움은 없었습니다. 저희 일본 영사관
쪽에서는 선장의 의무와 책임에 대한 다소간의 추궁이 있었습니다
마는, 한국 영사관에서는 그럴 여지조차도 없었습니다. 한국 영사
관에 대한 우리의 보고는 그저 일방적인 통보의 형식을 취했었으니
까요. 아니 한국이나 일본이나 영사관 사람들은 어쩌면 그 이상 자

세한 사실을 알고 싶지가 않았던 것인지도 모릅니다. 저는 그 후 저의 일본국 고베항에 귀항하고 나서도 다시 비슷한 보고를 냈는데, 홍콩에서나 본국에서나 사고의 내용을 접수하는 사람들은 한결같이 귀찮은 표정들이었으니까요.

어쨌거나 저는 그런 식으로 사고의 뒤처리가 무사히 끝난 것이 우선 다행스러웠습니다.

그러나 아직도 숙제가 모두 끝난 것은 아니었습니다. 필름의 처리가 아직도 문제였습니다. 필름에 대한 일은 애초 보고 과정에서도 제외되어 있었지만, (부인께서도 아시다시피 의혹과 말썽을 줄이기 위해 저희는 당신의 필름뿐만 아니라 카메라를 비롯한 유류품들엔 일체 부인하거나 함구하고 말았습니다) 부인께서도 유 선생의 일은 제가 왜곡해낸 실종 소식 이외에 다른 사실을 통보받은 바가 없으실 터이므로, 그런 부인께 필름을 불쑥 보내드릴 수는 없는 일이었습니다. 필름을 보내드리는 건 필시 새로운 의혹과 말썽의 소지를 만드는 일이었습니다.

저는 기다리기로 하였습니다. 유 선생의 주위에서 어느 정도 그분의 일을 잊게 될 때까지. 그때 가서 자세한 사연도 알려드리고, 부인께서도 그것을 침착하게 받아들이실 수 있기를 바라면서.

혹은 아예 필름을 없애서 이런저런 말썽의 소지를 없애버릴 수도 있기는 하였습니다. 하지만 저는 막연하게나마 사진에 대한 유 선생의 꿈을 헤아려볼 수가 있던 사람이었습니다. 뿐더러 저 자신이 구조의 손길을 뻗칠 수는 없더라도, 그 난민선을 향한 유 선생의 영혼과 육신의 기구를 끝내 외면할 수는 없었습니다. 사진이나마 무사히 간직하여 그분의 이름으로 되돌려주는 것이 그분의 절망과 분노에 대한 저의 마지막 도리인 듯싶었습니다.

하여 저는 이날까지 기다려왔습니다.

하지만 부인, 그렇다고 제가 이 5년 동안에 오직 그것만을 위해 시간을 기다린 것이 아니었음을 기억하여주십시오. 그것은 오직 유 선생의 실종이 죽음으로 확정되고, 부인을 비롯한 유 선생의 주위 분들이 그것을 다만 지나간 한 조각 슬픔으로 받아들이게 될 수 있기만을 기다린 세월이 아니었습니다. 그것은 오히려 유 선생의 생환을 저 나름대로 기원하고 기다려온 세월이기도 하였습니다.

대개의 세월을 바다 위에서 보내야 하는 저의 처지로선 육지의 시간을 옳게 가늠하지 못했는지도 모릅니다.

하지만 이제 저는 무작정 기다리고 있을 수가 없었습니다. 어느 만큼은 필요한 세월이 흘렀다는 생각도 들었습니다. 저는 마침내 유 선생의 실종에 관한 사실을 알려드리고, 이 필름들을 되돌려드림으로써 얼마간이나마 우선 저의 무책임과 이기심이 빚은 허물을 덜어볼 결심을 하게 된 것입니다……

편지의 사연은 거기서 마무리 인사로 이어져갔다. 사실의 왜곡과 그 왜곡에 대한 해명의 글이 늦어진 것을 한 번 더 사과하고, 그리고 그 부인에 대한 위로에 덧붙여 이번에 미처 적지 못한 일들은 재신(再信) 가운데서 다시 적겠다는 다짐으로 사연은 일단 끝이 나고 있었다. 그런데 다나카 씨는 그렇게 사연을 일단 마무리 짓고 나서야 뒤미처 생각이 떠오른 듯 다시 추신을 덧붙이고 있었다.

추신: 참 여기 유 선생을 찍은 저의 사진도 한 장 보내드립니다.
유 선생께서 저의 배를 떠나 난민선을 향해 보트를 저어가실 때의
마지막 모습입니다. 전 그때 유 선생께서 저의 배를 떠나시는 걸 보
고 불현듯 그 모습을 찍어두고 싶었습니다. 그만큼 예감이 확실했
던가 봅니다. 그래 전 부리나케 저의 카메라를 꺼내왔지만 그때는
이미 유 선생의 배가 상당한 거리로 멀어지고 있어서 결국은 이런
사진이 되고 말았습니다. 망원 렌즈를 준비하지 못한 데다 해무까
지 일고 있는 바다 때문이었지요. 하지만 그런대로 작은 위로거리
가 되시길 빕니다.

여자가 내게 보여준 사진의 설명이었다.

6

나는 비로소 편지를 놓고 여자를 보았다.

새삼스레 여자에게 할 말은 없는 것 같았다. 따로 하고 싶은 말
이 있을 수도 없었다. 편지의 사연이 모든 사실을 밝혀주고 있었
다. 글 가운데엔 군데군데 다나카라는 그 일본인 선장이 자기변명
을 앞세우고 있는 곳이 많았다. 그래 다소간은 경위에 모호한 대
목들도 있었다.

하지만 그런 것쯤은 그리 문제가 아니었다. 유 선배가 취한 행동의 동기를 굳이 그에게 물으려 하거나 설명 들어야 할 필요는 없었다. 그에게선 그저 드러난 사실들만 확인하면 그만이었다. 그의 지루하도록 긴 편지는 그런 몫을 충분히 감당해낸 셈이었다. 유작전에 출품된 사진들의 내력은 이제 충분히 설명이 된 셈이었다. 유 선배의 모습이 찍힌 사진도 더 이상의 설명이 필요치 않았다.

그보다도 나는 이제 그 편지와 사진의 내력들로 하여 유 선배가 그토록 갈망해오던 미래의 시간을 분명하게 보게 된 것 같았다. 유 선배는 몸소 그 두꺼운 공간의 벽을 뚫고 넘어가 시간의 문을 붙잡은 것이었다. 그 미래의 시간과 함께 그가 흐르고 있음을 눈과 가슴으로 느낄 수 있었다.

— 그에게 만약 미래의 시간이 열리고 있었다면, 그 시간이라는 것은 다만 유종열 씨 혼자만의 그것이 아니라, 우리 모두가 함께 살아내야 할 만인 공유의 시간이어야지요. 그러자면 우리가 그 시간의 흐름을 보느냐 못 보느냐가 중요한 일이지요.

여자가 편지를 꺼내 보여주며 내게 다짐조로 물어온 말이었다. 나는 이제 바로 그 미래의 시간을 보게 된 셈이었다. 유 선배가 그 미래의 시간과 함께 흐르고 있음을 믿을 수 있게 된 것이었다. 나는 여자에게 대답을 할 수가 있게 된 것이었다.

하지만 나는 굳이 그것을 말할 필요가 없었다. 여자도 이미 그것을 짐작하고 있을 터이기 때문이었다.

말을 하고 싶은 것이 있다면 다만, 유 선배의 확실한 생사에 대한 것뿐이었다. 유 선배의 마지막이 죽음이 아니었다는 사실은 내게 아직도 그에 대한 희망을 남기고 있었고, 나는 그것으로 여자를 얼마간 위로해주고 싶었다.

하지만 역시 그것도 섣불리 이야기를 꺼낼 수는 없는 일이었다. 선장이 뭐라고 구실을 붙였든, 그가 이제 사실을 밝혀온 것은 유 선배의 생환을 위한 그의 기다림이 끝났다는 뜻이 될 수도 있었다. 생환의 희망을 남길 수가 없다는 뜻이었다. 여자가 그것을 못 읽었을 리 없었다. 섣불리 입에 담고 나설 소리가 아니었다.

나는 그저 한동안 여자를 말없이 바라보고만 있었다.

그것은 여자 쪽도 마찬가지였다. 무슨 소중한 성과를 다치지 않으려는 듯 여자도 굳이 쓸데없는 소리를 원해오지 않았다. 그러나 감정의 억제가 쉽지 않은 것은 역시 지아비를 잃은 여자 쪽인 것 같았다.

여자가 이윽고 자기 술잔을 집어 들었다. 그리고는 내게도 술잔을 집으라는 눈짓을 건네며 자신의 것을 입으로 가져간다. 유 선배의 성취를 그것으로 한 번 더 다짐해 보이고 싶기라도 하듯이. 하더니 그녀는 뭔가 아직도 지펴오는 것이 있는 듯 치켜든 술잔만 곰곰이 만지작거리다 드디어는 먼저 입을 열기 시작한다.

"생각해보면 참 엄청난 배반이었겠지요……"

뭔가 우스운 것을 연상하기라도 하듯 술기 섞인 웃음을 헤프게 흘리며 독백처럼 혼자 지껄여오고 있었다.

"사진을 찍겠다고 거기까지 간 사람이 끝내는 자기 사진기를 버리고 되레 자신의 모습을 찍히게 되었으니…… 유종열 씨가 만약 그것을 알았으면 그 절망이 어쨌을까요."

말을 해놓고 여자는 그 유 선배의 마지막 모습이 찍힌 사진을 들여다보며 넋이 나간 사람처럼 힝힝거리고 있었다. 나도 이제는 그냥 계속해서 입을 다물고 있을 수가 없다.

"유 선배는 바로 그런 배반과 절망을 통하여 비로소 그 미래에로의 시간의 항해를 시작할 수 있었겠지요."

나는 비록 자신은 없었지만, 나의 그런 이해를 통하여 여자가 위로를 얻기를 바라면서 간절한 목소리로 말을 이어나갔다.

"그 배반과 절망의 자각을 통하여 유 선배는 비로소 시간의 문을 찾아내었고, 그 시간과 함께 미래로 흐를 수 있지 않았겠어요…… 그런 뜻에서 전 그 일본인 선장이 찍었다는 유 선배의 사진조차도 유 선배 자신의 사진이란 느낌이 듭니다. 사진의 화면을 유 선배 자신이 몸소 연출하고 있으니까요. 자신의 몸으로 화면을 직접 연출해 찍은 사진, 그래서 자신이 그 미래의 모습이 되고 있는 사진…… 유 선배도 아마 자신의 사진기만으로는 그토록 분명한 시간의 모습을 얻을 수가 없었을 겁니다. 그리고 그래서 유 선배는 그런 절망을 사양하려 하지 않았을 겁니다."

나는 그쯤 사설을 끝내고 다시 술잔을 입으로 가져갔다.

그런데 참 알 수 없는 일이었다. 잠시 전 여자는 실상 그 유 선배의 절망을 말하고 있었던 것 같았다. 그 여자가 이젠 유 선배를 빌려 자신의 절망을 말하고 있었다.

"맞아요. 유종열 씨는 이제 그 자신이 미래의 모습이 되어간 셈이지요."

여자는 이제 침착을 되찾은 목소리로 간단히 내게 동의해왔다.

자신도 그쯤은 이미 읽고 있었던 일이라는 투였다.

하지만 여자는 동의에 이어 다시 한동안 말을 이어나간다.

"그런데 참 이상한 일이에요. 그이의 마지막 성취 앞에 전 왠지 이렇게 외롭고 허전해질 수가 없군요. 알고 보면 이 5년 동안 유종열 씨의 소식을 기다려온 것은 그 일본인 선장만이 아니었어요. 저도 내내 이 5년 동안을 기다려왔어요. 미스터 오의 도움이 크긴 했지만 여태 그이의 작업실을 지켜온 것도 그 때문이었구요. 그런데…… 그런데 막상 그이의 분명한 성취를 보게 되니 전 이번에야 말로 정말 유종열 씨가 영영 떠나간 느낌이에요. 그는 떠나가고 저만 혼자 뒤에 남아 있는 느낌…… 이건 차라리 절망이군요. 그 동안엔 그래도 그것을 혼자서 감당해보려고 무척이나 애를 써왔지만 말씀이에요……"

여자의 목소리가 다시 낮게 젖어들기 시작한다.

문득 눈을 들어 여자를 보니, 그녀의 눈가엔 어느새 작은 눈물방울이 맺히고 있었다. 여자는 이제 그것을 감추려는 생각도 없이 정면으로 나를 응시하고 있었다. 뭔가 응답을 기다리는 눈치였다.

그러나 나는 이제 그 여자를 위해 별로 할 말이 없다. 여자의 절망이 어쩌면 너무도 당연한 것처럼 느껴지기 때문이다.

유종열 선배가 그 화면 속의 미래를 흐르고 있는 시간, 그것은 바로 그의 여자의 미래의 시간이 될 수도 있어야 했다. 여자도 그것을 함께 흐를 수 있어야 했다. 하지만 여자에겐 그것이 아마도 불가능한 것 같았다. 유 선배의 성취가 너무도 완벽해 보였다. 그의 시간도 그만큼 깊고 무거워 보일 수밖에 없었다. 그 시간을 여자가 함께 감당해 흐르기는 어려웠다.

나는 차츰 여자의 절망을 이해할 수 있을 것 같아진다. 유 선배의 지나치게 완벽한 성취가 여자를 거꾸로 절망시킨 것이었다. 여자에겐 차라리 그 간절한 기다림의 세월이 함께 흐르는 시간이었을지 모른다. 유 선배의 성취는 여자에겐 차라리 흐름의 정지요, 떠남이었을지 모른다. 여자는 결국 그렇게 혼자가 되어버린 절망감을 감당해보고자 내게마저 연락을 미뤄온 것이었다. 유 선배를 위한 효과적인 설득의 방법으로서가 아니라 그녀 자신의 절망을 혼자서 이겨내기 위하여.

— 그런데 참 이상한 일이에요…… 그녀가 이상해하고 있는 일의 해답도 그녀 자신이 가지고 있었다. 내가 따로 할 말이 있을 수 없었다.

그렇다고 나는 언제까지나 그저 입을 다물고만 있을 수도 없는 처지다. 그녀는 특별히 나를 기다려 유 선배의 마지막 모습을 보여준 터이고, 나는 그것으로 유 선배의 성취를 확인한 사람이다. 여자의 심중을 계속 모른 척해버릴 수가 없었다.

"하지만 정 선생은 아직도 기다리시게 되겠지요."

나는 마침내 침묵을 깨고 한마디를 건넨다.

"이젠 훨씬 더 희망적인 근거도 얻은 터에 말입니다."

딴은 별로 위로가 될 만한 소리도 아니다. 어쩌면 오히려 여자의 심사를 거슬려 다치게 할 소리일 수도 있었다.

하지만 여자는 이제 굳이 그러는 나를 허물하지 않는다.

"아니, 이젠 기다리지 않아요……"

그녀가 웃으면서 가만가만 고개를 가로저어 보인다. 말뜻은 역시 나의 예상을 부인하는 것이었지만, 목소리는 차분하게 가라앉아 있었다.

"전 허 선생님처럼, 그이에게 정말 시간의 문이 열리고 나면 우리도 함께 그것을 흐르게 될 거라고 했었지요. 우리도 함께 그것을 흘러야 하는 우리의 미래의 시간이어야 한다구요…… 그건 실상 제 부질없는 허풍이었어요. 그저 한번 그렇게 꿈을 꾸어본 것뿐이에요…… 유종열 씨는 그 시간을 건너면서 제겐 문을 닫아버리고 갔거든요…… 그의 시간이 어차피 함께 흐를 수 없는 것이라면, 저도 이젠 자신의 시간을 흐르도록 해봐야지요. 그래 말하자면 이번 전시회도 유작전으로 이름한 것이에요. 종열 씨를 위한 마지막 잔치의 마당으로 말이에요……"

"……"

"이번 전시회가 끝나고 나면 작업실도 그만 오 군과 의논하여 정리할 참이구요."

나는 다시 할 말이 없어진다. 그것은 바로 유 선배의 실종에 대한 그의 여자의 마지막 선언이다. 마지막 잔치는 바로 그의 장례 행사가 되고 만 것이다. 유 선배가 다시 한 번 우리의 곁을 떠나가고 있는 것 같아진다. 그의 실종이 내게서 한 번 더 되풀이되고 있는 느낌이다. 머릿속에 새삼 멀고 황량스러운 바다가 떠오른다.

이윽고 나는 여자로부터 다시 사진을 끌어당겨 유 선배의 마지막 모습을 찾는다.

뽀얗게 멀어져가는 해무의 바다.

그것은 하나의 시간의 소용돌이, 소멸과 탄생이 함께 물결치는 광대무변한 시간의 용광로다. 그 시간의 소용돌이 속으로 방금 한 작은 인간이 까마득하게 자신을 저어간다.

그런데, 그사이 내게도 어느새 여자의 심사가 전염돼온 것인가. 아니면 그 유 선배의 성취가 내게도 그처럼 못 견딜 절망이었을까. 사진의 화면 위에 문득 커다란 맹점(盲點)의 투영이 생기고 있었다. 그리고 홀연 그것 속으로 유 선배의 모습이 사라지고 없었다.

내게서도 마침내 유 선배의 실종이 완전무결하게 이루어진 셈이었다. 여자가 바라온 나의 구실을 자신 속에서 감당해낸 것이었다. 하지만 그 맹점의 동공(洞空)은 사진의 화면에만 있는 것이 아니었다.

"오 군은 아마 그냥 혼자서 가버린 모양이에요."

문득 어디선가 여자의 소리가 들려오고 있었다. 나는 이제 그 소리를 귀를 통해 듣고 있지 않았다. 가슴속 깊이 어느 곳엔가로 맹점의 동공이 옮겨와 있었다. 나는 그 맹점의 동공으로 여자의 소리를 듣고 있었다.

"그럼, 이제 우리도 그만 일어나 볼까요. 전 집에 아이가 기다리고 있어서요."

여자의 소리는 그곳을 지나가는 창 구멍 바람 소리 비슷했다.

(『문학사상』 1982년 1월호)

여름의 추상
— 잃어버린 일기장을 완성하기 위하여

서울에서 ×월 ×일

"그동안 누구 찾아온 사람 없었지요?"

"예, 찾아온 사람은 없었던 듯싶은데요."

한 일주일 부러 아파트를 비웠다 돌아오는 길에 엘리베이터를 기다리며 경비실에 물으니, 땅딸이 송 씨 아저씨의 대답은 의외로 무심스럽다. 나는 우선 마음이 조금 놓인다. 현관 경비원은 원래 두 사람, 조장 김 씨와 땅딸이 송 씨가 하루 열두 시간씩 주야로 교대 근무를 해나간다. 송 씨의 말만으로 그간의 방문객 유무를 단정해버릴 수는 없는 일이다. 안심을 하기엔 아직 이르다. 하지만 나는 송 씨에게 더 이상 따져 묻지 못한다. 그가 다시 입을 열어올 것이 오히려 두렵다.

"올라가지."

엘리베이터가 내려오자, 나는 말없이 가만히 기미만 살피고 서 있는 아내를 재촉하여 쫓기듯 안으로 몸을 들이민다.

그러나 바로 그 순간— 송 씨가 비로소 생각이 미친 듯 반갑잖은 한마디를 등 뒤로 던져온다.

"그런데 참, 전보가 한 통 왔었을걸요."

"어디서요?"

나는 엘리베이터 안으로 반쯤 몸을 들이밀다 말고 반사적으로 다시 발길을 돌이킨다.

그러면 그렇지, 이 한 주일인들 무사했었을라구. 나는 영락없이 등덜미를 되잡힌 기분이다. 부러 집까지 비워두고 헤매 다닌 이 일주일이 공연한 헛수고만 같아진다. 나를 다시 뒤따라 나와 서 있는 아내의 얼굴에도 불안기가 역력하다. 전보라는 소리는 한밤중에 울어대는 전화벨 소리만큼이나 불길스럽다.

하지만 송 씨 아저씨는 그 전보를 받아놓지도 않았단다.

"글쎄, 어디서였더라……?"

송 씨 아저씨는 짐짓 내 불안스런 심사를 즐기고 있기라도 하듯 기억을 느릿느릿 더듬거린다. 그리고 그 더듬거린 시간만큼 나를 더욱 당황하게 만든다.

"그게 그러니까 어디 선생님네 고향 동네 쪽 같았는데…… 그쪽에서 누가 돌아가셨다든가 어쨌다든가……"

"누가 돌아가셨다구요? 돌아가신 사람이 누구던가요?"

나는 순간 올 것이 오고 말았다는 느낌이다. 그러나 일이 너무 갑작스러워 앞뒤를 감당해나갈 방도가 안 떠오른다. 당황스럽고

부끄러울 뿐이다. 죽음의 소식이 왜 나를 이토록 부끄럽게 만드는
가. 아직은 그 불상사의 당사자조차 밝혀지지 않고 있는 마당에.

그러나 나는 부끄럽고 당황스런 김에 연거푸 질문의 꼬리를 이
어댄다.

"글쎄요…… 그것까지는 제가 전보의 내용을 자세히 보아두지
않아서요."

"왜 그런 전보를 받아두지 않았지요?"

"그야 선생님네가 마침 그쪽으로 가 계신 줄 알았으니까요. 사
람이 직접 가셨으니 어련히 일을 알게 되셨을까 싶었지요."

"……"

딴은 송 씨 아저씨만을 계속 나무랄 수는 없는 일. 도회지 사람
시골 간다면 으레 고향 동네 나들일 떠올리게 마련이다. 시골 좀
며칠 다녀올게요— 조장 김 씨에게 막연히 그렇게 말해놓고 간 내
게도 그만한 허물은 있었던 셈이다.

"아니 그럼 이번에 선생님네가 다녀오신 건 고향 동네 쪽이 아
니셨던가요?"

무슨 눈치를 챈 모양인지, 이번에는 송 씨 쪽이 새삼 의아스런
표정으로 내게 물어온다. 그 물음이 나를 더욱 부끄럽게 만든다.

"전보가 온 게 언제쯤이었지요?"

나는 그 부끄러움을 숨기기 위해 대답 대신 다시 송 씨에게 묻는
다. 그러고는 미처 송 씨 아저씨의 대답도 다 끝나기 전에 아내와
함께 엘리베이터 안으로 몸을 훌쩍 숨겨 들어와버린다.

"그러니까 그게 선생님네가 떠나신 바로 뒤였지요. 떠나시던 날

이던가, 그다음 날이던가. 그러니까 한 일주일쯤 전이었⋯⋯"

엘리베이터를 타고 집으로 올라오고 나서도 나는 한동안 먼지 낀 겉옷 한 장 벗고 싶은 생각이 없다. 벗을 생각도 그럴 엄두도 나질 않는다. 경우에 따라서는 이대로 다시 길을 되짚어 밤차를 타야 한다. 전보의 사연부터 우선 확인을 해봐야 한다.

하지만 어떻게 시골로 그것을 알아볼 방도가 떠오르질 않는다.

누가 죽은 것일까, 어째서 어떻게 죽은 것일까⋯⋯

짐작이 전혀 안 가는 것은 아니지만 이런 경우 섣부른 단정은 금물이다. 나는 그동안 헛되이 집을 비운 것이 차라리 후회스러워지기까지 한다. 그리고 그토록 끈질기게 나를 뒤쫓는 카메라가 새삼 원망스럽다. 집을 비운 것은 바로 그 집요하고 악착스런 카메라 때문이다. 그동안 카메라가 집을 찾아오지 않은 것이 다행이라면 다행이랄 수 있을까. 하지만 카메라는 나타나지 않았더라도 이런 소식이 나를 기다리고 있는 것을. 하필이면 바로 그사이에⋯⋯

하다 보니 그 카메라에 대한 원망은 이제 아예 집이라는 은거지에 대한 저주로까지 변해간다.

모든 불길한 일들은 언제나 그 집이라는 은거지를 겨냥해서 달려든다. 차라리 집이라는 주소지라도 없었으면 좋겠다. 어쩌면 아예 정해진 은거지를 안 지니는 편이 나을지도 모른다. 그래서 모든 불길한 소식이나 사건들이 나를 끝내 찾아낼 수 없게 됐으면 좋겠다. 시골의 부음도, 카메라의 눈길도⋯⋯

하지만 이번에는 어차피 이미 받아놓은 소식. 어쨌거나 확실한 사실을 알아내야 한다. 나는 마치 전보의 내용을 확인해내야만 다음 행동이 가능한 것처럼, 또는 그것이 이날 저녁만이라도 시골행을 미뤄놓을 구실이라도 되듯이, 지레 먼저 겁을 먹고 초조해하는 아내를 제쳐두고 혼자서 전보의 수수께끼에 매달린다. 방법은 그저 곰곰 혼자서 추리를 해보는 길뿐이다. 어쨌거나 이미 번거로운 일들은 끝나 있으리라는 일주일간의 시차— 아마 한 일주일쯤 전이었을걸요.

마지막 말끝을 듣지는 못했지만, 송 씨의 그 말이 나의 그런 무도한 게으름을 은밀히 부추긴다.

하지만, 오래지 않아 나는 그 실없는 추리극마저 방해를 받고만다.

뿡뿡—

현관 쪽에서 갑자기 인터폰 소리가 요란하게 울린다. 전화벨 소리 못지않게 귀찮고 불안스런 그 인터폰 소리. 나는 허겁지겁 현관으로 달려간다. 그리고 앞서 달려온 아내가 집어 든 수화기를 황급히 귓가로 가져간다.

"아, 저 현관 김 씹니다."

"그런데요?"

쩡쩡 울려오는 수화기 속의 목소리에 나는 또 예의 신경질적인 경계심이 솟는다.

"지금 막 송 씨하고 교대를 했는데요. 송 씨가 선생님이 오늘 돌아오시더라기에……"

"그런데 그새 무슨 일이 있었습니까?"

그러고 보니 창밖은 어느새 저녁 어스름이 내리고 있다.

나는 더 이상 불안한 마음을 숨길 수 없어진다.

하지만 현관의 김 씨는 나의 그런 불안감 따위는 아랑곳을 않는다.

"예, 찾아온 사람이 있었어요. 그런데 그게 제 당번 때 일이어서 송 씨는 아마 모르고 있었던가 봅니다."

"찾아온 사람이 어떤 사람이었어요?"

나 혼자 예감에 쫓기면서 계속 조급하게 김 씨를 재촉한다.

하지만 경비실 조장 김 씨의 대답은 끝내 내 마지막 소망마저 무참히 꺾고 만다.

"말씀 들으시면 그 사람 아마 선생님도 아실걸요. 접때도 몇 번 선생님 안 계실 때 카메라를 메고 찾아왔더라는 분 말씀이에요. 이번에도 저 있을 때만 두 번이나 왔었어요."

"알았어요."

나는 이제 그만 수화기를 놓는다. 그리고 곁에서 내내 기미를 살피고 서 있는 아내의 눈길을 피해 힘없이 서재로 숨어들고 만다.

그러면 그렇지. 그동안을 어떻게 무사했을 리가 있을라구.

이젠 차라리 체념조가 되고 만다. 체념 속에서도 한편으론 지글지글 치가 떨려오기 시작한다. 이제 시골 소식 따위는 오히려 약과다. 이 지경을 대체 어떻게 모면해나간다?

하지만 궁리를 짠다고 머릿속에서 무슨 뾰족한 방도가 떠올라와 줄 리는 만무다. 나는 그저 무념무상, 한동안 넋 없이 창밖의 어둠만 바라보고 서서 시간을 기다린다.

하다 보니 그 시간이 문득 지혜를 일러준다. 아니, 해답은 오히려 자명한 것이었다. 길은 이미 마련되어 있었다. 그것도 너무 가까운 곳에.

그새 카메라가 두 번씩이나 집을 찾아왔다면, 작자가 또 언제 다시 달려들지 모른다. 그렇다고 무작정 자리를 피하는 것도 이제 는 그리 먹혀들 수가 없는 일.

—시골 갔어요. 시골 가 지내요.

아내에게 시켰건 경비에게 부탁했건, 그건 너무도 자주 써온 핑계다. 그 시골행 핑계도 이젠 거의 설득력을 잃은 터. 무작정 집을 비우거나 효험 없는 핑계들만 주워대는 건 이제 이쪽 본심만 드러내 보이기 십상이다. 그건 오히려 위태로운 일이다. 카메라를 피해 집을 비우고 시골행을 떠나는 데도 이젠 피차가 납득할 만한 다른 구실이 있어야 한다.

이번에는 마침 부음을 받은 터. 당연히 시골을 가야 할 처지다. 그것은 경비 조장 김 씨도 알고 있는 일이다. 누구도 곧이들을 수 밖에 없는 일이다. 사람의 죽음을 찾아가는 일임에랴. 누구도 곧 이를 들어야 할 일이다. 그보다 분명하고 당당한 구실은 있을 수 가 없을 테다. 그러면 일이 도대체 어떻게 되어가는 것인가. 귀찮고 원망스런 죽음의 소식이 이번에는 거꾸로 나를 구하는 격인가. 아니면 또다시 집을 비우게 만드는 카메라의 극성이 나를 재촉하여 사람 구실을 하게 만드는 것인가. 어쨌거나 나는 이제 숨통이 조금 트이는 것 같아진다. 때맞춰 찾아든 죽음의 수수께끼가 이제 는 차라리 신통스럽기조차 하다.

암! 시골 고향으로 달려 내려가서 부음의 내력을 알아봐야 하고 말고…… 오늘 밤이 아니면 내일 아침이라도 당장!

나는 비로소 기력을 회복하고 천천히 서재의 문을 나온다. 그리고 이제 막 저녁거리를 서두르고 있는 아내에게 간단히 나의 결심을 건넨다.

"아무래도 시골을 한번 내려가봐야겠어. 당신도 함께 갈 생각 있으면 내일 아침 떠날 준빌 하라구."

마산에서 ×월 ×일

카메라의 추적은 너무도 집요하다. 집요하다기보다 악착스럴 정도도. 나의 조급한 시골행을 마산 쪽으로 뒤바꿔놓고 만 이 엉뚱스런 여행의 내력도 근본은 모두가 그 카메라의 등쌀 때문이다.

아내와 함께 시골행을 나서던 날 아침.

"또 시골을 가십니까?"

"이번에는 진짜 고향 동네 쪽입니다. 전보 때문에 아무래도 한번 안 내려가볼 수 없어서요."

엘리베이터를 내려 현관 앞을 지나려니 경비실 김 씨가 먼저 알은체를 해왔다. 나는 이번에야말로 여행의 용무를 분명히 해두고 싶어 당부하듯한 어조로 행선지를 밝혔다. 그때 김 씨의 대꾸가 뜻밖이었다.

"그럼 어쩌면 거기서 그 사람을 만나게 될지도 모르겠군요."

"누구 말이오?"

나는 현관문을 나서려다 말고 금세 다시 김 씨를 향해 돌아선다. 하지만 김 씨 아저씨는 나의 그런 불길스런 의구심 따위는 아랑곳을 않는 얼굴이다.

"누군 누굽니까. 그 카메라를 메고 쫓아다니는 사람 말씀이지요."

"그런데 왜 그 사람을 거기서 만나게 됩니까?"

"그 사람 낌새가 거기까지도 선생님을 찾아가고 남겠던걸요."

"내가 어떻게 거기로 가 있을 줄을 알고서요."

"전, 전번에도 선생님이 거기로 가 계신 줄로만 알았거든요…… 두 번씩이나 거푸 찾아온 데다 하두 조바심을 쳐대는 게 그냥 모르겠다고만 하기도 뭣해서……"

김 씨는 미리 이쪽 추궁거리까지 비켜서버린다.

"하지만 고향 주소는 모른다고 해 보냈으니 길을 쉬 나설 수는 없겠지요."

그게 결국은 나의 시골길을 가로막은 셈이었다.

고속버스 터미널에 도착할 때까지 나는 그 김 씨의 귀띔을 근거로 혼자 내내 궁리를 계속했다. 김 씨의 말처럼 카메라가 정말로 시골 동네까지 찾아올 수 있을까? 그 집요함과 악착스러움이 능히 그러고도 남을 만했다. 하지만 내 여행 목적이 분명한 이상 그를 만난들 과외의 의혹을 살 일은 없으리라. 그리고 그런 사정 그런 처지에서 어찌 전들 부득부득 사진을 고집할 수 있을 것인가. 내가 사진을 사양하고 나선들 어찌 그것을 허물할 수 있으랴.

하지만 어쨌거나 나는 그 카메라를 만나는 일부터 없어야 한다…… 너를 기어코 찍고 말겠다. 너를 언제든 카메라의 렌즈 앞에 세우고 말겠다. 그 일방적인 강압, 누구누구의 표정, 아무개 아무개의 하루 일과…… 그 작위적인 독선과 독단. 카메라의 조작은 언제나 한쪽이 다른 한쪽을 일방적으로 관찰할 뿐이다. 우리의 얼굴 위의 작은 것들을 세상에 드러내 폭로하고 싶어 한다. 발가벗겨서 네거리 한가운데다 내세우고 싶어 한다. 그것은 결국 우리를 지배하고 조작하고 변형시키고 싶어 한다. 우리는 얼마나 자주 그 앞에 마음에도 없는 웃음을 강요당하는가. 그리고 그것은 우리를 얼마나 뻣뻣하게 긴장시키곤 하는가. 웃으세요, 웃으세요— 김치이. 여기 보고 웃으세요. 치이즈으. 용서를 모르는 카메라. 전화기 속에서까지 나를 엿듣는 카메라. 문밖에서 항상 나를 감시하며 기다리고 있는 카메라. 그리하여 끝내는 나를 붙잡아 그 앞에 세우고 억지웃음을 웃게 만들 작정을 다짐하고 있을 카메라.

하지만 내가 그 카메라를 한사코 피하려는 건 이제 단순히 사진 찍기를 피하는 노릇만이 아니다. 잡지에 실려 거리거리로 팔려다니기가 싫어서만이 아니다. 카메라 자체에 대한 혐오감, 증오감이라고까지 할 수 있는 강한 혐오감이 그새 나에겐 버릇으로 깊이 배어버린 것이다. 맹목적인 버릇이 되고 만 것이다. 사진을 찍게 되고 안 되고 이전에 우선은 그 카메라를 만나게 되는 것부터가 싫은 것이다. 저주스런 것이다. ……그런데 그는 정말로 그곳까지 나를 찾아올 것인가. 그것도 하필 내가 그곳에 가 있는 동안에?

터미널에 도착할 때까지 곁에 있는 아내에겐 말 한마디 건네지 않았을 정도로 나는 내내 그 카메라에 대한 증오심을 끓이며 일의 앞뒤를 재어보고 있었다. 그리고 터미널에 도착하여 차를 탄 것이 마산행이었다. 어차피 한번 짐을 꾸려 나선 길. 단념을 하고 아파트로 다시 돌아갈 수는 없는 일이었다. 위험은 아파트도 어차피 마찬가지. 그런데 그때 마침 개찰을 시작한 마산행 버스가 눈에 띄었다. 그리고 뒤이어 마산에서 조그맣게 철물 회사를 하고 있는 동서네가 생각난 것이다.

— 일주일이면 어차피 어떤 식으로든지 끝이 나 있을 일. 늦기는 이러나저러나 늦은 일 아닌가.

선뜻 얼굴을 내밀고 나서기도 뭣한 김에 그쪽으로 며칠 종적을 비켰다 가는 게 낫겠다는 것이 그때의 내 구실이었다.

허물은 결국 그놈의 저주받을 카메라에 있었다.

하지만 이런저런 속사정 캐묻지 않고(아내가 이미 사정을 귀띔해 두었는지 모르지만) 우리를 반겨준 동서네의 배려는 그중 고맙고 다행스런 일이다.

"허허, 자네들 마산으로 피서를 온 셈인가. 그래 남들은 이 더위에 부러 물가를 사가기도 하는 판인데, 잘들 왔네, 잘들 내려왔어."

동서네에게까지 공연히 언짢은 내력을 고할 필요가 없었다. 그저 여름 물가라도 구경하기 겸해 잠시 찾아보러 왔노라는 설명에, 동서는 멋속 없이 반가움만 앞섰다. 그러곤 끝끝내 우리의 '피서행'을 마음 편하게 방임해주었다.

"날짜 걱정 말고 며칠이고 마음 내킬 때까지 푹 쉬었다 가라구.

내 일이 바빠서 따라다닐 수는 없지만, 우리 집 여관 인심 하난 그만일 테니까. 가고 싶은 데 있으면 알아서 나댕기구……"

아침에 회사를 나갈 때마다 늘상 잊지 않는 당부의 소리였다.

"어젠 하루 종일 낮잠만 잤다며? 왜 벌써 싫증이 났나? 하기야 진짜 더운 날은 낮잠을 앞설 피서법도 없지만, 예까지 내려와서 낮잠은 또 웬 낮잠? 내 오늘은 좀 일찍 돌아올까?"

오늘 아침도 회사를 나가면서 제법 마음을 써준다는 게 그런 식이었다. 회사 일이 그처럼 분주한 탓도 있겠지만, 저녁녘에 함께 술을 할 때도 별다른 소리를 않는 걸 보면, 동서네는 어쩌면 낌새를 채고도 부러 시치밀 떼고 있는지도 모른다. 그래 동서네는 짐짓 그렇게 우리를 방임해준 건지도 모른다.

어쨌거나 나는 그런 동서네의 대범성이 훨씬 마음에 편하다. 누구의 간섭이나 마음 쓸 일이 없이 먹고 싶은 대로 먹고 자고 싶은 대로 잠자고…… 하지만 이곳의 날들은 말처럼 그렇게 마냥 편하기만 할 수는 없는 일. 시골에선 대체 누가 돌아가신 것인가. 나에겐 여전히 풀리지 않고 있는 수수께끼가 남아 있는 것이다. 노인인가, 아니면 나이 먹은 세 누님들 중의 한 사람인가. 그런 식으로는 물론 분명한 해답을 얻을 수 없는 줄 알면서도, 나는 날마다 수수께끼의 해답을 혼자서 되풀이 점쳐보곤 하였다.

그럴 수밖에 없는 일이다. 그게 애초에 내가 서울을 떠나온 구실이었으니까. 말하자면 그게 나의 일과인 셈이었다. 그리고 그게 하루하루 시골행을 연기해가고 있는 내 유일한 변명인 셈이었다.

오늘도 온종일 마찬가지였다.

누가 돌아가신 것일까. 노인인가, 나이 먹은 세 누님들 중의 누구인가.

전보까지 쳐 보내올 사람은 대략 그 네 경우뿐이다. 그중에서도 노인의 얼굴이 제일 먼저 눈앞을 가려서곤 한다. 아직도 기력이 정정한 편이라곤 하지만, 노인의 나이 올해 여든둘이면 언제 일이 닥쳐들지 모른다. 소식이 하필 이런 때여서 그렇지 어쩌면 기다리고 기다려온 일이었을 수도 있는 노릇. 하지만 그것이 정말 노인의 일이라면 전보가 한 장뿐인 것이 이상스럽다. 전보를 한두 번 더 쳐 보내거나 그사이 사람이라도 한번쯤 다녀갔음 직한데, 기왕지사 일이 늦어버린 것을 알고는 아예 연락을 단념해버린 것인가. 아니, 노인은 누구보다도 당신의 죽음을 끝내 부끄러워하신 분이었다. 죽음이 어찌 당자가 부끄러워할 허물일 수 있을까마는, 노인은 늘 부끄러움 때문에 당신의 때를 지레 숨기고 싶어 하였다.

—내 때는 상관하지 마라. 할 일을 하고 가야 마지막 저승길도 길다워지더니라.

당신의 저승길이 그리 길답지 못하다는 부끄러움 때문에 끝내 당신의 때를 숨겨 가시고 싶어 했는지도 모른다.

—이까짓 늙은이 하나 눈감는 일로 이리저리 사람을 번거롭게 하지 말거라.

그래 전보나마 그렇게 딱 한 번뿐이었는지 모른다.

그게 만약 노인의 일이 아니라면, 다음 번 가능성은 누가 될 것인가. 그건 아무래도 큰누님쯤 될 것 같다. 큰누님도 이미 가능성은 충분하다. 말이 그래 누님이라지, 환갑이 이마에 닿은 시골 중

노인. 게다가 아들 하나를 얻기 위해 딸 여덟을 줄지어 낳고는, 부실한 산후 조리와 그 원망(怨望)이 굳어 생긴 심장병으로 몇 차례나 위태로운 고비를 넘겨온 여인네…… 그 큰누님의 심장병이 다시 도졌을까. 행여 그 양반 심장병이 도졌다면 그동안 당신이 누워 지낸 이 20여 년의 세월이 너무도 허무하다.

그래, 그게 그 큰누님이어서도 안 된다면…… 그럼 이번에는 언젠가 그때를 잃은 복막염 수술로 오장육부를 온통 다 드러내는 힘든 수술을 겪어야 했던 둘째누님— 그 수술의 후유증으로 온갖 육신의 괴로움을 당해오던 허약한 둘째누님, 그 누님에게 몹쓸 일이 생긴 것일까. 그도 아니라면 또 중학교까지 졸업시킨 큰아이 녀석이 몹쓸 약을 먹고 세상을 먼저 가버린 바람에 당신마저 허구한 날 눈물로 세월을 보내다가 끝내는 허리를 뻬고 누워 돌봐줄 사람 하나 없이 언제부턴가 그 적막한 초옥 골방 구석에 혼자 버려져 지낸다는 가엾은 막내누님에게 일이 생겼을까.

나는 그 네 경우를 두고 그런 식으로 이리저리 내 슬픔과 아픔을 계량한다. 그리고 내가 마치 그 네 운명의 주재자나 되는 양 차례를 이리저리 뒤바꿔놓아본다.

하지만 그런 일이 나의 심사를 편하게 할 리는 만무다. 불안기와 아픔의 연속일 뿐이다. 하지만 오늘은 실상 그걸로도 약과였다.

조금 전 일이다. 점심을 끝내고 문간방에서 막 낮잠을 청하고 누워 있으려니, 안방에서 요란한 전화벨 소리가 울려댔다.

"네, 네, 여기 마산이에요……"

이어 전화기를 집어 든 처형의 심상찮은 목소리.

"어디요? 어디, 거기가 서울이시라구요? ……네, 서울! 서울 누구신데요?"

처형의 대꾸가 갈수록 예사롭지 않다. 나는 이미 머리끝이 솟을 만큼 긴장이 되고 만다. 숨까지 멈추고 다음 말을 기다린다.

"아, 누구…… 여기가 맞아요. 여기가 그 양반 동서네 집이에요…… 그런데 뭐라구요? 그 양반이 지금 여기 와 계시냐구요? 아닌데요. 요즘엔 여긴 오신 일 없어요…… 정말 여긴 안 오셨다니까요…… 어디 계신지도 알 수가 없어요. 요즘은 통 소식을 모르고 지내니까요……"

이미 잠을 깨고 있을 걸로 짐작한 듯 아내가 그새 내 방으로 달려왔다. 그러곤 벌써 팽팽하게 긴장된 눈길을 잠시 내게로 보내다 말고 주의를 다시 안방 쪽으로 향한다. 나도 아내에겐 할 말이 없다.

저 악착스러운……!

나는 계속 눈썹 하나 까딱하지 않은 채 가만히 안방 쪽의 목소리만 쫓는다. 안방에선 아직도 처형의 높은 목소리가 한동안이나 더 계속되어나간다. 마치 처형은 지금 서울이 아닌 문간방의 내게다 말을 하고 있듯이. 또는 한마디 한마디를 내게 미리 의논이라도 하듯이.

"그 양반 고향 주소요? 글쎄요…… 장흥 어디라는 건 들었지만, 면이나 마을까진 알 수가 없는데요…… 네, 여긴 주소가 없어요…… 가본 일도 없었구요. 그런데…… 그런데 왜 그러시죠? …… 무슨 일로 그러시냐니까요…… 급한 일인가요? 그 양반을 꼭 만나봐야 할 일이라구요…… 네, 알겠어요. 다음에라도 혹 이쪽으로 연락 있으면 그렇게 전해드리죠…… 네, 그럼 수고하세요."

처형은 마침내 통화를 끝냈다. 그러고 나선 이내 내 쪽으로 건너왔다. 그러고서도 별로 긴 말을 하지 않는다.

"여기 계신 줄 알고 있는 것 같던데요."

통화를 들었을 테니 내용을 이미 다 알고 있으리라는 말투다.

"이리로 가신 게 분명한데 왜 그러느냐고…… 분명히 알고 한 전화 같았어요."

작자로선 혹시 그랬을지도 모른다. 아니, 사실을 알고 있는 것은 작자뿐만이 아닐 수도 있었다. 그런 전화를 받고서도 끝내 아무것도 물으려 하지 않는 처형의 그 짧은 몇 마디가 그녀도 이미 사정을 짐작하고 있는 낌새다. 그래서 짐짓 대범스럽게 말을 줄여 버린 낌새다.

나로서도 새삼 할 말이 있을 수가 없다. 묻지도 않는 걸 제물에 입을 열고 나서기도 우습다. 나는 그냥 입을 다문 채 허공만 좇는다.

그러나 끝내 침묵으로 버티기도 우습다. 나는 마침내 허공에서 천천히 시선을 끌어내린다. 그리고 때마침 방을 나가는 처형의 등 뒤에다 어설픈 변명처럼 한마디 던진다.

"급한 일은 무슨…… 소재를 정말 몰라 하는 소리겠지요."

해남에서 ×월 ×일

마산을 떠난 것은 불가피한 일이었다.

아무것도 물으려 하지 않는 동서네의 대범스런 눈길이 오히려 내게 무슨 큰일이라도 숨기고 있는 듯한 거북스런 조바심에 쫓기게 하였다. 아니, 그보다도 작자가 끝내 처형의 말을 곧이들었는지 어쨌는지부터도 알 수 없는 일이었다. 곧이를 듣는 척했더라도 그것은 오히려 나를 안심시키기 위한 음흉스런 위장일 수 있었다.

작자가 언제 다시 들이닥치게 될지 알 수 없었다. 이번에는 전화질이 아닌 작자 자신이 카메라와 함께. 마산도 절대 안심을 할 곳이 못 되었다. 그렇다고 동서네에게 새삼 속사정을 털어놓고 나서기도 쑥스러운 일. 하여 다시 자리를 옮겨 찾아온 곳이 해남 고을 큰동서네가 되었다. 시골로 간대도 아내를 함께 동행하기는 싫었다. 난처한 일일수록 아무도 없는 데서 혼자 맞닥뜨려버리는 것이 상책, 아내만이라도 우선 그 큰동서네게로 가 있게 해두고 싶어서였다.

하지만 그것도 핑계일 수 있었다.

실상은 아직도 시골길을 나설 수 있는 사정이 아니었다. 시골 주소를 물어대던 품이 작자가 아직도 시골을 못 찾아가고 있다는 증거였다. 그것은 또 미구에 시골엘 가게 되리라는 말이 될 수도 있었다. 그 극성으로 기어코 시골의 주소를 알아내게 되는 날.

섣불리 시골행을 나설 수가 없었다. 하여 나는 아내를 데려다두러 간다는 핑계로 여기까지 함께 따라와서 그대로 계속 눌러앉은 것이다.

하지만 내가 여기 이토록 여러 날을 주저앉아 있는 데는 또 다른 그럴 만한 이유가 있었다. 해남엘 와서 보니 나의 귀찮고 조심스런 처지가 마산에서보다도 더 분명해져 있었다. 내가 마산을 떠나지 않을 수 없었던 것은 우선 당장엔 전화질 때문이었다. 그 은밀스런 감시자, 어느 곳으로도 사람을 숨지 못하게 하는 가혹한 수색자. 그의 저주받을 전화질 때문이었다. 그것은 끝내 마산까지 나를 찾아낸 격이었다. 그런데 알 수 없는 것은 그 마산의 동서네를 찾아낸 경위였다. 어떻게 내게 마산 동서네가 있는 것을 알았을까. 그리고 무슨 수로 그곳 전화번호까지 알아낸 것일까⋯⋯ 해남엘 올 때까지 나는 도대체 그 경위를 알 수가 없었다. 한데 해남엘 도착하여 큰동서네를 만나보니 그 비밀의 해답이 풀렸다.

"어제 아침 서울에서 전화가 왔었네."

큰동서는 나를 보자마자 그 말부터 하였다.

"자네 소재를 급히 좀 알고 싶은데, 이곳에 혹시 와 있지 않으냐고 말이네. 서울 어디냐 해도 대답이 없고 무슨 일이냐 해도 분명한 말이 없이, 하여간에 좀 급한 일이니 급히 소재를 알고 싶다는 거였어."

나는 비로소 그간의 자초지종을 알 수 있었다. 큰동서가 마산의 전화를 일러준 것이었다. 동서도 이내 그것을 시인했다.

하지만 큰동서에게도 지혜가 있었다. 아니 그것은 굳이 동서 혼자만의 지혜가 아니었다. 심상치 않은 심인(尋人) 소동엔 사람부터 우선 숨겨주고 보는 지혜. 그것은 언제부턴가 이곳 사람들에게 오랜 버릇으로 익혀진 지혜였다. 전화 속의 작자는 마산에서와 마찬가지로 시골 주소까지 물어오더랬다. 하지만 동서는 낌새가 심상치 않아 그저 모른다는 한마디로 대답을 일관했다고 했다. 그래도 작자는 다른 데 어디 가 있을 만한 곳이 없느냐며 도대체 전화를 끝낼 기미가 없더랬라. 그래 동서는 그저 모른다고만 잡아떼는 것도 뭣할 듯싶어 (뿐더러 시골과는 좀 엉뚱한 곳으로 주의를 돌려놔야 할 필요도 있을 듯싶어) 가망이 거의 없어 보이는 마산 전화를 알려주었다는 것이다.

"헌데, 자네한테 무슨 일이 생겼으면, 마산 쪽에서라도 금방 다시 연락이 있었을 텐데, 그쪽에서도 여태 아무 소식이 없길래 별일은 아니었나 부다 하고 있던 참일세…… 그런데 오늘은 웬일로 또 이렇게 갑자기?"

자초지종을 설명하고 나서 큰동서는 마지막으로 정말 무슨 일이 생긴 게 아니냐는 듯 새삼 염려스런 얼굴을 하였다.

하지만 나는 그 동서에게도 역시 쓸데없이 신경을 쓰게 할 필요가 없었다.

"무슨 일이 있긴요. 사진을 찍자는 전화였을 겁니다. 우리가 온 것은 시골 바람이나 좀 쏘이고 싶어서구요."

대수롭지 않은 목소리로 동서의 의구심을 외면해버렸다. 하니까 정말로 곧이를 들어선지, 아니면 우정 마산 사람들에게서와 같은 대범성을 꾸며선지, 큰동서네도 그것으로 일단 안심을 해버렸다. 그러곤 비로소 다른 이야기로 화제를 옮겨갔다.

하지만 나는 그것으로 더욱 마음이 불편해지고 있었다. 수수께끼의 해답은 풀렸지만, 내 사정은 그만큼 더 조심스럽고 급박해진 셈이었다. 그 집요하고 악착스런 극성에 주소만 알면 시골을 찾아갈 것이 확실했다. 이제는 주소를 알아내는 것도 시간문제일 뿐이었다. 애초에도 작정이 그리 확실했던 것은 아니지만, 어쨌거나 이젠 시골행을 나서기가 더욱 어려웠다. 작자가 그곳을 다녀가버릴 때까지 며칠간이라도 더 시간을 기다려야 했다.

하여 나는 결국 아내와 함께 이곳 큰동서네에게서 눌러앉고 만 것이다. 사정이 그처럼 분명한 터이고 보니 마음은 차라리 편해진 쪽이었달까. 노인일까, 누굴까…… 마음이 그쯤 한가해지고 나니 나는 다시 시골 전보의 수수께끼를 점치며 시간을 보내기 시작했다. 마치 그게 내가 당장 시골로 달려가지 못하는 데 대한 최선의 속죄요 도리이기나 하듯이.

그러니까 바로 오늘 일만 아니었다면 나는 아마 언제까지나 무작정 그렇게 기다리고만 있었을지도 모른다. 그러다 끝내 시골행을 단념하고 돌아섰을지도 모른다. 작자가 언제 시골을 다녀갈는지는 전혀 내 쪽의 예정이 아니었다. 그리고 그 시기를 확인할 방도도 내겐 전혀 있을 수가 없었다. 나로서도 물론 그것을 알고 있었다. 그것을 알고 있으면서도 부질없이 수수께끼 풀이나 일삼고 앉아서 하루 이틀 계속 날짜만 허비하고 지내온 셈이었다.

그런데 오늘은 결국 일이 생기고 말았다. 빌어먹을 전화…… 전화질을 저주하다 문득 머릿속에 떠오른 일이 있었다. 저주스럽거나 말거나 그 전화는 나라 안 방방곡곡 어디에나 있었다. 근래에 와서는 아무리 먼 산간벽촌에라도 공동 전화가 들어가 있었다. 그렇다면 그쪽 시골 마을에도 공동 전화가 들어가 있을 게 분명했다. 시골 마을에도 전화가…… 일부러 생각을 비켜왔는지도 모르지만, 그게 이제사 생각난 것이 이상스럴 정도였다. 그걸 알고도 그냥 가만히 있을 수가 없었다. 더 이상 기다리고만 있는 것도 죄악이었다.

나는 마침내 결심했다. 그리고 시골로 장거리 전화를 신청했다. 누구의 죽음에 전보를 놓았을 만한 사람도 그렇고, 전화를 받을 만한 사람도 그래 뵈어, 전화는 노인이 계신 동네로가 아니라, 우선 먼저 둘째 매형이 계신 동네 쪽으로였다.

잠시 후, 매형네 동네의 전화가 나오고, 나는 다시 매형이 전화를 받으러 올 때까지 이삼 분쯤 더 시간을 기다렸다. 그러고 나서야 둘째 매형의 멀고 가느다란 목소리가 수화기 속을 흘러나왔다.

"……어디, 집을 며칠 비우고 있었다고? ……아, 알았네, 알았어. 그래 이번 일에 소식이 없었구만…… 자네 막내 매씨가 세상을 떠났어…… 그래 막내 매씨가 말이여……"

매형의 목소리에선 역시 짐작해온 소식이 실려 나오고 있었다.

"그래, 치상도 벌써 다 끝났제…… 상여를 꾸며서 잘 보내드렸네. 그 사람은…… 자네 막내 매형 그 사람 말이여, 그 사람은 그냥 경운기에다 싣고 가서 묻고 오자는 것을 내가 꼭 상여를 차려야 한다고 우겼제…… 수의는 자네네 두 매씨들이 어려운 걸음을 쫓아가서 밤새 명주옷으로 새로 지어서 입혀 보냈다네…… 내가 그래야 쓴다고 했제…… 불쌍한 사람 마지막 길이라도 그리해 보내줘사 안 쓰겄든가……"

수화기 속의 목소리는 거기서 아직 한동안이나 더 계속됐다. 하지만 이제 그것으로 수수께끼는 풀린 셈이었다. 일을 당한 것이 하필 막내누님인 것이 안되었지만, 그게 누구였든지, 죽음에 아픔이 더하고 덜한 차례가 있을 것인가. 하지만 나는 몇 번씩 미리 점을 쳐본 탓인지, 당장엔 무슨 아픔 같은 것을 느낄 수가 없었다. 그저 기분이 멍멍할 뿐이었다.

"……헌디 그런 전보는 누가 쳤을까. 그 전보 말이여, 나는 아예 그럴 생각이 없었고 자네 막내 매형이란 사람도 자네한테 그런 사정 알릴 염치가 없었을 텐디…… 더구나 노인 양반은 그런저런 경황이 없었을 테고 말이여…… 그나저나 자네 언제 한번 안 댕겨 갈게여? ……자넨 항상 일이 바쁜 사람이라 어려울 줄은 아네만, 노인 양반 지내시는 것이 하도 고단해 뵈어서 말이네……"

매형은 이제 그쯤에서 그만 통화를 끝내가고 있었다. 하지만 나는 여전히 기분이 멍멍할 뿐이었다. 그리고 그렇게 멍멍한 기분으로 변변한 말대꾸나 인사 한마디 건네지 못한 채 허망하게 전화를 끝내고 말았다.

전보를 누가 쳐 보낸 줄 모른다고? 이 양반 한 가지 수수께끼를 풀어준 대신 다른 수수께끼를 하나 더 만들어주는구먼.

매형의 목소리가 수화기에서 사라질 때 나는 잠시 그런 생각이 머리를 스쳐가고 있을 뿐이었다.

전화를 끝내고 나서도 나는 한동안 기분을 종잡을 수가 없었다.

"막내누님이 죽었대여."

궁금한 얼굴로 묻지도 못하고 눈치만 살피고 있는 아내에게 간단히 한마디 일러주고 엉뚱스럽게 마루방으로 들어가 낮잠 채비를 하고 드러누워버렸다. 막상 그렇게 자리를 잡고 누워서도 생각처럼 쉬 잠이 오지를 않았다. 홑이불까지 뒤집어썼는데도, 그 홑이불 속에서 의식이 점점 더 말똥말똥해지고 있었다. 잠들 수 없는 것은 의식만이 아니었다. 귀청까지 예민하게 열리기 시작한다.

─나 사는 것이사 항상 낙화유수제.

어디선가, 오랜 막내누님의 한마디가 생시인 양 완연하게 귀청을 울려온다.

─누님은 어떻게 지내세요.

내가 서울로 올라오고 나서 몇 년이 지난 어느 해 여름. 오랜만에 고향 마을엘 갔다가 먼 시갓동네까지 일부러 그 누님을 보러 간 일이 있었다. 누님은 마침 집을 비운 채 들밭엘 나가고 없었다. 들밭까지 찾아나가 보니 누님은 그 여름 콩밭의 뜨거운 땡볕 아래 벌거벗은 어린애까지 등에 업고 무슨 숙명의 업보처럼 김을 매고 있었다. 그리고 내 주변 없는 안부 말에, 몇 년째나 꺼멓게 앞니가 빠져 지내는 가난한 입가에 힘없는 웃음기를 흘리며, 친정 동생을 만난 반가움도 잊은 채 하염없이 하던 말─ 어떻게 지내긴 어떻게 지내겠냐. 나 사는 것이사 항상 낙화유수제……

막내누님만 생각하면 떠오르던 말이다. 아니, 그보다도 더 몇해전, 그 누님은 역시 모처럼 만에 찾아간 내 어린 손등을 넋 없이 쓸어대며 이런 당부를 해온 일도 있었다.

—어서어서 크고 좋은 학교 나와서 너라도 다시 옛날같이 우리 집 살림을 이루고 살거라. 나도 친정 가진 사람 노릇 좀 해보자…… 친정 편에 사람 없고 논밭 없으면 어떤 설움을 당하고 사는 중 아느냐.

친정에 사람 없고 논밭 없으면……

나는 이제 거기서 귀를 틀어막고 만다. 하지만 그것도 역시 허사다. 이번에는 먼저 간 막내의 수의를 짓고 있는 두 누님들의 애달픈 모습이 감은 눈꺼풀로 가물가물 어려든다. 그리고 이미 귀청을 울려오는 노인의 목소리.

—느그 아배하고 안방에서 둘이 밥을 묵다가 숭늉을 떠오라른 대답이 통 없질 않겠냐. 내 맘이 급해져서 정지를 나가보면, 부삭 앞에 양푼 하나를 놓고 셋이서 한데 밥을 비벼 묵니라고…… 서로 검은 머리를 맞대고 오물거리고 있는 것이 영락없이 꼭 한 배 강아지 새끼 같더니라……

나는 마침내 더 이상 눈을 감고 참을 수가 없어진다. 홑이불을 걷어치우고 몸을 불쑥 솟구쳐 앉는다. 그리고 무언가 가슴에서 부글부글 끓어오르는 뜨거운 것을 느낀다……

오늘은 일이 결국 그렇게 된 것이다. 그 한스럽고 초라한 죽음…… 누가 그렇게 만들었는진 알 수 없었다. 하지만 나는 그 죽음만이라도 가봐야 하였다. 늦게나마 그 죽음의 자리에 함께 있어야 하였다. 그런데 그것을 누가 막고 있는가. 그 저주스런 카메라란 말인가. 카메라를 핑계 댄 난 자신인가. 속으로 혼자 격분한 것은 카메라가 아니라 오히려 자신을 향한 것일 수도 있었다.

나는 이제 결단을 내려야 했다. 그리고 대담하게 맞서야 하였다. 내일모레엔 그가 정말로 그곳엘 와 있을 수도 있었다. 그리고 끝내 얼굴을 맞닥뜨리게 될 수도 있었다. 그렇더라도 나는 가야 했다. 그리고 서슴없이 맞서야 했다. 그가 와 있을 가능성이 크면 클수록, 아니 오히려 그와 맞서게 될 가능성이 더하면 더할수록에—그리고 나는 이제 그렇게 결단을 내린 것이다.

장흥 갯나들에서 ×월 ×일

긴긴 낮잠에서 깨어나 보니, 집 안팎이 아직도 기세가 꺾이지 않은 한여름의 열기 속에 절간처럼 적막스럽다. 그 무덥고 괴괴한 정적 속에 정신이 몽롱한 채 한동안 가만히 바깥 기척을 기다린다.

노인도 형수님도 들일을 나간 모양, 아니면 이 더위 속에 어디서 나처럼 낮잠이 깊이 들어 있는지 모른다. 끝내 아무 소리도 들려오질 않는다. 그저 무덥고 지리하고 괴괴한 정적뿐. 세상이 온통 더위와 정적 속에 정지해버린 느낌이다. 시간마저도 꼴깍 흐름을 멈추고 만 양……

갑자기 숨길이 막혀오기 시작한다. 더 이상은 그대로 견딜 수가 없어진다. 나는 비로소 눈길 언저리에 남은 잠을 쫓는다. 그러곤 낮잠에서 깨어날 때마다 늘 그래 왔듯이 머리 위 천장 한구석에서 녀석의 모습을 더듬기 시작한다. 마지막 남아 있는 시간의 움직임. 그 작고 보잘것없는 움직임의 흔적…… 녀석을 만난 것은 우연이었지만, 내겐 그런대로 행운인 셈이었다.

이곳엘 온 지 이틀째 되던 날. 무한정 지루한 낮잠 버릇은 그날부터 벌써 내 중심 일과의 하나가 되었는데, 그날도 나는 막 낮잠에서 깨어나 괴괴한 정적 속에 아직 정신이 멍멍해 있던 참이었다. 멍청한 눈길로 한동안 맥없이 허공을 바라보고 누워 있으려니 천장 한구석에서 문득 조그만 움직임 같은 것이 시선 끝에 묻어왔다.

이상한 호기심에 이끌려 나는 곧 몸을 일으켜 움직임의 정체를 가까이 살피기 시작했다. 바람결에 창문으로 날려든 것일까. 거기엔 좁쌀보다도 더 작은 거미 새끼 하나가 꼬무락꼬무락 가는 실을 뽑아내며 사냥 그물을 치고 있었다. 나는 한동안 넋을 잃고 서서 녀석의 그 신기한 작업을 구경했다. 그리고 그 한나절 녀석이 마침내 새 집터를 완성해놓고 쥐 죽은 듯 한쪽으로 피해 앉아서 포획물이 그물에 걸려들기를 기다리기 시작한 다음부터는, 하루하루 그 녀석의 거동과 서서한 성장을 지키기 시작했다. 아침에 일어났을 때나, 저녁녘에 잠자리로 들려 할 때, 변소길을 다녀오거나 집 주위의 울타리 주변을 서성거리다 들어올 때, 그리고 특히 오늘처럼 긴 낮잠에서 깨어 일어났을 때는 꼭꼭 다시 녀석의 기미를 점검했다.

녀석은 경계심이 여간만 심한 놈이 아니었다. 그만큼 거동도 신중하고 은밀했다. 하루 왼종일 그물 한쪽에 조그만 몸을 웅크리고 앉아서 시간만 기다렸다. 먹이가 그물에 걸려들어도 당장 나서서 덤벼드는 일이 없었다. 그물에 걸린 날벌레가 제풀에 버둥거림이 지쳐날 때까지 한쪽에서 짐짓 모른 척하고 가만히 기다리고 있었다. 그러다가도 어쩌다 잠깐씩 방심을 하다 되돌아보면 녀석은 어느새 감쪽같이 식사를 끝내버리고 있었다. 녀석은 여전히 제자리에 있는데, 날벌레는 그새 체액이 하얗게 빨려나간 빈 허물로 변해 있는 것이었다. 그런 녀석의 움직임이니, 식사 현장을 붙잡기 위해 나는 이따금 멸구 새끼나 모기 따위의 작은 날벌레들을 잡아다 녀석의 그물에다 걸어줘본 일도 있었다. 그런 때도 녀석은 물론 경계심이 여전했다. 먹이를 선물로 던져줄 때는 녀석의 약한 가옥이 충격으로 몹시 흔들리게 마련이었다. 뿐더러 녀석은 나의 진심을 헤아릴 수도 없었다. 녀석은 그때마다 몸을 더욱 한쪽으로 멀리 피해가곤 했다. 그리고 그 달갑잖은 친절을 받아들여도 좋은지 어떤지를 계량해보는 듯 숨을 죽이고 기다리고 있었다.

—네놈이 언제까지 시치밀 떼고 있나 보자.

나는 그때마다 몸을 멀찌막히 비키고 서서 녀석이 먹이에게로 달려들기를 기다렸다. 그리고 기어코 한번쯤은 식사의 현장을 붙잡으려 하였다.

하지만 나는 끝내 녀석의 참을성을 이길 수가 없었다. 밤이 늦도록 기다려도 녀석이 그것을 보여준 적이 없었다……

하다 보니 녀석의 성장은 속도가 매우 더디게 마련이었다. 며칠이 지나도 늘상 고만 고대로였다. 미식가모양 식사 분위기가 까다로운 데다 그물에 걸려드는 날벌레마저도 그리 흔치 않으니, 녀석의 성장이 빠를 리 없었다. 어떤 땐 녀석이 감당할 수 없을 만큼 큰 덩치의 날벌레가 걸려들어 그물을 몽땅 상해놓는 수도 있었지만, 녀석은 도대체 그런 먹이를 감당할 자신의 체적(體積)에 대해선 관심도 아쉬움도 없는 것 같았다.

그러니 오늘이라고 무슨 특별한 이변이 생길 수는 없는 일. 녀석의 경계심은 오늘도 여전하다. 움직임도 없고 체적도 여전히 고만하다.

나는 새삼 녀석이 얄밉고 원망스럽다. 하지만 녀석이 어찌 짐작인들 할 수 있으랴. 녀석에게서 내가 나의 시간을 읽고 있음을. 녀석의 그 작은 움직임이 바로 내 시간의 움직임임을. 그의 움직임의 정지가 바로 내 시간의 정지인 것을. 이 초조하고 불안스런 기다림을. 그리고 녀석의 그 몸뚱이의 부피가 내가 이곳에서 견딘 시간의 부피임을. 녀석의 그 성장의 더딤이 나의 시간의 흐름의 더딤임을……

녀석은 과연 알 리가 없는 것이다. 하여 녀석은 그저 그렇게 숨막히는 시간의 가사 상태를 연출해내고 있는 것이다. 그리고 나는 그 미동도 없는 녀석의 환각처럼 작은 체적에서 내 절망스런 시간을 읽는 것이다.

×월 ×일

이 적막하고 격절스런 유폐감.

오늘로 한 주일째 긴긴 여름해가 저문다.

하지만 아직 아무 일도 일어나지 않는다. 누구도 아직은 찾아올 기미가 안 보인다. 나는 차라리 부질없이 초조해지는 자신이 싱겁다.

잡지사의 카메라는 나를 기다리고 있지 않았다. 나에 앞서 이곳을 다녀간 일도 없었다. 한 주일 내내 그럴 징조가 엿보인 일도 없었다.

그럼 이제 이 격절스런 유폐감 속에서 나는 그만 안심을 해도 좋을 것인가. 그리고 마침내 와야 할 곳을 겨우 오게 된 것인가…… 그야 말할 것도 없이 내가 온 것은 그를 만나기 위해서가 아니니까. 그를 만나 싸우러 온 것도 아니요, 더욱이 그를 기다리러 온 것은 아니니까. 실상은 그를 피하러 온 것이요, 전보의 죽음을 찾아보러 온 것이니까.

그래…… 나는 마침내 여기로 온 것이다. 언젠가는 결국 찾아와야 하는 곳. 오라는 이도, 가라는 이도, 기다려주는 이는 더욱 없는 곳. 그러나 언젠가는 이렇게 돌아와 있어야 하는 곳. 그래서 누님의 죽음도 찾아보고, 고난스런 삶의 자리도 둘러보고, 그 설움의 자리에 함께 있어야 하는 곳…… 그야 내가 여길 찾아온들 이곳에 무엇을 더하고 덜할 수가 있으랴. 회한으로 노을져간 누님의 죽음엔들 한 방울의 눈물이나 설움의 조각마저 무엇을 찾아주고 함께하러 지녀올 수 있는 것이 있었으랴. 빈 몸 빈 맘으로 초라하게 찾아와 잠시 당신이 이고 살다 간 하늘을 우러르다 돌아갈 수 있을 뿐. 그리고 때이른 당신의 잠자리를 찾아가 그 땅의 자비라도 빌고 갈 수 있을 뿐. 그러나 이것은 감히 함께할 수 있음조차 아니다. 다만 잠시 그곳에 내가 같이 있다 간 것뿐. 그런데 그 죽음은 어디에 있는가. 알 수 없는 것은 그 전보의 죽음이다. 죽은 것은 물론 막내누님이었다. 그런데 그 소식을 알려온 전보를 쳐준 사람이 없었다.

"무슨 좋은 일이라고 네게까지 내가 그런 전보를 보냈겠냐."

노인은 처음부터 전보를 부인했다. 노인은 누구보다 자신의 주변의 죽음을 부끄러워했다. 당신 자신보다도 자식들의 그것을 더욱 부끄러워하였다. 그것이 마치 자신의 업보인 양, 부끄럽고 두렵고 숨기고 싶어 했다.

노인의 말은 사실일 게 분명했다. 그런데 노인은 다른 매형들에 대해서까지도 똑같이 확언을 하고 있었다.

"네 매형들도 마찬가지다. 제 여편네를 그렇게 만든 인간은 말할 것도 없고, 다른 놈들도 무슨 낯짝으로 그런 전보를 쳐 보냈겠냐. 누님 일로 해서는 전보 친 일 없었다."

둘째 매형과 한가지 소리였다.

전보의 죽음은 아예 오리무중이 되고 만 격이었다. 그러자 그것은 다시 그 누님의 죽음까지 아리송하게 만들었다.

나는 누님의 죽음을 보러 가야 하였다. 하지만 그 죽음에 대한 노인의 부끄러움이 나를 완강히 가로막았다.

"너까지 그런 궂은일에 가까이할 게 무엇이냐. 마음이 안됐더래도 그냥 며칠 모른 척하고 쉬었다 올라가도록 하거라."

한사코 나를 만류하고 나섰다. 거기엔 아예 내게 죽음을 숨기고 싶어 하는 두려움기마저 느껴졌다. 나는 그 노인의 두려움기 때문에 길을 나설 수가 없었다. 하다 보니 내게선 그 누님의 죽음마저 아리송해졌다. 누님의 죽음은 누님의 것이 아니라 어떤 익명의 것으로 변해가고 있었다. 그리고 차츰 새로운 의심이 들어오기 시작했다. 서울까지 내게 전보를 보내온 건 그럼 누군가. 그리고 그 전보의 진짜 죽음은 누구의 것인가. 누군가의(누님의 것이나 누님의 그것이 아니라면 또 다른 누군가의) 죽음이 나를 피해 숨겨지고 있는 것 같았다. 나는 그것을 찾아내야 했다. 그것을 정 찾아낼 수 없다면 전보를 친 사람이라도 알아내야 하였다. 그것을 알아내게 될 때까지는 이곳을 다시 떠날 수 없었다. 더욱이 이런 적막스럽고 격절스런 유폐감을 버리고는.

하지만 노인은 끝내 함구다.

"전보 친 사람 없대도 그러냐. 죽기는 그새 또 누가 죽었다고……"

다른 죽음도 전보질도 모두 부인이다.

"그래 그런 전보를 받고 문상을 하러 예까지 내려왔단 말이냐. 살기도 편하구나."

숫제, 전보 때문에 길을 나서 왔다는 말조차 곧이를 들으려 하지 않았다.

"너 혹 다른 어려운 일이 있어 몸을 피하고 있는 중 아니냐?"

전에 없이 여러 날 날짜를 끌고 주저앉아 있는 나를 거꾸로 추궁하고 나서기까지 하였다. 해남까지 와서 여편네를 떼어놓고 혼자 찾아온 나들이고 보니, 부끄러움 많고 근심 많은 노인으로선 당연한 의심이요 추궁이었다.

하지만 나는 아무래도 그냥 단념할 수가 없다. 이 석연찮은 눈가림, 이름을 알 수 없는 죽음의 냄새…… 그 정체를 기어코 찾아

내고 말리라. 바라건대 카메라가 그때까지 나를 쫓아오지만 않는
다면.

×월 ×일

— 고결한 재실(齋室)이나 정사(精舍)에는 그림을 한 폭만 거는
것이 좋다. 대폭(對幅)은 고상한 맛이 부족하다. 더욱이 4, 5폭을
같이 걸어놓아서는 운치가 전혀 없다…… 요즘 사람들은 단폭을
꺼리는데, 이런 사람들과는 더불어 그림을 논할 것이 못 된다.

낮잠도 지겨워 책갈피를 넘기다 보니 문득 한곳에서 눈길이 머
문다. 중국의 명나라 적 도융(屠隆)이란 사람이 쓴『고반여사(考
槃餘事)』.

— 시간 죽이는 데는 이만한 책도 드물지.

언젠가 비평쟁이 김가가 풍을 떨어대던 말이 생각나서 경황없는
중에 몇 권 아무렇게나 챙겨온 책들 중의 하나다.

그러면 그럴 테지.

나는 가끔 어떤 사람들이 자기 집 벽면을 온통 그림과 글씨로 뒤
덮다시피 해놓은 것을 보고 시기심 반 경멸감 반으로 속이 뒤틀려
오르던 일이 생각하며 슬그머니 혼자 쓴웃음을 짓는다. 변변한 그
림 한 장 구해 지니지 못한 나로서는 적이 반갑고 위로가 되는 소
리다. 그림 부자들을 매도할 좋은 구실이라도 얻은 듯하다. 그래
어쩌면 그 도융이란 사람도 변변한 그림 한 폭 제대로 지닐 주변머

리나 비위짱이 없었던 위인이 아니었을까. 그래 짐짓 한번 도도한 소리를 해본 건 아닐까.

그러나 나는 이내 다시 기가 꺾이고 만다. 내게는 그 도융의 '단폭'조차도 그림다운 그림은 지니지 못한 때문이다. 서울에서도 그랬으니 이곳 시골 거처에선 더 말할 것이 없는 일이다. 단폭조차도 못 거는 주제에 원 시기심은 많아가지고…… 그림 부자들이 다시 나를 비웃기 시작한다. 나는 금세 다시 할 말이 없어진다. 무안스런 눈길로 다시 도융의 도움을 청해본다.

그런데 참 도융은 천재다. 그것도 마음씨가 매우 친절한 천재다. 몇 페이지를 안 넘겨서 도융이 다시 지혜를 일러준다.

─그림을 거는 일.

경치를 마주 보는 자리에는 그림을 걸지 않는 것이 좋다. 그림이 실제의 경치보다 나을 수 없기 때문이다.

자연에 대결하고 지배하려는 서양화보다 그 자연에의 귀의가 목적인 동양화에 더욱 적합한 말이다.

나는 그것으로 그만 그림에 대한 이해를 마감한다. 그리고 책을 덮고 일어나 창밖을 내다본다.

푸른 들판이 한낮의 더위 속에 숨을 죽이고 있다. 들판 끝에는 실낱처럼 가는 제방이 가로놓이고, 그 제방 너머로 하얗게 누운 바다의 침묵.

나는 비로소 마음이 편해진다. 나는 아직도 원근법(遠近法)과 소실점(消失點)이 살아 있는 그림이 편하다. 때로는 그 그림의 소실점 너머로 자신이 사라져 들어가버리고 싶어지기까지 한다. 소실점이 아니더라도 그림 속으로 사라져 들어가고 싶은 마음은 동양화들에서 특히 더하다. 화면을 가득가득 채워버리는 서양화의 정신이 자연의 대상에 대한 대결과 소유에 있다면, 여백을 중시하는 동양화의 그것은 대상과의 화해요 귀의에 가깝다. (그래 우리는 우리 어린이들에게 될수록 화면을 가득가득 채우는 쟁취의 방법을 가르치는지 모르지만) 하여 동양화를 그리는 사람들은 정말로 그 그림 속으로 자신이 사라져 들어가고 싶을 때가 있는 것인지 모른다. 완당(阮堂)의 「세한도(歲寒圖)」, 의제(毅濟)나 청전(靑田)의 산수화들. 완당이나 의제, 청전 같은 도사들은 실제로 자기의 그림 속으로 사라져 들어가고 싶어 그런 그림들을 그렸는지 모른다. 그림을 그리면서 그 영혼이 실제로 그림 속으로 사라져 들어가고 있었는지 모른다.

자신이 사라져 들어가고 싶은 그림. 자신의 영혼이 사라져 들어가는 그림. 나는 이제 실제로 그런 그림을 한 폭쯤 가지게 된 셈이다. 남의 그림을 더 이상 시기할 필요가 없어진다. 그 창문 밖에 살아 있는 그림 속으로 자신을 천천히 지워넣으면 그만, 더 이상 번거로운 생각도 필요가 없어진다.

×월 ×일

오후에 모처럼 바다로 낚시질을 다녀오다. 며칠째 별러오던 망둥이 낚시질— 방마루에 나앉으면 낮은 블록 담 너머로 금세 파란

여름 들판이 내다보이고, 그 들판 끝의 방둑 너머론 다시 하얀 바다가 떠올라 보인다. 어렸을 적 친구도 없이 부표처럼 혼자 떠돌곤 하던 바다— 한곳에 머무는 게 불편스러운 것이 이제 아예 몹쓸 체질이 된 것인가. 나는 왠지 내 방구석 거처가 다시 불안스러워지기 시작한다. 거처를 정하고 한곳에서 내처 눌러앉아 지내는 게 까닭 없이 불편하다. 하루쯤 거처를 비워두고 싶어진다. 게다가 바다는 연일 말 없는 손짓으로 나를 부르고……

드디어 오늘은 점심을 먹고 나서 대나무 꼭지에 나일론 줄을 홀쳐맨 낚싯대를 만들어 메고 그 바다로 들판을 건너갔다. 여름 햇볕 속의 들판을 건너자니 아이와 새와 햇덩이가 나오는 장욱진의 그림 속이라도 움직여가고 있는 느낌.

그런데 그새 바다는 어쩌면 물속 인심이 온통 변해버린 것인가. 옛날 망둥이들이 씨가 말라버린 것인가. 낚시를 던지고 한나절을 기다려도 그 흔하던 망둥이 새끼들은 종자 한 마리 구경을 할 수가 없다. 썰물 때가 되도록 낚싯밥 한번 건드리고 가는 놈이 없다. 썰물이 빠지고 개펄이 꺼멓게 솟아오른 다음부턴 아예 낚싯대를 던지고 게잡이를 시작한다. 구멍에서 나와 어슬렁거리는 게들을 쫓아 뻘밭을 개처럼 이리 뛰고 저리 뛴다.

하다 보니 그렁저렁 긴긴 여름해도 어지간히 저물고, 문득 남쪽 하늘을 바라보니, 먼 수평선 쪽에서 베빨래 가래처럼 하얀 비행운 한 줄기가 물을 차고 치솟아 올라온다. 해가 설핏해질 때면 이곳 하늘을 지나가는 제주 공항발 서울행 여객기다. 아침이나 한낮엔 항로가 다를까. 내가 보는 것은 언제나 저녁녘의 비행기다. 그리고 언제나 바다에서 떠올라 서울로 가는 길뿐. 그것도 고도가 너무 높아서 소리가 들리거나 비행체가 먼저 눈에 뜨이는 게 아니다. 어쩌다 문득 하늘을 쳐다보면 북쪽으로 뻗어가는 긴 비행운이 머리 위로 높다랗게 걸려 있곤 할 뿐이다.

오늘은 그 비행운의 모습이 사뭇 다르다. 그것은 그냥 남쪽 하늘이 아니라 어느 먼바다의 물굽이로부터, 그리고 그것도 별반 소리도 없이 수평선을 박차고 치솟아오르는 것 같다.

비행운 소리도 없이 어느새 내 머리 위를 지나 북쪽 하늘로 줄기차게 뻗어간다. 나는 엉거주춤 뻘 묻은 손을 늘이고 서서 하염없는 눈길로 그것을 뒤좇는다. 저기 어쩌면 내가 아는 얼굴이 있을까…… 서울에 두고 온 친지들의 얼굴이 하나하나 환영으로 눈앞을 지나간다. 그리고 이내 혼자가 되어 있는 자신의 모습이 되돌아 보인다.

내가 왜 여기 지금 이러고 있는가.

마치도 여기 이렇게 내가 혼자가 되어 있는 것이 나 아닌 다른 누구의 탓이기나 하듯이. 그렇게 아무도 모르는 곳으로 끌려와 숨어 살고 있기나 하듯이. 기분을 돌리려고 문득 다시 하늘을 보니 비행기는 어느새 북쪽 산 너머로 모습이 사라진 다음이다. 빈 하늘에 남은 흰 비행운만 한쪽으로 서서히 흩어져 흐른다.

나는 더 이상 게들을 쫓고 싶은 생각이 없어진다. 낚싯대를 버리고 그냥 뻘 묻은 발째로 저녁 들판을 건너와버린다.

그래 그놈의 비행운 따위가 사람을 이토록 허망스럽게 하다니…… 망둥이 낚시질은 이제 다시 나가지 않을 테다. 게잡이도 다시 하러 가지 않을 테다. 혼자 싱거운 다짐을 하면서.

　김가야,

　참 오랜만이구나……

　잠자리에 들려다가 나는 문득 편지가 쓰고 싶어진다. 오랫동안
잊고 살아온 유치한 편지 쓰기. 서울에서는 늘 함께 있으면서도
함께 있음이 아니던 친구들. 그 친구들을 이렇게 멀리 떠나와 오
히려 함께 있음을 느낀다. 모처럼 편지를 한 장쯤 쓰고 싶다. 아주
유치하고 허물없는 편지를.

　물론 나는 그 편지를 부쳐 보낼 수 없음을 알고 있다. 편지는 곧
내 소재를 노출시키고 말 것이기 때문이다. 그래도 어차피 편지는
써야 한다. 우리는 끝내 자기 소재를 숨기고 살 수는 없는 처지다.
언젠가는 결국 소재가 드러나고, 행로와 곡절을 증거해 보여야 한
다. 소재 증명을 남겨둬야 한다. 비록 아직은 그럴 필요가 없을 때
마저도. 아니, 혼자가 되어 있는 이런 때일수록 더욱더.

　나는 먼저 머릿속에서 사연을 엮어나간다.

　김가야, 그래 갑자기 내 종적이 사라져 그동안 곡절이 제법 궁
금했을 줄 안다. 한 가지 그럴 일이 있어서였다. 사실은 어느 날
시골에 계신 누님 한 분이 돌아가셨다는 전보를 받고 서둘러 차를
타야 했기 때문에……

　하지만 나는 그쯤에서 그만 사연이 막힌다. 왠지 거짓말을 하고
있는 느낌 때문이다.

　김가야,

난 마침내 이곳으로 돌아왔다……

나는 다시 편지의 사연을 바꿔 쓰기 시작한다. 이번에는 좀더 자신의 느낌에 정직해지려 노력한다.

이 남쪽 바닷가 고향 마을, 이젠 돌아가야지, 돌아가 살아야지, 내가 자주 말해오던 곳, 그렇듯이 늘상 마음속에 별러오던 곳, 그러다가 내 마음의 옹이로 자리잡아버린 곳……

그러나 나는 이번에도 다시 사연을 중단한다. 내 진심과는 역시 아직 거리가 있는 것 같다. 김가에게 글을 쓰고 있는 것 같지가 않다. 웬 쓸데없는 해명조의 구실이 자꾸만 앞장을 서 나선다. 게다가 감정까지 너무 과장이 되고 있다. 상대가 하필 김가여서일까.

오가야, 그동안 잘 있었더냐.

나는 상대를 바꿔가며 다른 식으로 사연을 꾸며본다.

유가야, 요즘도 술 잘하느냐—

하지만 역시 석연치가 않다. 아무래도 정확한 본심을 말할 수가 없을 것 같다. 진심을 말하고 싶어 할수록 그 진실의 가장 깊은 곳엔 음흉한 허구가 깃들여버리고, 거짓 또한 다짐을 하고 맹세를 할수록 더욱 거짓다운 과장만 부른다. 도대체 어쩔 수가 없는 일이다. 편지질은 어차피 무용하고 쑥스럽기만 한 노릇인가. 아니면 숨어 지내는 노릇이라는 것이 원래 그런 것인가.

나는 끝내 사연을 단념한다. 그리고 그만 눈을 감는다.

×월 ×일

아침에 일어나 뒷산 기슭으로 염소 내매기를 나다니기 시작한다. 어렸을 적 아침엔 소를 내매러 다녔지만, 이젠 소 대신 조그만 염소 새끼를 내매러 다니는 거다. 아침 산보 삼아 시작한 일. 그 염소를 내매고 돌아오는 길에 나는 매일 텃밭 끝 언덕 아래에 있는 두어 자 깊이의 물웅덩이 주위를 살피는 버릇이 생겼다. 물둠벙은 밭 언덕 밑에서 솟아오른 생수 덕분에 저절로 생겨난 것인데, 아침 안개도 채 걷히기 전인 이른 시각, 그 웅덩이 가에 풀섶을 헤치고 쪼그려 앉아 있노라면 수면이 마치 큰 호수처럼이나 넓고 멀고 잔잔하게 느껴진다.

나는 늘상 그 넓고 먼 수면이 너무 적막스러운 게 아쉽다. 그래 여길 찾기 시작한 후로 날마다 그 물속에서 무엇인가가 나타나기를 기다렸다. 수초 밑 어디에 피래미 새끼라도 살고 있지 않을까. 물거미라도 한 마리쯤 아침 수면 위로 떠돌고 있지 않을까— 염소를 매고 돌아올 때마다 나는 그런 기대와 기다림으로 조심조심 그것을 살피곤 하였다. 하지만 우물을 파면 개구리가 뛰어들게 마련이라는 옛말도 헛소리. 윗물이 흘러들지 않는 탓인가. 아니면 심한 농약의 독기 탓인가. 피래미 새끼나 물거미커녕은 그 흔하던 개구리 한 마리 웅덩이 물로는 뛰어든 일이 없었다. 물둠벙은 언제나 항아리 속의 우물물처럼 고요한 아침 하늘만 담고 있었다.

그런데 오늘 아침, 기다린 게 정녕 헛일은 아니던가. 오늘 아침엔 사정이 달랐다. 드디어 손님이 찾아든 것이다. 검정 개구리 두 마리가 모처럼 만에 그 물둠벙을 찾아들어 아침 목욕을 즐기고 계신다. 그리고 그걸 발견한 나는 무심히 문밖을 나서다 내 집을 찾아오는 손님을 맞았을 때처럼 마음이 설레인다. 반갑고 신기하여 물가에 주저앉아 녀석들의 수작을 살피기 시작한다.

자세히 살펴보니 녀석들은 화상이 아무래도 수상하다. 녀석들은 한 놈이 다른 한 놈의 등을 밀어주고 있는 것도 같고, 또는 수영이 서투른 한 놈을 다른 한 놈이 방금 익사의 위난에서 업어내고 있는 것도 같은 그런 괴상한 모양새다. 한 놈이 다른 놈의 등에 업혀 있는 꼴에다, 그나마도 완전히 업혀지질 않아서 이따금 상체가 뒤로 늘어지는 동작이 몇 번씩 되풀이된다. 업힌 놈에 비해 체구가 훨씬 커 보이는 아랫놈은 업힌 놈의 몸뚱이가 뒤로 늘어져 숨을 죽일 때마다 필사의 노력을 기울인다. 녀석은 그때마다 한 번씩 제 몸을 흔들어 업힌 놈을 일깨워 추스른다. 그러면서 이리저리 강 안을 헤매이며 상륙 지점을 물색하고 다닌다. 그건 아무래도 아침 목욕질이나 익사지 구조 훈련 따위는 아닌 게 분명하다. 녀석들은 힘들여 물가까지 와서도 냉큼 상륙을 시도하지 않는다. 간신히 물가까지 나왔나 싶으면 두 놈은 거기서 그만 힘이 몽땅 파해버리곤 한다. ─난 더 이상 안 되겠어. 난 그냥 이대로 내버려둬줘.

업힌 놈이 앞발을 놓고 뒤로 늘어지기 시작하면, 업은 놈은 그냥 기진맥진 업힌 놈과 한데 뒷다리가 엉킨 채 의뭉스레 물속으로 가라앉아 들어간다. 그것으로 녀석들은 그만 끝장이 나는 것도 아니다. 놈이 어지간히 가라앉아 드는가 싶으면 그때까지 죽은 듯이 늘어져 있던 녀석 중의 한 놈이 화들짝 먼저 몸을 일으켜 다른 놈을 수면 위로 이끌어 올린다. 그리고 이번에는 내가 앉아 있는 반대편 물 끝으로 새로운 상륙처를 서둘러 찾아간다.

몸뚱이가 작아 업힌 놈은 신랑이요, 필사의 노력으로 아래쪽에서 낭군을 받드는 놈은 녀석의 신부가 분명하다. 나는 물론 그것이 녀석들의 목욕 놀이나 구난 훈련이 아님을 실망하거나 화를 낼 이유가 없다. 녀석들이 내 물둠벙에다 새벽 신방을 차렸다 하여 심통을 부리거나 해코지를 해야 할 건덕지도 없는 일이다.

그런데 사실은 괘씸스러워서 더 참기 어려운 일이 생겼다.

나는 괜히 자리를 뜰 수가 없었다. 어쩐지 녀석들의 행사가 끝날 때까지 거기서 그냥 기다려야 할 것 같았다. 나는 계속 물가에 무릎을 쪼그리고 앉아 연놈들의 행사가 끝나기를 기다렸다. 하지만 놈들은 예상 밖으로 끈기가 대단하다. 좀처럼 행사가 끝나질 않는다. 마치 행사의 마무리를 기다리고 앉아 있는 나를 골려먹을 작정이라도 한 듯 둠벙 가를 이리저리 옮겨 다니며 무한정 시간을 끌고 있다. 나는 차츰 오금이 저려오고, 드디어는 실없는 무안감까지 치솟는다.

하지만 놈이 괘씸해진 건 녀석들이 그토록 긴 시간을 끌어대며 나를 기다리게 한 때문이 아니다. 내 오금이 저려오게 한 것이나 연놈들의 몸짓이 사람의 그것과 너무도 방사(倣似)해 보인 일 따위는(그렇게 본 것은 전적으로 내 쪽의 허물일 수도 있으니까), 그리고 거기서 느껴져온 남자로서의 무력감 따위는 내가 못 참아낼 일이 아니었다. 무엇보다 그건 애초 내가 자청해 나선 일이지, 녀석들이 청해 들여다보게 한 건 아니니까.

문제는 연놈들의 그 기나긴 행사가 끝났을 때였다. 녀석들은 실로 반시간 가까운 실랑이 끝에서야 비로소 몸뚱이가 각각 둘로 떨어졌다. 그러고는 연놈이 서로 반대편 물가로 지친 사지를 이끌어 나갔다.

연놈은 그렇게 몸을 이끌고 가서 다시 물 위에 사지를 풀어 띄우고서 마지막 휴식을 즐기기 시작했다. 연놈이 서로 머리를 박고 쉬고 있는 곳을 살펴보니, 그곳은 바로 이 물둠벙의 새 물줄기가 조그맣게 안으로 새어들고 있는 곳이다. 연놈은 이제 쥐죽은 듯 사지를 넓게 벌린 채 그 차가운 물줄기에다 남은 열기를 식히고 있는 것이다.

나는 비로소 어이가 없어진다. 짓궂은 심술기가 돋기 시작한다.

나는 끝내 녀석들에게 달갑잖은 시비를 시작한다. 텃밭에 심어진 고춧대 하나를 꺾어다 녀석들의 머리통을 톡톡 건드린다. 녀석들은 그래도 꿈쩍을 않는다. 귀찮게 굴지 말라는 것일까. 황홀한 한순간을 지내고 났으니 이젠 그냥 그대로 맞아 죽어도 좋다는 것인가. 두 번 세 번 건드려보아도 놈들은 그냥 막대기가 건드리는 대로 몸이 조금씩 밀리다 말 뿐 도대체 아랑곳을 않으려는 낌새다.

나는 이제 모욕감마저 치솟는다. 주책없는 농기까지 가슴을 치밀어 오른다. 나는 마침내 참을 수가 없어진다. 텃밭에서 다시 열매가 주렁주렁 익어가는 고추나무 하나를 뽑아든다. 그리고 일격에 연놈들의 못된 휴식을 박살내버린다. 어디선가 식식거리는 숨결 소리까지 들려온다.

혼비백산. 삼십육계.

글쎄, 내가 일단 그렇게 나가는 데야 제깐 연놈이 그럼 별수가 있을라구……

매질을 피해 허겁지겁 달아나는 연놈의 몰골에 나는 비로소 속이 조금 후련해온다. 식식거리던 숨결 소리도 귓가에서 천천히 잦아들기 시작한다. 그걸로 얼마간 체면을 되찾은 듯도 싶어진다.

글쎄 뭐, 그까짓 고추나무 따위가 무슨 대수랴, 사람이라면 자존심이 있어야지. 사람이란 대저 위엄과 자존심을 지켜야 할 곳에서는 그것을 단호히 지켜내야 하는 거 아닌가 말이다.

×월 ×일

여름 한낮, 낮잠 속에 들려오는 벽시계 방울 치는 소리는 그대로 그냥 포탄의 폭음이다.

단 세 발의 포탄 소리에 나는 그만 낮잠을 깨고 만다.

머리를 향해 누운 뒤꼍 쪽 언덕으로 한 줄기 시원스런 바람기가 스치고 지나간다. 그 바람결에 푸나무 잎들이 갑자기 소스라치며 서걱거리는 소리— 그 소리가 어딘지 많이 귀에 익다.

머리를 들어 열린 문 사이로 뒤꼍을 내다본다. 언덕을 기어오르다 더위에 지쳐 축축 늘어진 호박잎들. 그 위쪽의 콩밭. 그리고 그 콩밭가로 늘어선 옥수숫대의 행렬—

바람이 옥수숫대를 스쳐가는 소리였구나.

소리의 정체는 금세 밝혀진다. 하지만 그 소리가 귀에 익은 사연은 아직도 확연치가 않다. 실제로 귀에 들리는 소리와 기억 속의 느낌이 사뭇 다르다. 나는 곰곰 다시 기억을 더듬는다. 그리고 끝내는 그것이 저 권태와 기다림의 천재 이상(李箱)의 소리임을 알아낸다.

—옥수수밭은 일대 관병식(觀兵式)입니다. 바람이 불면 갑주 (甲胄) 부딪치는 소리가 우수수 납니다……

한 시대의 불꽃 이상(불꽃은 원래 파괴 위에 피어오르는 꽃이 아니던가). 기다림의 천재, 우화의 천재, 그 천재의 여름도 그처럼 무덥고 견딜 수가 없었던 것일까. 사람들은 때로 견딜 수 없는 것을 견디기 위하여 그의 현실을 파괴하여 우화를 만든다.

—소는 식욕의 즐거움조차 냉대할 수 있는 지상 최대의 권태자다. 얼마나 권태에 지질렸길래 이미 위에 들어간 식물을 다시 게워 그 시금털털한 반 소화물의 미각을 역설적으로 향락해 보임이리요.

어느 해던가. 이상은 그의 더운 여름의 모든 것을 그렇게 한 편의 우화로 베껴놓았다. 그리고 그의 삶과 시대 전체를 우화로 바라보고 우화로 살다 갔다. 더위가 너무 심한 탓인가. 내게도 이젠 그 바람 소리가 그냥 심상한 바람 소리가 아니다. 그것은 이제 이상의 추억 속에 들려오는 우화의 소리요 모습들이다. 나는 이제 그것들을 이상의 눈으로 보고 그의 귀를 통해 듣는다. 애초에 낮잠을 깨운 그 시계 방울의 포탄 소리도 이상의 소리가 아니었던가 싶다.

나는 비로소 더위에 조금씩 안심이 되어간다. 그리고 40년 전에 이미 더위를 이기는 비법을 살고 간 우화의 도사를 축복하고 싶어진다.

날씨가 아무리 더 더워진들, 이상은 이미 한 편의 적절한 우화를 쓰고 갔으므로. 그리고 그가 한번 쓰고 간 우화를 되풀이 쓸 일은 없을 터이므로.

실은 오늘 오가가 책을 한 권 부쳐왔다. 바로 그의 출판사에서 출간한 이상의 수필집. 심심풀이로 넘겨보라는 뜻이리라. 혹은 우편물에 주소를 적는 일로 하고 싶은 말을 대신하고 싶었기 때문이리라. 책갈피 속에라도 짐짓 안부 말 한마디 적어 넣지 않는 데서 오히려 오가의 그런 마음을 읽는다.

어쨌든 반갑고 고마운 일이다.

하지만 소재를 어떻게 알았을까. 서울에선 그럼 녀석들이 모두 내 일을 빤히들 알고 있단 말인가……

×월 ×일

오리와 닭이 한데 친하게 지내는 까닭을 알 수 없다.

개와 고양이가 의좋게 지내는 사연을 알 수 없다.

노인은 기묘하게도 집 안에다 꼭 한 마리씩의 가축을 기른다. 개와 고양이와 오리와 닭과 염소가 각기 한 마리씩이다. 집 안에 사람이 없으니 식구 삼아 그렇게 한 마리씩만 새끼를 구해 기른다는 것이다.

그런데 참 알 수 없는 것은 네발짐승은 네발짐승끼리, 두발짐승은 두발짐승끼리 패가 갈려 저희끼리 서로 친하게 지내고 있는 일이다. 그것도 같은 종족처럼 서로 모습이 다른 것을 허물하는 기미가 전혀 안 보인다. 염소는 아침마다 들판이나 산에다 내어매었다가 해가 질 무렵에야 끌어들이곤 하니까 다른 놈들과 그리 자주 어울릴 틈이 없지만, 개는 고양이와 닭은 오리와 두 놈씩 서로 짝을 지어 모든 행동을 함께하고 지낸다. 고양이는 개의 등에 올라가 잠을 자고, 강아지는 고양이가 남긴 밥그릇을 치우는 데 전혀 스스럼을 느끼지 않는다. 두 놈이 한데 뒹굴며 장난을 칠 때는 어느 놈이 강아지고 어느 것이 고양인지도 분간이 잘 안 갈 정도다. 쫓고 쫓기고 물고 물려도 생채기가 생기는 일은 한 번도 없었다.

닭과 오리 사이도 대략 마찬가지다.

모이를 쪼거나 나들이를 다니거나 두 놈은 항상 행동을 함께한다. 낮잠을 자는 것도 한 우리 속이고, 비가 와서 비를 피하는 것도 나란히 같은 의자에서다. 그런 게 모두 내겐 신기하게만 보인다. 놈들을 무엇이 그렇게 짝을 지어 친하게 만들고 있는지 은근히 궁금하다. 같은 종족의 동료가 곁에 없으니 녀석들이 아쉬운 대로 그냥 비슷한 종족끼리 친해져버린 것인가. 그렇더라도 속과 종이 다르고 습관과 외모가 다른 놈들이 형제처럼 그렇게 서로 허물없이 짝을 지어 지내면서, 개와 고양이는 개와 고양이끼리, 닭과 오리는 닭과 오리끼리 서로가 비슷한 짐승이 되어가는 것이 그저 예사롭게만 보이지 않는다. 어떻게 보면 서로 제 주제들을 까맣게 잊어버린 멍텅구리 짐승들 같아도 보인다.

오늘 오후, 나는 그 한나절 동안의 심심(深深)한 관찰 끝에 비로소 해답을 찾아내게 되었다. 녀석들에게서 제 진짜 모습이나 주제를 빼앗아버린 것이 허물이었다. 그리고 서로 제 짝꿍에게서밖엔 그것을 찾아볼 수 없게 만든 것이 그 이유였다. 놈들은 과연 그런 식으로 각기 제 주제를 잃어버린 것이었다. 흑인 동네의 하느님 모습은 검은 얼굴로밖엔 상상될 수 없는 것. 녀석들에게 제 자화상을 그리라면 모르면 몰라도 놈들은 아마 제 짝꿍의 얼굴들을 서로 그리게 될 게다. 하지만 녀석들이 그렇게 서로 남의 얼굴을 제 얼굴로 삼고 지내게 된 것은 뭐니 뭐니 해도 놈들에겐 아직 거울을 보는 지혜가 없기 때문일 것이다.

×월 ×일

"동상, 이리 좀 나와보소. 벌건 대낮에 웬 시앗을 품었당가. 이 더위에 어째 꼭꼭 문을 걸어잠그고 있당가?"

볕 맑은 오후, 잠결에 밖에서 들려오는 소리는 집안 누님뻘 되는 수진네 할머니다. 어조가 심상치 않아 문을 열고 나가보니, 과연 환갑을 지낸 늙은 누님은 낮술기가 제법 어지간하시다.

"나 장에 좀 갔다 오네."

누님 손에는 아직도 막걸리가 반쯤 담긴 한 되 술병이 위태롭게 들려 있다.

"장바닥에서 몇 잔 걸치고 오다가 봉께 동상 생각이 나지 않겄는가. 그래 자네하고 같이 한잔할라고 막걸리 한 되를 받아들고 왔네. 동상— 이 더위 속을 자네 생각을 하고 말이네."

누님은 마루 위로 텅하니 술병을 내려놓고 당신도 곁으로 자리를 잡아 앉는다. 나는 더 말하지 않아도 누님의 뜻을 알 것 같다. 노인과 형수님이 돌밭을 나가고 없다 보니, 당신을 상대해드리는 건 어차피 내 차지가 되어야 할 것 같다. 나는 이내 부엌으로 나가 술사발 두 개를 가지고 나와서 누님의 앞으로 대좌해 앉는다. 누님이 술잔에 술을 부으며 혀 꼬부라진 소리로 사설을 계속한다.

"그런디 말이여. 술병을 들고 오다 보니께 길가에 술귀신들이 오죽 많은가. 이놈한테 한잔, 저놈한테 한잔, 너도 한잔 나도 한잔…… 귀 베주고 좆 베주고 하다 봉께 남은 건 겨우 가운데 중 자뿐이네. 하지만 머 동상하고 나하고 요 깔고 이불 덮고 잠자리 차리겄는가. 이렇게 그냥 한잔씩 나누면 그만이제……"

듣다 보니 나는 그만 슬그머니 웃음을 참을 수 없어진다.

—소가 못 참고 뒤돌아보는 밭이여.

며칠 전 들머리 집 갑장내기 재웅이하고 방둑길 옆에 있는 그의 콩밭을 지나가고 있을 때였다. 방둑길을 따라 생긴 그의 콩밭은 폭이 좁은 대신 길이가 무척은 길었다. 담배 한 대를 거의 다 태울 동안을 걸어도 걸어도 끝머리가 안 나왔다.

—여기까지 자네네 밭이여? ……여기까지도?

다짐하듯 몇 번이나 물어대니까 재웅이 마침내 발을 멈춰 서며 껄껄 웃었다.

─이놈의 밭, 소가 쟁기질을 하다 뒤를 몇 번씩 돌아본단 말이여! 그래 이놈의 소새끼를 달래니라고 쟁기질을 하기도 힘이 몇 배나 든단 말이시.

나는 그때도 이번처럼 기이한 웃음을 참을 수가 없었다. 이 사람들, 참 묘하게 자기 말을 즐기고 있구나, 하는 생각 때문이었다.

소가 쟁기질을 할 때는 밭이랑이 끝나 방향을 바꿀 때 잠시간의 휴식을 취할 수 있게 된다. 하지만 이랑이 긴 밭은 그 밭이랑이 긴만큼 휴식의 기회도 적을 수밖에 없게 마련이다. 힘이 든 소는 이랑이 끝나기만을 기다리다 마침내는 더 참을 수가 없어 뒤를 돌아다보게 된다는 우스개다. 이놈의 밭이랑이 도대체 어디서 끝나는가. 내가 갈아온 밭이랑이 도대체 얼마나 긴 것인가. 그거라도 한번 알아보기 위하여. 소를 부리는 사람은 그런 녀석을 달래느라 쟁기질이 훨씬 어려워질 지경이다. 이 밭이랑은 그토록 길다……재웅의 말속에는 이를테면 그런 이야기들이 한마디로 압축된다.

그 말은 이미 밭이랑의 길이에 대한 설명을 넘어선다. 밭이랑의 길이에 대한 사실적인 설명을 넘어서 재웅은 차라리 그의 말 자체를 즐기고 있는 것이다. 밭이랑의 길이에 대한 구체적인 불평이 있을 리 없는 소 짐승을 자신과 동격으로 의인화하면서. 그리고 그 의인화의 깊은 사랑 속에.

누님의 말도 바로 같은 성질의 것이다.

더운 여름 장거리를 나갔다가 술을 몇 잔 걸치고 난 누님은 장길을 돌아오다 문득 나의 생각이 나서 막걸리 한 되를 사들고 나선다. 그런데 길을 오다가 술 좋아하는 사람들을 만나고 보니 한 잔 두 잔 술병을 조금씩 비워가게 된다. —그래 자네하고 마실 술은 겨우 한두 잔을 남겨왔을 뿐이네. 하지만 술이 많아야 맛이겠는가. 한두 잔 남은 술로라도 이 누님의 속마음만 알아주면 그만이제…… 귀 베어주고 좆 베어주고 운운하는 누님의 말은 그런 변명을 대신한 소리다. 아니, 그 누님의 말도 이미 그런 과정에 대한 사실적인 설명의 뜻을 넘고 있는 것이다. 그것은 오히려 그런 사실적인 과정의 설명보다 그 말 자체를 즐기고 있음인 것이다. 보다도 그 누님에겐 실상 사실성 자체는 이미 문제가 되지 않고 있을 수도 있다. 누님이 술병을 사들게 된 것은 굳이 나를 생각해서가 아닐 수도 있었고, 길가에선 술을 좋아하는 사람들을 만난 것이 아니라, 누님 혼자서 술병을 홀짝홀짝 비우고 돌아왔는지도 모를 일이다. 그러다 우리 집 사립 앞을 지나면서 문득 술동무를 구하고 싶어졌는지도 모른다.

그렇더라도 나는 굳이 그 누님의 말을 허물을 할 수는 없는 것이다. 누님의 말에는 사랑이 깃들여 있기 때문이다. 그가 나를 생각하고 한 병의 술을 사고 싶어졌을 때, 길가에서 이 사람 저 사람에게 술을 부어주며 마지막 한두 잔을 나를 위해 남겨오고 싶은 마음이 들었을 때, 그 늙은 누님의 마음속 깊은 곳에는 이미 나에 대한 사랑이 깃들이고 있었던 셈이다. 아니 그 모든 것이 사실이 아니라 하더라도, 그리고 누님 자신이 귀로에 혼자 술병을 비우고 왔다 하더라도, 남은 한두 잔 술로 문득 나를 부르고 싶어졌을 때, 그리고 그것을 그렇게 걸직한 우스개로 말해 넘기고 있을 때, 그의 말과 마음속에는 분명 나를 향한 어떤 사랑이 움직이고 있었을 터이다. 그래 그 사랑을 근거로 자신의 말을 즐기고 있었을 터이다.

거기에선 사실성 따위가 크게 문제가 될 수 없다. 자기 사랑을 잃지 않는 한 말들은 결코 사실을 배반하지 않으므로. 거기 말들이 비로소 자유로워지고, 자유스런 말들의 세상이 있었던 셈이다.

"왜 그러고 앉아만 있는가. 잔 드소. 임은 품어야 맛이고 술은 취해야 맛인께……"

누님이 이윽고 내게 술잔을 재촉해온다.

하지만 나는 혼자 상념이 끝없이 뻗어간다.

사람들의 말은 물론 사실적인 지시성이 무엇보다 중요하다. 그러나 우리의 삶과 말 자체에 대한 사랑이 깊은 말들은 그 사실적인 지시성 위에서 보다 넓은 말 자체의 자유를 누린다. 그리고 우리의 삶과 세상에 대해 더 넓은 사랑을 행한다. 노래나 시가 바로 그런 것 아닌가. 당연한 이야기가 될지 모르지만, 그러므로 우리는 그 자유로운 말들에서 어느 정도 사실적인 지시성을 단념해 들어야 하는 때가 종종 생긴다. 그 말들 속에 깃들인 사랑을 전제로 우리는 이미 그런 경험을 허다히 지니고 있지 않은가. 그것은 특히 스스로의 자유와 사랑에 충만한 시골의 사투리 말투에서 그렇다. 사투리투에서는 특히 욕설과 상소리에서마저 그 사실적인 지시성의 의미를 잃는다. 귀 베고 좆 베고…… 거기에 무슨 사실적인 지시성의 의미가 있는가.

─이놈! 부젓가락으로 불알을 집어버릴라! 왜 남의 호박덩이에다 오줌을 싸갈기는 거냐!

지나가면서 나무라는 마을 어른의 호통에는 이미 금지의 뜻이 뒷전으로 물러선다. 그럴 때 아이들에게 어른들이 행할 바 호통의 즐거움이 전면으로 나선다.

—네 에미 애비 불쌍해서 미역 값 물러 못 가는 중 알아라.

남의 고구마밭을 뒤지다가 주인의 이런 협박이라도 나오면 아이들은 오히려 안심을 하게 된다.

—니 에미 할매나 붙어먹을 놈들, 간밤에 우리 집의 밭을 뒤진 놈들! 똥구멍에 모조리 피설사가 나서 날날이 바람소리가 한 달만 가거라!

밤서리꾼들이 참외밭을 망치고 밭주인 영감이 퍼부어대는 저주를 들어도 지나가는 사람들은 오히려 웃기만 한다. 영감은 그러면서 제물에 화를 끄고 있는 줄을 알기 때문이다.

이 시골에서는 심지어 욕설까지도 욕이 되지 않는다! 그것을 욕으로 듣는 사람은 그 말속의 사랑과 믿음과 자유를 모르는 사람들의 허물이다.

표준어라서 사랑과 믿음과 자유가 없는 것은 물론 아니리라. 하지만 도회의 표준어는 그 환경 조건이나 필요성에서 사실적인 지시성과 기호의 기능에 충실할 뿐 우리 삶에 대한 사랑이나 믿음은 그 자체로선 훨씬 덜하다. 그래 표준말은 사실적인 지시성이 약화되면 우리 삶을 오히려 복수하고 파괴하려 덤벼든다. 그래 표준말은 사실적인 지시성을 넘어설 수 있는 자유가 제약된다. 표준말이 상용되는 세상에는 대개 말 자체의 사랑이 그만큼 적기 때문이다.

그에 비해 시골의 사투리는 훨씬 더 많은 자유를 누린다.

오—매 단풍들것네/장광에 골붙은 감닢 날러오아

누이는 놀란 듯이 치어다보며/오—매 단풍들것네.

영랑 김윤식의 절편(絕篇) 한 구절이다. 상용의 사투리 말을 적어놓은 것이 그냥 시가 되고 있다. 그리하여 이 몇 마디 사투리는 가장 아름답고 자유로운 말이 되고 있는 것이다.

사투리는 바로 그 자체가 그 땅과 그 땅의 삶에 대한 사랑과 믿음의 표현인 것이다. 그래 그만큼 자유도 클 수밖에.

가장 넓고 큰 자유를 누리는 말은 어떤 것일까. 그것은 아마 노래일 것이다. 노래 가운데서도 서민적 민요조, 그 가운데서도 서민적인 사설이 두드러진 남도 소리가 가장 많은 자유를 누리는 말의 모습이 아닌가 생각된다. 사투리는 그 말과 소리의 중간쯤 되는 말인 것 같다. 사투리가 더 많은 자유를 얻어 남도 소리가 되어 간 거라면 그야 지나친 속단일 테지만.

소리의 가락을 더 취하기 때문일까. 남도 소리를 접하게 될 때 나는 국문학자들의 많은 노력과 학문적 성과에도 불구하고 사설 쪽에선 그리 사설적인 의미를 취해 듣지 않는다. 특히 나는 거기서 일사불란한 주의 주장이나 통일된 인격을 구하지 않는다. 민중의 저항의식, 풍자, 해학…… 그것들은 모두가 일면적인 주제의 줄기로 느껴질 뿐이다. 그것은 어느 한 사람이 일정한 의도에서 사설을 쓰고, 그 사설에다 곡을 붙여 부르는 노래가 아님도 자명하다. 사설과 가락이 앞서거니뒤서거니 서로 제 흥을 따라 늘어나면서 안팎을 채우고, 그렇게 사람과 시대를 거치며 한 마당 소리로 어우러져나간다. 단일한 의도나 통일된 인격을 구하는 것이 무리다. 거기에는 수많은 사람들의 수많은 욕망과 삶의 애환이 함께 공존한다. 시대의 당위성과 규범, 도덕적 덕목들을 근간으로 하면서도 판소리의 사설들은 또한 그 내용의 진행에서 수많은 파격을 감행하고 모순을 노출한다. 미운 시아주버니의 술상(「흥부가」)이 기생 장모가 양반 사위를 맞는 술상(「춘향가」)과 똑같이 걸게 차려지고, 심 봉사의 가엾은 황성길에서는 마누라 잃고 도둑까지 맞고 난 장님의 천연스런 몰골에 느닷없는 오입질 노래(「심청가: 방아타령」)가 절창을 이룬다. 사람이 짐승이 되고 짐승이 사람이 되며, 이승과 저승을 마음 내키는 대로 오가기도 한다.

한 마당의 소리는 그런 모순과 파격에도 불구하고 끝내는 더 높은 질서와 조화로 승화되어간다. 그것은 바로 창자(唱者)와 듣는 자의 흥취(신명기)의 교합 때문이다. 판소리 중의 흥은 소리의 사설이 그 사실적 지시성을 넘어서게 만든다. 그리고 그 사설들은 다시 더 많은 자유를 얻어 노랫가락을 부르고, 그 흥겨운 노랫가락은 마침내 사실적인 지시성을 완전히 단념한 채, 흥부의 원한 많은 아내로 하여금 미운 시아주버니의 술상을 산해진미로 차리게 만든다. 그러면서 그의 말은 마음껏 해방되고 자유로워져버린다.

그러면 그 흥취나 신명기란 것은 대체 무엇인가. 그것은 바로 자신의 삶에 대한 사랑의 율동이다. 있어야 할 삶, 규범적인 삶뿐 아니라 있어온 삶, 버려지고 배척된 삶, 그런 모든 삶들에 대한 사랑의 율동이다. 살아 있는 사람들의 모든 꿈과 욕망과 슬픔들에 대한 허심탄회한 사랑의 율동이다. 그래 창자들은 소리의 부분 부분에서 얼굴이 변하고, 점잖다가는 상스러워지고, 인자하다가도 난폭해지면서(때로는 의미상의 모순에도 불구하고 그 욕망 자체가 끝없이 혼자 늘어가면서) 의미상의 배반을 함부로 감행한다. 그리고 그 억제될 수 없는 흥취와 사랑에 의지하여 더욱더 높고 더욱더 큰 질서로 올라선다.

남도 소리는 한의 마디를 앉히는 일이 아니라 오히려 그것을 풀어내는 삶의 한 지혜로운 양식이라고 생각해본 일이 있지만, 그것은 바로 우리 삶에 대한 사랑의 양식이라 해도 상관이 없다면, 남도 소리를 그 흥이나 말의 자유, 혹은 우리 삶에 대한 그 사랑의 양식으로 해명해보려는 사람이 적은 게 이상한 일이다.

하지만 그런 해명이 있거나 없거나 이런 사투리 어조가 생긴 땅에 남도 소리가 성행한 것은 어쨌든 나로선 반가운 일이 아닐 수 없다. 이 땅에 그런 소리가 태어난 것이 우연이 아니라면, 이곳 사람들의 그 남루한 삶에 대한 사랑과 자유에도 무관할 수가 없을 터이므로.

"어따, 나 눈에서 잡것이 왔다 갔다 하는디, 엄니가 옥황상제 딸이요."

농약통을 둘러메고 들논을 다녀오던 수진 아배가 술자리를 보고 스스럼없이 사립을 들어선다.

"오냐, 아범이냐. 어서 오니라."

누님도 다시 거침없는 소리로 허기에 지친 아들을 맞는다. 그러면서 이내 자기 잔에다 술병을 마저 비워주며 짐짓 심통스런 한마디를 건넨다.

"글씨, 어짠지 목구멍을 틀어막는 가시가 있더라니…… 쓴 막걸리 한잔인들 언제 내가 니 발길 피해 마신 적 있었더라냐."

나는 그 누님과 조카, 함께 늙어가는 모자의 대화를 듣고 있다 문득 노래 한 가락을 듣고 싶어진다.

—우리 남원은 사판이다. 어이하여 사판인고? 우리 골 원님은 농판이요, 상청 관수는 뒷판이요, 육방관속에 먹을 판 났으니, 우리 백성은 죽을 판이로다. 어허여루 여루……

소리는 왠지 모르게 그「농부가」의 한 대목쯤이 좋을 것 같다.

하지만 나는 그 소리의 테이프를 서울에다 두고 온 바람에 이 늙은 모자와 그것을 함께 들을 수 없는 것이 못내 유감이다.

×월 ×일

"올 농사는 그냥 아주 조져부렀네."

점심을 먹고 배를 깔고 누워 있으려니 집이 그리 멀지 않은 재웅이 빗속으로 투덜대며 사립문을 들어선다.

여긴 원래 본동네가 아니다. 본동네는 여기서 한참 더 들길을 올라가야 하고, 이곳은 들밭과 바다 나들이의 편의를 따라 내려온 20여 호가량의 해변 부락이다. 가호 수가 적으니 날이 밝은 대낮에도 사람들이 모두 들밭일 바닷일들을 나가고 나면 내왕들이 거의 없는 곳이다. 재웅인 그래 내가 늘상 심심할까 보다고 틈틈이

한 번씩 길을 꺾어 들어와선 담배 한 대 참씩을 쉬어가곤 하는 어렸을 때부터의 동갑내기 친구다.

하고 보니 오늘은 또 간밤부터 내리기 시작한 비가 종일토록 계속될 듯한 기세. 처마물 떨어지는 낙수 소리가 앞뒤로 요란하다. 재웅은 빗물에 질퍽이는 마당을 경중경중 건너 뛰어오며 그간에도 푸념이 가시질 않는다.

"좆도 씨팔! 똥 누고 밑구멍 내려다볼 틈도 없이 번갯불에 콩 귀먹듯 이종을 끝내논께 갱물이 씻어가고 건물이 쓸어가고……"

비를 피해 마루로 몸을 걸치고 나서도 재웅은 계속 니기미, 지기미, 입을 쉬지 않는다.

그런 자신의 말과는 달리 재웅은 원래 좀 게으름이 있는 위인이다. 면사무소나 농협 사람들의 성화에도 아랑곳없이 그는 누구보다 모내기가 늦고 있었댔다. 그래 다른 논들은 이미 이삭이 제법 노랗게 숙여들고 있는데, 작자네 논에선 겨우 가락끝 내물림이 한창이었다. 게다가 전번 폭우 때는 방둑 한곳이 무너져 내려 바닷물이 이틀이나 잠겼다 나갔고, 이번에는 또 가락끝 내물림을 하고 있는 나락 모개에 육수 세례가 치명적인 터였다.

더위를 식히는 일은 이른 농사를 끝내놓은 사람들에게나 반가울 일, 결실이 늦는 그의 농사에는 볕이 좋은 날도 한참이라야 했다. 하늘만 꾸물대도 심사가 안 편할 터수에 대창 같은 빗줄기가 반가울 리가 없는 일이다. 그래 남보다 푸념이 앞설밖에.

그러나 재웅은 이내 또 자포자기를 하듯 농사일을 잊는다.

"비가 오든지 말든지 내 뜻으로는 안 되는 일이고…… 덕분에 낮잠이나 한잠 자고 갈거나."

집에만 오면 늘 하는 버릇대로 서슴없이 나를 앞장서 방으로 들어선다. 하지만 재웅은 방으로 들어서도 이내 낮잠을 자려고 하질 않는다. 방구석 한곳에 내가 하루 한 번씩 손장난을 치다 말고 던져둔 화투짝을 찾아든다.

"어디 오늘 똥재수나 좀 떼보꺼나."

화투장을 찾아들고 와서 낮잠 대신 방바닥에 그 화투짝을 늘어놓기 시작한다. 화투짝들을 늘어놓고 있는 걸 보니 나도 아침마다 늘 떼어보는 재수 패다. 1월 송학은 소식이 있을 수요, 2월 매조는 임을 만나게 될 수요, 3월 사구는 나돌아 좋을 수요…… 하는 식의 패떼기 놀이다. 나는 심심풀이 삼아 그 재웅의 패떼기 놀이를 함께 곁에서 지켜본다.

어찌 보면 이건 참 철든 사람으로선 우습기 짝이 없는 장난질이다. 화투짝 따위에 사람의 운세가 나타날 리도 없거니와 나는 그걸 별로 믿어본 일 또한 없다. 그러면서도 나는 언제부턴가 이 무의미한 손장난질을 꽤나 즐겨온 셈이었다. 아마 나이 스물도 채 안 되어서부터였던 듯싶다. 거의 매일마다 아침에 한 번씩 그 화투점을 쳐보는 것이 습관이 되다시피 하였다. 믿을 수도 없고 믿고 싶은 것도 아니지만, 짐짓 그렇게 한번 화투장에다 내 운세를 맡겨보는 것이다. 좋은 운수는 좋은 운수대로, 나쁜 운수는 나쁜 운수대로 내 하루를 화투패로 그렇게 읽어보는 것이다. 그리고 하루의 기분과 감정의 진행을 스스로 조절해나가는 것이다. 일테면 자기감정의 조정 행위랄 수 있는 놀이였다.

돌이켜보면 그 화투장에 의지해온 내 감정에는 그만큼 변화와 굴곡이 많았던 것도 사실이다. 20대 초반에선 대개 1·2·3·4월의 운세들이 좋았었다. 1월 소식이요 2월 임이요 3월 나들이요 4월 연사(戀事)라…… 이는 대개 연애 감정과 상관되는 운세들로 어린 나이에선 당연한 일이었다. 이때는 근심수라는 10월 단풍이나 눈물수라는 12월의 비짝조차도 마음에 별로 거리낄 것이 없었다. 근심이나 눈물에도 연애 감정으로 해석하면 오히려 달콤한 무엇이 있었다. 20대 후반이나 30대 초반에선 5월이나 9월에 마음이 끌렸다. 5월은 술이요 9월은 국수라, 마시는 일 먹는 일에 마음이 많이 끌린 시절이었다. 그리고 30대 후반으로 들면서는 횡재가 생긴다는 7월 홍싸리나 돈이 들어온다는 11월 오동패가 떨어지기를 많이 소망하게 되었다. 재물의 탐욕에 눈이 끌리고 보니 돈이 나간다는 8공산이(어떤 사람들은 달밤의 산보라고 낭만적인 해석을 하는 수도 있지만) 그중 두렵고 달갑잖은 달이었다. 돈을 알게 됐으니 이제 비로소 철이 든 것인가. 그리고 이젠 죽을 때까지도 같은 바람으로 살아갈 것인가……

　하지만 지나다 보니 그도 아니었다. 마흔 고개를 넘어서고부터는 돈이나 횡재도 그닥 반갑지가 않았다. 임이 떨어져도 반갑지 않았고 돈이나 술이 떨어져도 그저 시들했다. 바라는 것은 그저 마음의 기쁨과 평안뿐이었다. 마음의 평안이나 기쁨 따위는 지금까지 별로 크게 소망을 해온 바가 없던 것들이다. 기쁨이란 너무 막연하고 싱거운 운세였다. 실제로 얻은 것이나 누릴 것이 없었고 마음에 구체적으로 닿아오는 것이 없었다. 그래 어쩌다 6월 목단이 떨어져도 그저 그런가 보다 무심히 지나칠 뿐 적극적으로 그것을 소망하거나 즐거워해본 일이 없었다.

그러나 이제 나는 그 마음의 평화가 무엇보다 소중한 것임을 알게 된 것이다. 그리고 내가 늘상 구하는 것도 그 마음의 평화임을 스스로 깨달은 것이다. 두려운 것은 늘 근심이요 눈물이다. 술자리가 생긴대도 오히려 부담이요, 송학패 소식도 근심거리가 될까 봐 두려움이 앞선다. 돈이 덜 생겨도 좋고 임의 인연이 없어도 좋으니, 10월 단풍과 12월 비패만 안 떨어지면 다행이다. 그리고 6월 목단의 기쁨만 떨어지면 그럭저럭 하루를 안심할 수 있을 것 같아진다. 하고 보면 그 화투놀이와 화투패의 운세에 대한 바람의 과정에서 나름대로 내 인생살이의 변화 곡절까지도 어느 정도는 읽혀질 듯싶다. 그리고 어쩌면 내 인생살이 전부가 그 열두 가지 화투장 48장에 간단히 얹혀 설명될 듯도 싶어진다.

"이런 젠장!"

재웅은 별로 좋은 운세가 떨어져주질 않는다. 소식도 떨어지고 눈물도 떨어지고 더러는 임이나 나들이 따위도 떨어지지만, 그 어느 것도 재웅은 별로 마음에 들어 하지 않는다. 그때마다 그는 몇 번이고 다시 화투짝을 방바닥에 늘어놓곤 한다. 몇 번을 되풀이해서든 기어코 맘에 든 운세를 떼고 말 작정이다.

"무얼 떼고 싶어 그러나?"

보다 못해 내가 그가 원하는 운수를 묻는다.

"농사도 잡쳤겠다. 오늘같이 비 오는 날 다른 것 원하겠어?"

재웅은 오기가 나서 패를 늘어놓으며 웃지도 않고 심각하게 대꾸한다.

"7월 홍싸리 횡재수라도 떨어져줘사제. 그래야 어디 가서 공짜 닭모가지라도 비틀 거 아니여!"

재웅은 비도 오고 하니 어디 가서 소주나 받아다가 닭모가지라도 비틀고 싶단다. 그래 그럴 만한 운수를 기어코 떼고 말 낌새다. 나는 대략 그의 심사를 읽을 것 같다. 하지만 그건 좀 어리석은 노릇이 아니다. 작자는 그저 하루의 운세를 점치고 있는 게 아니었다. 그는 스스로 자신의 운수를 만들고 있는 격이었다. 작자의 오기와 고집으로 화투장 위에 자신이 바라는 운수를 만들어내려 하고 있는 것이다. 그리고 그것을 믿고 싶어 하는 것이다.

제 운세를 스스로 지으려 하다니! 그렇게 될 수는 없는 일이었다.

"니기미……"

재웅이 저주와 함께 다시 화투장들을 쓸어 쥔다. 그러나 작자는 이번에도 단념을 하지 않는다. 버린 농사를 간단히 단념해버릴 때와는 위인의 고집이 완연히 다르다.

"두고 보소. 이번에는 내 기어코……"

콧소리까지 식식거리며 화투장들을 다시 늘어놓기 시작한다.

"닭국물이라도 한 그릇 얻어 묵을 패 나오는가."

그때 또 마침 수진 아배가 방문을 들어서며 재웅에게 묻는다. 그도 축축한 한나절을 방구석에서 궁싯대다 입속이 구려 건너온 모양이었다.

"가만있게. 기다리고 있음사 닭국물 아니라 돼지다리 근이나 마련해내봄세."

재웅은 계속 패를 놓으며 걸쩍이 대구한다. 말처럼 정말 닭이나 돼지고기 생각이 나서가 아니라 짐짓 한번 해보는 소리다. 수진 아배는 이미 그 한마디로 재웅의 운세를 읽고 난 다음이다.

"저런! 자네 운수로는 볼쌔 틀린 일인 모양잉만. 괜한 헛짓거리 말고 패를 이리 내놔보소."

재웅에게 금세 화투장을 빼앗으려 덤빈다. 그리고 그 화투장을 가져다 자신의 운수패를 늘어놓기 시작한다.

나는 이제 자리를 물러나 뒤켠 쪽으로 몸을 눕히고 만다. 그리고 처마물 소리에 귀를 기울이며 혼자서 먼저 낮잠을 청해본다.

하지만 쉽사리 잠이 올 리가 없다. 눈을 감고 있노라니 화투장에 의지하여 스스로 자신들의 운세를 만들려 고심을 거듭하고 있는 위인들의 몰골이 자꾸만 나의 상념으로 얽혀든다.

"자네도 틀렸네. 무단히 여기 앉아 뱀 잡지 말고 얼른 집에 가서 거적이나 둘러쓰소."

수진 아배도 운수가 맘같이 떨어져주질 않는 모양이다. 재웅이 짓궂게 자꾸 그를 건드린다. 수진 아배도 그것으로 간단히 자신의 행운을 단념하진 않는다.

"가만히 좀 있어봐. 내 기어이 닭모가질 비틀게……"

"그럼 패를 좀 잘 쳐서 해보소그래."

자신만만한 수진 아배의 장담에 남의 운세에 의지해서라도 기어코 행운을 만들어내고 말겠다는 듯한 재웅의 조언. 바야흐로 두 사람은 이제 합동 작전으로 행운을 구한다.

나는 그만 목구멍이 간질간질 웃음기가 치솟는다. 미련스럽고 무모한 위인들! 화투장을 의지해 자신들의 길운을 만들어보려는 위인들!

그건 물론 소리를 내어 할 소리는 아니다. 나는 그저 눈을 감은 채 잠이 든 양 조용조용 숨소리를 죽인다. 그리고 혼자 추연한 빗소리 속에 쓴웃음을 삼킨다.

이놈의 빗소리가 저들의 심사를 저렇듯 간절하게 만들고 있는 건가.

한데 나는 그러고 있다가 정말로 깜박 잠이 든 모양이었다. 그리고 두 사람은 그동안에도 끝내 고대한 행운을 만들 수가 없었던 모양이다.

"우리도 이제 그만 가보세. 닭다리 재수는 볼쎄 틀려버린 일이고…… 비가 온다고 어디 이러고만 있었는가. 집에 가서 하다못해 구들장 등짐이라도 한 짐씩 져둬사제……"

재웅이 끙 자리를 일어서며 혼잣소리 비슷이 자신을 추스르는 소리.

"그래 볼꺼이……"

수진 아배도 화투장들을 챙겨놓고 부스럭부스럭 자리를 일어선다. 하지만 그는 자리를 일어서다 말고 내 벗은 잠매무새를 본 모양.

"이 사람, 하늘이 젖은께 한기가 써늘헌디……"

벽에서 무슨 옷가지 같은 것을 걷어다가 벗은 웃통을 덮어주고 나간다.

그 바람에 나는 가는 사람 가느냐는 알은체도 못한 채 그냥 잠이 든 척 숨소리를 가눈다. 그러고는 가득한 빗소리를 뚫고 두 사람의 젖은 발소리가 사립 밖으로 멀어질 때까지 혼자서 심사가 까마득해진다.

빌어먹을! 비가 오려면 한 1년쯤 세상이 온통 잠기도록 내리거라.

빗소리 속으로 느릿느릿 아무렇지 않게 사라져 들어가는 위인들이 무섭다.

— 아직도 네 손으론 잡을 수가 없겠냐……

이 며칠째 노인이 나만 보면 부쩍 자주 하던 말이다.

노인은 내 얼굴을 보던 날부터 오리나 닭 중에서 한 마리를 골라 잡아먹으라 하였다. 생각이 내키면 두 마리 다라도 상관이 없지만, 우선은 먼저 한 마릴 고르랬다. 그리고 그때마다 노인은 나의 선택에 충고를 보탰다.

— 입맛은 닭 쪽이 나을 거다마는 오리는 풍이나 혈압에 좋단다.

나는 오리도 닭도 잡으려 하지 않았다. 육물을 특별히 좋아하지도 않는 터에 공연한 손재를 끼치고 싶지 않았기 때문이다. 나는 오리와 닭 값의 차이를 알고 있다. 오리는 겨우 닭 값의 절반이다. 노인이 설마 그런 걸 염두에 두었을 리 없겠지만, 그 말투 속에 은근히 닭보다 오리 쪽을 권하고 싶어 하는 기미가 자꾸 마음에 걸렸다.

— 사람이 없다 보니 저것들도 제법 한 식구 몫을 한단다.

모이를 줄 때마다 흘려오는 소리도 섣불리 넘겨듣기 어려웠다. 그럴 바엔 차라리 어느 쪽도 손을 안 대는 게 나았다.

— 난 산 짐승 잡을 줄 몰라요. 생각 있으면 나중에 잡아먹도록

하지요.

나는 그때마다 그런 식으로 거사를 미루었다. 노인도 그러는 나를 굳이 크게 재촉하지 않았다.

—그래, 사내대장부가 그 나이가 되어서도 아직 축생의 모가지 하나 못 비틀어서 이리 미루고 저리 미루냐. 촌에서 살면 그까짓 여자들도 하는 일을……

핀잔 아닌 핀잔을 한마디씩 건네면서도, 노인은 또 노인대로 입맛이 돌 때로 날짜를 잡자며 흐지부지 기회를 넘어가곤 하였다.

그런데 그 노인의 기세가 요즘 와선 좀 심상치가 않았다. 당신 나름대론 무슨 짐작이 가는 일이 있었던 것일까. 그래 짐짓 사정을 모른 척 덮어두려는 것이었을까. 노인은 이제 더 이상 내 귀향의 사연을 물어오지 않았다. 예정 없이 여러 날을 함께 머물러 지내고 있는 곡절에 대해서도 일체 입을 다물어버렸다. 그렇다고 새삼 누님의 죽음이나 전보 건에 대한 내 설명을 곧이들어서도 아니었다. 노인은 여전히 내 구실을 실없어 하였다. 그리고 막내누님 네를 가는 것도 계속 말렸다. 그 대신 그 오리나 닭으로 인한 몸보신 재촉이 그만큼 잦아졌다.

—어려운 일을 만난 때일수록 몸이라도 온전하게 단속해두거라.

그런 노파심이 역력해 보였다.

나는 역시 늘 같은 대답뿐이었다.

—여태 없던 비위짱이 하루 이틀 사이에 갑자기 늘겠어요. 한 며칠 더 기다리다 보면 어느 놈이고 한 놈 모가지를 비틀고 싶어지는 때가 오겠지요.

그러면서 혼자 속으론 또 이런 생각을 숨기기도 하였다.

―어쩌면 끝내 그놈들을 잡아먹을 일이 없을 수도 있겠구요. 노인이나 저는 실상 그걸 원하고 있는 건지도 모르는 일 아닙니까.

그래 그 재웅이나 수진이 아배의 푸념들마저 끝내 외면해버린 나였었다.

그런데 알고 보니 노인에 대한 그런 내 생각은 아무래도 철없는 오해였던 모양이다. 오늘 오후 노인은 끝내 형수님을 시켜서 오리의 모가지를 비틀고 만 것이다. 그 재웅과 수진 아배들의 푸념 소리에 혼자 작정을 내린 것이었을까. 위인들이 돌아가고 다시 한참 잠 속을 헤매고 났을 때였다.

―이제 그만 좀 일어나보거라.

노인의 소리에 문을 열고 나가보니 노인이 그새 일을 모두 끝내 놓고 있었다.

―너도 어지간히 못난 남자구나. 심성이 그리 어질기만 해갖고 밥술인들 어디 가서 제대로 떠넣고 살겠냐.

김이 무럭무럭 피어오르는 오리찜 양푼을 상 위에 얹어놓고 기다리던 노인이 내게 핀잔 투로 나무랜 말이다. 하고 보면 오해는 나만이 아닌 것도 같았다. 오해를 한 건 나뿐만이 아니었다. 노인도 나를 오해하고 있었다. 왜냐하면 나는 노인의 말처럼 그렇게 심성이 착한 것도 아니고, 내가 노인에게 구실을 댄 것처럼 집짐승 모가지 하나 제대로 비틀 수 없을 만큼 겁이 많은 것도 아니기 때문이다. 노인은 무엇보다 내가 오리와 닭을 놓고 행사해야 할 그 운명의 '선택'이 싫어서였음을 짐작하지 못한 것이다.

×월 ×일

　—나는 긴 여름날의 답답함을 잊고 지낼 방법이 없음을 고통스
럽게 여겨, 장기 바둑 대신에 붓으로 무엇을 써보기로 하였다……
(하여) 온 여름내 기록한 것이 쓸데없고 자질구레한 이야기들뿐이
다. 또 붓 가는 대로 이것저것 뒤섞어 적었기 때문에 아무런 차례
도 없다.

　조선조 순조 때의 정동유(鄭東愈)가 쓴 「주영편(晝永編)」의 한
대목이다. 그 첫 대목만 보아도 이만한 배짱으로 적은 글이면 가
히 일독을 사양할 수가 없을 듯하다. '온 여름내 기록한 것이 모두
이뿐'이라니, 그도 저도 하는 일이 없이 한여름을 시간만 죽이며
지내고 있는 나에게는 그보다 안성맞춤인 읽을거리도 없을 듯하
다. '뒤에 누가 병풍의 표장(表裝)에 쓰거나 벽을 발라도 아까울
것이 없다'니 이렇게 무한정 비가 내리는 날은 그의 글을 대함에
부담이 없는 것이 더욱 반갑다.
　하지만 나는 실상 정동유의 그런 도도한 여유 때문에 책장을 넘
기기가 오히려 어렵다. 언젠가 출판 환경에 관한 한 세미나에서
주제 발표자가 '목적으로서의 독서'와 '수단으로서 독서'의 기능을
구분해 설명하던 것을 들은 일이 있었다. 그것은 다시 요즘 유행
하는 말로 바꾸면 '만남의 독서'와 '소유의 독서'가 될 것 같다. 수

단으로서의 독서는 그 책 속의 정보를 캐내어 그것을 자신의 머릿속에 지식으로 소유한다. 그에 반해 목적으로서의 독서는 그 책 속의 세상사 또는 인간들을 만나서 삶의 즐거움과 슬픔을 함께 나누며, 독서 자체가 삶의 경험이 되고 그 독서의 목적이 된다. 그러므로 만남의 독서는 기간을 다투거나 부담이 덜 생긴다. 시간대로 책을 읽다가 어디서 책장을 덮어도 크게 상관이 안 된다. 읽은 것을 굳이 머릿속에 외어 담을 것도 없다. 그때그때 글의 참맛에 취하고, 그 내용을 체험하고 넘어가면 그만이다.

책을 읽는 것은 어쩌면 산에 오르는 것 한가지가 아닌가 생각된다. 산사람들이 같은 산을 몇 번씩 다시 오르듯이 어떤 책은 일정한 나이 간격을 두고 몇 차례씩 다시 되풀이하여 읽게 되는 것이 있는데, 그렇게 한 가지 책을 되풀이 읽을 때마다 갖게 되는 생각이다. 거기 산이 있기 때문에 산을 오르노라는 등산인이 있었지만, 우리가 책을 읽는 것도 책이 거기 있기 때문이요, 그 책이 바로 우리의 삶이기 때문이다. 더욱이 산을 오르는 것은 소유가 아니요, 그저 새로운 만남이기 때문이다. 같은 산을 몇 번씩 다시 오르는 데서도 만남이 늘 새롭고 즐거운데, 하물며 책을 몇 번씩 다시 읽는 데서랴.

하지만 요즈음 항간에는 속독법이라는 것이 한창 유행인 모양이다. 정보와 지식의 양이 나날이 늘어가는 세상이니 독서에도 속도가 요구되는 것은 당연한 현상이리라. 독서의 속도가 빨라지면 지식이나 정보의 소유양도 그만큼 빨라질 테니까.

어쨌거나 나로선 부럽기 그지없는 노릇이다. 내 삶의 여정엔 산이 작아도 오르기가 이토록 힘이 드는 판인데, 사람들은 저마다 거대한 태산을 꿈꾸고 있는 격이랄까. 아는 것이 없어도 살아내기가 이처럼 힘이 드는 삶인데, 사람들은 그토록 지식과 정보욕이 왕성하니 말이다.

×월 ×일

"집에만 죽치고 들앉아 있지 말고 콧구멍에 바람도 좀 쐴 겸 울력이나 나가세."

재웅이 아침에 삽을 메고 와서 나가잔다. 이번 비로 마을 앞 간척 농장의 제방둑이 한 곳 무너져 바닷물이 온통 농장을 뒤덮고 올라왔다. 오늘은 윗동네까지 마을 사람들이 총동원되어 방둑 보수 울력이 붙여진 것이다. 그래 우리 집에서도 어차피 한 사람은 울력을 나가야 한단다.

나는 곧 삽자루를 찾아 메고 울력판을 향해 재웅을 뒤따른다.

내겐 어려서부터 그 울력판에 대한 기묘한 환상 한 가지가 있었다. 울력판은 내게 살인과 생매장의 깊은 환상이 심어진 곳이었다.

초등학교도 입학하기 전의 어린 시절, 내가 아직 윗동네에 살고 있을 때였다. 아래쪽 산비탈을 헐어다가 계곡을 막는 저수지 공사가 시작되었다. 아버지는 날마다 울력을 나다녔다. 나는 날마다 울력을 나가시는 당신을 따라가려 발버둥을 하였다. 그러자 어느 날 아버지가 말리다 못해 말씀하셨다.

—너는 거기만 가면 잡혀 죽는다. 방둑을 쌓을 땐 흙구덩이 속에다 산 사람을 던져 덮어 묻는 법이란다. 방둑이 오래오래 무너지지 말라고 말이다.

—그래 사람들은 늘 누굴 구덩이로 던져넣을까 기다리는 중이란다. 어린아이를 잡아넣으면 더 좋다니까 눈에만 뜨이면 너 같은 아이를 잡아넣을지 모른다. 아마 사람들은 거기로 놀러오는 너 같은 아이를 기다리고 있을 게다.

무섭고 끔찍스러웠다. 나는 다시 아버지를 따라가려고 하지 않았다. 무섭고 끔찍스러운 만큼 그 어른들과 울력판에 대한 호기심은 더해갔다. 어느 날 나는 울력판이 멀리 내려다보이는 산으로 올라가 멀찌감치서 그 울력판의 정경을 지켜보게 되었다.

어럴럴 상사뒤여! 어럴럴 상사뒤여!

공사판에는 사람들이 가물가물 하얗게 뒤덮여 있었다. 그 사람들이 둑을 다지는 들메를 들고 소리 맞춰 몸들을 움직이고 있었다. 어럴럴 상사뒤여! 일제히 소리를 합창하면서 그 소리에 맞춰 똑같이 들메를 들어 올리고 내려 다지는 방아질 비슷한 동작이었다. 합창 소리는 마치 상두꾼의 그것처럼 낮고 구슬프게 이어져나갔다. 그 합창 소리 사이사이로 다급하게 외쳐대는 목소리가 섞이기도 하였다. 아닌 게 아니라 사람들은 둑 구덩이 속에 생사람을 던져넣고 파묻는 장사 행사를 치르고 있는 것 같았다. 그 가지런한 동작들도 그랬고 합창 소리도 그렇게만 들렸다.

나는 몸이 떨리고 숨이 차올라 더 이상 참고 있을 수가 없었다. 정신없이 산을 달려 내려오고 만 다음부턴 아예 울력판을 따라나설 생각이 안 났다. 아버지는 아직도 몇 날 몇 달이나 그 장사 놀이 같은 울력판을 계속해 나다녔지만, 나는 다시 그 산을 올라가 그것을 엿볼 생각조차 안 났다. 마침내 긴긴 공사가 끝나고 이듬해 봄부터 저수지에 물이 가득 실리기 시작했을 때도 나는 그 방둑 곁을 지나는 것조차 한사코 싫었다. 게다가 공사가 끝난 이듬해부터 저수지 방둑의 한가운데쯤에선 푸른 아카시아 나무가 몇 그루 무성하게 자라오르기 시작했는데, 나는 그게 어쩌면 생사람이 묻힌 장사 터의 표시인 듯싶어 기분이 늘 섬짓거려지곤 하였다.

하지만 그 모든 것은 물론 어렸을 적의 잘못된 환상이었다. 그리고 나는 초등학교를 들어가고 철이 들면서부터 그런 일은 있을 수 없다는 것을 알았다. 하지만 이상스러운 것은 그런 사실의 이해에도 불구하고 나는 이후로도 여전히 그 울력 터에 대한 이상한 공포가 남아 있는 것이었다. 그리고 그 가슴 떨리는 울력 터의 얼굴 없는 사람들의 환상이 지금까지도 머리에서 지워지질 않고 있는 것이다.

생각해보면 그것은 아마 저 무서운 6·25의 경험이 겹쳐서인지도 모른다. 그 6·25 때 나의 이웃 마을 사람들은 밤마다 몽둥이를 메고 마을회관으로 몰려나갔다. 그리고 어디론가 수런수런 사라져 갔다가 산 사람들을 흙구덩이에다 파묻고 돌아왔다. 나는 며칠 동안 그 이웃 마을 외가에서 지내며 그럴 수 없는 일이 실제로 일어날 수도 있다는 엄청난 사실을 경험한 것이다. 옛날의 울력판에서도 산 사람을 정말 던져 넣을 수 있었으리라는 끔찍스런 생각이 거꾸로 살아났다. 울력판의 환각이 공포 속에 되살아난 것이다.

재웅을 뒤따르고 있는 나는 공연히 가슴이 두근거린다. 무언가 나의 오랜 환상과 정면 대결이라도 벌이러 가고 있는 듯싶어진다.

하지만 울력판은 막상 아무 두려움이나 환상이 없었다. 울력판에서는 그저 사람 사는 곳에서 어디에서나 있을 수 있는 분명한 일들만 벌어지고 있었다.

—어이 그쪽 사람들 뭣들 해. 이쪽으로 와서 흙들을 파 넣어.

—남 땀 흘리는 거 눈에도 안 보여? 그쪽에 그 담배만 피우고 있는 사람들, 어느 동네 사람들이여!

울력꾼들은 대개 너나없이 제 일처럼 열심히 일을 한다. 옷을 입은 채 물속으로 들어가 일부는 베가마니에 흙을 파 넣고 일부는 그 흙가마를 끌고 가서 쓸려나간 방둑을 채워 넣는다. 한데도 또 몇몇 사람은 뭍에 앉아서 그저 호령질뿐이다. 혹은 물 한 방울 묻혀보지 않은 삽자루를 높직하게 깔고 앉아 보릿대 모자로 부채질이나 할랑대며, 하릴없이 마른 방둑 위를 오가며, 남들에겐 마치 제 집 일꾼 부리듯 제물에 삿대질과 호령질을 일삼는다. 그런 인사가 대여섯은 되나 보다. 나는 처음 그게 무슨 이장 나리나 새마을 지도자쯤 되는 위인들인가 하였다. 한데 알고 보니 그게 아니란다.

"이장은 무슨 이장, 저 사람들 원래 저렇게 제 잘난 맛에 살도록 타고난 작자들이제!"

사람 사는 곳에선 언제 어디서나 나서게 마련인 위인들이었다. 그것도 제 손해 보지 않고 남의 손 부리고 짓밟고 서기나 좋아하는 위인들.

하지만 울력판에 일어난 사람 사는 일은 그뿐만이 아니었다.

점심시간이 되어서다. 장다발 그늘 아래서 재웅이와 점심 요기로 나온 빵 한 조각을 씹고 일판으로 되돌아와보니 물가에 세워둔 내 삽이 안 보인다. 재웅의 것은 그대로 있는데, 내 삽자루만 보이질 않았다. 삽을 놓아둔 델 잘못 안 건 아닐까, 나는 기억을 되살려보았지만 그새 기억이 그렇듯 흐렸을 리 없었다. 주위를 이리저리 둘러보아도 내가 아침에 둘러메고 나온 삽자루는 비슷한 것조차 보이지 않는다.

그러자 재웅이 보다 못해 내게 가만히 일러온다.

"알았어. 이제 더 찾을 거 없네."

누가 슬쩍 집어갔다는 것이다. 한 마을 사람들끼리 그럴 리가? 하지만 재웅은 단념이 빠르다. 그리고 그런 때에 대처하는 방법을 알고 있다.

"자넨 그냥 가만있으소. 내가 다 알아서 할 게니. 사람들이 자네 삽 없어진 중 알게 되면 일이 글른께."

나는 재웅에게 머리를 끄덕여 그의 당부를 따르기로 작정한다. 그리고 그냥 흙가마나 끌면서 다음번 처분을 기다린다. 재웅은 자신의 삽을 내게 맡기고 사람들이 많은 일터 쪽으로 섞여든다. 그러곤 한참도 안 되어서 다시 헤죽헤죽 웃으며 삽 한 자루를 끌고 내게로 다가온다.

"자, 이거 간수 잘해."

그는 슬쩍 내게로 삽을 건네주고 나서는 그래도 아직 마음이 안 놓인 듯 한마디 더 덧붙인다.

"가만있어. 이거 저쪽으로 가지고 가서 풀 속에다 넣어두어. 저 방둑 아래 물풀이 우거진 곳 안 있는가. 오줌 누러 가는 척하고 끌고 갔다가 슬쩍 풀 속에다 숨겨두고 오란 말이시. 그랬다가 이따 갈 때 들고 가게……"

삽을 보니 아침의 것보다도 훨씬 헌 것이다.

"이거, 우리 삽은 새것인데……"

분수없이 내가 한마디를 하니까, 재웅은 아예 어이가 없어진다.

"그래, 누가 물색없이 이런 데 새 삽을 가지고 오랬던가. 더운 밥 찬밥 찾으려 말고 개수나 우선 보충해다 두어. 새 삽을 정 찾고 싶거든 다음번 울력이나 한 번 더 나오고……"

나는 더 할 말이 있을 수 없다.

그래, 이게 진짜 사람 사는 일이지.

오줌이 마려운 척 어슬렁어슬렁 삽자루를 끌고 언덕 쪽으로 걸어간다. 그러곤 혼자 쓰디쓴 웃음을 허공으로 날리며 어린 날의 환상들을 씻어내고 있었다.

사람 사는 일은 그래 무엇보다 우선 환상이 아니거든.

×월 ×일

염소가 비로소 나를 알아본다.

겁이 많은 놈이기 때문인가. 하릴없이 게으름을 부리다가 저녁 어스름이 내리기 시작할 즈음에야 아침에 내다 맨 염소를 끌어들이려 들판으로 나가니, 녀석은 전에 없이 멀리서부터 메에 메헤에 울음소리로 나를 반긴다. 더부룩한 풀섶 위로 비쭉 치켜 올린 녀석의 머리통이 살아 있는 말뚝처럼 이쪽을 보고 있다. 내가 가까이로 다가가자 녀석은 이제 울음을 그치고 귀와 꼬리를 반갑다고 까딱댄다. 인적이 드문 들판 가운데서라 나도 녀석이 사람 식구처럼 반갑다. 녀석이 나를 알아봐주는 것이 그렇게 기특하고 고마울 수가 없다. 축생들에게도 정이 있음인가. 집안 가축들이 이젠 거의 다 나를 알아보는 기미다. 강아지는 늘상 내 들길을 앞지르고 고양이도 가끔 내게 제 몸을 기대온다. 오리를 잃은 탓에 그런지, 한동안은 모이를 던져줘도 시들하기만 하던 닭 새끼는 이제 장막대를 휘둘러도 도망질이 더디다.

내가 이곳에서 보낸 시간들은 그 축생들이 나를 알아보는 정도만큼 한 체적을 지닌다. 돌아다보니 거의 한 달, 하루하루마다 달력의 날짜들을 지워왔으면서도 나는 그 한 달이 무척 새삼스럽다. 그리고 그렇게 버텨온 자신의 참을성이 스스로 대견스러워지기까지 한다.

저녁을 끝내고 방으로 건너와선 그런 기분으로 다시 천장 구석의 거미를 살핀다. 하지만 실눈만큼 한 녀석의 몸뚱이는 여전히 그저 그대로인 듯하다. 처음 녀석을 보았을 때보다도 체적이 조금도 는 것 같지가 않아 보인다. 숨을 죽이고 매달린 정적. 내 시간도 그 거미줄로 흐름을 멈추고 매달려버린다.

아직도 그놈의 편지를 쓸 수가 없다. 대신 그놈의 카메라도 아직은 찾아올 기미가 없는 게 다행이다.

×월 ×일

사립을 나서기만 하면 오른쪽 들판 끝으로 기슭이 흘러내린 산 능선의 한곳에 눈길이 자주 머물곤 한다. 그 능선에 30여 년 전에 돌아가신 분의 묘지가 자리하고 있는 때문이다. 이곳을 오던 길로 바로 한번 가봐야 했던 곳.

"산에는 한번 안 가볼라냐. 달이 가고 해가 바뀐들 주인 없는 무덤모양 어느 누구 찾아가볼 사람이 있었겠냐. 이번에 모처럼 네가 왔으니 그래도 자식 살아 있는 흔적은 해보여사 않겠냐."

이곳을 온 지 이삼 일이 지나자 노인이 내게 일깨워준 말이다.

"산엘 갈려거든 낫이랑 한 자루 가지고 가서 봉산 풀이라도 뜯어주고 오거라. 사람이 없다 보니 어느 해 벌초 한번 제철에 해드릴 수가 있었겠냐."

하지만 나는 왠지 발길이 금세 떨어지지 않았다. 내일이나 모레나, 날짜만 하루하루 미뤄오고 있었다. 당신이 누워 계신 산이 이젠 남의 산이 되어 있었기 때문이다. 그것도 당신이 돌아가 묻히실 때는 당신 자신의 산이었던 그 땅이. 나는 그게 마음에 걸렸다. 남의 산에 누워 계신 분의 묘를 찾는 일이, 그리고 그 무덤의 벌초까지 해야 하는 일이 마음을 무겁고 거북살스럽게 하였다. 부끄럽고 송구스런 생각마저 들었다.

그래 이날까지 미뤄온 일이었다. 노인도 그런 기미를 알아챘던지 이젠 아예 채근을 단념한 채 조심스레 눈치만 보던 일이었다.

그런데 오늘은 더 이상 날짜를 미룰 수 없게 되었다. 아침에 우연히 마루 선반 위에서 본 것이 있었다. 노인의 말 없는 기다림이 그 선반 위에 얹혀 있었다.

"낫 한 자루 찾아주시겠소?"

느지막이 아침을 먹고 나서 나는 마침내 의향을 말한다. 그러자 오늘인가 내일인가, 눈치만 살펴오던 노인도 이내 나의 작심을 읽는다. 노인은 서둘러 낫을 찾아내고, 그리고 짐작했던 대로 마루로 들어가 거기 선반 위에 얹어둔 당신의 소망을 보자기에 담는다. 두 홉들이 소주 한 병과 풋사과 두 알, 그리고 술안주로 대신할 고구마 튀김과자 한 봉지, 거기에다 노인은 다시 부엌으로 나가 술보시기 하나와 젓가락 한 벌, 그리고 삶은 꼬막 몇 알을 덧싸들고 나온다.

그러고도 노인은 마음이 안 놓인 듯 당신 손수 꾸러미를 들고 나를 앞장서 나선다.

"가자. 산이 많이 헐지나 않았는지 모르겠다. 나도 가본 지가 하도 오래서……"

나는 굳이 그러는 노인을 말리지 않는다.

노인은 보자기 꾸러미를 들고 나는 낫을 들고 둘이는 말없이 사립을 나선다. 그리고 이윽고 들판을 건너고 산길을 오른다.

나를 뒤따라 산길을 오르다 보니 노인은 자꾸 숨이 차서 걸음이 뒤처진다. 나는 그냥 노인을 뒤에 두고 걸음을 재촉한다. 그리고 한참이나 노인을 앞질러 묘지에 이른다.

산을 올라보니 묘지는 노인의 말처럼 눈에 띄게 허물어진 곳이 없는 것 같다. 벌초도 해마다 거른 일이 없어 보인다. 벌 안에 버려진 하얀 꼬막 껍질들이 명일따라 찾은 이의 발길을 일러준다. 아직도 마음에 걸려드는 일은 당신 묻힐 때의 사정이 변하여 이제는 남의 산에 누워 계신 일뿐이다.

하지만 사자가 어찌 그걸 알 리 있으랴. 그것을 안들 말을 할 일이 있으랴…… 뒤늦게 산을 올라온 노인이 담아온 제물들을 묘지 앞에 풀어놓기 시작한다. 상석이 없는 무덤 앞에 노인은 그 상석 대신 보자기를 펴고 그 위에 대충 제물들을 늘어놓는다. 소주병이 하나 풋사과 두 알, 그리고 삶은 꼬막 서너 톨에 햇고구마와 과자 몇 조각……

나는 곧 노인이 놓아둔 술잔에 술을 따라 올리고 두 번 연거푸 무릎을 꿇는다.

"잔을 올린 술은 네가 마시거라."

내가 두 자리의 절을 끝내자 그동안 짐짓 눈길을 돌리고 서 있던 노인이 내게 퇴주잔 비우기를 권한다. 나는 노인이 시키는 대로 퇴주잔을 비우고 나서 안주로 삶은 꼬막 한 알을 까 문다. 그리고 노인이 다시 술병과 보시기를 보자기에 거둬 싸는 동안 하릴없는 눈길로 주위를 살핀다. 묘소 아래쪽에 땅맹감 한 포기가 줄기 끝마다 빨간 열매를 보기 좋게 익혀간다. 산 아래쪽 들판 너머로는 하얀 바다가 하염없이 멀어져가고 있다. 조로롱거리는 산새 울음소리, 머리 위를 흘러가는 늦여름 하늘의 흰구름 조각, 그리고 묘지를 말리는 따가운 햇볕과 끝끝내 말을 잃은 노인의 망연하고 정밀스런 기다림……

그런데 참 무슨 청승일까. 나는 그때 문득 어느 먼 곳에서 저 유장한 강원도 소리의 한 가락을 듣는다.

— 한많은 이 세상 야속한 님아

정을 두고 몸만 가니 눈물이 나네.

×월 ×일

"오늘 수심봉 채우는 날인디 바다에 같이 안 나가볼랑가?"

아침을 먹고 나서 오늘 하루를 또 어떻게 보낼까 궁리를 하고 앉아 있는 참인데, 재웅이 어깨에 동력선 키를 메고 선뜻 사립을 들어선다. 키를 메지 않은 손에는 점심 보자기까지 마련해 들고 있다.

인근 해변 마을들에선 이때쯤 되면 김발막이의 준비가 시작된다. 수심봉(水深鋒)이란 김발을 내다 띄우기 전에 그것을 얼마만한 높이로 매달 것인지 미리 수심을 재어놓는 막대다. 길이 50센티 정도의 송판 막대를 십자 모양으로 고정시켜 흰 페인트를 칠한 것으로, 어협에서 지정한 일정한 시각에 수면의 높이를 표시하게 되어 있는 것이다. 김발은 그 수심과 조류에 따라 포자의 부착이 예민하게 좌우되고, 김발터는 썰물과 밀물로 수위의 변화가 심하기 때문이다. 그래 사람들은 김발을 내막기 한 사리쯤 전후하여 수심봉 채우는 일부터 서둘러 나선다. 그것도 어협의 지도를 따라

한날한시에 작업이 집중된다. 하지만 그것은 뭐 특별히 힘이 드는 일은 아니었다. 장말뚝을 몇 개씩 배에 싣고 썰물을 타고 나가 그 장말뚝을 자기 김발터에 박아놓고 기다리다 어협 지도선의 지시가 떨어지는 시각에 그 장말뚝의 수면 위에 수심봉을 부착하여 제각기 자기 발자리의 수위를 표시해놓으면 되는 일이다. 하지만 작업이 간단한 반면 바다는 이날처럼 붐비는 일이 드물다. 발자리마다 수심을 따로 표시해놓아야 하고, 그것도 모든 바다의 수면이 일시에 수위가 재어져야 하는 일이기 때문이다. 거기 비하면 할 일은 간단하고 썰물을 기다리는 시간도 길다. 그래 이날은 바다 위에 때아닌 뱃놀이가 벌어지게 마련이었다.

재웅은 내게 이를테면 그 뱃놀이를 나가자는 것이었다. 그것도 나의 의향을 물은 게 아니었다. 그가 들고 온 점심 보자기에는 이미 내 몫이 함께 마련되어 있었다. 술도 두 홉들이 소주병이 둘. 그러지 않아도 집을 좀 비워두고 싶던 참에 나는 두말없이 그를 따라나선다.

"얼굴이 탈 것인디 머리에 쓸 것 좀 없는가?"

재웅이 담뱃불을 끄고 내려놓았던 키를 다시 어깨에 올러 멘다.

나는 머리에 쓸 것을 찾아보지만, 집 안엔 전혀 그럴 만한 것이 눈에 띄지 않는다.

"그럼, 이걸 자네가 쓰소. 난 기왕지사 숯덩이로 탔응께."

작자가 키를 멘 채 다가와 자기가 쓰고 온 밀짚모자를 벗어준다. 차양 한쪽에 묽은 닭똥이 말라붙은 모자다.

다섯 관 무게나 족히 됨 직한 키와 수심봉을 함께 어깨에 메고도 재웅은 들길을 잘도 걸어간다. 작자에게서 받아 든 점심 보자기가 내게는 그의 키보다 무겁다. 헐떡헐떡 숨결을 들이쉴 때마다 차양에 말라붙은 닭똥 구린내가 코끝을 스친다. 방둑 끝 선창엘 이르렀을 때는 윗동네 사람들이 물가에 하얗게 붐빈다. 장말뚝을 배에다 싣는 사람, 바다로 먼저 배를 띄워 나가는 사람, 장 싣는 소리, 사람 부르는 소리, 거기다 동력선 엔진 소리들까지 정신을 차릴 수 없을 정도다. 재웅도 곧 작업을 서두른다. 수심봉을 채울 장말뚝을 배에 싣고, 우루룽 구루룽 엔진의 불을 일군다. 그러곤 곧 선창을 빠져 다른 배들의 행렬로 끼어든다.

썰물이 시작된 조수의 흐름을 탄 동력 소리가 한결 가볍다. 파도는 그리 높지 않으나 배의 속력이 바람기를 부른다. 이물 쪽에 키를 잡고 앉은 재웅이 바람기가 상쾌한 듯 까만 얼굴에 흰 이를 드러낸다.

시야가 점점 넓어지면서 다른 동네 앞 선창길이 보이기 시작한다. 삭금, 가학, 잠두, 덕촌…… 인근 마을들도 선창 앞마다 배들이 까맣게 줄을 잇고 있다. 그리고 무슨 경쟁이라도 벌이듯 빠른 흐름으로 바다를 내닫는다.

바다 한복판 김발터에도 먼저 간 배들이 무리를 짓고 있다. 그 까만 뱃무리들이 이내 눈앞으로 다가든다. 그리고 하나하나 아는 얼굴들이 알은체를 하고 배 곁을 지나간다.

—어이, 자네도 바다에 나왔는가. 왔다는 소리는 진즉 들었네마는, 여길 와서야 얼굴을 보겠네이?

—이따 일이나 끝내놓고 보세.

"여기가 바로 우리 발터시."

재웅이 이윽고 자기 발터의 표지목 곁에서 동력을 끄고 배를 세운다. 배를 한 곳에 정지시키고 물속에 장말뚝 박는 일을 한다.

"자넨 그냥 거기 앉아서 구경이나 하소. 이까짓 거 뭐 바쁘게 서두를 일은 없응께. 신호 뜰 시간이 열한 시라는디 아직 열 시도 안됐제 아마?"

재웅은 손을 좀 보태고 싶어 하는 나를 막으며 혼자 장일을 계속한다. 그리고 이내 일을 끝내고 나서는 소주병을 챙겨들고 내 쪽으로 건너온다.

"인제 술이나 한잔씩 하고 기다리고 있으면 되는 일이여. 시간이 되어 신호가 오르면 수심봉만 채우면 그만잉께."

"신호는 누가 어떻게 하제?"

나는 재웅이 이빨로 병마개를 따 건네주는 소주병을 병째로 한 모금 들이마신다. 그리고 그가 보자기를 풀고 꺼내주는 된장 바른 생고추를 베물며 묻는다.

"조합에서 나와 해주제. 지금도 어디 아마 조합 지도선이 나와 있을걸. 조합 지도선에서 징을 쳐주고 산에서 불을 피워 연기도 올려주제. 저기 저 대구섬 있잖은가. 징소리가 멀어 안 들리더라도 우리 동넨 저 섬에서 연기 신호를 받게 되어 있제."

재웅이 내가 건네준 술병을 한 모금 빨고 나서 신이 나서 설명을 계속한다.

"가학, 덕촌, 옹암, 삭금 할 것 없이 지도선 신호를 받으면, 어

장마다 징을 울리고 섬 꼭대기마다 연기가 오르제. 이 남해안 천
지가 온통 한날한시에 똑같이 하는 일인께 이따가 보소. 바다가
제법 장관일 것이네……"

　—어이, 그 참에들 시작했는가.

　—이따간 빈 병들만 빨라고 그러제?

뒤늦게 발터를 찾아가는 배들에선 우리를 보고 짐짓 그런 나무
람을 던지고 지나간다.

　—생각 있으면 이리 와서 한잔들 하고 가셔. 이따가 일은 이따
가 일이고……

재웅도 그때마다 밉지 않은 공선심을 건넨다.

하지만 아침술은 역시 정도가 있게 마련. 게다가 술도 애초에
두 병뿐이다. 점심때를 위해서도 한 병쯤은 참고 남겨둬야 한다.

술 한 병이 다하자 우리는 이심전심으로 서로 그렇게 뜻이 합해
진다. 남은 한 병을 점심때로 미뤄두고 무료히 수면을 지키기 시
작한다.

"이럴 줄 알았으면 낚싯대라도 하나 만들어 올걸."

재웅이 해면에서 무료를 낚는다.

하지만 그런 무료함도 그리 길게 가지 않는다.

　—휘리리리……

이윽고 어디서부턴가 호루라기 소리가 울려오기 시작한다. 그
소리를 신호로 바다 복판 여기저기서 수면을 흔드는 징소리가 번
진다.

"저어기—"

재웅이 턱짓으로 가리키는 쪽을 보니 대구섬 꼭대기에서 하얗게 연기가 치솟아 오른다.

"저쪽 섬에도……"

재웅이 턱끝을 향하는 멀고 가까운 섬들마다에 연기와 징소리가 일고 있다.

—어이, 어허이……

그 연기와 징소리를 신호로 잠잠하던 뱃무리들에서도 멀고 가까운 함성들이 뒤따른다. 그리고 부산스런 움직임이 번진다. 낭자한 바다 위의 호루라기 소리, 깃발처럼 하얗게 피어오르는 섬 봉우리들의 흰 연기, 멀고 가까운 징소리들, 뱃사람들의 함성과 부산한 움직임……

—이따가 보소. 장관일 것이네.

재웅의 귀띔은 그저 허풍이 아니다. 바다가 거대하게 기지개라도 켜고 일어서는 것 같다. 바다가 방금 보이지 않는 입과 가슴으로, 그 몸 전체로 우렁찬 합창을 시작하고 있는 것 같다. 거대한 약속의 합창, 노동의 합창……

하지만 그 시간은 오래가지 않는다.

"이제 됐네. 가세!"

재웅이 이윽고 작업을 끝내놓고 배를 움직일 채비를 서두른다. 장말뚝 물깃 끝에 채워진 수심봉이 무슨 수중 묘지의 십자가들처럼 하얗다.

섬들도 이젠 연기의 깃발들을 거두기 시작한다. 바다에서도 징소리와 호루라기 소리가 사라지기 시작한다.

나는 문득 마음이 불안해진다. 어쩐지 뭍으로는 돌아가기가 싫어진다. 재웅이 어디로 가자는 것인지, 그의 뱃길이 새삼 궁금하다.

하지만 그것도 잠시 동안의 기우. 재웅은 쓸데없이 쫓기지 않는다. 그는 마치 내 아쉬운 마음을 읽고 있는 사람 같다.

"이까지 나온 김에 어디 낚싯배나 한번 찾아볼까. 아직도 술이 한 병 남아 있응께."

재웅이 원해 쪽으로 뱃머리를 돌리며 잡놈처럼 짓궂은 웃음을 흘린다.

나는 예정 없이 안심이 되고 만다.

날씨가 좋은데도 섬들은 뽀얀 운무 속에 모습이 아득하다. 섬들은 그저 '거기 있을 뿐'이라는 표현이 가장 적합한 모습들을 하고 있다.

우리는 그저 무작정 배를 달려나간다. 멀었던 섬들이 점점 눈앞으로 가까이 다가들고, 다가들다간 어느새 녹음 짙은 해벽을 옆으로 비키며 물러간다. 그러면 그 너머에선 여태 보이지 않던 섬이 뽀얀 운무 속에서 다시 모습을 드러내고 다가온다.

희고 넓은 바다, 끝이 자꾸만 멀어져가는 바다, 뽀얀 운무 뒤에 섬들을 감춰놓고 끊임없이 혼자 멀어져가는 바다—

우리는 계속 배를 달린다.

어디에도 낚싯배는 보이지 않는다. 나는 문득 뒤를 돌아본다. 마을 선창이 등 뒤로 아득하다. 산과 산들이 뽀얗게 멀어져간다. 알 수 없는 불안기가 다시 가슴에 고이기 시작한다.

어릴 적 처음 배를 타고 바다를 나오다가 뒤돌아본 뭍의 기억. 10년을 살아온 우리 동네 우리 집이, 그 마을 길과 뒷산들이, 그 때까지의 내 세계의 전부가 하잘것없이 작은 모습으로 멀어져가고 있음을 보았을 때, 그리고 언제나 나의 하늘을 가리고 서 있던 마을의 뒷산 너머로는 여태까지 짐작조차 못해왔던 높은 산들이 겹겹이 멀어져가고 있음을 보았을 때, 그 광대무변한 하늘을 보았을 때— 그때 나는 무슨 고공 공포증과도 같은 이상스런 불안기를 참을 수가 없었다. 그것은 참으로 절망스런 실종의 항해였다. 나는 다시 뭍으로 돌아가고 싶었었다. 그리고 조그맣게 지워져가는 집들과 마을을 되살려놓고 싶었었다. 거기서 내가 다시 살아나고 싶었다.

오늘도 역시 비슷한 느낌이다. 비슷한 불안기. 비슷한 절망감.

하지만 그 절망감의 사연은 정반대쪽이다. 나는 이제 그냥 그 바다로 흔적도 없이 사라져가고 싶다. 끝없이 멀어져가는 바다 너머로, 먼 운무 속의 섬들 사이로. 아니, 섬들조차도 보이는 않는 저 허무와 영겁의 바다로.

하지만 나는 사라져지지 않는다. 등 뒤로 육지가 나를 놓아주지 않는다. 육지가 오히려 불안이요 절망이다.

선창 쪽 섬들은 이제 한 점 티끌이다. 하지만 그것들은 멀어지면서 오히려 거꾸로 다가온다. 멀어지면 질수록 거대한 모습으로 가까이 다가들어온다.

나는 끝내 사라질 수가 없다……

운무 속에서 또 하나 작은 섬이 다가온다. 아직도 바다에 낚싯배는 볼 수 없다.

낚싯배가 없는 게 오히려 다행이다.

하지만 재웅은 단념하지 않는다.

"빌어묵을! 이대로 그냥 돌아갈 수는 없는 일이제."

다시 해남에서 ×월 ×일

—나를 보러 올 때는 장흥읍으로 나와 진도로 가는 완행버스를 타게.

한 장의 엽서가 내게 결국 해남행 완행버스를 타게 만들었다.

흐름을 잃어버린 시간. 시간의 실종. 그 속에 갇혀 떠도는 답답하고 불안한 자기 상실감. 거기다 나는 한곳에다 정처를 너무 오래 정하고 있었다.

나는 새로운 음모를 꾸미고 있었다. 정처가 오래가면 까닭 없이 불안기가 싹트는 몹쓸 증세가 도진 셈이다. 그건 실상 카메라가 나를 쫓아오고 안 오고와도 상관이 없었다. 이젠 차라리 고질이 되고 만 증세. 나는 어디론가 정처를 비켜 움직여보고 싶었다. 그것으로 죽어버린 시간의 흐름을 살려내고 나의 소재를 되찾고 싶었다. 그러던 참에 마침 한 장의 엽서가 나를 찾아 날아들었다. 아내로부터 소식을 전해 들은 해남읍 학동 마을의 우록(友鹿) 선생으로부터였다.

—이젠 자네도 정처다운 정처를 정할 때가 되었겠제…… 아무

튼 한번 건너와서 나를 보고 가게.

정처를 정하고 싶은 생각에서는 물론 아니었다. 하지만 어쨌거나 나는 그 엽서를 핑계로 차를 탔다. 우록 선생의 당부대로 무한정 느릿거리는 완행버스 편으로.

막상 버스를 타고 보니, 장흥에서 해남을 단숨에 달려가는 직행버스도 있는데, 우록 선생은 무엇 때문에 하필 완행버스를 타랬는지 모르겠다. 그리고 그냥 해남행이 아니고 진도까지 가는 차를 타랬는지 모르겠다.

하지만 포장도 되지 않은 시골 찻길을 달리면서 나는 차츰 우록 선생의 속사연을 알 수 있을 것 같다. 노선이 긴 버스가 되다 보니, 차 안은 사람이 많이 붐비고 먼지도 그만큼 심한 편이다. 그야 사람과 먼지에 시달리는 차편이 편한 여행길이 될 수는 없는 노릇. 그러나 그 느릿느릿한 주행 속도는 마음이 한가로워 상념이 무성하다. 게다가 쉬엄쉬엄 쉬어가는 그 완행버스 주행로 주변엔 높고 낮은 무덤들이 마치 들밭의 인적처럼 정겹고 한가롭다. 한데, 완행버스를 탄 게 무엇보다 다행인 것은 비로소 내가 편지를 쓸 수 있게 된 일이다.

—김가야······

먼지 긴 차창 가로 한참 길가의 무덤들을 내다보고 있으려니, 나는 문득 그 김가의 얼굴이 떠오르고 그에게 편지가 쓰고 싶어진다. 그동안은 그토록 두렵고 거짓되어 보이기만 하던 편지가! 그토록 부질없고 망설여져오기만 하던 사연이.

—김가야, 여기는 지금 해남으로 가는 완행버스 속이라네.

머릿속에서는 이미 제물에 사연들이 풀려나오기 시작한다. 어차피 글을 써서 부쳐 보내게 될 사연은 아니다. 나는 차창을 흐르는 상념에 의지하여 머릿속의 사연을 계속해나간다.

—김가야…… 그런데 참 이 땅엔 유난히 초라한 무덤의 모습이 많네그려. 햇볕 맑은 산자락마다에, 바람 자는 숲이나 밭 언덕마다에, 무덤들은 곳곳에서 잃어버린 세월을 잠재우며 누워 있네. 나는 바로 그 무덤들과 함께 차를 타고 가고 있는 격일세.

그런데 웬일인가. 무덤은 역시 무덤이기 때문인가. 이렇게 한참 무덤만 보고 가니 나까지 공연히 기분이 이상해지네그려. 이 땅의 어느 곳엔들 무덤이 없는 산야가 있을까마는, 이 길은 왜 이토록 유난히 무덤들이 많고, 오늘은 왜 이토록 내가 감상적이 되고 있는지 모르겠네. 저 초라하고 허물어진 무덤들에도 언젠가는 울며 울며 흙을 덮어주고 간 사람이 있었으련만. 흙을 덮고 눈물짓고 뒤돌아보며 떠나간 사람이 있었으련만. 비바람에 씻기고 허물어진, 연고자 없는 무덤을 볼 때는 더욱 그런 감상이 가슴속에 고여드네…… 문학과 현실의 승자를 겸할 수 없다는 말은 바로 자네가 내게 한 말로 기억하네. 그리고 문학은 패배한 삶을 승리로 구현코자 하는 슬픈 사랑의 길이란 말도 언젠가 자네가 내게 한 말이었지. 하여간 오늘 내게 이런 서러움이 있음은 스스로 고마운 은혜로 보이네. 비로소 나는 저 무덤들의 서러움을 함께할 수가 있을 것 같겠기에 말이네. 저 무덤들로 하여 이 땅이 이토록 버려지고 버려져서 서러울수록 나는 저 무덤들과 함께 그것을 서러워하고 사랑할 수 있겠기에 말이네.

함평천지 늙은 몸이······

어디선가 문득 남도 소리 한 가락이 귀에 들려오는 듯싶네. 남도 가락은 우리의 가슴에 맺힌 한의 매듭을 풀어내는 한풀이 바로 그것이 아니던가. 내 삶도 이젠 그 한풀이의 한 가락이 되고 싶어지네. 저 수많은 이 땅의 무덤들도 그렇게 생시의 한을 지닌 것들일세. 그리고 지금 흐르는 세월의 이승의 한을 씻고 있는 것일세. 그 한을 씻어낸 만큼 비바람에 씻기고 허물어지면서 세월의 품으로 스며들고 있는 걸세. 세월이 모질어 산들마저 낮게 낮게 주저앉아버린 곳. 거기에 바로 저 유장한 남도 소리 가락이 아니 들려오겠나. 무덤들은 바로 소리의 모습이요, 이 땅은 그 가락의 흐름이네. 더구나 그 설움과 사랑을 한때나마 이웃으로 함께하자는 이가 있으니 내 어찌 오늘 이 길을 고마워하지 않겠는가.

아니 참, 내가 아직 해남을 넘어가는 사연을 말하지 않았던가.

해남을 가는 것은 다름이 아닐세. 며칠 전에 내가 이 유년의 땅으로 내려와 있다는 소식을 듣고 해남에서 내게 엽서를 보내주신 어른이 한 분 계셨네. 엽서를 보내온 우록 선생은 내가 무슨 정처라도 찾아 헤매고 다닌 줄 지레짐작하셨던지, 기왕지사 그럴 뜻이라면 해남 근처 어디에서 얼마간이라도 자기와 함께 이웃을 하고 지내는 것이 어떻겠느냐며, 내게 일차 해남으로 건너와서 쓸 만한 정처를 찾아보자는 것이었네. 그야 나는 물론 아직 그곳에 정처를 구할 생각은 없다네. 정처고 뭐고 내겐 도대체 예정이 없으니까.

하지만 내 정처가 어떻게 되거나 선생을 한번 찾아뵙고 싶었네. 그리고 이젠 더욱 길을 나서길 잘했다 싶어지네. 당신과 내가 그

것으로 이 땅에서 무엇을 함께하자는 것인지를 어슴푸레나마 짐작
할 수 있겠기에 말일세……

×월 ×일

우록 선생은 덮어놓고 강권이다.

정처에 대한 관심이 없대도 도대체 곧이를 들으려 하지 않는다.
예정이 없으면 더욱 생각을 서두르라는 것이다. 나이가 그리 이르
지 않다는 것이다. 당신 곁에다 마음을 주저앉혀보려는 것인지,
우선 터라도 몇 곳 살펴보자며 다짜고짜 길을 앞장서 나선다. 더
이상 사양만 할 수가 없는 일이다.

나는 마지못해 아내(해남도 장흥도 카메라 소식이 없다니 아내도
제법 표정이 홀가분하다)와 함께 선생을 뒤따른다. 그리고 정말 마
음에 드는 곳이 있으면 터를 잡아두어도 좋은 게 아니냐고 은근히
속마음을 계량해 넣는다. 우록 선생은 미리부터 그런 내 속마음까
지를 꿰뚫어보고 있었던 것 같다. 당신이 우리를 안내해 간 곳은
첫 번부터가 심상치 않아 보인다.

선생네 마을로 들어가는 산기슭의 한 아늑한 돼기밭. 그것이 우
리가 본 첫번째 땅이다. 왼쪽과 뒤편이 모두 청청한 솔밭으로 둘
러싸여 있어서, 집을 앉히면 뒷산을 넘어오는 솔바람 소리가 그처
럼 좋을 수가 없을 것 같다. 터 앞쪽으로는 약간 높은 둔덕이 지는
곳이 있어 전망도 더 이상 취할 데가 없어 보인다.

한데 우록 선생은 그곳을 보여주고 나서 한 가지 씁쓸한 일화를 일러준다. 그 땅은 원래 시인 이동주(李東柱) 선생이 당신의 집터로 잡아놓았던 곳이란다. 연전에 작고하신 심호(心湖) 선생은 고향이 원래 이 해남 고을. 그런데 이 양반 자기 운명을 예감하기라도 한 듯, 세상을 떠나기 몇 년간에는 이상하게 늘 고향으로 돌아올 궁리가 많았더랬다. 우록 선생을 찾아올 때마다 집터를 내놓으라 성화가 대단했다는 것이다. 그래 우록 선생이 한 번은 말대접 삼아 그곳을 안내해 올라가 보여줬더니, 심호는 금방 한눈에 그곳이 마음에 들어 하며 생각을 정하고 말았다는 것이다. 그러곤 땅 주인에겐 매매 홍정도 넣어보지 않은 채 틈만 나면 제 땅처럼 먼길을 찾아오곤 하더랬다.

─내 서울에서 어떤 놈 자서선 대필을 맡아놓은 게 있으니까……그 일을 끝내면 곧 땅 값을 치를 수가 있게 될 거다. 그러니 그때까지 아무에게도 못 팔게 하고 틈 있으면 주위에다 나무나 몇 그루쯤 심어두도록 하거라.

해남을 올 때마다 이 선생은 마치 제 땅을 둘러보듯 그곳을 맴돌면서 우록 선생에게 다짐을 주곤 했다는 것이다. 어떤 때는 우록 선생을 찾기도 전에 그 밭뙈기 언덕부터 찾아 올라가 한나절씩 담배를 피우고 있을 적도 있었댔다. 하다 보니 우록 선생도 끝내는 그 간절한 소망에 감복하여 그곳이 언젠가는 그의 땅이 되고 집이 들어서기를 기다리게 되었다고.

하지만 그 이 선생이 누구의 자서전을 대필하고 있었겠는가. 어쩌면 아예 그런 홍정이 있을 수조차도 없는 일이었다. 이 선생은 번번이 헛장담만 하였고, 그러다 끝내는 세상을 떠나고 말았다는 것이다.

이야기를 듣고 나니 나는 우록 선생이 무엇 때문에 굳이 내게 그런 이야기를 해주는지 속셈을 알 수가 없다. 하지만 나는 그것으로 그만 그 땅을 더 탐할 수가 없어진다.

—이놈, ×가야, 여긴 내 집터다. 여기가 어디라고 네놈이 감히 내 집터를 넘봐!

이 선생의 호통이 금세 귓가에 들려오는 듯싶다. 애초부터 무슨 정처를 정하고자 나선 일은 아니지만, 하필이면 그런 땅을 취하고 싶은 생각이 사라지고 만다.

"집을 짓고 싶더라도 어찌 남의 동네서 이웃도 없이 산기슭 외딴집을 지어 살겠습니까."

듣기 좋은 소리로 사양을 하고 말았지만, 그런 현실적인 핑계가 아니더라도 나는 역시 그곳이 아직 이 선생의 집터로 남아 있는 듯한 기분을 지울 수 없기 때문이다.

이날 하루 그 집터 찾기 행각을 끝내고 나자, 나는 역시 그런 식으로 정처를 정하려 하지 않은 것이 잘한 일만 같다. 우록 선생은 그 밖에도 내게 풍치가 제법 좋은 곳을 몇 군데나 더 보여주고 다녔다. 하지만 나는 웬일인지 그 후로는 한 군데도 마음이 주저앉는 곳이 없었다. 번번이 사양을 할 수밖에 없었다. 하니까 끝내는 우록 선생이 먼저 지쳐나서 이렇게 실토해왔다.

"그야 풍치가 좋다고 마음이 금세 감싸일 수는 없겠제!"

선생의 그 말속엔 의외로 깊은 뜻이 숨어 있었다.

"선생님 댁같이 나무가 많고 또 그 나무들이 편한 곳이 있다면 저도 마음이 주저앉을지 모르겠습니다마는."

산길을 내려오며 내가 민망스런 변명을 덧붙였을 때였다. 선생네 집엔 주위에 그처럼 나무가 많았다. 한 20년쯤 돌봐온 모양일까. 감나무, 유자나무, 무화과, 사철나무, 석류, 포도, 후박나무, 소나무, 과수류와 비과수류들이 함께 뒤섞여 집 주위를 온통 성처럼 빽빽하게 둘러싸고 있었다. 그래 내겐 차라리 그런 무질서한 난립이 편해 보여 한 소리였다. 그런데 우록 선생은 그런 내 말에 천천히 머리를 젓는다.

"아니 당신은 내 집을 주어도 마음이 그리 편하지 못할 게여."

그러곤 다시, 내가 아무 데도 마음을 내려놓지 못하는 이유를 당신이 먼저 풀어주기 시작한다.

"자기가 땅에 바친 것이 없으면 아무리 풍정이 좋은 곳을 사들인다 해도 그게 마음 편한 제 땅은 못 되제. 사람이 제 땅을 아끼고 사랑하는 것은 제가 그 땅에 바쳐 묻은 것을 아끼고 사랑하는 것이니께. 그러고 보면 풍치가 아무리 좋아 보인들, 남이 바쳐서 이루어놓은 것을 돈이나 주고 사들이려는 일이 애초 헛된 노릇인지도 모르제. 제 땅은 뭐니 뭐니 해도 제 사랑을 제가 묻어가는 곳이니께 말여."

20년 동안이나 그의 땅에 사랑을 묻어온 사람의 지혜일까. 나는 비로소 그 선생의 참뜻을 읽게 된다. 아닌 게 아니라 경치 좋고 투자 가치 좋다고 돈을 주고 사는 것이 어찌 정말로 제 땅을 만드는 일이겠는가. 아니, 그보다 우리 가운데에 자기 사랑을 묻어온 땅한 조각이 없는 걸 누가 아쉬워해본 일이 있었던가.

  김가야, 그래 누가 그걸 아쉬워했던가……

  하다 보니 나는 웬일로 거기서 다시 김가의 얼굴이 문득 떠오른다. 그리고 전날 못다 한 편지의 사연을 마음속에 혼자 이어나간다.

  ―그래, 나는 오늘 비로소 그것을 깨달았네. 장흥엘 가서도 내가 그토록 떠돌기만 해야 했던 이유를 말이네. 땅은 우리가 그 땅에 바친 것만큼 한 사랑으로 되돌려준다 함이 옳을 것이네. 그리고 그 땅에 우리가 바친 것만큼 한 사랑으로 그 땅은 우리를 받아들여주려 함이 당연하네. 이 20년 동안 그의 집을 나무로 둘러 덮어놓고, 이제는 그 자신도 한 그루 나무가 되어 숲으로 섞여 살고 있는 우록 선생, 그는 분명 거기 그렇게 자신의 사랑을 심어온 것이네. 심호 이동주 선생마저도 작으나마 그의 땅을 위해 사랑을 심었었네. 그곳은 바로 그의 마지막 사랑을 바치고 그 땅의 용서를 얻어간 곳이었네. 그래 그곳은 비록 그의 사후나마 영혼의 집터로 바쳐져야 할 곳이 아니던가(내가 그곳을 탐내지 않은 건 백번 마땅한 일이었을 것이네).

  나는 과연 지금까지 어느 땅에다 나의 사랑을 심었으며 심어보려 했던가. 땅을 위하여 사랑을 바치고 용서를 빌어본 일이 있던가. 비록 이 해남 땅이나 서울까지는 아니더라도, 내가 태어나고 자라난 장흥 고을에 대해서도 말이네. 쓸데없는 감상과 허풍에 기댄 자기 감상의 말들뿐, 내가 정말로 거기에 땀 흘려 심고 기다린 것이 무엇이던가.

……내가 불안하게 떠돌게 된 것은 그 땅이 나를 용서하고 받아들여주질 않았기 때문이었네.

나는 이제부터라도 한 조각이나마 내 땅을 마련하고 싶네. 그리고 언젠가 내가 되돌려 받을 그 땅의 용서와 사랑을 위해 무언가를 힘써 바쳐보려네. 집을 짓고 싶어서가 아닐세. 여기선 물론 염치가 없는 일이고, 장흥엘 돌아가면 우선 마음부터 먼저 주저앉히고 나무라도 몇 그루 심어보려네. 땅 위에 살면서 자기의 소재를 읽고 그 땅을 떠도는 자에겐 우선 그렇게 무언가를 심어보는 일이 필요할 것 같으니 말이네. 사랑이든 기쁨이든 꿈이든 소망이든. 정 심을 것이 마땅치 않으면 한 조각 설움이나 저주라도 말일세 (그렇게 무엇을 심고 있다가 삽에 묻은 흙을 털고 나오며 멀리서 찾아온 친구라도 맞는다면 그 모습이 스스로 얼마나 대견스러울 것인가). 그게 바로 이 땅 위에 자신과 자신의 삶을 심고, 그리하여 자기 삶의 정처와 소재를 마련하는 첫 번 삽질이 될 것 아닌가. 그리고 거기서 기다리겠노라면 우록 선생도 수긍을 하실 것일세.

글쎄, 살아 있는 자로서의 바침이 없이 그 땅의 버림을 받는 일보다 슬프고 두려운 일이 있을 수 있겠는가.

다시 갯나들에서 ×월 ×일

"토란을 캐서 뿌리를 안 묵으면 여기 사람들은 무엇을 묵는디요?"

"대를 말려 묵지라우. 대를 묵제, 무슨 토란을 뿌리까지 캐어 묵는대요."

"우리게선 대보다 뿌리를 묵는디……"

추석 차림 준비로 텃밭에 둘러심은 무성한 토란대를 뽑아 다듬으며 두 아낙이 괴상한 말다툼질을 하고 있다.

고향땅이 수몰 지구로 가라앉는 바람에 광양에서 이곳까지 땅을 얻어 들어온 이주민 아주머니는 토란의 뿌리를 먹는다는 것이고, 조상 대대로 이 고을에만 살아온 우리 집 형수님은 토란의 잎줄기를 먹는다는 것이다.

노인과 함께 추석을 지내러 따라온 아내가 그 아낙들 곁에 팔짱을 끼고 서서 구경하고 있다가 내 쪽을 향해 소리 없이 웃는다.

웬 뚱딴지같은 우김질들이냐는 뜻이다.

하고 보니 나도 좀 이상한 생각이 들어온다. 나도 어렸을 땐 그 토란의 잎줄기만을 먹는 걸로 알았었다. 먹을 줄을 몰라 그랬던지, 씨를 낼 종자 뿌리가 모자라 그랬던지, 그때는 토란알 국을 먹어본 일이 없었다. 그때도 이곳 사람들은 토란의 대만을 잘라 말려 나물을 해 먹는 것이 고작이었다. 뿌리는 그냥 땅 밑에 남겼다가 이듬해 봄에 다시 싹을 터 올렸다. 뿌리로 끓인 토란국을 먹어본 것은 중학교를 광주로 나왔을 때였다. 토란국을 처음 먹어보고 그 미끌미끌한 맛에서 비로소 '언청이 토란 나물 먹듯 한다'는 옛 속언을 실감할 수 있었다. '알토란 같은…… 운운' 하는 소리도 바로 그 알뿌리를 두고 나온 소리인 것을 알 수 있었다.

이곳 사람들은 아직도 그 토란 뿌리를 먹을 줄 모르고들 있는 모양이다. 광양과 이곳이 그리 먼 고을 간도 아닌데, 어찌 그리들 서로 습속이 다르고 정보가 더디 전해지는지 모르겠다.

게다가 아낙들은 서로 자기네 풍습에 추호의 의구심이나 양보가 없다.

"내 참, 오늘은 별일을 다 보겠구만. 진짜 먹을 것은 땅속에다 묻어두고 허섭스레기 같은 대들만 묵는다니……"

"별일은 되레 내가 보겠소. 토란을 뿌리까지 캐 묵는다는 소리는 머리털 나고 첨 듣는 소리요."

"뿌리를 캐다 국을 끓여보시요. 쇠고기나 몇 점 기름기를 더하면 그 국맛이 어쩐 것인지."

"대를 말려서 나물을 해보시요. 조갯살에 참기름 깨소금을 섞어내면 그 나물 맛이 어쩐 것인지."

아낙들의 우김질은 숫제 엉뚱한 비양거림과 시비로까지 번져간다. 그 얼토당토않은 고집과 우김질 속에 나는 차츰 토란이 고을마다 서로 다른 식품으로 남고 만 연유를 읽게 된다.

이주민 아주머니는 화가 나지만, 그녀는 애초부터 토박이 형수님을 당해낼 형편이 아님을 알고 있다. 그래 다툼은 그쯤에서 어물어물 마무리가 지어진다. 하지만 그녀는 발길을 돌이키며 기어코 가시가 담긴 소리를 남긴다.

"어따, 그 허섭스레기 나물 입맛도 좋겠소. 댁에들이나 그런 나물거리 마르고 닳도록 묵고들 사시오. 우리는 그냥 알짜배기 뿌리만 캐 묵고 살 게니."

형수님도 물론 거기에 한마디 대꾸가 없을 수 없다.

"남이사 뿌리를 말려 묵든 대를 말려 묵든…… 우리는 이렇게 대만 말려 묵고 살았어도 잘만 살아오고 있는디, 뭣 땀시 남의 상에 감 놔라 배 놔라여."

이젠 아예 저주에 가까운 형수의 말투 속엔 앞으로도 절대 토란의 뿌리는 먹지 않겠다는 굳은 결의가 담겨 있다. 그런 언외의 결의의 빛은 뿌리만을 먹겠다는 이주민 아주머니 쪽도 마찬가지.

— 우리나라의 종이 만드는 공인이 일찍이 중국에 들어가 인조지(人造紙)를 보고 놀라서 물었다.

"이상하오. 분당지(粉唐紙), 모면지(毛面紙) 등도 귀국에선 모두 저피(楮皮)로 만드오?"

"내가 다시 묻겠소. 조선 종이는 무슨 종이로 만드오?"

중국의 제지공은 대답 대신 거꾸로 우리나라의 제지공에게 되물었다.

"종이는 닥으로 만드는 것인데, 어찌 다른 자료가 있겠소."

우리나라 제지공의 대답. 그러자 중국의 제지공이 이렇게 말했다.

"나를 속이지 마시오. 어찌 닥을 사용해서 당신네 나라의 종이 같은 것이 생산될 수 있겠소."

이리하여 두 제지공은 서로 의심하고 다툴 뿐 상대의 말을 믿으려 하지 않았다고 한다.

언젠가 말한 「주영편」 속의 이야기다.

무지가 부른 고집. 또는 고집이 부른 무지.

토란에 관한 취식 습속이 그토록 서로 섞이지 않고 있는 것도 바로 이런 고집에 연유가 있는 것 아닌가 싶다. 왜냐하면 토란의 취식에 관한 그런 다툼은 그것이 처음은 아닐 터이기 때문이다. 그런 다툼은 옛날 조상 때부터도 수없이 있어온 일일뿐더러, 우리 형수님의 고집으로 보아 그 토란 뿌리를 끓여 먹는 일 따위는 당신의 당대에선 좀처럼 기대할 수 없을 터이기 때문이다.

"어쩔 수가 없겠네요."

아내마저도 마침내 방으로 돌아오며 웃어넘기고 있듯이 당분간은 화해나 설득이 어려울 일 같다. 옳고 그른 것을 시비함이 없이 그저 늘 옳은 것만을 찾는 일도 있을 수 있을까.

글쎄, 「주영편」이 씌어진 것이 1805, 6년경이니 나는 근 2백년 만에 다시 한 번 「주영편」의 저의(著意)를 되씹어볼 뿐이다.

×월 ×일

"얼굴 보고 가면 됐지 뭘……"

동서네는 끝내 그 한마디를 남기고 쫓기듯 서둘러 차를 타버린다. 그리고 유리창 속에서 잠깐 손을 흔들어 보이고 차를 움직여 떠나가버린다.

아내와 나는 졸지에 손 한번 제대로 흔들어 보이지 못하고 멍청하니 그냥 사립 앞에 못 박혀 서서 멀어져가는 동서네를 지켜볼 뿐이다.

무슨 꿈이라도 꾸고 난 것처럼 아쉽고 허전하다.

"하룻밤이라도 좀 쉬고 갔으면 쓸 것을, 사람들하곤 쯧!"

배웅을 하고 돌아서는 노인이나 형수님도 서운하고 허전스럽긴 한가진 모양이다.

두어 시간쯤 전이었다. 마루 끝 기둥에 기대어 서서 담장 너머로 한동안 망연스런 시선을 던지고 있으려니 오른쪽 들판 건너 산모퉁이로부터 웬 승용차 한 대가 들길을 건너왔다. 사람이 흔하지 않는 벽촌이라 택시조차 보기 어려운 경운기용의 비좁은 농가길에 웬 승용찬가 싶었다. 오늘이 마침 추석 전날이라, 윗동네 어느 집 출세한 아들의 금의환향 길이라도 되는가 보다고 무심스레 차가 다가오는 것을 바라보고 있었다.

그 차가 우리 집 사립 앞을 그냥 지나쳐가지 않고 서서히 속력을 멈춰 섰다. 그러곤 경적을 두어 번 울려대더니 이내 뜻밖으로 마산 동서네가 차를 내렸다.

"초입 집이라 길을 좀 물으려 했더니 바로 본인이 서 있질 않겄어."

그렇게 찾아온 동서네 내외였다.

하지만 그 동서네는 갑자기 찾아온 것만큼이나 떠남도 빨랐다. 한 두어 시간 점심을 겸해 술 몇 잔을 하고 나서였다. 동서네는 다시 돌아갈 채비를 서둘렀다. 하루나 이틀쯤은 쉬어갈 테지, 남은 시간만 믿고 나는 아직 이야기도 별로 못 나눈 채였다.

"아니, 이렇게 갈려고 이 먼 길을 왔어?"

아내와 내가 만류하고 나섰으나, 동서네는 마음을 돌리지 않았다. 회사 일이 몹시 급하다는 것이었다.

"어떻게 지내고 있는지나 한번 보고 가자던 길이니까……"

급한 회사 일을 제쳐두고 이 추석날 하루 동안 틈을 내어 차를 몰아 달려왔다는 것이다.

"하지만 자넨 이렇게 별일 없이 지내고 있고 술도 한잔 나눴으니까……"

굳이 긴 이야기는 해 무엇 하느냐는 것이다. 길이 몇백 리니 기왕 나설 길 시간을 너무 지체할 수가 없다는 것이다. 그리고 동서네는 이야기를 꺼낸 김에 더 만류를 당하지 않겠다는 듯 그길로 자리를 일어서버린 것이다……

아무래도 꼭 꿈속의 일만 같다.

차는 어느새 들판 길을 지나서 건너편 산모퉁이를 조그맣게 돌아간다.

그 차체가 조그맣게 멀어져가는 것을 보면서도 사람의 정리는 그만큼 거꾸로 가까이 다가옴을 느낀다. 두어 시간 남짓 짧은 대면을 위해 달려온 수백 리 찻길. 소주 몇 잔으로 품어온 이야기를 대신하고 가는 속마음…… 차가 문득 산모퉁이 뒤로 모습을 감춰가고 나서도 그것들은 더욱 깊고 가깝게 나의 가슴으로 다가와 남는다.

그것은 실상 나뿐만이 아니라 아내에게도 마찬가진 듯.

아내와 나는 그 동서네가 산모퉁이 길을 돌아가버리고 나서도 차마 금세 발길을 돌이켜 세우지 못한다. 그리고 차가 사라져간 먼 산기슭 쪽을 아직도 한동안이나 지키고 서 있다.

×월 ×일

　노인이 염소를 끌고 풀을 뜯기러 나가는 것을 보고 아내와 내가 함께 노인을 뒤따라 나선다. 어른 셋이서 조그만 염소 새끼 한 마리를 뒤따르다 보니, 나는 옛날 어렸을 적 나 혼자 커다란 성우(成牛)를 몰고 다니던 생각이 되살아난다.

　—허허, 고놈! 그 큰 소가 널 시퍼보고(얕잡아보고) 뎀벼들라 조심해라.

　커다란 성우를 다부지게 몰고 다니는 꼬맹이를 보고 어른들이 자주 놀려대던 말이다. 고삐를 붙들고 뒤를 따르다 보면 그땐 정말로 소 엉덩이가 산봉우리처럼 높고 거대했었다.

　그런데 이건 마치 노인이나 내가 그때의 일을 못 잊어 풀 뜯기 놀이라도 흉내 내고 있는 형국이다.

　하지만 그것도 잠시 동안의 부질없는 감상일 뿐.

　"이 풀은 어째서 못 먹게 하시지요?"

　아내가 말동무 삼아 노인에게 묻는다. 노인이 어떤 풀 앞에서 녀석의 입이 닿지 않게 고삐를 끌어당겨버리는 것을 보고 이상해서 한 말이다.

　"그건 바래기풀 아니냐. 바래기를 묵으면 멤소는 설사를 한단다."

　노인의 간단한 한마디 대답에 아내는 잠시 입을 다문다. 하지만 그 아내는 이내 다시 비슷한 질문을 되풀이하지 않을 수 없다.

"저 풀도 먹으면 안 되는 건가요?"

염소가 이번에는 개울가에 돋아난 풀포기 앞에서 코를 킁킁거리다 제물에 홰홰 머리를 내젓고 지나가버리기 때문이다.

"그건 미나리아재비라는 풀이다. 독이 심해서 사람도 묵으면 창자가 녹아난다는 풀이다. 저런 축생도 다 저 살아갈 지혜는 있는 법이란다."

노인의 대답은 여전히 간단명료하다. 얼굴 표정이나 목소리도 똑같이 무심스럽다.

"그럼, 이 녀석이 안심을 하고 뜯어먹는 풀들은 이름이 무엇인데요?"

"그건 그냥 풀들 아니냐."

"풀이라도 무슨 이름들이 있을 거 아니겠어요?"

"이름이 있는 것도 있고 없는 것도 있고…… 허지만 그런 건 다 알아서 뭣 하냐. 그냥 해가 없는 풀인 중만 알먼 그만이제."

노인과 아내는 문답을 계속한다.

나는 이제 그 늙은 할머니와 손녀딸 같은 고부간의 문답에 문득 어떤 삶의 지혜 같은 걸 읽는다.

어렸을 적, 들길을 다녀오다 여기저기 옷깃에다 푸나무 열매를 묻혀오는 일이 많았다.

—도꾸마리구나.

노인은 옷깃에서 열매들을 떼어주며 일러주곤 하였다. 어떤 때는 또 바짓가랑이에 붙은 갈고리 모양의 풀씨들을 뜯어내며 다른 풀 이름을 일러주기도 하였다. 그것은 도깨비바늘이라는 푸나무 열매였다.

사람을 괴롭혀대는 풀이나 독초를 가려내는 지혜는 사람이나 축생이나 다를 바가 없었다. 노인은 굳이 그 푸나무의 잎이나 열매 따위를 보지 않고도 그 흔적만으로 해초나 독초의 이름을 알아맞힐 적도 많았다.

―억갈나무 잎에 베었구나.

한 번은 어디선가 칼날에 벤 듯한 팔뚝의 상처를 얻어온 것을 보고 노인이 금세 그렇게 말했다. 또 한 번은 팔뚝에 벌건 염증기가 줄을 이룬 것을 보고 이런 걱정을 한 일도 있었다.

―옻나무를 모르고 살을 씻겼구나. 산에선 옻나무를 조심해야 하는디……

이로운 푸나무들이라고 이름들이 없을 리는 없었다. 그 이름들이 기억되거나 들먹여질 일이 없을 리도 없었다. 하지만 노인의 관심은 자주 그 해초나 독초 쪽에 기울어 있었고, 그 이름들도 늘 그쪽의 것들만 말해지고 있었다. 이로운 푸나무들은 그래 해초나 독초들 등쌀에 그 이름들이 차차 지워져서 그저 풀이요 나무가 되어가고 있는 것 같았다.

사람을 괴롭히는 풀이 먼저 이름을 얻는다. 그리고 독초의 이름이 더 사람들에게 널리 알려지고 오래 기억된다(?).

노인의 지혜는 결코 우연히 얻어진 것일 리가 없었다.

하지만 노인은 그 지혜조차 지혜로 기억하는 일이 없는 것 같아 보인다.

"어머닌 어떻게 그런 걸 그렇게 잘도 아세요?"

아내의 호기심은 아직도 그칠 줄을 모른다. 그러나 그 아내에 대한 노인의 대꾸는 여전히 담담하고 무심스럽기만 하다.

"글쎄다…… 그런 걸 언제 다 부러 배웠겠냐. 한세상 살다 보니 그냥 어쩌다 알게 된 것이겠제……"

×월 ×일

유년의 땅에 와서는 많은 잃어버린 것들을 되찾는다.

잃어버린 것 가운데서도 순수한 공포감 같은 것을 되찾게 되는가 보다. 수로에 잠겨 밤길을 따라오는 물속의 달, 집 뒷안까지 검게 다가선 뒷산의 깊고 우뚝한 밤그림자. 그런 것들은 공연히 나를 섬짓섬짓 공포에 떨게 한다. 까닭을 알 수 없는 공포감이다. 까닭이 없으니 공포감도 순수하다. 무더운 여름밤의 서늘한 바람기, 하늘에 가득한 밤별들과 별똥별, 바다 건너 먼 섬마을들의 길고 푸른 불빛들, 시골 야밤의 광대무변한 정적과 침묵…… 그런 것들도 공연히 나를 섬짓거리게 만든다.

공포감이 순수한 것은 어찌 보면 여기선 그 공포감을 일으키는 것 자체가 순수한 것인 때문인지 모른다. 그렇다면 내가 이 유년의 땅에서 순수한 공포감을 되찾아가는 것은 순수한 것 자체를 되찾아가고 있는 것 한가지인지 모른다. 시냇물에 잠긴 저녁달과 검고 거대한 밤산의 그림자와 밤별과 별똥별과 서늘한 바람기와…… 아니면 그 밤의 모든 것들, 그런 것들의 공포감 속에 나는 잃어버린 옛날의 순수를 되찾고 있는지도 모른다.

오늘 아내와 구평(龜平) 마을로 둘째누님네 댁을 찾아보고 돌아오다.

노인은 끝내 막내누님네를 찾아가는 것은 용납을 안 했다. 그대신 차라리 살아 있는 누님들 집에나 가보고 오랬다. 하긴 아무리 노인이 말리더라도 도중에서 발길을 막내누님네로 돌려버릴 수는 있었다.

하지만 나는 그러지를 않았다. 노인이 한사코 막내누님의 죽음을 숨기려는 속셈을 알고 있기 때문이었다. 그리고 나 역시 아직은 굳이 그런 노인을 거역하고 싶지 않았기 때문이다. 뿐더러 사람이 가고 나면 남은 사람들은 그만큼 서로가 더 소중스럽고 기다려지게 마련인 것, 남은 누님들이나 찾아보라는 노인의 권유도 아마 그 때문인 게 분명했다.

그래 나는 우선 막내누님네를 제쳐두고, 그 막내누님의 죽음에 대한 이야기가 많을 듯싶은 둘째 매형네를 찾아간 것이다.

하지만 둘째 매형네도 막상 얼굴을 대하고 나서는 거기 대한 이야기가 쉽질 않았다. 시외전화 때와는 달리 막내누님의 죽음에 대해선 거의 말을 하려 하지 않았다. 매형도 그랬고 누님도 그랬다.

전보를 쳐 보낸 일에 대해서는 말할 것도 없었다. 전보는 전혀 아는 바가 없댔다. 나는 일찌감치 할 말이 없어지고 말았다. 그래 그만 자리를 일어서고 싶어졌다. 매형은 또 이상하게 그러는 우리를 놓아주지 않았다.

"저녁이나 먹고 가게."

할 말도 없으면서 해가 지도록 한사코 저녁까지 먹고 가랬다. 6킬로의 밤길조차 아랑곳을 안 했다.

우리는 결국 저녁까지 거기서 기다릴 수밖에 없었다.

어쩌면 그것이 잘된 일이었는지도 모른다.

알고 보니 매형에겐 밤길에 대한 요량이 이미 세워져 있었다.

저녁을 먹고 나자 매형은 헛간에서 경운기를 끌어 내왔다. 그리고 그 경운기에다 우리 둘을 태우고 6킬로의 밤길을 실어다 주었다.

잘된 것은 그러나 6킬로의 밤길을 경운기로 돌아오게 된 일만이 아니었다. 잘된 건 그보다 그 밤길의 경험이었다. 경운기를 타고 들길을 지나올 땐 수로가 계속 옆을 따라 흘렀다. 수로의 물속에선 젖은 달덩이가 앞서거니뒤서거니 밤길을 함께 재촉해 갔었다. 그것은 매형이 우리를 내려주고 경운기를 되돌려 돌아간 다음에도 마찬가지였다.

"그럼 여기선 내려서 걸어가게. 밤길이 되어놔서 운전하기가 사나우니."

매형은 우리를 집까지 거의 다 실어다 주고 나서도 그쯤에서 짐짓 길 사정을 핑계로 경운기를 되돌려 세우고 말았다. 집까지 가서 잠깐 쉬었다 가시래도 마음을 바꾸려는 기미가 없었다. 아침에 할 일이 바쁘다는 핑계였다. 아내와 나는 거기서 결국 경운기를 내려 걷는 수밖에 없었다.

"그럼, 쉬엄쉬엄 걸어가보도록 하소."

매형은 이내 오던 길로 다시 경운기를 몰고 사라져가버렸다.

아내와 나는 한참을 그냥 어둠 속에 선 채로 경운기 소리를 배웅하고 있었다. 그러다 문득 길 옆을 보니 수로에 아직 달이 잠겨 있었다. 달은 그동안 물을 따라 흐르지 않고 한자리에 우리를 기다리고 있었다.

그 순간 나는 왠지 자신도 모르게 기분이 몹시 섬짓했다. 까닭 없는 공포가 가슴에 차올랐다. 공포스러운 것은 달만이 아니었다. 물소리도 무섭고 별무리도 무서웠다. 어둠 속으로 멀어져가고 있는 매형의 경운기 소리마저 섬짓섬짓 무서웠다.

아내도 나처럼 무서움증이 이는지 그림자처럼 가만히 나를 기다리고 있었다.

유년의 땅에서 밤에 만난 것은 모두가 그렇게 무섭게 느껴진다. 그러나 그것은 순수한 무서움이요, 무서움은 순수 자체인지 모른다.

그렇다면 대체 이 유년의 땅에서 내게 가장 순수한 것은 무엇인가. 그것은 물론 자유여야 할 것이다. 하긴 그래 그 자유는 순수만큼이나 무서운 것인가……

×월 ×일

경운기가 차츰 들길을 멀어져가고 있다. 아내를 태우고 가는 경운기다. 마루 끝 기둥에 한쪽 뺨을 기대고 서서 느릿느릿 멀어져가는 경운기를 바라보고 있던 나는 문득 며칠 전 동서네가 그 길을 멀어져가던 때와 똑같이 적막스런 기분이 되고 만다. 이런저런 정황들도 그때와 비슷하다. 다른 것이 있다면 그때는 승용차 편이었던 데 비해 아내는 경운기를 타고 가는 것 정도다. 아니 또 있다. 동서네를 보낼 때는 아내와 내가 둘이서 배웅을 하였지만, 이번에는 그 아내마저 떠나가고 나 혼자 뒤에 남게 된 것이다. 그리고 나는 그때처럼 사립 밖에도 서 있질 못하고 마루 끝 기둥에 등을 기대고 서서 그것을 혼자 바라보고 있는 것이다.

—당신 괜히 장터까지 따라나올 거 없어요. 혼자 돌아오기가 뭣할 텐데.

아내는 미리미리 다짐을 해왔었다. 나는 그 아내를 차부가 있는 장터까지 5킬로의 먼길을 혼자 터벅터벅 걸어가게 할 수는 없었다. 윗마을 친척 조카아이에게 경운기를 좀 내게 하였다. 그 대신 나는 경운기가 떠나자 이내 발길을 돌이켜 사립을 들어와버린 것이다.

—마산이나 해남이나 어느 쪽이든 마음 편한 대로 가서 기다리고 있어요. 내 다시 연락을 할 테니.

—나도 있는 데를 곧 알릴게요.

가 있을 곳을 정해주지도 못하고 쫓아 보낸 아내였다. 아내와 함께는 견디기가 더 어려웠다. 몹쓸 일을 공연히 둘이서 함께 당하고 있는 기분이었다. 혼자 있는 것이 훨씬 견디기가 쉬웠다······

하지만 그렇게 아내를 떠나보내고 나니 당장은 기분이 더 무겁기만 한 것 같다. 아내의 눈길에서 끝끝내 그 말없는 근심기를 지워 보낼 수가 없었기 때문이다. 유난히 눈이 커서 겁이 많은 여편네. 그래서 근심기도 그만큼 더 깊어 보이는 여편네. 하지만 나는 마음이 무겁고 허망할수록 그 아내를 떠나보내길 잘했다고 생각한다……

경운기는 어느새 들길을 건너 산기슭 굽잇길을 가물가물 멀어져 가고 있다. 그 작은 경운기 위에서 아내는 어쩌면 이쪽을 한 번쯤 돌아다보는지도 모른다. 아내가 정말로 이쪽을 바라본들 나는 그것을 알아볼 길이 없다. 거리가 멀어서 모습이 너무 작기 때문이다. 아내는 자꾸만 그렇게 모습이 작아져간다. 그러다 문득 환각이 지워지듯 형적이 사라진다.

나는 아직도 거기서 그만 시선을 거두고 돌아서질 못한다. 아내가 사라져간 산등성이 너머로 아쉬움이 남은 아내의 마음이듯 흰 구름 한 덩이가 무심히 걸려 있다.

―언젠가 내가 여길 떠날 때가 오더라도 나는 결코 저 길로 이곳을 떠나가진 말아야지.

나는 좀더 기둥에 기대어 그 구름에게 시선을 의지한 채 혼자 실없는 감상을 씹어본다.

× 월 × 일

해가 지고 저녁 기운이 서늘해지면 집 마당 이곳저곳에선 땅강아지라는 가재 새끼 비슷한 갑충류의 벌레가 땅을 뚫고 나온다. 강아지 새끼는 이때부터 밤이 한참 늦을 때까지 그놈들 사냥질에 정신이 팔린다. 녀석은 밤이 늦도록 마당을 이리저리 어슬렁대고 다니면서 놈들을 아삭아삭 잘도 찾아먹는다.

변소길을 다녀오다 보니 녀석은 간밤에도 자정이 가깝도록 땅강아지 사냥질에 넋이 팔려 있었다. 나는 어차피 쉽게 잠이 들 수는 없는 터라 차라리 녀석의 사냥질이나 도와주자고 작정했다. 그리고 전짓불로 이리저리 마당을 비춰주며 땅강아지들을 쉽게 찾아내게 하였다.

훌쩍 아삭아삭, 훌쩍 아삭아삭······

강아지가 앞발을 가누고 뛰어 덤빌 때마다 벌레 씹는 소리가 요란스럽다. 그것도 썩 재미있는 놀이다. 나는 자정이 훨씬 넘도록 그 장난질을 즐기다가 녀석의 아삭아삭 소리에 포만감 뒤끝의 입맛처럼 비위가 이상해지기 시작한 다음에야 전짓불을 끄고 방으로 들어왔다.

그런데 그런 간밤의 친절이 강아지 새끼로 하여금 나를 쉽게 보이게 한 것일까. 아침에 일어나 보니, 밤새 내 신발 뒤축이 형편없는 몰골로 결딴나 있다. 뒤축을 질근질근 짓씹어놓은 이빨 자국으로 보아 그건 알아보나 마나 강아지 새끼의 짓이었다.

나는 제법 배신이라도 당한 기분이다. 당장 녀석을 붙잡아다 멱살을 누르며 호통을 쳐댄다.

"이 개새끼야!"

하지만 그런 정도로는 물론 치솟는 배신감이 씻어질 리 없는 일. 소리를 지르고 나도 화가 풀리기는커녕 내 쪽에서 외려 모욕을 당한 느낌이다.

나는 오히려 더 화만 치밀어 오른다. 개새끼 소리도 욕이 안 된다. 무슨 다른 시원한 욕지거리가 없을까. 놈이 분해서 몸이 떨리게 할 만한? 곰곰 생각을 더듬는다. 마땅한 욕지거리가 금방 떠오르질 않는다. 나는 좀더 지혜를 짜낸다…… 그러자 간신히 한마디가 떠오른다.

나는 서슴지 않고 녀석에게 퍼붓는다.

"이 못된 사람 새끼 같은 놈아!"

옳거니! 소리를 지르고 나니 비로소 막혔던 속이 조금 후련하게 뚫려오는 듯싶다. 비로소 욕다운 욕을 한마디 해준 듯싶다.

오가 놈아,

이 이야기는 너를 위해 적는다. 그러나 분명히 기억해두거라. 강아지 새끼를 욕할 때 떠오른 얼굴이 다름 아닌 네놈의 기다란 상판대기였음을 말이다. 하지만 네놈에겐 실상 화를 낼 일조차도 없을 것이다. 이 이야기도 너무 사실 그대로여서 우표를 붙여 보낼 수 없을 테니 말이다.

×월 ×일

"아부지가 좀 오시래요. 저녁 진지 잡숫기 전에요."

해가 설핏 저녁참이 다 되어가는데, 세 집 건너 수진네 아이가 맨발로 와서 전갈을 전한다.

"무슨 일이라더냐."

"지는 모르겠어요. 그냥 좀 오셨다 가시래요."

들판 건너 방둑 끝 마을로 초등학교엘 다니고 있는 아이 녀석은 어딘가 짐짓 시치밀 떼고 있는 얼굴이더니 혼자 달음질로 오던 길을 가버린다. 녀석의 그런 달음질 모습에 어딘지 신바람기가 일어 보인다.

나는 담배 한 대를 피워 물고 녀석을 천천히 뒤따른다. 가다 보니 금방 녀석이 쫓아들어간 집 안에선 사립께서부터 매캐한 노린내가 코를 스쳐온다.

"오늘 저 새끼 담임선생이 가정 방문을 온다길래 닭 새끼 한 마리 비틀어 삶았더니……"

한 손에 삶은 닭 양푼과 다른 한 손에 막소주병을 들고 나오며 수진 아배가 나를 부른 곡절을 털어놓는다. 닭을 삶아놓고 기다려도 여태 녀석의 담임선생은 나타날 기미가 안 보이니 이제는 그 닭국물로 우리끼리 소주나 한잔씩 하고 말잔다. 선생님이 뒤늦게 나타날 수도 있지 않느냐고, 좀더 시간을 기다려보재도 작자가 나타나긴 아예 틀려버린 일이란다.

"닭고기 들어갈 입은 어디 따로 있다던가. 그 사람 생각만 하고 잡은 닭 아니여. 그보다도 이젠 내가 더 기다릴 수가 없겠어."

그냥 둘이서만 조지고 말잔다. 너무 사양만 하고 있을 일이 아니다. 우리는 곧 마루로 걸터앉아 소주에 닭고기를 뜯어대기 시작한다.

그런데 미처 소주를 한잔씩도 비워내기 전이다.

"이 집에 무슨 좋은 일 났을까?"

들일을 갔다 돌아오는 길인 듯 윗동네 사람 하나가 지게까지 걸친 채 불쑥 사립을 들어선다.

"어서 와서 여기 술 한잔하고 가소."

수진 아배는 마치 기다리고 있던 사람이기라도 하듯 선선한 말투로 그를 맞아들인다. 그리고 곧 새 술잔을 마련해내다 술을 따라 내민다.

그런데 다시 그 술잔이 비워지기도 전이다.

"어허, 이 집에 무슨 잔치 났을까. 해도 다 떨어지기 전부터 웬 술추렴들이여!"

집 앞을 지나가던 나무람투의 목소리가 다시 울타리를 넘어온다. 그리고 이내 소리를 뒤따라 윗마을 사람들이 스적스적 사립을 들어선다.

"저 새끼 담임선생이 온다길래 집에 있는 뻥아리(병아리) 새끼 한 마리 모가질 틀었더니……"

수진 아배는 다시 변명처럼 말하고는 두 사람에게도 다시 술잔들을 찾아 건넨다.

하다 보니 닭안주는 순식간에 그만 바닥이 나고 만다.

그것으로 그만 술자리가 파했으면 더 이상 난처한 일은 생기지 않았을 터. 하지만 술자리는 안주가 다하고 나서도 한동안이나 그대로 계속되어나갔다. 그리고 마침내 세번째 불청객이 사립을 들어섰다.

"이 사람들 모다 여그들 모여앉아 즈그끼리 잔치들을 벌이고 있었구만……"

무슨 급한 볼일이라도 있어 사람을 찾고 있었던 듯 사립을 들어선 것은 마을에서 누구보다 발길이 길다는 덕순이라는 청년이다.

"오늘 저 새끼 담임선생이 온다길래 뼁아리 새끼 한 마릴 비틀었더니…… 헌디 자네는 발길은 날래도 한 발이 모자랐네."

수진 아배는 한번 더 같은 소리를 되풀이하고는 덕순에게도 술잔을 건넨다.

"달구 새끼도 워낙 작은 데다가 사람 입이 이렇게 여럿이다 보니 그새 안주가 다하고 말았네. 할 수 있는가. 그냥 이렇게 맨술이라도 한잔하고 가소."

그런데 덕순이라는 위인은 예상보다 비위짱이 두꺼웠다.

"어이 고맙소. 허지만 안주 없이 막소주를 그냥 어떻게 마신다요."

술잔을 받아놓고도 그걸 냉큼 비우려 들지 않는다.

"국물이라도 좀 남은 거 없소? 웬 닭 새끼가 그리 쪼그맸다요."

빈 양푼을 탕탕 두드리며 한참 동안 투정을 부리는 시늉이다. 하더니 문득 무슨 생각이 들어오는지 슬그머니 술잔을 놓아두고 뒤꼍 부엌 쪽으로 안주거리를 찾아간다.

수진 아배도 그제선 눈에 띄게 안색이 달라진다.

"저 사람 정젠 뭣 하러 들어가제?"

덕순은 애초 그런 눈치쯤 아랑곳할 위인이 아니다. 부엌에서 한동안 시간을 보내다 나온 덕순의 손에는 뒤늦게 나타날지 모르는 아이의 담임선생을 위해 수진 아배가 따로 남겨놨음 직한 닭국

냄비가 통째로 들려 있다. 냄비에는 아직 다리 하나와 날개 하나 그리고 등짝 살덩이가 고스란히 남아 있다.

"하하, 나 이럴 줄 알았다니께. 가만히 보니 어째 닭다리 뼈다구가 한쪽 것밖엔 없질 않더라구. 그래 내 금세 눈치를 알아챘제."

덕순은 누구라서 이미 눈치를 못 채었을 리 없는 그 일을 두고 제물에 의기양양 자랑이 한창이다.

"어허, 그것은 저 새끼 담임선생 대접할 것이랑께."

딴 몫을 제해놓고 있었던 일이 드러나버린 마당이다. 수진 아배가 난처해하는데도 덕순은 그저 희희낙락이다.

"어따 그럼 첨부터 그렇게 말을 할 일이제. 그래 입이 많아서 안주가 떨어졌다고요? 어쨌거나 이젠 해도 다 기울었으니 미친 사람이 아닌 담에야 이제사 끄덕끄덕 가정 방문을 다닐 사람은 없었지요. 설사 또 그 사람이 나타나신대도 그 사람은 어디까지나 그 사람이고……"

그림자도 아직 안 보이는 사람을 두고 그 사람 몫이라고 닭다리를 앞에 두고 맨소주를 마실 수는 없지 않느냐는 것이다. 이미 닭고기 안주 맛을 보고 난 선참자들조차도 말리려는 기색이 전혀 안 보인다.

수진 아배로서도 이젠 더 이상 어찌할 수가 없는 사정이다. 숨겨졌던 닭고기 냄비는 순식간에 다시 빈 그릇이 되고 만다.

그런데 그 냄비의 밑바닥 국물을 덕순이 마지막으로 들이마시고 났을 때이다. 수진 아배는 아직 그것으로도 그 난처한 입장이 다하지 못한 모양이다.

사립 밖에서 갑자기 웬 오토바이 소리가 요란스럽게 멈춰서고 있었다. 그리고 그제서야 오토바이를 내려선 청년 하나가 헬멧을 벗어들고 사립을 들어선다.

"실례합니다. 여기가 ××네 집 아닙니까?"

다음 일은 이제 더 기다리나 마나다. 아이의 이름을 묻고 사립을 들어서는 품이 청년은 여태 수진 아배가 닭까지 삶아놓고 기다리던 그 아이놈의 담임선생이 틀림없어 보인다.

나는 더 이상 자리를 지키고 앉아 있을 수 없어 그쯤에서 그만 몸을 일으킨다. 벌레라도 씹은 듯한 수진 아배의 그 난감스럽고 딱한 얼굴. 글쎄, 다리가 셋쯤 달린 닭이라도 잡았다면 그 난처한 처지가 모면될 수 있을까……

사립을 나서면서도 나는 왠지 자꾸만 입가에 웃음이 번진다. 그 수진 아배가 나를 위해 일부러 닭을 잡은 걸로 쳐주고 싶어진다. 무엇보다도 나무를 심을 만한 자리 한 곳을 거기서 쉽게 찾아낸 듯 싶어진다.

×월 ×일

"이 병신 새끼야. 너는 다리가 없냐, 손이 없냐. 다른 집 애들 똑같은 밥 처묵고 너는 어째 아무 노릇도 못하나."

아침을 먹고 둑 건너 마을로 마슬을 나서는 참인데, 길갓집 봉수 아배가 초등학교 2학년짜리 제 아들아이를 무섭게 닦달해대는 소리가 사립을 튀어나온다.

"지도 다른 애들하고 같이 심부름을 해줬어라우."

아비의 닦달에 기가 죽은 봉수 놈의 변명 소리. 아비는 그 소리에 한층 더 부아통이 끓어오른다.

"그런디……? 그래 심부름꺼정 해줬는디 어째 너만 부처님 왼손이냔 말이여!"

"그 사람들이 지는 모른 척하고 가뿌리니께 그렇지라우."

"저런 돌소금물에 뒤쳐낸 얼간이 새끼. 다른 애들같이 니도 똑같이 심부름을 해줬는디 그래 그 작자들이 너한테만 연필 값도 안 주고 가더란 말이여!"

"그랬어라우."

"그럼 그 사람들 부자질 붙들고 니도 연필 값 좀 주라고 그라제 병신같이 그냥 뱀만 잡고 빈손으로 돌아와?"

"……"

듣자 하니 간밤의 저수지 낚시꾼들 이야긴 모양이다.

윗마을로 올라가는 농장 왼쪽 켠에 낚시질에 적당한 조그만 저수지가 하나 있다. 주말이 되면 도회지 등지에서 이곳까지 놀이를 나오는 낚시꾼들이 있었다. 낚시꾼들이 오면 동네 아이들은 제물에들 신이 나서 서로 낚시꾼들의 심부름꾼 노릇을 해주었다. 우물 물도 떠다 주고 술도 사다 주고, 때로는 밤낚시에 필요한 건전지를 사러 10리 밖 장터를 갔다 오기도 했다. 그러면 낚시꾼들은 이튿날 낚시를 끝내고 가면서 아이들에게 더러 연필 값 정도를 사례하고 가는 수가 있다 했다. 아이들은 물론 그것을 노리고 심부름을 맡는댔다. 더러는 은근히 씀씀이가 좋아 보이는 사람을 골라가며 이쪽에서 먼저 다가들기도 한댔다. 동네 어른들조차 그것을 그냥 모른 체하거나 은근히 바라고 있기까지 한댔다.

어제는 낚시꾼을 실은 차가 두 대씩이나 저수지를 찾아오는 것 같았다. 한데 그 봉수 녀석이 이번에는 사람을 잘못 골라잡은 모양이었다. 오며 가며 고되게 심부름만 해주고 허무하게 빈손으로 돌아온 모양이다. 아비는 방금 그 아들놈의 불운과 무능을 호되게 추궁하고 있는 중인 것이다. 그 몰인정한 낚시꾼들에 대한 원망을 애꿎은 아이에게 대신하고 있는 것이다. 하지만 봉수 녀석인들 모른 척 돌아서는 낚시꾼들 앞에 무슨 방도가 있었을 것인가……

못된 것은 애시당초 그 낚시꾼들이다. 아이들에게 돈푼씩이나 얻어내는 재미를 붙여준 것도 그 도회의 낚시꾼들이었다.

하지만 낚시꾼들보다도 더 몹쓸 것은 그 아비의 철없는 푸념이다. 밥술들이나 먹고살면서도 어찌 아직도 그런 오기들이 안 생기는지 모른다. 쓸데없는 기대로 배신만 당하고 제물에 화를 못 참는 위인이라니. 나는 그저 부자를 모른 척 지나가버릴 수가 없어진다.

"왜 그 아이가 연필 값을 얻어오면 정말로 연필을 사줄랬던가. 허물할 사람은 그 아이가 아니라 제 자식을 남한테 심부름꾼으로 내놓고 소주 값이나 기다리고 앉아 있는 작자제…… 자, 가세. 술 생각이 정 그렇거들랑 내 저 동네 건너가서 한잔 삼세."

나는 작자네 사립을 들여다보며 기어코 한마딜 던지고 지나간다. 그리고 어쩌면 이곳도 한 그루 나무를 심어볼 만한 곳이 아닌가 생각한다. 일기가 알맞고 종목만 구할 수 있다면 기왕이면 속이 모진 박달나무쯤으로.

　×월 ×일

　우리 집 노인이 이웃집 노인을 이상하게 자꾸 꺼리는 눈치다.

　20여 가호 남짓한 작은 마을에서, 그것도 여든 안팎의 노인들끼리 옆에서 보기 민망스러워 내가 모처럼 노인에게 물어본다.

　"옆댁 노인네하곤 무슨 안 좋은 일이 있었어요?"

　"안 존 일은 무슨 안 존 일이 있었겠냐. 늙은이가 하도 귀찮아서 그러제."

　"할머니가 무얼 어떻게 하시길래요?"

　"천당 가게 함께 예수 믿잔다."

　옆집 할머닌 늘그막 의지로 수년 전부터 윗마을 예배당을 나다니기 시작했단다. 그런데 이 할머니가 언제부턴가 자꾸 노인에게도 함께 예배당을 나가자고 귀찮도록 권유를 해온다는 것이다. 노인은 그 이웃 할머니의 전도가 그저 귀찮은 정도가 아닌 것 같아 보인다.

　"늙은이가 너무 자기 고집만 내세워서…… 그래, 예수를 믿지 않는 사람은 누구나 지옥밖엔 못 간다는구나."

　귀찮아하는 정도를 넘어 노골적인 기피증을 드러내 보인다.

　듣고 보니 그 옆집 할머니의 전도 방법에 그럴 만한 문제점이 있어 보인다. 독선과 위협이 너무 심하다.

우리 집 노인은 아직도 당신의 죽음을 두려워하고 부끄러워하는 편이다. 그러나 그 두려움이나 부끄러움은 선대의 무덤을 제 땅에다 한곳에 모아드리지 못한 죄책감 때문이다. 당신 손으로 그 일을 해놓기 전에는 마음 편히 눈을 감을 수가 없다는 것이다. 저세상 가서 선대들의 얼굴을 대할 낯이 없다는 것이다.

딱하고 난처한 노릇이 아닐 수 없다.

하지만 노인의 그런 두려움이나 부끄러움 속에는 다행스럽게도 당신의 구원의 빛이 있었다. 저세상 가서 그 선대들을 만날 일 말이다. 그것은 바로 내세에 대한 믿음이요, 선대들의 영혼 불멸의 확신인 것이다. 그리고 당신 자신의 영혼의 불멸과 내세의 분명한 확신인 것이다.

노인에겐 그보다 분명한 구원과 위로가 있을 수 없는 일이다. 그런데 이웃집 할머니는 자신이 택한 하느님의 이름으로 노인의 믿음과 구원을 부인한 것이다.

—당신이 믿고 있는 것은 다만 허무한 잡귀신들의 허깨비일 뿐이다.

—전지전능하신 하느님은 오직 한 분뿐. 모든 영혼은 그분의 종이며 그분의 명령과 부림을 받는다. 그러니 누구도 다른 귀신을 섬기는 것은 그분의 용서를 받을 수가 없다.

하여 노인의 믿음과 그 믿음의 귀신들은 하나뿐인 하느님으로부터의 무참스런 학살의 위기에 처한다. 노인은 그것을 참을 수가 없었을 것이다. 그래 그토록 이웃집 노인을 기휘(忌諱)하게 되었을 것이다.

 하지만 곰곰 따져보면 이웃집 할머니 쪽에도 그리 허물을 할 잘 못은 없을는지 모른다.

 예수교의 하느님은 원래 하나라는 뜻의 하느님이라던가. 그리고 그래 다른 신들에겐 당연히 배타적일 수가 있다던가. 그쪽에서 보면 잡신들의 학살은 당연한 권리가 되는지 모른다. 다만 한 가지 아쉬운 점이 있다면, 그 이웃집 할머니를 통해 전해지는 하느님의 권능은 어찌 그토록 몰인정하냐는 것이다. 선대의 영혼을 통하여 (무덤과 제사가 우상에서 비롯되었다면 그 우상들을 통해서인들) 자신의 내세를 믿고, 그 믿음 속에 살아 있는 삶을 실질적으로 위로받아온 노인이라면, 그 노인의 일생의 우상은 그의 고난스런 현세의 삶을 위해 절대로 무의미할 수가 없는데도 말이다. 미래의 구원은 곧 현세의 구원이요, 현세의 구원 또한 미래의 구원에 다름 아닐진대. 적어도 우리 집 노인네처럼 평생을 그저 무지하고 단순하고, 그럴수록 이젠 용서와 관용의 아량을 지녀야 할 인생살이 막판 나이의 노인네들에겐 말이다.

 나는 마침내 할 말이 없어진다. 그래 노인에겐 별로 효험도 없을 싱거운 소리로 이야기를 그냥 마감해버린다.

 "하더라도 나이 잡수신 노인네끼리니까 할 수 있으면 그냥 의좋게 지내세요. 예수는 믿지 말고 할머니하고만 친하게 지내면 되실 거 아니에요. 그 집 하느님은 할머니한테 설마 사람 친한 것도 못하게 하실라구요."

×월 ×일

가을 햇살이 아직도 한창 따끈거리는 한낮 참, 들판 건너 방둑 위로 웬 사람들의 무리가 아지랑이처럼 하얗게 둑 위로 서려든다. 사람들은 방둑 끝에 흩어진 인가들에서도 나오고 바다에서 돌아오는 갯꾼들도 섞인다.

잠시 뒤엔 사람들 가운데서 작은 한 무리가 떨어져 나와 윗마을 쪽으로 급히 길을 재촉해 올라간다. 남은 사람들은 천천히 뒤를 따르기도 하고 일부는 그냥 그 자리에 남아 있다 각기 제 갈 길로 흩어져간다.

"남순네 아배가 갯죽엄을 했다고 안 하냐."

해가 설핏해질 무렵, 어디서 듣고 왔는지 노인이 사립을 들어서며 그 윗동네 소식을 전한다. 낮에 방둑에서 마을로 올라간 것이 물에서 건져낸 그의 주검이랬다. 김발터에 장나무를 세우러 나갔다 장나무 무게에 배가 기우는 바람에 한쪽으로 허물어져 내리는 그 장나무에 사람이 함께 깔려 내렸다는 것이다.

"뭍에서나 물에서나 그렇게 가는 사람이사 눈 한번 감고 나면 그만이겠지만, 늙은 할미야 어린 새끼들이야 남은 사람들의 앞일은 어쩌라고……"

소식을 전하고 나서 마루 끝에 걸터앉은 노인은 당신의 일처럼 서글픈 푸념이다. 그것도 그 죽은 사람에 대한 연민에서가 아니라 남은 식구들에 대한 걱정 때문이다.

남순네 아배라면 나보단 서너 살밖에 윗나이가 아니다. 일흔이 넘은 백발노인에다 아이들은 또 늦은 장가로 철들도 채 들기 전이 란다. 노인의 푸념은 이래저래 끝이 없다.

나는 그러는 노인을 놓아두고 슬그머니 혼자 사립을 나선다. 어 쩐지 초상집을 한번 가보고 싶어진 때문이다. 한 동네에서 알고 자란 처지도 있고 하여 어차피 한 번은 가봐야 할 곳이기도 하다.

윗동네 오르막길은 담배 한 대 참이다.

동네 입구에서부터 이내 낭자한 상가의 호곡 소리가 들려온다. 마을로 들어서니 고샅 여기저기에 구경꾼이 붐비고 사자의 시신은 아직도 마당 가 한쪽이다. 그의 시신은 집을 나가 혼을 벗은 육신 이기 때문이다.

하지만 상가는 또 의외로 한산하다. 사람들도 없고 일을 서두르 는 기미도 안 보인다.

"남순 아배, 남순 아배, 불쌍한 남순 아배…… 당신이 가시다 니 이것이 웬 말이요. 못 묵고 못 입어도 웃고나 살자더니……"

면포를 쓰고 누운 사자의 시신 앞에 엎드린 건 죄 많은 사자의 아낙 하나뿐이다. 초라하고 남루한 사자의 아낙은 치상 채비는 까 맣게 잊은 채 땅을 후비며 설움을 못 이긴다.

"아이고 아이고…… 아등바등 짜지 말고 입고 묵고 위할 것을, 눈 한번 감고 나믄 이리 멀고 허망한 것을. 보기나 했으면 덜하겠 소. 같이나 갔어도 덜하겠소. 마른 땅에만 누워 갔어도 이 설움이 덜하겠소……"

그 사자의 아낙 말고는 설움을 같이하는 이가 아무도 안 보인다. 사자의 노모는 무슨 두통 환자처럼 머리에 흰 끈을 질끈 동여맨 채 마루 끝에 멍청하게 하늘만 바라보고 앉아 있고, 철없는 아이들은 영문을 모르는 구경꾼처럼 겁에 질린 눈망울만 멀뚱거리고 서 있다.

골목 밖에 모여 선 마을 사람들은 울어줄 사람조차 없는 초라한 그 초상집 모습에 더욱 가슴을 저며드는 사자의 슬픈 죽음을 보게 된다. 머리 흰 노인의 그 무연스런 참을성에서, 울 줄도 모르고 겁에만 질려 있는 아이들의 검은 눈망울들에서. 그리고 그 사람들은 또한 아낙의 외로운 호곡이 사자에 대한 남아 있는 사람의 두려운 근심의 호소이며 원망임을 알고 있다.

—죽은 사람은 죽은 사람이지만 뒤에 남은 여자는 또 혼자 무엇을 해서 저 어린 것들을 키워나갈꼬.

—노인넨 또 뭣 하러 저리 오래 살다가 아들을 앞세우는 꼴까지 보게 되고.

집에서 노인이 하던 말처럼 남은 사람 걱정을 앞세우는 소리들이다.

나는 그럭저럭 인사를 치르고 다시 상가를 빠져나온다.

그리고 혼자 길을 내려오면서도 방금 본 사자의 죽음 모습이 때없이 자꾸 눈앞에 밟혀든다. 무엇이 그의 죽음 모습인가. 사자의 죽음은 면포에 덮여 있다. 면포에 덮인 죽음은 보이질 않는다. 볼 수 없는 것은 죽음의 모습이 아니다. 그의 진짜 죽음의 모습은 남은 사람들의 모습에 있었다. 외롭게 호곡하는 아내의 모습에, 설움을 의연히 억누른 늙은 노인네의 슬픈 지혜 속에, 그리고 그 철 없는 아이들의 남루하고 불안한 미래의 모습 속에. 죽음의 모습은 오히려 그렇게 사자의 죽음 뒤에 남아 있는 사람들로 남겨진다.

하나의 죽음은 그러므로 죽은 시신이 땅속에 묻히는 것으로도 아직 끝나지 않는다. 그리하여 그것은 사자가 땅속으로 육신을 거두어간 다음에도 남은 사람들의 삶 속에 계속 그의 모습을 드리울 것이다. 그의 늙은 어머니의 슬픈 노망기 속에, 그의 아내의 고된 품팔이살이 속에, 혹은 그의 어린아이들의 외로운 성장과 남루한 미래 속에. 장엄하고 화려한 어떤 장례식의 모습이 바로 그 장례식의 주인공의 죽음의 모습이듯이. 그리고 그 장례 행렬을 뒤따르는 사람들의 뒷날의 모습과 건강하고 왕성한 식욕들이 그의 죽음의 모습일 수 있듯이.

그렇다면 지금 여기 나의 모습도 또한 앞서간 누군가의 죽음의 모습으로 남아 있는 것인가. 지금도 그 죽음의 모습을 살아가고 있는 것인가. 그렇다면 그 사자의 죽음을 너무 슬프고 애달픈 모양으론 만들지 않아야 할 노릇이 아닌가.

×월 ×일

이젠 무덤의 모습으로라도 막내누님의 죽음을 한번 찾아보고 와야 할 것 같다. 내 눈으로 직접 가본 일이 없으니 누님의 죽음은 내게서 자꾸 엉뚱한 수수께끼로 추상화되어간다. 얼굴이 없는 익명의 그것으로 일반화되어간다. 내가 그곳을 가보고 싶어진 것은 내게서 일어난 그런 이해의 변화보다도 누님의 죽음을 이젠 더 이상 그토록 외롭고 초라한 모습으로 팽개쳐두고 지낼 수가 없기 때문이다.

— 친정 편에 사람 없고 논밭 없으면 어떤 설움을 당하고 사는 중 아느냐.

친구의 초라한 죽음을 생각하면 그 막내누님의 생전의 목소리가 새삼 귀청을 울려오곤 하였다. 친정 편 사람으론 개미 새끼 한 마리 찾아가본 사람이 없었을 초라한 무덤. 그게 누님의 죽음의 모습일 터이다. 더 이상 모른 체하고 지낼 수가 없는 노릇이다.

노인의 만류도 이젠 어쩔 수가 없는 일. 실은 노인의 속마음도 말처럼 무심할 수는 절대 없는 것. 짐짓 무심한 척 나를 가로막는 노인의 아픔을 알 것 같다. 당신의 완강한 만류에도 불구하고 어쩌면 노인은 내가 당신의 뜻을 거역하고 누님네를 다녀오길 바라고 있었을 수도 있었다.

하지만 오늘은 마침 장날. 길을 나설 수가 없는 처지다. 길을 나섰다가 장길을 오가는 사람들을 만나기가 주저스럽다. 너무도 발길이 뜸뜸한 탓인가. 동네 사람들 만나기가 공연히 쑥스럽다. 쑥스럽고 귀찮고 두려워지기조차 한다. 그래 실은 윗동네 나들이도 한번 제대로 못 다녀온 터에, 오늘은 아무래도 길을 나서기가 어려울 듯하다. 하지만 이젠 그리 여러 날을 미루고 있을 수가 없는 일. 내일이라도 당장 찾아가보도록 하리라. 나는 몇 번씩 다짐을 하면서 이날 하루가 지나기를 기다린다. 그리고 새삼 누님의 추억을 아름답게 회상한다.

봄이 오니 누나 생각 절로 납니다.
남쪽 나라 제비 손님 찾아오고요.

문득 입가에 번져오는 어렸을 적의 동요 가락을 따라가다 보니, 어느 해 봄이던가, 그 누님과 함께 못자리 풀을 뜯으러 광주리를 이고 메고 산이며 들판을 함께 헤매이던 기억이 되살아난다. 그리고 그 누님이 풀을 벨 생각은 제쳐두고 여기저기 이름 모를 꽃들만 찾아 헤매고 있던 일들이 어제런 듯 애틋하다. 얼굴도 미우면서 누님은 그 시절 무에 그리도 꽃을 좋아했던가.

그런데 내가 한동안 그렇게 격에도 어울리지 않는 감상적인 추억에 젖고 있을 때였다.

"자네 오늘 집에서 몸을 비켜 있어야겠네."

이제 겨우 점심때가 될까 말까 하는 참인데, 그새 장길에서 돌아오던 경운기 한 대가 사립 앞에 멈춰 선다. 그리고 재웅이 그 경운기에서 내려 사립을 들어서며 은밀스런 어조로 귀뜸을 건네온다. 나는 그의 조심스런 어조나 얼굴 표정이 무턱대고 우선 불길스럽다.

"무슨 일인가."

노인네와 형수님의 귀를 피해 사람을 거꾸로 사립 쪽으로 밀어대며 물어보니 재웅은 과연 눈치가 재빠르다.

장터에 나갔더니 웬 낯모를 도회지 사람들이 내 소재를 묻고 다니더란다. 한 사람은 그냥 맨손 차림이고 다른 한 사람은 사진기 가방 같은 것을 어깨에 둘러메고 있더랬다. 동네 사람 가운데선 멋속 모르고 나의 소재를 대줘버릴 사람도 있을 듯싶어 장일도 덜 보고 길을 앞질러 경운기로 급히 달려왔다는 것이다. 더 듣지 않아도 나는 대충 사정을 짐작한다. 재웅이 새삼 고맙고 기특하다.

― 작자가 어떻게 그런 눈치를 알아챘을까.

하지만 지금은 그런 걸 물어보고 있을 겨를이 없다. 녀석들이 언제 닥쳐들지 모른다. 작자들과 맞서자던 전날의 각오도 소식을 듣는 순간 허무하게 무너진다. 본능처럼 우선은 자리부터 피해두고 싶어진다. 시간을 다투어 서둘러야 할 판이다.

나는 순식간에 마음을 작정한다. 그리고 짐짓 아무렇지 않은 척 재웅을 안심시켜 집으로 보낸다.

"사람하곤 괜한 일을 가지고. 내가 무슨 몹쓸 죄라도 짓고 이곳에 숨어 와 있는 사람인가."

그러나 재웅은 나의 주변에 대한 짐작이 예상보다 깊었던 모양이다.

"저 웃동네 좀 다녀오겠어요. 어쩌면 거기 가서 한 며칠 다녀올 곳이 생길지도 모르니 그동안에 혹시 낯 모른 사람이 찾아오면 다녀가고 없다고 말씀하시구요."

노인한텐 그쯤 간단한 당부를 남기고 서둘러 윗마을로 올라가던 참이었다.

"그래 어딜 가는가."

216

사립 앞을 살짝 지나가려 하는데, 재웅이 기다리고 있었던 듯 돌 울타리 너머로 알은체를 해온다.

"나 웃동네 좀 올라가네. 자네가 언제 한번 가보라던 샘터 가에 고깔나무 등걸이나 가보려고."

나는 계속 시치미를 떼본다. 하지만 그게 더 낭패다.

"그래? 그 고목나무 일이라면 나도 같이 따라가봐야제."

이쪽 의향을 말하기도 전에 냉큼 사립을 튀어나와버린다.

하긴 그로선 그럴 법도 한 일이다. 그리고 그 고목나무 등걸을 구경하러 간다는 나의 변명도 전혀 마음에 없던 거짓만은 아니었다.

윗동네 샘터 가엔 나의 어릴 적부터 엄청나게 큰 거목이 한 그루 서 있었다. 수봉(樹峰)이 커다란 고깔 모양을 하고 있어 마을에선 그저 고깔나무라고만 부르는 동백나무 비슷한(실은 태산목) 거목이었다.

한데 어느 날이던가, 재웅은 연전에 그 거목이 베이고 말았다 하였다. 도회지 사람들이 한때 트럭까지 앞세우고 마을로 들어와 그림이고 책이고 옷장이고 간에, 하다못해 맷돌이나 절구통, 돼지 밥통까지 옛것이라면 눈이 뻘게서 씨를 말리듯 휩쓸어가더라는 그 어이없는 한 시절의 이야기 끝이었다.

"그 뒤엔 아마 살아 있는 나무나 바윗돌도 파갔을걸."

이야기를 듣고 나서 내가 한마디를 했더니, 재웅은 아닌 게 아니라 그 고깔나무 고목이 그 무렵에 이미 팔렸다는 것이었다. 그 고깔나무는 뿌리째 산 채로 파간 것이 아니라 무슨 한약 재료로 쓰기 위해 기계톱으로 밑둥지를 베어 넘겨놓고 껍질만 홀딱 벗겨갔다는 거였다.

그런데 재웅은 고목나무 이야기를 하다 보니 마침 그럴듯한 생각이 떠오른 모양이었다. 요즘 도회지 사람들은 큰 나무 뿌리 밑둥걸까지도 보물처럼 큰 값에 구해들이지들 않느냐는 것이었다. 껍질을 벗겨간 나무둥치들이 그대로 그냥 버려져 있으니 그걸 값있게 처분할 길이 없겠느냐는 것이었다. 둥치 위쪽은 원래의 나무 주인이 이미 화목으로 잘라가버렸지만, 둘레가 엄청난 뿌리나 등걸 쪽은 아예 손조차 대어볼 수 없어 그냥 토막째로 버려져 나뒹굴고 있다고. 밑둥 부분의 한 토막은 속이 아예 썩어나가고 토관 속처럼 아이들이 머리만 숙이면 속을 지나다닐 수도 있다는 것이었다.

그 같은 재웅의 열띤 설명에도 불구하고 나는 그때 물론 그 나무 토막을 처분하고 싶은 생각은 있을 수가 없었다. 하지만 나는 언젠가 한번쯤 그 고목 둥치 구경을 해두고 싶었었다. 살아 있었을 때의 기억도 기억이지만, 잘려 죽은 고목 둥치라니 오히려 더 그랬다.

—한 번은 고목을 가봐야 할 텐데.

알 수 없는 두려움 같은 것이 일기도 했지만, 어쨌든 한번은 보아두어야 할 일 같아 그 막내누님의 죽음에 대해서와 같이 마음속에 늘상 별러오던 일이었다. 하면서도 왠지 마을 사람들 눈길이 거북스러워 냉큼 올라가보질 못해온 일이었다. 하긴 그게 목적은 아니었지만, 며칠 전에 한번 마을엘 올라간 일이 있기는 하였다. 하지만 그때는 초상집 정경에 거기까진 여유를 못 가진 나였었다.

한데 조금 전, 재웅의 전갈을 들었을 때였다. 거기서 무슨 마음의 의지라도 구해보고 싶어진 것일까. 나는 왠지 그때 문득 그 고목 등걸이 생각난 것이다. 누님의 죽음을 가보는 것은 그것으로 이미 글러진 일이었다. 누님의 죽음 대신 우선 그것부터 한번 보아두고 싶었다. 다른 작정은 다 그 뒷일들이었다. 그래 무턱대고 윗동네 길부터 나서 온 참이었다. 재웅이 길을 따라나선 것은 그래 당연한 노릇일 터였다.

그렇다고 작자가 정말 나의 행차를 곧이듣고 있을 것인가. 아무래도 작자는 그래 뵈질 않는다. 작자는 짐짓 곧이들은 척 나를 편하게 해주려는 듯싶어 뵌다. 하여 나는 망설거리다가 실토하듯 마침내 작자에게 묻는다.

"그래, 자네 말일세. 자네 어째서 내가 그 장터에서 본 사람들을 비켜서야 하리라고 생각했던가."

"그거야……"

하지만 재웅은 그런 이야기는 자기 쪽에서 오히려 부질없어하는 말투다.

"그거야 말을 하나 마나 아닌가. 이런 벽지에 묻혀 산다고 그런 눈치까지 없는 줄 아는가?"

"그런 눈치라……? 그래 자네 말고 다른 사람도 그렇게 알고 있는 사람이 있던가?"

"말해서 뭣 해, 입들을 다물고 있어서 그러제. 바로 자네가 여기로 오던 날부터 다 그렇게들 생각했제."

"우리 집 노인이나 형수님도 그렇던가?"

"그래 자네 모르게 걱정들이 많으시제."

"……"

나는 더 이상 할 말이 없어진다. 갈수록 심사만 황량스럽다.

이제는 그럭저럭 마을도 가깝다.

우리는 곧바로 샘터께로 올라간다.

샘터 부근엔 한눈에도 금방 나무가 안 보인다.

거목이 사라진 샘터 풍경은 이상하게 낯이 설고 황폐스럽다. 마을의 구도마저 달라져 보인다.

거목은 그러나 재웅의 말처럼 자취마저 아주 사라져버린 게 아니었다. 등걸은 아직도 그 자리에 썩고 있다. 둥치도 한두 개 토막으로 잘린 채 등걸 주변에 버려져 나뒹군다.

나는 먼저 그루터기부터 살핀다. 밑둥을 잘린 자국의 둘레가 좋이 서너 아름은 되고 남을 듯하다. 잘려 죽은 흔적이 살아 선 나무보다 더욱 거대하고 엄청나 보인다. 그래 사람들은 이런 거목 앞에 숙연한 신심을 지니게 되나 보다. 그런데 이 거대한 나무가 어떻게 이리 간단히 생명을 빼앗기고 썩어가고 있는지 모르겠다. 아니 사실은 그래 차라리 거목은 거목이 되는지도 모르겠다. 비바람을 피하여 양지쪽을 이리저리 옮겨 다니는 거목을 상상할 수가 있는가. 위험을 피하여 자리를 이리저리 옮겨 다니는 거목을 상상할 수가 있는가. 뿌리를 한번 내리고 나면 그 자리에서 끝내 삶을 끝내야 하는 것이 거목을 거목이게 만드는 덕목 아닌가. 그래 이 나무도 그렇게 제자리에서 거목답게 일생을 끝내고 간 것일 게다. 그 마지막 죽음의 위험 앞에서마저 한 치의 움직임이나 물러섬이 없이.

그렇다면 이 거목을 잘라 넘긴 인간들은 어떤가. 이런 거목을 어떻게 그렇게 무참스런 모습으로 베어 넘길 수가 있었던가. 감회도 없고 겁도 안 났던가. 그것은 바로 자신들의 생명의 세월이 아니던가. 조상들이 심어놓은 줄기찬 생명력의 탑이요, 그 세월의 거대한 흐름이 아니던가. 무슨 한약재를 얻기 위해서렸던가. 그들은 그 나무를 베는 것으로 자신들의 삶과 세월의 줄기를 서슴없이 베어 넘기고 만 것이다. 몇 년이나 혹은 몇십 년의 짧은 생명의 연장을 위하여.

하지만 그들도 끝내 그 생명의 뿌리까지는 파갈 수가 없었던 것. 거목의 뿌리는 애초 그럴 엄두조차 내어볼 수 없었을 터였다.

거목은 그래 죽어서도 아직 거목의 뿌리로 그 자리에 오래오래, 그리고 확고하고 거대하게 썩어가고 있는 것이다.

나는 그 거목의 장엄한 최후 앞에 차라리 묵묵히 입을 다물고 만다. 재웅도 무언지 감회가 새로운지 말없이 내 눈길만 뒤좇는다.

하지만 우리 입을 그토록 무겁게 만든 건 그 거목의 그루터기만이 아니다. 부근에 나뒹구는 밑둥치 토막도 못지않게 우리를 침묵케 만든다.

나는 이제 천천히 그 밑둥치 쪽으로 눈길을 옮겨간다. 그것의 모습은 더욱더 거목답다.

나무의 안쪽은 살아 서 있을 때 이미 다 썩어나가고, 살아 있는 것은 아직 수분과 양분이 통하던 껍질 부분뿐이었던 듯, 썩은 속 부분이 앞뒤로 훤히 뚫려나간 그 둥치의 모양은 마치 옛 전적 터의 들판에 버려진 거대한 포신 같다. 아니면 재웅의 말대로 사람도 능히 지나다닐 만한 도회 공사장의 하수도관 흡사하다. 그 심장을 잃어버린 둥치의 거대한 입벌림. 그리고 그곳을 지나가는 소리 없는 시간의 흐름. 어쩌면 그것은 그 나무의 오랜 생명과 세월이 빠져 달아나간 허무의 시간대로의 통로인지도 모른다.

하지만 그 통로를 지나 달아나간 것이 어찌 그 나무의 생명과 시간뿐이랴. 이쪽 구멍에서 저쪽 구멍을 한동안 가만히 내다보고 있으려니, 나는 문득 나의 삶과 시간을 포함한 이 지상의 모든 것들이 함께 그곳을 지나가고 있는 듯싶어진다.

밤기차 속에서 × 월 × 일

먼저 아내를 찾아가 동행을 해갈까 하다가 곧바로 그냥 광주로 나와서 밤차를 타버리고 나니, 나는 공연히 혼자 너무 쫓겨대고 있는 느낌이다.

인생살이 원래 나그넷길이라던가.

나그네—

하긴 나는 그 말을 꽤나 즐겁게 생각해본 일이 있었다. 그래 어디선가 좋아하는 말마디를 고르라고 했을 때 그 말을 선뜻 골라낸 일까지 있었다.

—그의 삶에는 집착이 없어야 하므로 이 말을 좋아한다. 우리의 삶은 지금 가정과 이웃과 수많은 세속적 욕망에 대한 집착으로 인

해 일정한 모습으로 규격화되어가는 추세에 있다. 그 규격화된 삶 쪽에서 보면 자기 집착의 끈을 끊고 스스로를 해방시켜나가려는 나그네의 그것은 일종 현대적 미아의 삶이 아니랄 수 없을 것이다. 아마도 나는 나 스스로에게서 너무도 그런 집착과 규격화된 삶의 증세들을 느끼기 때문에 오히려 그의 파행적 삶의 순간들을 동경하게 되는지 모른다.

그리고 또 내가 이 말을 좋아하는 것은 그의 삶은 그러므로 오히려 외로운 모험일 수 있기 때문이다. 그가 얻어 누리고 지켜온 것들을 버리고 떠날 수 있는 것은 어쩌면 그의 삶을 새롭게 다시 만나고자 하는 깊은 소망 때문일 수 있을 것이다. 그것은 참으로 그의 삶에 대한 가장 허심탄회하고 용기 있는 구도(求道)의 모험이 아닐 수 없을 터이다.

그러나 무엇보다도 내가 이 나그네라는 말을 좋아하는 것은 그의 삶을 다시 만나고자 하는 피곤한 구도의 모험길에서도 그는 어느 곳에서나 자신의 신전(神殿)을 짓지 않기 때문이다. 그는 애초부터 자신의 신을 위한 신전을 지을 수 없는 사람인 것이다. 그 길에서 수많은 사람들을 만나고 그 사람들의 삶을 만나도 그는 언제나 다시 떠나야 하는 사람이기 때문이다. 수많은 만남과 당도가 있어도 그는 언제나 그 당도와 만남 속에 새로운 떠남을 준비하고 있어야 하기 때문이다. 그는 헤어지기 위해 만나고 다시 떠나기 위해 당도하는 언제나 도중(途中)의 사람이기 때문이다.

어느 곳에나 자신의 신전을 지을 수 없는 대신 자신의 신전을 자신의 등에 짊어지고 다니는 사람의 삶, 어쩌면 그 자신이 차라리 자기 삶의 신전으로 끊임없는 구도의 길을 떠나고 있는 사람— 나는 나그네란 말에는 그런 사람의 허허한 삶의 무게가 연상되기 때문에 이 말을 좋아하는 것 같다.

나그네라는 말을 골라내게 된 그 무렵의 내 연유였다. 말인즉 제법 그럴듯해 보일 수 있을는지 모른다. 하지만 실상은 공연한 객기로 한번 지껄여본 소리일 뿐. 이제는 차라리 그런 객기가 놀랍고 우습다. 글쎄 인생살이가 정말 나그넷길이더래도, 늘상 이토록 쫓기는 길일진대.

다시 서울에서 ×월 ×일

"그동안 누구 찾아온 사람 없었지요?"

"예, 그런 것 같은데요."

밤차를 내린 지 10여 분 남짓— 아파트 현관을 들어서며 상경 인사 겸 경비 아저씨에게 물으니, 경비 조장 김 씨는 우선 그렇게 대답부터 해놓고 뒤늦게 어둠 속으로 사람을 쳐다본다. 하더니 그는 웬일인지 새삼 소스라쳐 놀라며 몸까지 벌떡 일으켜 세운다.

"아니, 이거, 선생님 아니세요? 어떻게 이렇게 ×선생님이?"

"사람을 보고 왜 그렇게 놀라세요?"

어둠도 안 걷힌 이른 새벽녘, 그것도 너무 한참 만에 대하는 얼굴이긴 하지만, 놀라는 정도가 너무 심하다.

"혹시 그사이에 무슨 일이 있었어요?"

나는 아무래도 심상치가 않다 싶어 경비 아저씨에게 재우쳐 묻는다.

하지만 김 씨 아저씨는 제물에 먼저 경비실 문까지 열고 나와서도 금세 대답을 못하고 서 있다. 방금 무슨 유령의 얼굴이라도 마주 보고 있는 듯한 멍청스런 얼굴이다. 하더니 김 씨는 이윽고 표정을 바꾸어 이번에는 거꾸로 내게 무엇을 확인하듯 물어온다.

"그러니까 지금 시골 댁에서 돌아오시는 길이세요?"

"맞아요."

"선생님한텐 아무 일도 없었구요?"

"그러니 이렇게 돌아온 거 아닙니까."

"그럼 혹시 사모님한테는요?"

"여편넨 아직도 시골에 있지만 그새 무슨 일이 생길 일은 없어요."

"알았어요. 그럼 됐습니다. 안심이에요."

혼자 묻고는 혼자 이야기의 결말을 짓는다.

하지만 나는 이제 그대론 집으로 올라가버릴 수가 없다.

"그런데 대체 무슨 일이에요. 말을 좀 해보세요."

말을 하지 않으면 아예 집에조차 올라가지 않을 기세로 김 씨에게 계속 내력을 채근한다.

하니까 이젠 김 씨도 제법 안심이 된 듯 놀란 사연을 털어놓기 시작한다. 그런데 그 김 씨의 사연을 듣고 나니 나는 더욱 어이가 없어진다. 그사이에 또 아파트로 전보가 한 통 왔더란다. 그게 시골에서 내가 죽었다는 전보였댔다. 전보를 받고 나자 김 씨는 몹시 뜻밖이면서도 그간의 사정을 혼자 곰곰 추려나가보았댔다—
×선생은 과연 시골로 가 있다. 그런데 우습게도 자신의 부음을
자기 집으로 보내온 것은 무엇인가. 그는 아마도 부인을 먼저 서
울로 올려 보낸 모양이다. 그런데 그 부인이 도중에서 며칠 길을
지체하는 동안에 본인한테 일이 생기고 만 모양이다…… 그래 김
씨는 여편네의 상경을 목이 빠지게 기다리고 있었단다.

하지만 여편네는 며칠이 지나도록 소식이 감감하여 드디어는
김 씨도 여편네가 다른 데서 소식을 얻게 되었나 보다고 체념을
해가고 있던 참이랬다. 그런데 오늘은 죽었다던 당사자가 나타났
으니 놀라지 않을 사람이 있겠느냐며 다시 한 번 민망스럽게 껄
껄 웃는다.

나는 이제 웃을 수가 없다. 무슨 도깨비장난에라도 홀려든 기분
이다. 나는 내 죽음을 알려왔다는 그 수수께끼의 전보를 찾는다.
하지만 김 씨는 또 그 전보마저 간수를 해두지 못한 모양이다. 경
비실로 들어가 탁자 서랍과 자기 옷주머니들을 한참 부산하게 뒤
지고 난 끝에 다시 한 번 민망스런 웃음을 짓는다.

"이거 참 이상하구먼. 전번 일도 있고 해서 이번엔 다시 돌려보
내지도 않고 어디다가 분명히 간수해둔 것 같은데……"

전보가 없더라도 김 씨는 그 전보의 수신인과 내용만은 자기가
말한 대로가 틀림없다며, 자신의 기억력을 다짐하고 있었다.

그러나 그 김 씨 앞에 나는 더 이상 어쩔 수가 없어진다. 그냥
엘리베이터를 탈 수밖에는 없는 꼴이다.

엘리베이터를 내려 집으로 올라와서도 나는 여전히 정신이 멍멍하다. 이번에는 숫제 자신이 유령이라도 되어 돌아온 기분이다. 육신은 아직 시골에 놔두고 혼령만 혼자 돌아온 느낌이다. 모든 일이 그저 우연한 착오나 실수로 저질러진 일이 아닌 것만 같다. 전번의 전보도 그렇고 이번 것도 그런 것 같다. 그렇다면 나는 그동안 내내 그것에 그토록 쫓기고 있었던 것인가. 아니 어쩌면 스스로 그것을 찾아다니고 있었던 것은 아닌가. 알 수 없는 전보의 수수께끼와 죽음의 비밀을 찾아다닌 일이. 서울에서 시골로, 시골에서 다시 서울까지. 쫓고 쫓기면서 숨바꼭질을 하듯이? 그러다 끝내는 자신이 이렇게 유령이 되어 돌아온 건 아닌가. 그래 사람들은 그것을 알고도 짐짓 그렇게 입들을 다문 것이 아닐까. 그 매형이나 노인네까지도?

그러나 그것은 아무래도 있을 수가 없는 일—

나는 다시 정신을 가다듬는다. 그리고 자신의 실재를 스스로 확인해보듯 시골에서의 마지막을 더듬는다.

—이제 그만 내려가세.

그 샘터께의 고목나무 둥치 앞.

내가 이윽고 재웅이에게 말하고 발길을 서서히 옮기기 시작한다. 재웅이도 이내 그러는 나를 말없이 뒤따라 내려오기 시작한다.

그러자 잠시 후 나는 그 재웅에게 갑자기 생각이 떠오른 일이듯 등뒷소리로 작정을 말한다.

—나 이 길로 한 며칠 서울 좀 다녀올까 보네.

—……

—우리 집 노인한테 말 좀 잘 해주소. 별일 아니니 걱정 마시라고.

　—알았네. 노인네 일은 마음 놓고 갔다오소.

　재웅은 그저 간단히 대꾸한다. 그리고 그길로 길을 떠나던 일—

　하루 전 일이라 모든 게 역력하다. 귀찮게 이것저것 묻지 않고 간단히 입을 다물어주던 그 재웅에 대한 고마움, 두려움 때문에 망설여지면서도 확인해야 할 것은 기어코 확인해버리고 났을 때의 그 후련스러움, 허망스러움, 심지어는 내가 그곳을 다시 쫓겨나고 있는 듯한 절망감까지도 모든 것이 머릿속에 역력히 되살아난다.

　그렇게 어제 시골을 떠나온 것은 다른 사람 아닌 바로 자신이다. 그리고 그건 절대로 유령일 수가 없는 살아 있는 사람의 일이다. 방금 전에 현관 앞에서 김 씨 아저씨를 만난 것도 바로 그런 자신이 아니었던가……

　나는 절대로 유령일 수가 없었다. 나는 그것으로 안심을 하고 싶다.

　하지만 역시 그것만으로는 아직 안심이 되지 않는다. 유령이라도 그쯤 기억력은 가능할 수 있는 일. 아니, 유령일수록 그것들을 더욱 살아 있는 현실로 둔갑시킬지 모른다.

　나는 다시 방법을 찾아본다. 나의 실재를 확인하고 증명받을 방법을.

　그런데 그때.

　나는 참으로 뜻밖의 곳에서 그것을 발견한다.

　느닷없이 전화벨이 신호를 울려온다.

따르릉, 따르릉, 따르릉.

한 번, 두 번, 세 번.

바로 그것이다. 전화를 받으면 그게 증명될 수 있었다. 저쪽은 분명 살아 있는 사람이다. 나는 그의 목소리를 듣는다. 그에게 나의 목소리를 전한다…… 그보다 확실한 방법이 있을 수 있는가.

나는 냉큼 수화기를 들고 싶다. 하지만 역시 아직 그럴 수 없는 일.

나는 간신히 충동을 억누른다. 그 대신 내가 곧 해야 할 일이 생각난다. 지체 없이 편지를 한 통 써야 할 것 같다. 나를 찾는 전화벨 소리에 비로소 그 일이 생각난 것이지만, 그것도 또한 나의 실재를 증명할 좋은 방법이다.

그래 서둘러 편지를 한 통 써 보내도록 하자. 김가에게든지 유가에게든지 편한 대로 누구 한 사람에게만이라도.

나는 비로소 옷을 벗고 욕실로 들어가 손발을 씻는다.

그리고 다시 서재로 돌아와 원고지를 꺼내놓고 편지를 쓰기 시작한다.

— ×가야, 참 오랜만이구나.

서울을 떠난 지도 두 달이 가까운데 이제사 겨우 소식 전하는구나. 이곳저곳 떠돌아다니느라 경황이 없어 그리된 게다……

따르릉, 따르릉.

전화벨이 다시 요란스럽게 울어대기 시작한다.

언제나 그렇듯이 전화질은 참으로 집요하고 끈질기다.

나는 이제 그 소리엔 상관을 하지 않는다.

나는 그냥 소리를 아랑곳하지 않고 편지의 사연을 계속해나간다.

— ×가야, 내게 그런 사정이 있어 이 편지는 아마 서울에서 부치게 하도록 하겠지만, 여긴 지금 겉봉에 씌어졌듯이 대전시 근방의 친구네 농장이다……

(『한국문학』 1982년 4, 5월호)

젖은 속옷

1

입원 치료 한 주일 만에 아버지는 자신의 결심에 따라 다시 병원을 나오고 말았다.

네 시간에 걸친 지루한 인공 신장기 치료를 받고 난 날 저녁녘이었다.

"날 다시 병원으로 데려가지 마라."

집으로 돌아와 자리에 눕고 나서도 아예 말을 잃으신 듯 내내 가쁜 숨길만 가누고 계시던 아버지가 신음 섞인 소리로 겨우 내뱉은 마지막 말씀이었다.

"내 이름 석 자가 쓰인 보험 카드라도 내 눈으로 직접 한번 보기 전에는……"

무슨 미련처럼 아버지는 잠시 후에 다시 그 한마디를 덧붙이시고 나서는 조용히 벽 쪽으로 머리를 돌려 누워버리신 채 다시는 영 말씀이 없으셨다.

하얀 형광불빛 속에 힘 없는 눈길로 아버지의 기미만 살피고 앉아 있던 어머니조차 아버지의 그 한마디엔 대꾸가 없으셨다. 아버지의 말씀에 대한 응답 대신 돌아누우신 당신의 그 남루한 뒷모습만 물끄러미 바라보고 계신 어머니의 눈길 속엔 오히려 어떤 깊은 체념과 원망기만 어려들고 있었다.

— 날 다시 병원으로 데려가지 마라.

아버지의 그 한마디는 나에게도 더없이 야속하고 원망스럽기 그지없는 소리였다. 아버지의 그 한마디는 이를테면 가엾은 어머니와 나를 포함한 이 세상 사람들 전부를 향한 자기 하직의 말 한가지인 셈이었다. 병들어 망가진 신장의 치료를 단념하고 스스로 목숨을 버리고 말겠다는 마지막 결심의 선언 한가지였다.

하긴 아버지로서도 그것이 어쩔 수 없는 노릇이었는지 모른다. 우리는 아직 모르고 있었지만, 아버지의 병은 벌써 몇 년 전부터 증세가 시작된 불치의 고질이랬다. 양쪽 신장이 망가져나가면서 오줌을 제대로 못 누게 되는 병이었다. 아버지는 날이 갈수록 증세가 더해가는 병을 숨긴 채 그냥저냥 약방 매약 정도로 몇 해 동안이나 더 이삿짐 센터의 그 힘든 일을 계속해오신 것이었다. 그러나 한 반년쯤 전부터는 더 이상 증세를 숨길 수 없는 지경이 되고 마셨다. 오줌을 맘대로 못 누는 바람에 온몸이 부석부석 부어오르고 걸음걸이까지 심하게 불편해지셨다. 약방 매약 정도로는 몸을 지탱해갈 수가 없게 되신 것이었다. 어머니가 아버지의 병세를 제대로 알아차리게 되신 것도 그 무렵에서였다. 그리고 그 어머니의 성화에 이끌려 아버지가 내놓고 병원을 찾은 것도 그때가 처음이었다.

하지만 알고 보니 시기가 너무 늦은 다음이었다. 아버지의 증세는 생각보다 훨씬 심각하였다. 오줌을 못 누고 걸음걸이가 불편스런 정도가 아니었다. 콩팥의 기능이 거의 정지된 상태나 다름없었고, 몸속엔 수분과 오줌독이 차올라서 혈압이고 폐고 심장이고 간에 어느 기관 하나 마음을 놓을 수가 없는 지경이 되고 말았다는 거였다.

아버지는 아직도 직장 일 걱정을 떨쳐버리지 못하셨지만, 그런 건 이제 문제 삼을 겨를이 없었다.

"답답하고 딱한 양반…… 그래 세상에 사람 육신이 이 지경이 되도록 자기 몸 안의 병을 이리 몰래 키워오는 경우가 어디 또 있답디까. 사람 목숨 있고 나서 묵고 살 일 걱정 있제……"

아버지의 걱정은 들은 척도 않은 채 어머니는 그길로 곧 아버지를 병원으로 모셔가서 입원 치료를 받으시게 하였다.

그러나 그 병원 치료는 아버지의 병을 아주 낫게 하자는 게 아니었다. 인공 신장기라는 치료 장치로 몸 안에 퍼져 있는 오줌독과 수분을 걸러내고 혈압을 낮추는 일이 우선의 치료 방법이었다. 거기다가 다른 위험한 병발증들을 예방하기 위해 몇 가지 간단한 보조 약제 치료가 행해지는 정도였다. 인공 신장기 치료를 받는 것은 정확히 닷새 만에 한 번씩으로 정해진 일이었다. 음식물과 수분을 아무리 줄여 먹어도 그 닷새째가 되면 아버지의 몸 안에는 더 견딜 수가 없을 만큼 수분과 오줌독이 쌓이기 때문이었다. 그 무렵이 되면 아버지는 거의 얼굴조차 알아볼 수 없을 정도로 온몸이 부어오르고 숨결마저 괴롭게 헐떡거리시게 되었다. 그 닷새째에서 하루라도 더 날짜를 넘기면 목숨마저 위태롭다 하였다.

그러나 그 인공 신장기의 치료 효과는 그런대로 또 대단한 것이었다. 닷새째가 되어 인공 신장기로 피를 한차례 걸러내고 나면 아버지는 마치 거짓말처럼 말짱하게 기력을 되찾아 일어나시곤 하였다. 겨우겨우 목을 축일 정도로 참아내던 물기나 음식물도 신장기 치료를 받고 난 다음의 하루이틀은 그 양을 어느 정도 마음 놓고 취하셨다. 인공 신장기 치료만 계속해나간다면 아버지에겐 아직도 얼마든지 희망이 있어 보였다.

하지만 아버지나 우리 집 형편으로는 그럴 여유가 없었다. 병원비가 너무 비싸기 때문이었다. 인공 신장기 한 번 치료에는 8만 원 정도의 돈이 들었다. 거기다 다른 보조 치료에 입원비까지 합하면 일주일 입원비가 무려 20만 원을 훨씬 넘었다. 어머니가 아무리 애를 쓰고 돌아다니셔도 당신 혼자의 노력으로는 한 달을 버텨내기가 어려운 경비였다.

아버지도 물론 그걸 알고 계셨다.

"의료 보험 카드가 있으면 좋을 텐데……"

어느 날 아버지는 아쉬운 목소리로 어머니에게 말씀하셨다. 병원 의사들도 이미 아버지의 딱한 처지를 알고 있댔다. 그래 어느 곳이고 의료 보험 조합이 있는 회사에 편법을 써서라도 보험 가입을 해오면 병원 쪽으로서도 적당히 편의를 보아줄 길이 있을 법하다고 동정 어린 귀띔을 해온 일이 있다 하였다.

하지만 아버지로선 그런 편의조차 구해볼 곳이 없었다.

아버지가 차를 끌어오신 곳은 면목동 근방의 한 이삿짐센터였다. 하지만 거기도 가망 밖이었다. 찾아가볼 데는 그래도 그곳뿐이라며 의논 끝에 하루는 어머니가 그 회사를 찾아가보았지만, 그곳은 아예 조합 가입에 필요한 규정 인원수가 모자라 가입 신청조차 내볼 수가 없노라더라고, 피곤한 헛걸음질만 하고 오신 것이었다. 사정이 이런 판국에 그렇다고 일을 하신 적도 없는 다른 회사에서 아버지를 위해 규정 위반까지 무릅써가면서 보험 가입을 허락해줄 리는 더더욱 가망이 없는 일이었다. 아버지는 실제로 몇몇 친구분들에게 어머니를 보내어 의논을 해보게 하신 모양이었지만 결과는 뻔한 것이었다. 친구분들 중엔 가끔 시간을 두고 좀 알아보자며 듣기 좋게 어머니를 응대해준 분들이 있었다고도 하지만, 어느 경우건 뒷날에 가서 다시 시원한 소식을 전해오는 사람은 아무도 없었다.

아버지는 내심 실망이 이만저만 크시지 않은 것 같았다.

"젠장헐―, 큰 회사에서 넉넉한 봉급 받다가 떵떵거리고 사는 사람들은 이런 때 보험 혜택까지 받아 치료비를 깎아주는데, 우리네같이 근근한 목구멍 풀칠거리나 쫓아다니며 일자리를 여기저기 떠도는 인간들은 이런 때를 당해서도 보험 카드 한 장 못 만져보게 되어 있는 세상이니……"

세상일에는 도대체 이렇다 저렇다 말씀이 없으시던 아버지가 하루는 그렇게 혼잣소리 푸념을 늘어놓으셨을 정도였다. 그러고도 아버지는 아직 그 보험 카드에 대한 미련을 버리지 못하신 듯 어느 날은 또 마침 조합의 혜택을 받고 있다는 옆자리 환자의 보험 카드를 잠시 빌려다가는 마치 무슨 신기한 요술 문서라도 들여다보듯 한동안 요리 뜯어보고 조리 뜯어보고 하시더니,

"제기랄—, 이걸 잠깐만 빌려 쓸 수가 있대도 될 일이련마는. 글쎄 여기 쓰인 이 이름 석 자가 내 이름자가 못 돼놓으니…… 이름 석 자 따로 지닌 것도 무슨 죄가 되는지……"

부러움과 원망기가 뒤섞인 소리로 부질없는 자탄을 하고 계신 적도 있었다.

그러나 원망과 자탄만으로 일이 해결될 수는 없었다. 얼마 후에 아버지는 결국 퇴원을 결심하고 마셨다. 닷새 만에 한 번씩 다가오는 인공 신장기 치료는 그 뒤로도 물론 끊어버릴 수가 없었지만, 그것은 통원 치료로도 가능한 일이었다. 아버지는 우선 입원비라도 줄이기 위해 통원 치료를 결심하신 것이었다. 하기야 그걸로도 아버지의 치료에는 별달리 큰 지장이 없었다. 닷새 만에 한 번씩 아버지는 어머니의 부축을 받아 병원으로 가서 인공 신장기의 치료를 받고 겸하여 필요한 약품들을 받아 오셨다.

아버지의 병세는 이렇다 할 변고 없이 그냥저냥 한두 달을 넘겨가고 있었다. 그러나 그것도 무한정 계속될 수 있는 일은 아니었다. 병세가 특별히 나빠지는 건 아니었지만, 그렇다고 그게 언제까지 뿌리가 뽑힌다는 한정이 있는 일도 아니었다. 반대로 치료비를 마련해내는 어머니의 요량에는 한도가 있는 일이었다.

아버지는 다시 초조해지기 시작했다. 그리고 다시 자포자기가

되어가셨다. 닷새 만에 한 번씩 인공 신장기를 찾는 것은 아직도 어쩔 수가 없는 일이었지만, 그 밖의 다른 병원 치료엔 날이 갈수록 등한해지셨다. 심장약이나 혈압 강하제 같은 보조 치료제들은 병원 대신 약방을 찾아가서 요량껏 사 먹었다. 때로는 위험스럽기 짝이 없다는 이뇨제까지 함부로 사다 먹곤 막힌 오줌길이 터지기를 조급스럽게 기다리시기도 하였다. 나중에는 인공 신장기 치료 날짜마저 닷새에서 하루를 더 넘겼다가 엿새째에 가서는 사지와 얼굴이 고무풍선처럼 퉁퉁 부어올라갖고 다급하게 병원으로 실려 가신 일까지 생겼다.

그것은 아버지의 어쩔 수 없는 배짱이자 비장한 고집이었다. 그런 데다 이 무렵엔 또 아버지의 그런 비장한 고집을 부추기는 일이 한 가지 더 생겼다. 어떻게 된 일인지 사람 수가 모자라 보험 가입이 어렵던 아버지의 옛 회사에 조합 가입이 서둘러지고 있다는 반가운 소식이 전해져온 것이다. 회사를 못 나가신 지가 두 달이 훨씬 넘고 있었지만, 아버지도 아직은 그 회사 사람으로 되어 있는 턱이어서 일만 잘되면 머지않아 그토록 소망해온 아버지의 보험 카드를 마련하게 되리라는 것이었다.

아버지나 어머니의 기쁨은 더 말할 나위가 없었다. 아버지와 어머니는 그때부터 하루가 1년처럼 그 보험 카드의 소식을 기다렸다. 그런데 한 가지 곤란한 것은 바로 그 보험 카드의 소식이 아버지의 고집을 더욱 요지부동의 것으로 만들어버린 것이었다.

"카드가 나와야 병원을 가더라도 치료다운 치료를 받고 오지."

아버지는 그런 식으로 카드를 손에 쥐게 될 날만을 기다리며 병원 치료를 벼르고 계셨다. 그리고 그게 마치 무슨 좋은 구실거리라도 되는 양 당장에 필요한 병세의 치료엔 갈수록 소홀해져가고 있었다.

하지만 기다리는 카드는 바람처럼 그렇게 쉽지가 않았다. 한 주일이 지나고 두 주일이 지나도 소식이 없었다. 게다가 아버지는 회사 쪽에다 일이 어떻게 되어가는지 사정을 알아보는 것조차도 한사코 반대셨다.

"쓸데없는 짓 말고 꾹 참고 기다리구 있어."

기다리다 못해 한두 차례 회사 쪽 사정을 알아보고 다니는 기미를 알아차리신 아버지가 하루는 어머니를 그렇게 심하게 나무라셨다.

"우리 집 사정 뻔히 알고 있겠다, 그 사람들도 할 만큼은 하고 있을 거 아니냔 말이여. 좋은 소식이 안 생겨서 아직 연락도 못해오고 있는 사람들에게 괜시리……"

마치도 그 소식을 기다리는 걸 핑계 삼아 무언가를 자꾸 미뤄가고 싶기라도 한 것 같은, 어쩌면 그 소식 자체를 몹시 두려워하고 있기라도 한 것 같은 그런 아버지였다.

그리고 그러다가 아버지는 끝내 다시 무서운 고비를 만나고 마셨다.

어느 날 밤 아버지는 잠을 주무시다 말고 갑자기 입과 코로 붉은 피를 잔뜩 토해내시곤 그대로 정신을 잃고 마신 것이었다. 이번에도 그 인공 신장기 치료를 엿새째나 미루고 계시던 날 밤이었다.

아버지가 용케도 다시 정신을 되찾으신 것은 물론 병원 침대에

238

서였다. 이번에는 정신을 잃으신 아버지가 자신의 입원을 반대하실 수가 없었기 때문이었다.

하지만 아버지의 고집이 꺾이신 것은 아예 그렇게 자신의 의식을 놓고 계실 때뿐이었다. 서둘러 다시 인공 신장기 치료를 받고 주사를 맞으며 하루쯤 조용한 안정을 취하고 나자 아버지는 서서히 다시 의식이 돌아오셨다. 그리고 의식이 돌아오자마자 아버지는 이내 자신의 입원을 부질없어하셨다.

"사람 목숨 있고 집 있고 밥 있제……"

어머니가 아무리 안심을 시켜드리려 해도 한사코 고개를 가로젓고 마시는 아버지였다.

"그새 운 좋게 보험 카드라도 나온다면 몰라도, 임자가 이 엄청난 치료비를 어떻게……"

그러다가 꼭 일주일 만에 아버지는 기어코 다시 자신의 고집에 따라 병원을 나오고 마신 것이었다. 더욱이 이번엔 늦어도 일주일을 넘길 수 없다는 그 인공 신장기 치료마저 단념하실 결심을 지니신 채였다.

— 날 다시 병원으로 데려가지 마라.

보험 카드를 손에 쥘 수 없는 한 당신을 다시 병원으로 데려가지 말라는 아버지의 말씀은 그러니까 다음번 인공 신장기 치료가 있어야 할 날까지의 닷새간 한정으로 당신의 목숨을 한정 짓고 마시겠다는 무서운 결심의 선언인 셈이었다.

나는 어렴풋이나마 그런 아버지의 심중을 알 것 같았다. 그동안 아버지의 치료비를 꾸려대온 어머니의 능력은 이제 거의 바닥이 드러나고 있었다. 게다가 아버지의 고집을 달래기에 지친 어머니의 표정도 이젠 아예 탈진 상태에 이르고 있었다. 자신의 이름 석자를 그토록 보고 싶어 하신 보험 카드는 소식이 전혀 깜깜하였고, 이젠 병문을 찾아오던 친척이나 친구분들도 얼굴을 거의 볼 수 없었다.

아버지의 심사는 막판의 절망기에 빠져드신 것이었다.

하지만 그렇더라도 아버지의 말씀은 어머니나 나에게 매정하고 원망스럽게 들리지 않을 수 없었다. 그만큼 아버지에게는 내게 아직도 모를 대목이 많으신 것이었다. 아버지는 어째서 그토록 자신의 병세에 게늑장을 피우고 계시는 것인가. 전세방을 줄여서라도 치료비부터 충당해나가자는 어머니의 말씀엔 무엇 때문에 그토록 화부터 내곤 하시는가. 그리고 그토록 기다리시는 보험 카드의 소식은 알아볼 엄두조차 못 내게 하시는가. 그리고 도대체 어머니더러는 무얼 어떻게 하시라는 말씀인가…… 그런 데까지는 아무래도 속을 알 수가 없는 아버지였다. 속을 알 수 없으니 아버지의 말씀은 더욱 비정하고 원망스러울 수밖에 없었다. 도대체 이런 지경속에서 어머니는 이제 무얼 어떻게 해야 한단 말인가—

2

오늘도 보험 카드는 소식이 없을 모양이다. 그러니까 오늘로 병원을 나온 지가 만 닷새째가 되는 건가— 못 견디게 숨이 차오른

다. 눈앞까지 뿌옇게 흐려오기 시작한다. 이런 증세도 벌써 이틀
째가 되고 있다. 요독이 차오르면 시력부터 떨어지는 것이 요즘의
증세다. 마지막 고비는 이제 잘해야 이틀 정도뿐, 이젠 차라리 마
음이나 편하게 먹어두도록 하자. 아내에게도 누구에게도 어차피
빚을 모두 갚고 갈 수는 없는 일. 그간에 지녀온 이런저런 희망이
나 원망거리들을 말끔히 지우고 혼자 마음으로나마 따뜻하고 허심
탄회한 감사를 지녀두도록 노력하자.

하기야 그간의 일들을 곰곰 되돌아보면 내겐 참으로 부질없는
원망도 많았고, 헛된 희망도 많았던 게 사실이다. 뭐니 뭐니 해도
내 첫번째 원망은 물론 내 육신에 스며들어온 이 몹쓸 병마에 대한
것이었다.

증세가 처음 시작된 것은 3년쯤 전이었다. 아침저녁이면 까닭 없
이 얼굴과 사지가 부어오르고 발목께가 특히 저릿저릿 저려왔다.
병원을 처음 찾아간 것은 요변 시마다 늘 하복부에 시원찮은 기분
을 느끼기 시작했을 무렵이었다. 병원에선 금세 신장의 이상을 집
어냈다. 그러나 나는 병원의 치료를 받을 수가 없었다. 이곳저곳
이삿짐센터의 임시 고용직 운전사 노릇으로 일자리를 떠돌아다니
는 처지로는 병원 치료가 당치도 않았다. 병원 치료는커녕 병을 드
러내놓고 말할 수도 없었다. 회사에선 회사에서대로 집에서는 집에
서대로 그냥저냥 병을 숨긴 채 약방 매약으로 증세를 견뎌나갔다.
병이 시작된 특별한 계기를 몰랐듯이 언젠가는 또 그냥저냥 나도
모르게 증세가 사라져줄지도 모른다는 턱없는 기대 속에.

하지만 내게 그런 요행수가 찾아올 리 만무였다. 3년 가까운 세

월 동안 내 몸속에서 병은 마음 놓고 착실히 자라온 셈이었다. 그리고 어느 날 기어코 일이 벌어지고 말았다. 새 일자리를 얻어간 회사의 차를 몰고 나갔다가 어느 집 이삿짐의 값진 거울짝을 거덜내고 만 것이다. 크고 무거운 자개 경대 거울을 조심스럽게 들어올리려다 어느 순간 그만 의식이 깜박 가버렸던 것이다. 나는 더 이상 병을 숨길 수 없게 되었고, 그 사고를 고비로 몸뚱어리 구석구석에선 숨겨온 증세들이 봇물 터지듯 쏟아져 나왔다.

나는 결국 아내의 성화에 못 이겨 병원엘 끌려가게 되었고, 그때부터 저 인공 신장기의 신세를 지기 시작했다.

—어째서 내게 하필 이런 병마가 끼어들어 왔단 말인가. 내가 도대체 누구 못할 일 한번 해본 일이 있길래……

—하느님도 내 처지를 아신다면 설마 이대론 사람을 잡으려드시지 않겠지.

원망은 희망을 낳고 희망은 다시 무서운 절망과 저주를 낳았다. 처음 병이 알려졌을 때 자주 찾아와 걱정을 해주던 친지들에 대한 고마움, 언감생심, 마음조차 먹어볼 수 없던 보험 카드를 만들어보겠다던 회사 사람들에 대한 고마움과 그에 대한 남모를 염원. 하지만 그 모든 고마움과 염원과 희망들은 오히려 견딜 수 없는 절망과 원망거리로 바뀌어가곤 하였다. 발길이 차츰 뜸해지다 소식마저 아예 끊겨버린 면면들. 기다려도 기다려도 끝내 깜깜무소식인 그놈의 보험 카드— 원망이 덜했을 땐 그래도 아직 혼자서 자신을 부추겨보기도 하였다. 자신이 외롭고 절망스러워지면 그럴수록 더 남루한 아내와 철부지 자식놈을 생각하며 끝까지 자신을 잃어선 안 된다고 마음을 새삼 단단히 추슬러먹기도 하였다.

하지만 그것도 아직은 원망이 그만저만했을 때였다. 나는 오래지 않아 다시 어떤 이름 지을 수 없는 원망과 저주와 절망기에 빠져들며 스스로 자포자기가 되어버리곤 하였다. 자신과 주위의 모든 것이 못 견디게 짜증스럽고, 심지어는 애꿎은 아내의 지치고 남루한 몰골마저 참아 넘길 수가 없을 정도가 되었다.

그런 중에도 아직 끝까지 놓아버리고 싶지 않은 것이 있었다면, 그것은 바로 그 보험 카드에 대한 가느다란 희망이었다. 보험 카드의 소식을 기다리는 내 간절한 마음은 마침내 어떤 커다란 두려움 같은 것이 되어가고 있었다. 솔직하게 말하자면 나로서도 언제부턴가 일이 이미 그른 것을 짐작하고 있었다.

하지만 나는 내 귀로 직접 그 소식을 듣고 싶지 않았다. 마지막 희망을 잃고 싶지가 않았다. 그래 아내에게마저 회사 쪽으로 소식을 물으러 가지 못하게 한 것이었다. 하지만 그 숱한 원망이나 희망거리도 이제는 모두 지나간 일. 이제는 그런 부질없는 희망이나 원망 대신 따뜻한 감사를 가슴에 지녀두자. 그리고 그냥 그대로 고비를 넘겨가도록 하자. 행여 아직도 내게 보험 카드에 대한 미련이 남아 있다 해도 그것은 그저 내 이름 석 자로 되어 있는 것을 한번 보고 싶다뿐, 그것으로 정작 내 병세를 회복해보겠다는 소망에서는 아니다. 마지막으로 병원을 나올 때 이미 작정한 일이지만, 이번에는 정말로 이대로 가는 거다. 그게 아마도 내가 아내에게 지녀 보일 수 있는 마지막 감사의 도리일 것이다. 초라한 아내와 아직 초등학교 5학년밖에 안 되는 어린 자식놈을 위해 작은 전세방 돈만이라도 **빼어** 쓰지 않고 가는 것. 그게 내가 남을 사람들을 위해 하고 갈 수 있는 마지막 사랑의 미사일 것이다. 아내가 아무리 성화를 내더라도, 내게 찾아올 심신의 고통이 아무리 크고 괴로운 것이더라도.

나는 다시 한 번 자신의 마음을 굳게 다진다.

하지만 그렇게 다시 마음을 다지고 나서도 나는 아직 안심이 안된다. 내가 또 전번처럼 정신을 놓아버리게 된다면 그런 때가 문제였다. 아무래도 아내에게 한번 더 다짐을 주어놓아야 할 것 같다. 그것도 아직 말을 할 수 있을 만큼은 숨결이 고를 때, 그리고 아직 아내의 모습이라도 알아볼 수 있을 만큼 시력이 남아 있을 때.

저녁 어둠이 짙어가는지 그러지 않아도 눈앞이 점점 더 깜깜해오는 것 같다.

—여보.

나는 한 번 더 마음을 다지고 나서 부엌 쪽을 향해 아내를 부른다.

그런데 참 이상스런 일이다. 내가 그렇게 아내를 부른 순간, 눈앞에 이상한 숫자열 같은 것이 무슨 영사 필름 토막처럼 자르륵 소리를 내고 지나간다. 그리고 내 입술은 '여보' 소리 대신 그 영사 필름의 숫자열을 저 혼자 소리 내어 따라 읽어간다.

"일이삼사오륙……"

귀에 들려오는 내 목소리도 분명히 그 숫자열의 순서다.

나는 금세 내 뇌수와 신경 조직의 이상을 직감한다. 그리고 다시 '여보' 소리로 아내를 불러본다. 이번에도 그 엉뚱한 숫자열만 눈앞에 부침한다. 그리고 입술은 이미 내 의지의 지배를 벗어나

제멋대로 혼자 숫자열을 좇아간다.

아내가 무슨 기척을 느꼈던지 부엌에서 문을 열고 들어온다.

"여보, 당신 지금 뭐라고 날 불렀어요?"

나는 그 소리 쪽으로 시선을 돌려 아내를 보려 한다.

그러나 고개가 이미 말을 듣지 않는다.

—그래, 당신을 불렀어.

고갯짓을 단념하고는 나는 그냥 말대답을 하려 한다. 그런데 이번에는 또 엉뚱하게 전날 나다니던 이삿짐센터의 사무실 정경이 눈앞을 지나간다. 그리고 일거리 주문을 받기 위해 설치해놓은 2424번의 전화기 벨소리가 귀청을 울려온다.

"따르릉 따르릉…… 이사이사……"

입술이 또 저 혼자 지껄인다.

"아니, 당신 지금 뭐라고 하셨어요. 무슨 전화 말씀이세요?"

아내의 목소리가 좀더 가까이에서 귀청을 울려온다.

—아니, 그 말이 아니야, 입이 자꾸 말을 안 들어……

이번에는 갑자기 전화 당번 아이넌이 내 이름으로 된 보험 카드를 코앞으로 내밀며 생글생글 웃고 있다.

"보험 카드…… 보험 카드…… 내 꺼, 내 이름……"

3

김 기사 부인이란 여자의 전화를 받고 나자 나는 오늘도 우선 짜증부터 치솟았다. 영락없이 또 그 젖은 속옷을 입고 있는 것 같은 찜찜한 기분이 되고 말았다.

아침에 사무실 문을 들어서자마자 그 여자의 전화가 나를 찾았다.

"사장님, 매번 이렇게 전화로 죄송합니다. 하지만 오늘은 우리 애 아빠의 일이 정말 위급해서요."

이 몇 달 동안 수없이 들어온 여자의 목소리였다. 게다가 오늘 아침엔 그 음색이 더욱 초조하고 조급해져 있었다.

"애 아빠가 간밤부터 정신을 잃고 있어요. 자꾸 알아들을 수 없는 헛소리를 지껄여대고 말씀이에요. 눈도 보이지가 않는 것 같아요. 오늘을 넘기면 정말 애 아빠가 위험할 것 같아요. 어제가 투석기 치료를 받아야 하는 날이었는데, 병원을 그만 못 가고 말았거든요……"

여자는 단숨에 남편의 용태를 주워섬기고 나선 앞뒤 없이 무턱대고 매달려오고 있었다.

"보험 카드는 아직도 소식이 없는가요? 어떻게 무슨 방도가 없을까요? 제발 저희 애 아빨 좀 살려주세요, 사장님, 제발……"

그러나 여자가 그렇게 초조하게 떠들어대고 있는 동안 나는 언제나처럼 할 말이 없었다. 그리고 역시 언제나처럼 여자가 그 '어떻게 무슨 방도가 없을까요'를 몇 차례나 더 되풀이한 끝에 제풀에 그만 지쳐나는 기미를 보이기 시작했을 때에야 겨우,

"글쎄요…… 저한테라고 무슨 뾰족한 수가 있을라구요. 하지만 너무 상심은 마십시오. 미구에 무슨 좋은 소식이 있겠지요."

가타부타 정확한 뜻을 새겨들을 수 없는 소리로 우선 전화를

끊고 말았다. 젖은 속옷이 점점 더 축축하게 젖어들어오는 느낌
이었다.

짜증이 안 날 수가 없는 일이었다.

따지고 보면 참으로 엉뚱한 시달림이었다. 딱한 처지를 전혀 모
르는 바는 아니었지만, 김 기사로 말하면 그로서는 실상 우리 회
사에 대해 어떤 주문이나 주장을 내세울 수 있는 사람이 아니었다.
그가 우리 회사에서 일을 한 것은 기껏해야 한 달 남짓한 기간뿐이
었다. 그것도 임시 고용의 스페어 운전사 자격으로서였다. 일정한
곳에서 일을 해온 경력이 부족한 데다 건강도 그리 좋아 보이는 편
이 아니어서 한 달 정도의 수습 기간을 두고 그동안이라도 우선 함
께 지내보는 게 어떻겠느냐는 제안에 김 기사 쪽도 별반 이의의 기
미가 없었기 때문이었다. 그런데 처음 예상했던 대로 그 수습 기간
이라는 한 달조차 채 다하기 전에 김 기사는 그만 회사 쪽에 무거
운 피해를 입히는 사고를 저지르고 나섰다. 그리고 그것으로 더 이
상 일을 감당해나갈 수 없는 딱한 건강 상태가 드러나고 말았다.

무어 따로 해고 절차 같은 것을 취하고 말 것도 없었다. 그가 회
사 쪽에다 무얼 요구하거나 주장할 건덕지는 더더구나 없었다.

젖은 속옷을 입을 사람이 있다면 그건 바로 김 기사 그 사람이었
다. 그리고 그것은 김 기사 자신이 자신의 처지로 입게 된 옷이었
다. 내 쪽의 잘못이나 책임은 없었다. 그야 그의 처지를 생각해서
무슨 도움을 줄 수 있다면 나쁠 것도 없겠지만, 사정이 못 되어 그
리 못한대도 나까지 속살을 척척해할 이유는 없었다. 젖은 속옷을
말려야 할 일은 어디까지나 김 기사 자신의 책임이었다. 처지가

아무리 어렵다 하더라도, 어떤 사람들은 때로 자기 몸으로 입은 채 속옷을 말리는 경우도 허다한 것이다. 내가 시달림을 당할 일이 아니었다. 나는 처음부터 마음을 편하게 가지려 하였다. 하지만 일은 그렇게 돌아가주질 않았다.

짜증스런 일은 정작 다음부터였다.

김 기사가 회사를 나오지 않게 된 지 보름쯤 지난 뒤였다. 하루는 김 기사의 부인이라는 여자가 불쑥 회사를 찾아왔다. 그렇게 회사엘 찾아와 하는 소리가 우리한테 혹시 의료 보험 조합이 없느냐는 것이었다. 답답한 사정을 줄줄이 늘어놓고 나서, 염치없는 일이지만, 회사에 그런 조합이 있다면 혜택을 좀 받고 싶다는 것이었다. 딱한 이야기가 아닐 수 없었다. 여자가 더욱더 딱해 보인 것은 김 기사가 제법 오랫동안 우리 회사에서 일을 해온 줄로 알고 있는 점이었다. 게다가 여자는 우리 회사의 규모나 영업 실력에 자기 남편의 회사 안 직위까지를 모두 사실 이상으로 확신하고 있는 낌새였다. 김 기사가 아마 집안에서 자기 체면을 그런 식으로 꾸려온 것 같았다.

하지만 그런 건 어쨌거나 그리 문젯거리가 아니었다. 무엇보다도 우리 회사는 아직 보험 조합 가입이 안 되어 있었다. 뜻이 없어서라기보다 규정 요건 미달이었다. 그때까지만 해도 의료 보험 조합 가입 요건은 회사별 재직 인원 15인 이상이었다. 우리 회사는 아직 전화 당번 아이까지 합해도 종업원 열세 명에 불과한 처지였다.

그러나 일은 그것으로도 아직 다 모면될 수가 없었다. 일이 묘하게 되느라고 그 무렵에 마침 회사별 보험 조합 가입 요건이 바꿔었다. 회사별 재직 인원 15인 이상에서 5인 이상까지 머릿수가 완화된 것이다.

하지만 우리는 아직도 미적미적 조합 가입의 의사를 정하지 않고 있었다. 보험료 3퍼센트분 중의 회사 측 납부 책임분 1.5퍼센트가 과외의 지출을 초래하기 때문이었다. 하물며 이미 회사를 그만둔 김 기사를 위해 조합 가입을 서두를 이유는 없었다.

그런데 그 무렵, 어떻게 알았던지 김 기사의 부인이 다시 회사를 찾아왔다. 그리고 다시 애소를 해왔다. 그러나 나는 아직도 마음이 냉큼 내켜올 수가 없었다.

그런데 여자의 호소는 엉뚱하게도 나 대신 우리 회사의 다른 사람들의 마음을 움직여버렸다. 김 기사네의 딱한 처지를 보고 직원들은 서로들 자신의 처지를 되돌아보게 된 것이었다. 이번에는 그 회사 사람들이 조합 가입을 앞장서 서두르고 나섰다. 회사 사정이 좀더 착실해진 다음에 기회를 보는 게 어떻겠느냐는 설득도 소용이 없었다. 재물이란 많고 적음에 상관없이 쓸 데다 쓰는 데에서 진짜 재물 값이 나타나는 법이랬다. 그저 모아들일 목적으로 모으는 재물이란 백년 천년이 가도 쓰일 날이 전혀 없는 한갓 헛된 쓰레기에 불과할 뿐이라며, 크게 모아서 크게 쓰겠다는 사람들 그 재물 모으는 일 끝나는 날 못 봤다고, 완강하게들 말 주장을 펴왔다.

하고 보니 싫으나 좋으나 나로서도 더 이상은 일을 미루고만 있을 수가 없었다. 나는 결국 반 울며 겨자 먹기 식으로, 거기다 그 김 기사까지를 껴묻혀 들여서 조합 가입 절차를 밟아 나서기에 이르렀다. 회사와는 이미 관계가 끊어진 처지인 데다 엉뚱한 보험료까지 회사에서 대신 뒤집어쓰게 될 공산이 큰 판이라, 김 기사의 경우는 이때도 물론 그 불법성을 내세워 고려 바깥으로 치워버리고 싶기도 했지만, 먼저 사단을 끌어들인 것이 워낙 그쪽이고 보니, 일이 거기까지 되어진 마당에선 다른 사람들 눈길 탓에서도 그를 간단히 외면해버릴 수가 없었던 것이다.

하지만 다시 말하거니와, 그 의료 보험 조합이 나의 참 바람일 수는 없었다. 뿐더러 진심에서 바라는 일도 아니고 보면, 가입 승인을 서두르거나 재촉해댈 건덕지도 없었다. 어느 편이냐 하면, 나는 될수록 일을 지지부진 끌어대려는 쪽이었다. 될 수만 있는 일이라면 어디선가 새로운 결격 사유가 드러나 조합 가입이 아예 좌절되어버리기를 바랐을는지도 모른다.

하지만 김 기사의 부인의 처지는 그게 아니었다. 일이 시작된 것을 알고부터는 하루가 멀다 하고 하회를 물어왔다. 전화를 걸어오기도 하고 회사로 직접 찾아오기도 하였다. 그럴수록 나는 짜증이 심해질 수밖에 없었다. 사무 절차가 끝나서 정작 가입 승인이 난 다음이라도 실제 혜택은 받게 하고 싶지 않았을 정도였다.

— 도대체 내가 이토록 시달릴 게 뭐란 말인가. 내가 그에게 무슨 빚을 졌길래. 게다가 그의 경우로 말하면 어디까지나 그것은 사회 정의까지 역행하는 불법적 처사인 터에……

오늘도 나는 여자의 전화를 받고 나자 그런 짜증과 심술기부터 치솟았다. 그래 짐짓 여느 때대로 그냥 애매한 대꾸로 우선 전화부터 끊게 한 것이었다. 게다가 오늘은 또 다른 날과도 달리 사정이 훨씬 난처한 데가 있었다.

사실을 말하자면 나는 이미 나의 캐비닛 속에 보험 카드를 받아 놓고 있었다. 이틀 전엔가 이미 관할 조합으로부터 우리 회사의 보험 가입 승인이 통보되어온 것이다. 그리고 그 통보를 받자마자 전화 당번 아이 미숙이 년이 공연히 제풀에 신이 나서 그길로 곧 조합으로 달려가 카드들을 몽땅 다 찾아다 놓은 것이다.

하지만 나는 당장에 그 카드들을 직원들에게 나눠주고 싶지가 않았다. 별반 이렇다 할 이유는 없었지만, 왠지 그것을 냉큼 나눠 줘버리기가 공연히 망설여졌다. 카드를 나눠주는 일이 무슨 엉뚱한 손재수라도 불러들이는 일처럼 두려웠다.

나는 카드들을 캐비닛 속에 깊숙이 숨겨두고 미숙이 년에겐 그런 사실을 입에 담는 것조차 엄하게 금해두고 있었다. 그리고 공연히 보험 가입 절차 같은 데에 뒤늦은 하자라도 드러나주기를 마음속으로 은근히 기다리고 있었다.

하고 보니 그 김 기사 부인의 전화질은 오늘따라 나를 더욱 짜증스럽고 난처하게 만들지 않을 수 없었다. 게다가 오늘은 그 미숙이 년마저 전혀 조심성이 없이 냉큼 전화를 바꿔온 것이었다.

"김 기사네 쪽 전화는 눈치 보아서 가급적 내게까지 바꿔오는 일이 없도록."

여자와의 통화가 끝났을 때마다 년에게 매번 당부해온 소리였다. 미숙이 년도 아예 사세부득한 경우를 제외하고는 대개 나의 당부를 명념하고 있었다. 요령 있게 중간에서 전화를 따돌려버리기 일쑤였다.

그런데 오늘따라 그 미숙이 년마저 전혀 조심성이 없었다. 혹은 년이 짐짓 시치미를 떼고 한 짓인지도 모를 일이었다. 년에게도 누군가 집안에 줄곧 자리에만 누워 지내는 사람이 있다던가. 그래 그놈의 카드들을 캐비닛 속에 숨겨두고 있는 나를 일부러 골탕 먹이고 싶어진 것인가. 여자와의 통화가 끊어지고 나서도 내내 자리에만 붙어 앉아 흘끔흘끔 내 쪽의 눈치를 살피고 있는 년의 표정이 아무래도 심상치가 않아 보였다. 그 눈길에 은밀한 질책과 원망기 같은 것이 숨어 있는 것 같아 보였다.

여자의 전화를 받은 지 한 시간쯤 만에 나는 결국 자리를 일어섰다. 그리고 캐비닛 속에서 김 기사의 카드를 주머니에 찾아 넣고 김 기사네 집을 향해 회사를 나섰다. 김 기사의 딱한 사정도 사정이지만, 기왕지사 카드까지 만들어놓은 마당에 그게 비록 부정이거나 말거나 더 이상 미숙이 년의 눈길을 견디고 앉아 있을 수가 없었다. 녀석의 그런 눈길이 이상하게 자꾸만 내 육신을 젖은 속옷으로 축축하게 감싸오는 것 같았기 때문이다.

"사장님이 직접 가보시려구요? 그러심 제게 집 약도를 받아놓은 게 있는데요. 전에 김 기사님 사모님이 회사에 오셨을 때 혹시나 하는 생각이 들어서 말씀예요."

미숙이 년은 아닌 게 아니라 그동안 내내 내 쪽의 기미만 살피고 있었던 듯 제물에 금방 안색이 환하게 밝아졌다. 그리고 묻지도 않은 김 기사네 셋방 약도까지 친절하게 건네주는 것이었다.

나는 말없이 그 약도를 받아들고 회사를 나섰다. 하지만 아직도 뭐 김 기사네의 사정을 위해서만은 아니었다. 기왕지사 카드를 쓰게 할 양이면 직접 찾아가 내 손으로 전하는 편이 생색도 더할 게고, 그보다는 또 그쪽 사정을 한번 내 눈으로 직접 보아두는 것이 뒷일을 위해 좋을 듯싶어서였다.

하지만 막상 약도조차도 별 도움이 안 될 만큼 구불구불 길고 좁은 골목길 끝에 숨어 앉은 김 기사네의 초라한 셋방을 찾아들었을 때는 그런저런 내 속요량들도 모두 부질없는 물거품이 되고 말았다. 김 기사네의 처지가 너무나 딱하고 비참스러워 보였기 때문이다. 비좁고 누추한 셋방 처지는 문제도 안 되었다. 나를 놀라게 한 것은 비참스러운 환자의 몰골과 심각한 용태였다. 김 기사는 원래의 모습을 알아볼 수 없을 만큼 얼굴이 온통 무섭게 부어올라 있었고, 그와 반대로 하반신 쪽은 뼈만 앙상하게 메말라들어 있었다. 눈을 자주 깜박이고 있었지만, 시력은 이미 사람의 형체조차 알아보지 못하는 것 같았고, 거기다 입으로는 무슨 알아들을 수도 없는 소리들을 쉴 새 없이 중얼대고 있었다.

"전화 따르릉…… 하나 둘 셋, 하나 둘 셋…… 카드…… 일이 삼사오륙, 보험 카드……"

"여보, 사장님이 오셨어요. 당신 회사 사장님 말씀예요. ……보세요 여보, 이분이 누구신지, 당신 사장님을 알아보시겠어요……"

여자가 아무리 남편의 의식을 일깨워보려 해도 소용이 없었다. 나는 아예 아무런 말도 입에 담을 수가 없었다. 다만 그 몸속의 속옷이 갈수록 축축이 젖어들고 있는 느낌뿐이었다. 그것은 이제 분명 김 기사의 속옷만은 아닌 것 같았다. 그리고 그 김 기사는 이제 자신의 몸으로 옷을 말릴 만한 체온이 한 방울도 남아 있지 않은 사람의 몰골이었다. 그것은 이제 김 기사와 누군가가 함께 체온을 합해 말려내야 하는 어떤 공동의 옷인 것 같았다. 그 젖은 속옷의 축축한 습기가 이젠 그토록 역력한 느낌으로 내게 실감되어오고 있었다. 하지만 나는 여전히 할 말이 없었다. 여자도 이젠 그만 입을 다물어버리고 있었다. 그리고 이제는 설움을 적셔낼 눈물조차 다한 듯 메마른 눈길로 한동안 조용히 남편의 모습만 지켜보고 있었다. 하더니 그녀는 다시 무슨 생각이 들었는지, 새삼 나지막이 가라앉은 목소리로 뒤늦은 인사말을 건네왔다.

"사장님, 정말 감사합니다. 사장님 이 은혜를 어떻게 보답해야 할지 알 길이……"

하지만 여자의 그 엉뚱스런 인사말도 그리 오래는 계속되질 못했다. 여자는 이내 다시 목이 메고 말았다.

나는 여전히 할 말이 없었다. 내가 김 기사와 그 아내 앞에 무슨 감사받을 일이 있었단 말인가. 내가 이들에게 무슨 은혜를 베풀었더란 말인가. 혼자 멍청스레 머릿속을 헤집고 서 있었을 뿐이었다. 그리고 그러다가 문득 어떤 변명의 구실거리라도 찾아내듯 서둘러 양복 속주머니 속에서 그 김 기사의 보험 카드를 꺼내들었다. 김 기사의 용태로 보아선 이제 그것도 거의 소용이 없을 것 같기는 하였다. 하지만 나는 그것이 소용이 되거나 말거나, 또는 그것이 어떤 불법적인 것이거나 말거나, 그것으로밖에는 그 여자 앞에 할 수 있는 말이 없었다. 그리고 그것은 어떻거나 내가 해야 할 말이었다.

"마침 오늘 이 카드가 나오긴 했습니다마는…… 이게 아직도 소용이 될 수 있다면 다행이겠는데……"

나는 더듬더듬 입속 소리로 말하고는 그것을 여자의 앞으로 내밀었다. 한데 여자는 또 어찌 된 일인지 그것을 이내 받아들려고 하질 않고 있었다.

내 말뜻을 알아듣지 못한 사람처럼, 아니면 그것이 아직도 무엇인지를 알아보지 못한 사람처럼, 그것을 그저 물끄러미 응시하고 서 있을 뿐이었다. 그토록 기다려왔고, 내게는 또 무엇을 그토록 감사해하고 있었는지를 자신도 전혀 알 수 없는 것처럼. 혹은 또 어쩌면 그것을 받아들기가 무척이나 아깝고 겁이 나는 사람처럼. 어찌 보면 차라리 허탈기가 밴 듯한 멍청한 눈길로 그렇게 가만히 눈앞의 카드를 지켜보고만 있었다.

카드를 받아간 것은 그러니까 여자가 아닌 그의 아들아이였다. 학교조차 나갈 엄두가 안 났던지, 아이는 아까부터 무슨 쓰레기 자루처럼 방 한구석에 쑤셔박혀 앉아 조용조용 혼자 코를 훌쩍거리고 있었다. 그러면서도 한쪽으로는 계속 어른들의 기미를 살피고 있는 눈치였다. 하더니 그 아이가 어느새 먹이를 찾아낸 솔개처럼 재빠른 동작으로 몸을 날려와서는 나로부터 카드를 덮쳐간 것이었다. 그리고는 그것을 그 눈도 보이지 않는 아버지 앞에 들이대 보이며 애가 타는 목소리로 울부짖고 있었다.

"아빠, 여기 아빠 카드가 나왔어. 여기 좀 봐, 여기 이거 보여? 여기 이렇게 아빠 이름으로 된 치료 카드가 생겼단 말이야……"

"카드…… 카드? 전화…… 하나 둘 셋…… 보험 카드……"

환자는 그러나 여전히 의식이 혼란스러웠다. 아이의 말을 알아

들었는지 어쨌는지 그 카드란 소리를 유독 여러 번 외워대고 있었
지만, 그럴수록 그의 요량 모를 지껄임은 어린 아들 녀석의 심사
만 더욱 안타깝게 하고 있었다.

"그래, 아빠도 이젠 살아나게 될 거야…… 병원도 이젠 맘 놓고
가게 되구. 여기 이렇게 아빠의 이름이 똑똑히 씌어져 있는 카드
가 있잖아. 응, 아빠! 이 카드를 좀 보란 말이야……"

(1982)

노거목과의 대화

1

강남구 삼성동의 삼릉(三陵) 일대에는 서울에서 흔치 않은 넓은 능역의 수림 지대가 펼쳐져 있다. 그리고 그 수림대의 남쪽 옛 능관의 집(으로 보이는) 뒤꼍 언덕배기에는 수령 3백여 년을 헤아리는 거대한 은행나무 한 그루가 하늘을 찌를 듯 우람하게 솟아 있다. 아니, 우람하고 거대하다기보다는 사람들이 도끼질로 밑둥을 절반가량이나 잘라놓아서, 아래쪽 그루터기가 자신의 잘린 나무 둥치를 떠이고 서 있는 것 같은, 참연하면서도 외경스러운 모습을 하고 있다. 그러면서도 해마다 봄이 되면 그 위쪽의 둥치에서 새 가지와 무성한 잎들을 쏟아 내놓는 것이 무슨 생명력의 합창이나 절규와도 같은 우렁찬 무엇을 느끼게 하곤 하였다.

나는 이쪽 동네로 이사를 들어온 10년쯤 전부터 봄이 되면 몇 차례씩 이 은행나무를 찾아 그의 봄을 보고 가는 것이 버릇이 되어 있었다. 올해도 나는 그 수림 너머의 언덕배기로 거목의 봄을 몇 차례나 보러 갔다. 그리고 거기서 나는 뜻하지 않게도 우리의 생명과 구원에 관한 유현(幽玄)한 나무의 이야기를 듣게 되었다.

올해 내가 거목을 찾아간 것은 봄볕이 한창 여물기 시작한 4월 중순께의 어느 날 오후였다. 다른 해도 마찬가지였지만, 이 늙고 상처 입은 은행나무가 푸른 잎새를 돋아내기 시작한 것은 다른 낙엽수들보다 보름가량이 늦은 4월 초순 무렵부터였기 때문이다. 그리고 다시 보름쯤이 지나야 가지에선 비로소 봄다운 봄기운이 어우러지기 때문이었다.

나는 이날도 예년처럼 호주머니에 두 홉들이 소주 한 병을 사 지니고 나무를 찾아갔다. 노거목은 예상대로 바야흐로 한창 새싹을 돋아 올리며 우렁찬 한 해의 삶을 준비하고 있었다.

나는 그 나무 밑둥에 기대어 앉아 가지고 간 소주병을 천천히 비워갔다. 그리고 나서는 팔베개를 하고서 알알한 기분 속에 나무 밑 풀밭 위로 몸을 뻗고 누웠다. 팔베개를 하고 누운 내 알알한 눈시울 위로 거목의 가지가 하늘을 높이 가려왔다. 생명의 봄색이 어우러져가고 있는 거목의 가지들이 영원의 시간대를 향해 뻗어 올라가듯 하늘로 끝없이 치솟아 올라가고 있었다. 그리고 그 드높은 하늘과 나뭇가지들의 대화이듯 우우우우 유원한 바람 소리가 그 위를 스쳐가고 있었다.

─아아, 올해도 이 늙은 나무엔 새봄이 찾아오고 이토록 우렁찬

생명의 약동이 시작되고 있건마는, 그리고 이토록 무성한 생명력으로 저 영원의 시간대를 향한 힘찬 발돋음을 되풀이하고 있건마는……

언제나처럼 나는 비로소 몸이 땅속으로 가라앉아 들어가는 듯한 무거운 절망감에 젖어들기 시작했다.

그런데 그런 절망의 시간이 얼마 동안이나 흐른 다음이었을까. 몸에 배어든 술기 탓인지, 아니면 따스한 봄볕의 어루만짐 때문인지, 나는 어느새 노곤한 졸음기에 의식이 차츰 가라앉아가고 있었다. 그리고 그때 그 아득한 졸음기 속으로 문득 소리가 들려오기 시작했다.

— 올해도 또 나를 찾아오는 걸 보니 너의 삶의 고뇌가 아직 끊이질 않은 모양이구나.

치솟아오른 나무 끝을 높이 비켜 스치는 바람 소리도 같고, 아니면 바로 땅 밑으로 거대하게 뿌리를 박고 있는 그 나무 둥치의 어느 곳에서 울려 나오는 소리도 같았다. 전에는 들어본 일이 없는 소리였다.

그러나 나는 그게 조금도 이상스런 느낌이 들지 않았다.

— 건강이 갈수록 나빠지고 있으니까요. 그런데 나무님은 제가 해마다 봄이 되면 당신을 찾아오곤 하는 것을 기억하십니까?

나는 마치 현실 가운데서 나이 든 어른을 대하고 있기라도 하듯 거침없이 공손하게 마음을 열어 말했다.

그러자 나무도 점점 더 분명하고 위엄 있는 목소리로 말해오기 시작했다.

— 해마다 이맘때면 네가 오는 것을 알고 있다마다. 뿐더러 네가 무엇 때문에 나를 찾아오는지도 속사연을 다 알고 있지.

— 그야 당신에게서 해마다 다시 잎이 피고 생명의 약동이 시작되는 것을 보기 위해서였지요.

— 그러나 너는 여기서 어떤 희망이나 힘을 얻어가기보다 무서운 절망만을 맛보곤 했었구.

노거목은 내 속의 모든 것을 속속들이 꿰뚫어 알아보고 있는 것 같았다. 나는 이제 그 거목에 차라리 마음이 가라앉아가고 있었다. 그 나무에게 모든 것을 털어놓고 그의 지혜에 자신을 의지하고 싶어졌다.

— 당신은 해마다 새로 잎이 피고 새로운 생명의 개화를 맞습니다. 저는 거기서 당신의 생명의 무한성을 봅니다.

나는 나름대로 느끼고 생각해온 바를 말했다.

— 하지만 저의 일회적인 생명은 이렇게 병고 속에 해마다 영육이 쇠진해가고 있습니다. 그 유한성이 당신 앞에 저를 이토록 절망케 하곤 합니다.

— 무한성과 유한성…… 그렇게 보면 네 눈엔 그렇게 보일 수도 있을 게다.

나무가 이번에는 얼마간 자탄기 섞인 어조로 대답해왔다.

— 하지만 그게 그래서 그렇다면 너의 두려움이나 절망은 그토록 크게 근심할 것이 없을 게다……

— 절망을 이길 방법이 있습니까.

— 비교하지 마라. 남과 나를 비교하여 세상을 보지 마라. 나를

다른 것에 비교해 보는 데선 대개 마음의 병과 절망을 부르게 마련이요, 육신의 병 또한 그 마음의 병에서 비롯되는 것이다. 이 세상 만상을 비교해보지 말고 그 자체를 있는 그대로 보도록 하여라. 그리고 그것을 있는 그대로 받아들이도록 하여라. 그러면 마음의 상태가 어느 만큼 편해지고, 절망과 고뇌도 사라져갈 것이다.

— 세상을 있는 그대로 본다 함은 이를테면 어떤 방법이 되겠습니까.

— 비교해보지 않는 것, 그 자체의 절대적인 진실을 보는 것……나를 다시 살펴보아라. 해마다 잎이 다시 피고 생명의 성하(盛夏)를 맞아 어우러질 뿐, 그 계절을 되풀이 살아갈 뿐, 내게도 생명은 일회적인 것일 뿐이다. 내가 어찌 무한의 생명력을 지녔더냐, 그리고 너만이 그 유한의 생명을 지녔더냐. 너의 생명이 유한하고 나의 그것이 무한의 것으로 보이는 것은 다만 네가 그것을 자신과 비교해보는 때문일 뿐이다. 나 역시 하나의 생명을 일회적으로 살아갈 뿐이다. 나는 너희 인간들보다 몇 개의 세월을 더 사는 것뿐이다. 지금의 너와 나의 비교라면 잘해야 여남은 배 정도…… 하지만 그게 스무 배나 서른 배, 백 배쯤 된들 거기 무슨 차이가 있겠느냐…… 이 우주의 크기를 생각해본 일이 있느냐. 우리가 살고 있는 지구는 물론 태양계에 속해 있고, 그 태양계가 속해 있는 우리의 은하계는 총질량이 우리 지구의 33만 배나 되는 태양 질량의 2천억 배로 알려져 있다. 그런데 다시 우리 은하계에서 거리가 가장 가깝다는 이웃 안드로메다 은하계까지는 그 거리가 약 2백만 광년이나 되는 것으로 알려져 있다. 우리 은하계와 가장 가까

운 이웃 안드로메다 은하계까지만 해도 빛의 속도로 2백만 년이나 걸려야 하는 거리가 아니냐…… 우리의 생명으로 안드로메다까지의 여행을 하자면, 너의 생명은 최소한 2만 번 이상이 필요하고 내 생명으로도 1만 번에 가깝다. 하물며 이 우주 전체의 크기로 말하면 그 지름이 지금 4백억 광년에 가깝다지 않으냐. 그 상상을 절하는 크기와 거리, 그 시간대 자체가 우리에겐 무서운 절망이요 그 절망의 해답이 아니냐. 그 마당에 감히 우리 생명을 무엇에 비기며 비교한들 도대체 무슨 의미가 있는 일이겠느냐. 너의 생명이나 그 열 배나 스무 배쯤 살 수 있는 나의 그것은 다만 한순간의 지나감 같은 것에 다름 아닌 것이다. 우리 생명에 대해 그만한 진실이라도 깨달아 알게 되면 그 생명으로 인한 두려움이나 절망감은 지금보단 훨씬 줄어들 것이다.

— 그렇다면 나무님께서는 그 순간 뒤에 찾아올 자신의 죽음을 생각하지 않습니까. 그 생명이 아무리 짧고 보잘것없는 것이라 한들 그것이 죽음의 두려움을 줄여주거나 없애줄 수는 없는 노릇 아니겠습니까.

나무의 길고 자상한 설명에 나는 다시 단도직입적으로 그 절망감의 핵심을 거론하고 나섰다.

— 그렇지. 누구에게나 생명의 끝에는 죽음이라는 것이 있게 마련이지. 그래서 그것을 미리 생각하고 두려워하며 절망하는 것은 생명 가진 것들의 숙명적 고통이지.

거목은 쉽사리 나의 물음에 공감을 표하고 나서, 그러나 이미 생명과 죽음의 비밀을 달관한 자답게 편안하고 부드러운 음성으로 거꾸로 물어왔다.

— 그래, 그 죽음이 너를 그토록 괴롭히느냐, 죽음의 두려움이 너를 그토록 고통스럽게 하느냐.

나는 말없이 고개를 끄덕였다. 그것으로 솔직하게 자신의 두려움을 고백하고 나서 다시 노거목의 지혜를 빌리고 싶어 하였다.

— 그렇습니다. 우리 생사의 거의 모든 고통이 거기서 비롯되고 있는 것 아닙니까. 그것은 아마 저 혼자만의 저열스런 공포감은 아닐 것입니다. 이 지상에 인류가 태어난 이래, 그 인간들이 지혜를 다해 이룩해온 모든 종교와 예술과 철학의 업적들도 실상은 직접 간접으로 그 죽음의 공포에 대항하고 그것을 해결하기 위한 노력과 무관하지 않을 것입니다. 그 형식이나 결과가 다양하고 광범위한 만큼 죽음의 문제는 동서고금의 모든 인간들에게 절체절명의 과제였을 것입니다. 그리고 아직 그 일이 끊임없이 계속되고 있는 것은 그 모든 노력이나 성과에도 불구하고 거기 대해 만족할 만한 근본 해답은 찾아내지 못했다는 증거입니다. 그런데…… 그런데 당신은 그 두려움을 이겨낼 지혜를 이미 얻은 것 같군요. 당신은 이미 그 죽음의 두려움에서 벗어나고 있는 것 같은데 그 지혜를 말해주실 수 없겠습니까?

— 삶의 절망에서 벗어나려면 삶 자체를 그 모습 그대로 보아야 하듯이, 죽음의 두려움에서 벗어나는 것도 그 죽음을 그 모습 그대로 보는 것뿐이지.

나무는 계속 부드러운 목소리로 말했다. 아무래도 분명한 죽음의 지혜를 얻어 지니고 있는 여유 있는 태도였다. 나는 그럴수록 열심히 거목에 매달리고 들었다.

─죽음을 그 모습대로 본다는 것은 그것을 어떻게 본다는 말입니까. 죽음에서 무엇을 어떻게 본다는 말입니까. 죽음은 언제나 사자가 그 영원한 침묵 속에 안고 가버리기 때문에 우리가 죽음을 볼 수 있는 것은 다만 외형으로 남겨진 껍질뿐이 아닙니까.

─일리 있는 말이다. 하지만 내 생각을 말하기 전에 네게 한 가지 먼저 묻고 싶은 게 있구나……

마침내 이젠 노거목의 깊은 지혜를 들을 수 있는 기회가 온 것 같았다. 다만 그전에 나무는 내게 무언가를 먼저 확인하고 싶은 듯 여유 있는 호기심 같은 걸 보여왔다. 나는 그의 지혜의 말을 듣기 위해 그가 원하는 것이면 비록 하찮은 호기심에 불과한 것이더라도 정직한 대답으로 내 간절한 소망을 다짐해 보일 작정이었다.

그런데 바로 그 순간이었다.

─잡아라, 잡아. 탕 탕! 넌 죽은 거야.

왁자지껄한 아이들의 북새통 소란에 나는 불현듯 의식이 되돌아오고 말았다. 아이들 몇이서 나뭇가지들을 꺾어들고 나무의 주위를 쫓고 쫓기며 소란스럽게 맴돌고 있었다.

우리의 대화는 그것으로 그만 파탄이 나고 말았다. 거목의 소리는 간 곳이 없고, 드높은 가지 위로 뜻없는 바람 소리만 우우우우 창공을 간간이 비껴 지나갈 뿐이었다.

2

내가 다시 은행나무를 찾은 것은 그로부터 사흘이 지난 뒤였다.
나무는 그새 연녹색 잎들이 좀더 무성하게 피어올라 있었다.

이번에도 소주병 하나를 준비하고서였다.

나무도 실상 그동안 나를 기다리고 있었던 것 같았다. 내가 조금씩 조급스럽게 소주병을 비우고 나서 나무 둥치 아래로 몸을 기대 누웠을 때 그 뿌리 쪽 둥치의 깊은 곳으로부터 거목의 소리가 들려오기 시작했다.

— 역시 다시 왔구나. 내 그럴 줄 알았지.

— 나무님께서도 절 기다리고 있었다는 말씀입니까.

나는 역시 고로(古老)를 대하듯 공손한 어조로, 그리고 나무는 세상사를 달관한 현자다운 목소리로 이해 깊고 부드럽게 대화를 계속해나갔다.

— 우린 그때 이야기를 미처 끝내지 못했으니까. 그 아이들 때문에…… 그렇다고 그새 그 두려움으로 인한 네 마음의 번뇌가 그쳤을 리도 없었겠고……

모든 게 사실 그대로였다. 그 기나긴 두려움과 번뇌가 나무를 찾아오지 않고 혼자 구름잡이식 공상으로 일관한 그 이틀간의 헛된 사념으론 끝이 날 리 없었다. 그래 이날로 결국 다시 노거목을 찾아 나선 것이었다.

— 그렇다면 이제 그 죽음과 죽음의 두려움에 대한 당신의 지혜

를 말씀해주시겠습니까.

나는 조급하게 보채고 들었다.

그러는 나를 나무가 천천히 고개를 저어 진정시켰다.

─아니지, 아직은. 그날도 말했지만, 그전에 내가 미리 물어보고 싶은 것이 있다고 하였지. 나는 아직 그것을 묻지도 않았고, 그 대답을 듣지도 못했어.

딴은 그랬다.

─무엇입니까. 제게 무엇을 알고 싶으십니까.

나는 계속 나무를 재촉하고 들었다. 그러자 나무가 내게 물어오기 시작했다.

─너의 이해, 죽음에 대한 너의 생각이나 이해, 그것이 어떤 것인지 그것을 먼저 듣고 싶구나. 너 자신이나 너희 인간들이 생각하고 말해온 그 죽음이라는 것은 대체 어떤 것이냐. 그것은 곧 너와 너희 인간들의 죽음에 대한 두려움을 그대로 설명해줄 수 있을 테니 말인데…… 우선 네가 보고 생각한 죽음의 모습은 어떤 것이더냐.

─……

나는 잠시 대답을 하지 못하고 망설였다. 죽음의 모습이 어떤 것이냐고? 그것은 물론 사람의 생명에서 숨이 끊어지는 현상이나 시신의 모습을 묻고 있음이 아닐 게 분명했다. 묘비명을 새기고 십자가를 세워 묻는 무덤의 모습은 더더욱 아닐 터였다. 한데 알고 보니 나무는 그것을 몰라서 내게 묻고 있는 게 아니었다. 나무는 이미 나와 인간들의 생각을 모두 알고 있었다. 알면서 부러 한

번 더 묻고 있었다. 알고 있는 것을 물음으로 깨우쳐 그것을 다시 알아차리게 해나가고 있었다.

―넌 언젠가 죽음의 모습에 대해 쓴 일이 있었지 않았더냐. 3년 전이던가, 4년 전이던가…… 네가 시골에 가 있었을 때, 그리고 거기서 어떤 가난한 사내의 죽음을 보았을 때……

나는 비로소 생각이 떠올랐다.

―그렇습니다. 그때 저는 죽음이란 바로 사자의 뒤에 남은 사람들의 삶의 모습으로 남는다고, 사자 뒤에 남은 사람들의 고되고 남루한 삶 속에, 혹은 장엄하고 화려한 장례 행렬이나 그 행렬을 뒤따르는 사람들의 건강하고 왕성한 식욕 같은 것으로 모습이 남는다고, 그렇듯 뒤에 남은 사람들의 삶의 모습 자체가 바로 그 죽음의 모습이라고 쓴 일이 있었지요.

나는 나무의 소리를 가로막고 나서며 나의 기억을 더듬어나갔다.

―하여 우리는 지금 어쩌면 자신의 삶으로 먼저 간 사람들의 죽음의 모습을 살고 있는지도 모른다고 쓴 일이 있습니다.

―말하는 걸 보니 그 생각이 아직도 바뀌질 않고 있는 모양이구나. 하긴 그것도 분명 죽음의 한쪽 모습을 보여주기는 하겠지.

노거목은 일단 반수긍을 하고 나서 천천히 다시 물어왔다. 그리고 그런 물음의 형식으로 나무는 계속 나를 일깨워나갔다.

―하지만 지금의 네 삶이 다만 먼저 간 어떤 사람들의 죽음만을 살고 있는 것이겠느냐. 그것은 네 삶을 반쪽밖에 설명하지 못하는 것이 아니겠느냐. 네 삶은 먼저 간 사자의 죽음의 모습을 삶인 동시에 또한 앞으로 다가올 네 자신의 죽음의 모습을 사는 것임은

아니겠느냐. 왜냐하면 인간들은 그 죽음을 그의 생전의 삶의 모습으로 말하고, 그것으로 그 죽음의 모습을 간직하는 것이 예사이니 말이다.

— 저의 현세의 삶은 먼저 간 사자들의 죽음의 모습의 삶인 동시에 언젠가 찾아올 자신의 죽음의 삶이기도 하다는 뜻이군요.

— 내 말뜻을 알아들은 것 같구나. 그래 결국은 앞서간 자의 죽음의 모습도, 미구에 맞게 될 자기 죽음의 모습도 다름 아닌 자신의 삶 속에 있는 것이 아니겠느냐. 그래 한 인간의 삶이 그 혼자만의 것이 아니듯이 죽음 또한 그 사자 자신만이 완성 지을 수도 없고 그 혼자만의 것이 될 수도 없는 것이겠구.

— 그렇다면 바로 우리 삶 자체가 죽음의 모습 그것이란 말입니까?

— 죽음의 모습 자체로만 말하면 그렇게 말할 수도 있을 거란 말이지.

— 현재의 삶을 보는 것이 죽음을 보는 것이 된다는 것입니까. 죽음 자체를 본다는 것은 현재의 삶을 바로 본다는 뜻이 되는 것입니까.

나는 어딘지 미흡한 기분으로 따지듯이 물었다. 하지만 거목의 지혜는 내 예측을 넘어서고 있었다.

나무가 천천히 고개를 가로저었다. 그리곤 달래듯이 말해왔다.

— 아니지. 그렇다고 삶 자체가 죽음인 것은 아니니까. 더욱이 죽음의 모습이 죽음 자체인 것도 아니구. 나는 다만 그 죽음의 모습에 대한 너의 반쪽 생각을 채워주려는 것뿐이었다는 게 낫겠지.

그것으로 너의 죽음에 대한 공포를 똑바로 보게 해주고 싶었을 뿐이구. 왜냐하면 네가 지금 살고 있는 삶의 모습이 죽음의 그것이라면 그걸 구태여 두려워할 이유는 없는 것 아니겠느냐.

— 당신의 뜻은 이해하겠습니다. 그 말씀으로 위안과 감사를 느끼기도 하겠구요. 하지만 그렇다면 그 죽음 자체는 무엇입니까. 죽음 자체가 무엇인지를 알아야 그저 얼마간 공포감이나 줄이고 위안이나 받기 위함만이 아닌, 죽음 자체의 모습을 똑바로 볼 수 있는 것 아니겠습니까.

그러나 나무는 이번에도 그것을 곧바로 내게 일러주지 않았다. 그는 이번에도 그 우회적인 물음의 방법으로 해답을 스스로 찾아 나가게 해줄 뿐이었다.

— 그 죽음이라는 것이 아무래도 네겐 지금까지보다 두려움을 덜 주는 것이어야 할 것 같구나. 그렇다면 이번에도 내가 먼저 묻겠다. 너희 인간들은 지금까지 그 두려움을 줄이기 위해 여러 가지 방법으로 죽음을 말해오지 않았더냐. 이를테면 너희 중엔 죽음을 영원한 잠이라고 말하는 경우가 있는 줄 아는데, 너는 그것으로 어떤 위안을 얻을 수 없었더냐?

— 위안보다도 더 큰 공포를 느낄 뿐이었습니다. 영원히 깨어나지 못하는 잠, 그 잠 속의 영혼이라니 그것처럼 무섭고 답답한 형벌이 어디 있습니까. 그것은 차라리 영혼이나 육신의 깨끗한 소멸보다 훨씬 더 끔찍스런 죽음의 말, 그 생명의 처형인 것으로 느껴졌습니다.

— 그런 죽음을 경험한 사람의 말투 같구나.

─물론 제가 경험한 일은 없습니다. 죽음은 아무도 경험으로 말할 수 있는 사람이 없으니까요. 하지만 그런 죽음을 본 일은 있습니다.

─언제 어디서냐.

─로마의 한 박물관에서였습니다. 그 박물관에는 수천 년씩 된 고대 이집트인들의 미라 몇 구를 발굴해다 전시해놓고 있었습니다. 그 미라들의 모습이야말로 죽음이 영원한 잠이라는 느낌이 들게 하였습니다. 하지만 그 미라들로 하여 나는 다시 죽음이야말로 완전무결한 소멸이어야 한다는 생각이 들었습니다. 수천 년 동안이나 자신의 죽음을 끝내지 못하고 만인의 눈길 속에 미완성인 채로 방치된 죽음, 그것은 영원히 완성시킬 수 없는 진행 상태로 형벌된 죽음의 전율스런 모습이었습니다. 죽음에서 죽음을 빼앗아버린 영원한 죽음에의 처형…… 저는 감히 한 인간의 죽음을 그런 형벌 속에 가둬둔 인간들의 잔학성에 치가 떨렸습니다. 그리고 그 박물관을 세운 종교의 교리가 오히려 의심스러웠습니다. 하여 지금도 저는 시신을 썩지 않게 만든 값비싼 방부관의 매장을 보게 될 때마다 그런 끔찍스런 죽음의 처형에 몸을 떨곤 합니다.

─죽음이 완전한 소멸이기를 바란다…… 하지만 네가 거기서 본 것은 소멸이 되지 못한 육신이 아니었더냐. 그리고 네가 완전한 소멸을 바라는 것도 그 육신에 관한 것이 아니더냐. 영혼은 이미 그 육신을 떠난 다음이었을 텐데, 그렇다면 그 영혼에 대해서는 어떻게 생각하느냐. 그 종교는 아마 육신이 아닌 영혼을 문제 삼았기 때문일 터인데……

─제게는 그 육신과 영혼의 죽음이 다른 것이 아닌 것처럼 보였습니다. 설령 영혼과 육신의 죽음이 다른 것이라 하더라도, 미라에서 받은 느낌은 영혼이 이미 육신을 떠났다 하더라도 그 육신이 소멸되지 않고 남아 있는 한 아직 차세의 죽음을 완성시키지 못하고 언제까지나 그 죽은 육신 근처를 떠돌고 있을 것 같았습니다. 죽음은 그 육신과 함께 영혼의 완전한 소멸이어야 한다는 느낌이었습니다. 죽은 육신을 떠나지 못하고 그 주위를 영원히 떠돌고 있어야 하는 영혼, 혹은 그 영혼이 떠나버린 영원한 육신의 잠……육신과 함께 소멸하지 않는 영혼이라는 것이 있다 하더라도 사정은 역시 마찬가집니다. 우리의 눈에 보이지 않는 영혼, 우리의 삶속에 증거되지 않는 사후의 영혼, 그것이 가령 존재한다고 해도현세의 인간들에게 그것은 다만 영원히 다시 깨어나지 못하는 잠속의 그것이 아니고 무엇입니까. 그리고 그 역시 자신의 죽음을 영원히 완성시킬 수 없는 끝없는 죽음에의 처형이 아니고 무엇입니까.

─죽음은 그 육신과 함께 영혼의 완전한 소멸이어야 한다……그럼, 되었구나. 그 지극히 예외적인 미라의 경우 말고는 인간은 실제로 죽어서 그 육신의 형상이 사라지지 않으냐. 그리고 그 내세의 영혼이라는 것 또한 현세 가운데서 증거된 일이 없질 않으냐. 네 죽음은 대개 네가 바라는 바대로 될 수 있을 것 같구나.

나무는 뭔가 짐짓 시치미를 떼고 있는 듯한 어조였다.

─하지만 그걸로 제 의구심이나 두려움이 모두 끝나지지는 않습니다. 나는 어디로 소멸되어가는가. 어디로 어떻게 사라져가는

가. 그게 궁금하고 두렵습니다.

나는 나 자신의 두려움에 대해 좀더 솔직해지지 않으면 안 되었다.

나무는 그제서야 본심을 알겠다는 듯 혼자 미소를 머금은 음성으로 말해왔다.

─죽음의 저쪽, 이를테면 그 내세라는 걸 말하고 있구나. 내 이미 그런 줄 알고 있었다만…… 죽음은 육신과 영혼의 완전한 소멸이어야 한다고 말하면서도 실상은 그 영혼의 불멸성과 내세의 실재를 꿈꾸고 있음을 말이다. 그러나 뭐 그걸 굳이 부끄러워할 것은 없다. 죽음의 두려움이란 누구에게나 그만큼 큰 것이고, 입으로는 영혼과 내세를 부인하면서도 그 알 수 없음과 두려움 때문에 그것의 실재를 믿고 싶어 하니 말이다. 게다가 사람들은 그 증거되지 않은 내세의 구원까지를 믿고 싶어 하지들 않느냐…… 그래 여러 가지 종교와 구원자들의 이름이 생겨나고…… 그 종교와 구원자들의 이름으로 여러 가지 내세들을 그려왔지 않느냐…… 그런데 너는 그 여러 종교와 구원자들의 이름으로도 어떤 구원의 믿음이나 위안을 얻을 수가 없었더냐.

─그 구원자들의 어느 이름에도 제 믿음의 뿌리를 내릴 수가 없었습니다.

─그럼, 너는 진정 무신론자란 말이냐?

─제 스스로 그렇게 단정을 한 일은 없습니다. 영혼의 소멸을 바라기까지 한 저이지만, 나무님께서도 이미 알고 계시듯, 바람은 사실의 반대쪽에 있을 때에 생기기 쉬운 의식 작용이 아니겠습니

272

까. 하지만 구원자들은 그 이름들이 너무 많고, 그 방법들도 너무 다릅니다. 예를 들어 예수를 구원자로 믿는 사람들 가운데는 뒷날의 새로운 부활을 위하여 죽은 육신조차 스스로 훼손하는 것을 두려워하는 사람들이 있습니다. 반대로 석가모니를 구원의 안내자로 믿는 사람들은 현세 가운데서 순간의 인연으로 얻은 육신을 벗어없애야만 내세의 새 육신의 옷을 얻어 태어날 수 있다 하여 그 주검을 불태워 없애는 사람들이 많습니다. 어느 쪽을 따라야 진짜 구원을 얻을 수 있는지 망설여지고 의심이 들 수밖에 없는 일입니다.

— 그것은 아마 풍속의 탓일 게다. 그리고 그 삶의 환경과 풍속들로 조건 지어지고 꿈꾸어진 내세의 모습이 달라질 수밖에 없는 때문일 게다. 지역마다 사람의 얼굴이 다르고 그 말과 옷차림들이 다르듯이 말이다.

— 구원자의 이름과 구원에의 방법이나 꿈이 다르더라도, 그 구원자를 부리고 구원을 섭리하시는 신의 이름이 다름은 무엇입니까. 인간과 세상과 이 우주를 섭리하시는 신은 다만 한 분이 아니십니까. 그분의 이름이 서로 다름은 무슨 까닭입니까.

— 신이 다만 한 분뿐이라 함은 나도 동감이다. 이 우주가 하나의 질서 속에 섭리되고 있음은 그 섭리의 주재자가 둘이나 셋이 될 수 없음을 말해주는 것이니 말이다. 그런데 사람들은 그러한 섭리가 너무 크고 멀리 있음으로 하여 그 힘과 존재를 자꾸만 의심하고 망각하게 된다. 하여 그것을 좀더 실감 있는 존재로 실체화시켜서 자신의 구원의 징표를 분명하게 보고자 갈망한다. 죽음에 대한 공포가 크면 클수록 그러한 욕망은 더해가게 마련이다. 마침내 사람

들은 자신들의 말로 자신들의 형상과 풍속에 맞는 신의 이름을 붙여 부르고, 그러한 신의 모습을 꿈꾼다. 하나의 섭리 또는 그 신의 모습과 이름이 달라지게 된 연유다. 다름 아닌 바로 우주의 질서로서의 섭리 혹은 신의 인격화 현상인 것이다. 그리고 그러한 신의 인격화 현상 가운데서 어떤 사람들은 보다 분명한 구원에의 위안과 확신을 얻기도 하는 것이다. 그러나 너는 거기서도 아마 위안이나 믿음을 얻을 수가 없었던 모양이구나.

　―신의 인격화 현상…… 그게 제게도 얼마간의 위안을 줄 때는 있습니다. 그러나 그 신의 모습은 제게 한번도 완성되어 보인 적이 없었습니다. 그것은 오히려 반쪽만의 모습으로 제 삶을 더욱 답답하게, 몸서리쳐지는 가위눌림 상태 속에 빠뜨리곤 해왔습니다. 그런 고통에 시달리다 보니, 제겐 차라리 그 인격화 현상이 저주입니다. 모습이 아예 안 보였으면 좋겠습니다. 그리고 신은 본래의 그 이름 없는 질서나 섭리 자체로 돌아가주었으면 하는 바람입니다. 신의 모습과 이름이 너무 인격화되다 보니 저는 그의 섭리에 대한 신뢰보다 오히려 그 권능과 역사의 임의성에 대한 두려움만 커갑니다.

　― 결국 너는 신앙생활에서조차도 어떤 구원의 위안을 얻을 수가 없다는 소리이구나. 그렇다면 이제 그 두려움을 이기는 길은 오로지 너 혼자의 문제로만 남게 된 셈인데, 그래 아직도 자신의 어떤 가능성은 남겨 지니고 있느냐?

　―자신은 없습니다마는 그래 문학이라는 것을 붙들고 있는 것입니다. 문학이란 어떤 뜻에서는 신과의 등돌림에서 시작하여 인

간 자신의 능력과 책임 안에서 삶과 죽음의 모든 문제를 풀어가고 감당해나가려는 인식과 실천의 방법이니까요.

나는 마침내 내 문학에 대한 생각까지 서슴없이 털어놓기 시작했다.

그러자 나무는 거기 대해서도 줄기차게 물음을 계속해왔다.

—그래, 그 문학에서는 어떤 성과가 있었더냐. 너의 문학은 어떤 위안의 희망을 찾아볼 수가 있는 것이었더냐?

—만족할 만한 것은 못 되었지만 하나의 단서는 발견하였습니다.

—단서라면 물론 죽음이라는 것과 상관을 해서리라?

—그렇습니다. 죽음은 삶의 어떤 순간의 영원한 정지라는 생각이었습니다.

—어디서 나도 들은 바가 있는 말 같구나.

—대개 그렇습니다. 똑같은 말은 아니었지만 제게 그런 생각을 하게 한 책이 있었습니다.

—누구의 어떤 책?

—괴테의 『파우스트』입니다. 당신도 아시겠지만, 그 책에서 파우스트는 그의 영혼을 사고 싶어 하는 메피스토펠레스와 영혼 양도에 관한 계약을 맺습니다.

—그래 맞다. 거기서 파우스트가 삶의 어떤 절정의 순간에 이르렀을 때 '시간이여, 멈춰라'고 소리치게 되면, 그 순간에 파우스트는 그의 영혼을 메피스토에게 넘겨주기로 서약을 했었지. 그 대신 메피스토는 파우스트가 그 삶의 절정에 이르도록 하기 위해 파우스트의 모든 현세적인 욕망을 이룰 수 있도록 도와주게 하였

구……

— 그렇습니다. 저는 여태까지 그 '시간을 멈추게 하라'는 외침의 진정한 뜻이 무엇인지를 몰랐습니다. 그래 파우스트가 메피스토의 유혹에 빠져 지중한 인간성을 팔아넘기는 무서운 죄악을 범한 것이 아닌가고까지 의심하였습니다. 하지만 저는 그것이 결국 괴테가 꿈꾼 가장 아름답고 두려움 없는 죽음의 이해의 말이라는 걸 깨닫게 되었습니다. 당연한 일이겠지만, 괴테에게도 죽음은 커다란 공포의 과제였습니다. 그리고 고심 끝에 그가 찾아낸 죽음의 모습이 그런 것이었습니다. 절정에 이른 삶의 영원한 정지, 이야말로 가장 고통 없고 멋진 죽음의 발견이 아니겠습니까.

— 괴테에게서 그것까지 찾아낸 걸 보니 너의 죽음에 대한 공포나 고심을 새삼 다시 이해할 것 같구나. 그리고 네가 그 괴테를 찾아낸 것은 상당히 행운이었던 것 같기도 해 보이고. 어떻게 보면 지금의 삶이 먼저 간 사자들의 죽음의 모습이거나 앞으로 맞게 될 자기 죽음의 모습이라고 했던…… 그리고 그 삶과 죽음이 함께 섞이고 그 삶 속에서 죽음을 이해하려 했던, 아까 우리 이야기와도 상통하는 대목이 있기도 하고 말이다. 한데 그것으로도 아직 네 두려움이나 번뇌가 그치지 않고 있음은 웬 까닭이냐. 거기서도 아직 네가 만족할 만한 죽음의 참모습은 볼 수가 없었더란 말이냐?

— 나무님께서도 이미 짐작하고 묻는 말인 줄 압니다만, 우리의 죽음은 파우스트처럼 혹은 괴테의 희망처럼 생의 가장 행복스러운 절정의 순간에 정지를 맞는 것이 아니기 때문입니다. 보다도 인간들은 대개가 가장 공포스럽고 고통스런 절망의 순간에 생명의 정

지를 맞습니다. 괴테도 그것을 알았기 때문에 파우스트와 메피스토와의 계약을 꾸미게 된 것이 아니겠습니까. 하지만 우리에게는 우리의 영혼을 사주고 그 대가로 우리 삶을 절정으로 이끌어 올려 줄 메피스토와 같은 계약자를 만날 수가 없습니다. 괴테에게도 그 것은 한낱 작품 속의 꿈일 뿐이었을 것입니다. 그래, 저도 거기서 다만 어떤 가능성의 단서를 보았을 뿐이라 말한 것이구요.

— ……

거목은 마침내 입을 다물었다. 입을 다물고 이상하게 피곤한 표정을 지었다. 나는 갑자기 초조한 생각이 들기 시작했다. 나무는 여태까지 그저 묻기만 했을 뿐 내게 아무것도 대답을 하거나 보여 준 것이 없었다. 물음의 형식으로 나를 일깨워주려 하고 있음은 이해할 수 있었으나, 나는 결코 그것으로 무엇을 본 것 같지가 않 았다.

— 이젠 나무님께서 제게 말씀을 해주실 차례가 아닙니까. 이제 제게 당신의 지혜를 보여주실 때가 되지 않았습니까?

나는 조급하게 태도가 느슨해진 나무를 향해 재촉하고 나섰다.

그러자 나무는 나를 조용히 달래왔다.

— 오늘은 그만 돌아가도록 하거라.

나무는 그 어우러져 오르는 가지들의 잎새로 서향을 가리키며 내게 말했다.

— 이제 해가 거의 다 져가고 있질 않으냐. 내 오늘 너와의 이야 기로 오후를 온통 허송했으니, 이제부터라도 내 일을 좀 서둘러야 겠구나. 너 또한 집엘 가서 오늘 이야기들을 좀더 추리고 다듬어

봐야지 않겠느냐. 다음 날 한 번 더 다시 오려무나.

— 저로 하여 오늘 오후를 허송하셨다니요. 죽음에 대한 우리 이야기가 당신에겐 진정 아무 뜻도 없는 일이란 말입니까?

나는 나에 대한 노거목의 권유를 무시하고 따지듯이 다시 묻고 들었다. 그러자 나무는 잎이 어우러져드는 가지들 쪽으로 나를 부르며 너그러운 소리로 다시 말했다.

— 의미가 없는 이야기는 아니지. 나에게도 그 죽음은 있으니까. 하지만 내겐 생각을 집중할 때와 잎을 피워 올리고 열매를 익히며 생명의 과업을 실현해야 할 때가 따로 있단다. 가을에 잎이 다 떨어지고 모든 생명력을 안으로 싸안고 겨울로 들어서면 그때 우리는 생각을 시작한단다. 하지만 보아라. 바야흐로 내겐 이제 그 긴 긴 겨울잠이 깨고 생명의 잎이 다시 피어나고 있지 않으냐. 봄이나 여름이라고 생각을 아주 않는 것은 아니지만, 봄이 찾아와 생명을 부르면 우리는 그런 생각보다도 그 삶을 사는 일에 더욱 열심이어야 한단다. 그 또한 나의 죽음을 내 삶 속에서 열심히 사는 일이 아니겠느냐. 용감하고 지혜로운 자는 그 죽음을 단 한 번밖에 죽지 않지만 죽음 앞에 겁이 많은 자는 백번 천번 되풀이하여 일생 동안 제 죽음을 죽는다고, 너희 인간들 가운데에서도 지혜로운 자는 말했었지. 자, 그런데 오늘은 우리가 그 죽음의 이야기로 하여 삶에는 너무 게을러 있었던 것 같구나. 그러니 이젠 내게 남은 시간을 살게 해다오.

이제는 나도 할 말이 없었다. 아닌 게 아니라 해가 너무 기울고 있었다. 그 기울어간 석양의 풀기 없는 햇볕 속에 거목은 차라리 초조한 빛마저 띠고 있었다. 그 나무 위로 저녁녘 바람기가 황량스럽게 스쳐 흐르고 있었다.

— 알겠습니다.

생각을 좀더 정리해올 것도 있는 것 같았다. 나는 그만 자리를 일어섰다. 그리고 나무에게 다그치듯 한 번 더 다짐을 주었다.

— 하지만 언젠가는 당신의 지혜를 말해줘야 합니다. 당신이 아직 말하지 않은 그 죽음의 참모습을 제게 보여줘야 합니다. 그것을 위해 전 언제고 당신에게 다시 올 것입니다.

나는 웅웅거리는 나무의 소리를 들으면서 천천히 언덕길을 내려오기 시작했다. 그리고 그 웅웅거리는 바람 소리 속으로 나무의 친절한 대답을 들었다.

— 알고 있다. 내 언제고 말해주거나 보여줄 때가 있을 게다. 하지만 너무 늦게 오지 마라. 아까도 말했지만, 이제 봄이 무르익어가고 있으니, 이 봄을 열심히 살자면 나는 이제 점점 생각 따위에 파묻힐 틈이나 오늘 같은 이야기로 너를 상대할 마음의 여유가 줄어갈 테니 말이다.

3

이번에는 바로 이틀 만에 다시 나무를 찾아갔다.

하지만 그것도 실상은 때가 너무 늦고 만 다음이었다.

아니, 때가 아주 늦어버린 것만은 아니었다.

나무가 무참하게 베어 넘어져 있었다. 누가 그렇게 한 것인지는 알 수 없었다. 하지만 나무는 이제 그 스스로의 모습으로 내게 약속한 죽음을 보여주고 있는 셈이었다. 그 오래고 억센 생명의 나무 둥치가 어떤 인간의 무도한 도끼질에 이젠 한낱 무력한 죽음 속에 잠재워져 있었다. 푸릇푸릇 새 생명력의 합창처럼 하늘을 가리며 낭자하게 피어오르던 나뭇잎들도 그새 시들시들 말라 죽어가고 있었다.

— 누가 이런 짓을? 누가 이 나무에게 이런 무도한 짓을!

나는 한동안 분노와 허무감 속에 혼자 절규를 짓씹고 있었다.

그런데 그때.

— 그야 너희 인간들이지, 누구의 짓이겠느냐.

나무에게 아직 마지막 생명력이 끊어지지 않고 남아 있었던 것인가. 어디선가 문득 그런 나무의 소리가 들려오기 시작했다.

— 하지만 나는 그런 인간을 원망하진 않는다. 우리 나무들의 죽음이란 때로 인간들과의 이해관계의 변화에서도 올 수 있고, 때로는 어떤 불가피한 오해나 풍속의 변화에서도 올 수 있는 것이니 말이다. 그게 우리 나무들의 숙명인 것이다. 그리고 무엇보다 나는 이렇게 단 한 번으로 나의 죽음을 끝낼 수가 있었으니까.

밑둥에 커다란 상처를 안고서도 살아서 하늘을 꿰뚫고 서 있을 때처럼 깊고 우렁찬 소리는 아니었다. 그것은 다만 어떤 뜻을 전하기 위한 박제된 소리의 평면적인 울림뿐 살아 있는 생명력은 느껴져오지 않았다.

그 소리가 느릿느릿 계속해서 말해왔다.

─ 나는 원래 이 아랫동네 사람들에게 생명과 삶의 그늘을 드리워주었었지. 하지만 보아라. 이제는 내 가지의 그늘이 밭농사를 그르치게 한다는구나. 언제부턴가 봄이 오면 해마다 같은 불평을 듣곤 했었지. 그런데 이번엔 한 상 장수가 내게서 새로운 용도를 찾아냈던 거란다. 행자목 반상이란 게 요즘 시정 간에 인기가 제법 높다더구나.

나는 나무의 그런 소리가 제대로 귀에 들어올 리 없었다. 소리만이 그저 반가울 뿐이었다. 그래 절규하듯 나무에게 물었다.

─ 하지만 당신은 지금 말을 하고 있어요. 그것은 아직도 당신에게 생명이 남아 있는 증거가 아닙니까. 어디에 있습니까. 당신의 생명, 그 남아 있는 생명이 말입니다.

하지만 나무는 저승의 소리처럼 떠돌듯이 차갑게 대꾸해올 뿐이었다.

─ 오해하지 마라. 나는 이미 네가 보고 있듯이 현세의 생명은 끝났다. 나는 다만 너와의 약속 때문에 내 죽어 넘어진 시신에 의탁하여 너를 위한 몇 마디의 말을 남겨놓은 것뿐이다.

나는 비로소 그 생명력의 울림이 없는 소리의 사연을 알 수 있었다. 그래 그런지 나무와 나 둘 사이의 대화는 때때로 앞뒤 연결이 잘 맞지 않는 동문서답식의 일방적인 설명이 이어져나갈 때도 있었다.

─ 그렇다면 이게 바로 당신이 제게 보여주고자 한 죽음입니까. 이것이 당신의 참죽음의 모습이란 말입니까.

나는 이제 나무가 아닌 그 소리에게 열심히 물었다. 그리고 소리는 그 물음이 아닌 직접 대답의 형식으로 예정된 설명을 전해주기 시작했다.

— 아니, 전날에도 말했듯이, 이 자체가 나의 죽음은 아니다. 이것은 다만 내 죽음의 모습일 뿐이다. 그것도 다만 죽음의 껍데기인 주검의 모습일 뿐인 것이다.

— 그렇다면 당신의 진짜 죽음은 어디 있습니까?

— 언젠가도 말했듯이 그것은 바로 너의 삶 속에 있다. 그리고 지금 네게 말을 남겨주고 떠난 나의 새 삶 속에 있다. 그것은 어떤 본질로의 귀환, 너의 인간계의 불교식으로 말하면 그것은 저 사성체(四聖諦)를 통하고 무소착(無所着)의 경지도 넘어선 새로운 세계에로의 귀환이요, 그 귀환의 과정일 따름인 것이다.

— 그 본질은 무엇을 말합니까?

— 물론 그것은 우리의 생명, 그리고 우주 만상의 본질을 말한다.

— 우주 만상의 본질의 실상은 무엇입니까?

— 그것을 무엇이라고 말할 수는 없는 것이다. 인간들의 말로는 섭리라 하고 법(法)이라 하고 혹은 원소(元素)나 도(道)나 무(無)라고들 말한다. 그러나 그 어느 것도 그 본질을 바로 말하고 있지는 못한다. 인간의 말이란 원래 그토록 불완전한 것이기 때문이다. 어쩌면 저 노자나 장자 같은 현인들은 그것을 이미 꿰뚫어보고 있었는지 모른다. 동시에 그 사람들은 그것을 말로 표현하려 할 때는 본질의 모습을 훼손하거나 왜곡하고 마는 것도 깨달은 것같더구나. 그들이 그런 말을 하고 있지 않더냐. 우주의 본질이 침묵 속에 있고, 만유(萬有)의 생성은 없음〔無〕의 모태에서라고 한

것은 그런 뜻에서 일리 있는 말이다. 하지만 그 모순, 그 본질이 침묵 속에 있음을, 말이 본질을 훼손하고 왜곡함을 다시 말로 설명해야 하는 일이야말로 노장(老莊)을 포함한 모든 인간들의 슬픈 숙명이자 아이러니인 것이다.

　—그렇다면 그 본질은 어디에 있습니까. 본질로 돌아간 당신은 지금 어디에 어떤 모습으로 있습니까?

　—그 역시 너의 인간의 말로는 설명이 불가능한 것이다. 나는 지금 너와 함께 있으며, 동시에 억겁의 세월을 격한 다른 시간대 다른 공간대 속에 있는 것이다. 동시성(同時性)과 동소성(同所性), 다른 시간대 다른 공간대 속의 다른 차원의 세계 속에 다른 방식으로 존재하고 있으면서도 동시에 너와 같은 시간대 같은 곳에 있음, 동시 존재의 두 공간의 세계…… 상상하기 힘들겠지만, 그것이 이 우주의 본질이요 지금의 내 존재 방식인 것이다.

　—……

　—이해하기가 어려울 줄 안다. 이것을 한번 생각해보아라. 나는 지금 너와 함께 있으되, 또한 너로부터 백억 광년의 거리나 떨어진 이 우주의 다른 끝에 있다 하자. 그렇다면 너희 인간의 계산으로 나를 보고자 한다면 얼마의 세월이 걸려야 하느냐?

　—백억 년을 빛의 속도로 달려가야 하고 백억 년을 살아남아서 기다려야 할 것입니다.

　—맞는 계산이다. 하지만 그것은 너희 인간들의 힘으로는 가능할 수 없는 일이 아니냐. 그것은 그저 상상 속이나 계산으로만 가능한 일이다. 그런 뜻에서 이 우주나 그 질서와 섭리는 인간의 상

상력 자체라 할 것이다. 하지만 이 우주의 본질과 그 본질의 존재 방식은 그런 상상조차도 뛰어넘는 것이다. 그 백억 광년의 거리와 시간대를 넘어 나는 지금 너와 이곳에 함께하고 있다지 않느냐. 그것이 어떻게 가능한 일인지 상상할 수가 있느냐.

─……

─상상할 수 없는 일일 것이다. 하지만 그것이 내가 내 죽음으로 얻어온 새 차원의 시간과 공간의 세계인 것이다. 그리고 그 세계의 본질과 죽음을 통해 본 나의 존재 방식을 설명할 길은 오직 이뿐이다.

─그렇다면 그 상상을 절한 큰 우주의 본질이라는 것은 하나의 질서, 하나의 섭리 위에 구조되어 있습니까?

소리는 그 우주와 그의 새로운 세계에 대해선 상상조차도 불가능하리라는 것이었다. 하지만 나는 그 우주의 비밀을 단념할 수가 없었다. 나는 다시 그 우주의 질서에 대해 질문을 계속했다. 그러자 소리는 거기까지도 미리 다 예상을 하고 있었던 듯 부드러운 어조로 설명을 되풀이해나갔다.

─다시 너희 인간들의 신을 생각하고 있는 모양이구나. 언젠가도 말했듯이 그것은 물론 그렇다고 말할 수 있을 것이다. 그리고 그 질서나 섭리는 인간들이 신이라고 부를 수 있는 바로 그런 성질의 것이다. 하지만 전에도 기왕 신의 이야기를 했으니 그 신이란 말을 다시 빌려 말한다면, 신은 인간계의 그것들처럼 이름을 지니고 인격화된 그런 신은 아니다. 생각을 좀더 깊이 하여보아라. 이 우주에는 너희 인간들이 살고 있는 지구의 태양계가 10만 개쯤이

나 존재하고 있다. 그리고 그 태양계들의 행성들 가운데는 너희 지구와 환경이 똑같고 너희 인간들과 같은 수준의 문명을 이룩하고 있는 또 다른 인간들의 또 다른 지구들이 천 개쯤이나 존재하고 있는 것이다. 그렇다면 그 천 개의 별들에도 너희 지구에서처럼 여러 가지 구원자와 신들의 이름이 불리어지고 있어야 하지 않겠느냐. 그리고 너희 지구의 인간들처럼 신은 오직 자기 지구의 인간들을 위해서만 그들의 지구와 그 인간들과 이 우주를 창조하신 거라고 고집하고 있어야지 않겠느냐…… 그것을 네가 부인할 수 있겠느냐. 만약 네가 부인할 수 있다면 너희의 그 지구만의 신도 부인해야지 않느냐.

　—……

　—너희의 신을 부인하자 해서가 아니다. 너희들의 신의 이름을 고집하지 말라는 말이다. 위험스러운 범신론이란 구실로 너희만의 신의 이기적인 이름을 고집하려 하지 말라는 말이다. 다시 말하거니와 이 우주에는 분명하고 정연한 질서가 있다. 그 상상을 절하는 광활성에도 불구하고 또한 그 동시성과 동소성으로 존재하는…… 그런 차원의 깊고 큰 질서인 것이다. 너무 깊고 큰 질서여서 그것은 역시 인간들의 표현으로는 섭리라고밖엔 달리 말할 수 없는 것이다. 혹은 신이라고 해도 무방한 것이다. 그러나 그 신에는 이름이 있을 수 없다. 그 신은 그저 이 우주의 질서 자체이다. 그리고 섭리 자체일 뿐이다. 죽음은 바로 그 질서 자체, 그 질서의 본질로 돌아가는 것일 뿐이다.

　소리는 모처럼 목소리를 더해 자신 있게 단정했다. 그것은 오히려 나무가 남겨두고 간 말의 힘이 거의 다해가고 있는 증거였다.

— 이제 의문이 좀 풀린 듯싶으냐.

소리는 과연 대화를 끝내려는 듯 새삼스런 어조로 물었다. 그 소리에 기력이 완연하게 떨어져가고 있었다.

하지만 나는 아직도 이해가 가지 않는 것이 거의 전부였다. 나무가 말하고 있는 그 우주라는 것은 상상을 절할 만큼 크고 심오할 뿐 그것도 결국은 차세와 질서 속에 있는 것이 아닌가. 그리고 그런 우주의 질서 속에 삶과 죽음을 현세와 내세, 육신과 영혼의 그것으로 구분 지을 뿐이라면, 그 역시 인간들이 지금까지 두려움 속에 이해해온 2차원적 생사관이나 우주관과 무엇이 다를 수 있는가. 거기서 어떻게 죽음의 본질을 볼 수 있으며, 그 두려움을 줄일 수 있단 말인가……

— 아직도 이해할 수 없는 것이 많습니다. 그중에서도 그 우주의 본질이 현세와 차원이 다르다는 것을 이해할 수가 없습니다. 그것도 결국은 현세적 질서의 심화와 확대일 뿐이 아닙니까?

나는 초조해져서 기력이 떨어져가는 나무의 소리를 향해 필사적으로 매달렸다.

그러나 그것도 나의 오해였다.

— 네가 아직도 우주의 개념을 잘못 받아들이고 있구나.

나무의 소리가 그것을 눈치챈 듯 다시 설명을 계속했다.

— 그 가시성의 물리적 우주를 예로 든 것이 그런 오해를 부른 것 같구나. 그것은 그 거리와 시간을 예로 하여 질서의 동시성과 동소성을 설명하려던 것뿐인 것을…… 우주가 아무리 크고 넓은

시간대 속에 존재하고 있다 해도 그것은 역시 감지와 상상이 가능한 차세일 뿐이라는 것은 옳은 소리다. 하지만 그것은 그 감지와 상상이 가능한 하나의 현존 우주에 대해서일 뿐이다. 우주가 상상력 자체라 한 것도 바로 이 차세의 우주에 한해서일 뿐인 것이다. 그러나 우주는 그 하나뿐이 아니다. 너의 우주에는 별들의 무리를 삼켜버리는 블랙홀이라는 것이 있지 않으냐. 그 블랙홀을 지나간 저쪽에 또 다른 우주들이 존재함을 알아야 할 것이다. 그 우주야말로 정말로 인간이 감지할 수도 없고, 상상할 수도 없는 다른 차원의 세계인 것이다. 그리고 우주의 참실체와 본질은 바로 그 상상 불가능의 우주까지를 포함하는 것이다. 그러면서도 그것은 또한 차세의 그것과도 함께 있는 것이다. 무량겁의 시간차와 동시성, 무한 거리와 동소성, 그것들도 바로 그 우주와 차세와의 관계를 설명하는 말인 것이다.

─ 감지할 수 없고 상상할 수도 없는 세계를 어떻게 이해하고 인정할 수가 있습니까.

─ 인간이 감지하고 상상할 수 없다고 그 우주가 존재하지 않는 것은 아니지 않겠느냐. 존재하는 것을 상상할 수 없는 것은 인간의 능력의 한계 때문일 뿐이다. 만약에 인간에게 더 넓고 자유로운 상상력이 주어지고, 그 상상력이 육신과 영혼, 죽음과 삶, 차세와 내세 따위로 이해되는 2원적 생사관과 차세의 우주관을 뛰어넘을 수만 있다면 그 우주 역시 너희 인간의 상상력 자체라고 말하는 것이 옳겠지만 말이다. 그 상상력 자체야말로 참으로 무량겁의 동시성이요 무한 거리의 동소성일 것이니까.

— 그걸 무조건 시인해야 한다면, 그리고 우리의 죽음이 그 우주의 본질로 돌아가는 것이라면, 그렇다면 우리는 과연 어떻게 그곳으로 들어갈 수 있습니까.

거기서 소리는 잠시 침묵 속에 남은 생각을 모으고 있는 것 같았다. 하더니 이윽고 내가 알아듣기 쉽도록 분명한 말로 설명해나갔다.

— 그것은 네가 걱정할 일이 아니다. 인간들은 미처 깨닫지 못하고 있지만, 모든 인간들의 현세의 생명에는 그 생명과 우주의 본질로 통해 이어져 있는 작은 블랙홀들이 숨겨져 있는 것이다. 사람은 바로 그 자신의 블랙홀을 통하여 그 죽음의 배를 타고 다른 차원의 우주로 들어가는 것이다. 상상력이 뛰어난 어떤 인간들 가운데는 현세 가운데서 이미 그런 기미를 느끼고, 그것에 꽤 가까이까지 가본 자들이 있는 듯싶더구나. 옛 인간들로는 석가모니가 그렇고, 침묵과 무(無)의 철학을 말한 노자나 장자와 같은 사람들이 그렇고…… 그 생성과 존재의 모태인 침묵과 무의 세계의 비밀은 그 숨겨진 자기 블랙홀의 기미를 어슴푸레 느낀 자들의 자기 고백의 형식일 것이다. 게다가 근자에는 서양의 한 소설쟁이까지도 『태평양의 끝』이라는 자신의 소설로 그런 기미를 느낀 경험을 고백해 보인 일이 있더구나. 그는 인간이 아닌 대지에서 자신의 생명이 다른 차원의 본질의 세계를 찾아 들어가는 경험을 적고 있지 않았더냐…… 하지만 네 자신이 자신의 블랙홀을 찾아내지 못한다고 답답해하거나 절망할 것은 없다. 네가 그것을 알지 못하더라도 죽음의 순간에 너는 저절로 그곳을 통해가게 마련되어 있으니

까. 그게 바로 이 우주의 정연한 섭리요 질서인 것이다.

— 그 질서를 섭리라 하여도 무방하다 하셨는데, 그렇다면 그 섭리의 역사자를 생각할 수도 있는 일 아닙니까. 그 섭리의 역사자의 이름을 붙여 가시적 권능으로 더 큰 위로를 받을 수도 있는 일 아닙니까.

— 네가 스스로 발견한 모순을 다시 되풀이하려 하는 격이구나. 너는 이미 너의 삶이 그 신의 가시성 때문에 가위눌림의 고통을 당해왔다고 말하지 않았더냐. 그리고 언제까지나 완성이 불가능한 그 반쪽의 모습은 공포일 뿐이라고 말하지 않았더냐…… 섭리의 역사자를 생각해도 좋을 게다. 그러나 그 역사자의 이름을 붙이지 말고 모습을 짓지 마라. 그래야 너는 그 생명과 우주의 참질서의 위로를 받을 수 있을 것이다. 우주의 신은 그 우주의 질서 자체이다. 그리고 섭리의 역사자는 그 섭리 자체일 뿐이다. 혹은 네 상상력이 뛰어나다면 그것들에 대한 너의 상상력 자체라 해도 좋다. 하지만 너는 대개 그 질서와 섭리에 따르기만 하면 그만일 것이다. 그리고 다만 그것을 믿으며 너의 죽음을 두려워하지 마라. 보다는 차라리 열심스런 일상의 삶으로 돌아가 그 삶 속에서 차근차근 네 죽음의 모습을 지어가도록 하거라. 그리하여 그 열심한 삶 끝에 단 한 번만의 아름답고 귀한 죽음을 맞아 완성하도록 하거라. 그리하면 너는 거기서 어쩌면 삶과 죽음, 그리고 우주의 본질을 보고 느낄 수 있게 될지도 모르며, 그래야 진실로 너의 삶은 죽음의 두려움에서 벗어날 수가 있을 것이다.

소리가 점점 멀어져가고 있었다. 아마 이제는 나무에 의탁해두고 간 말의 힘이 끝내 다해간 모양이었다. 하더니 소리도 이제는 마지막을 감지한 듯, 그래 촛불이 사그라지려 할 때 마지막 불빛을 순간적으로 빛내고 사라지듯, 다시 한 번 크고 짧게 선언하였다.

　—신은 생명과 우주의 질서다. 그 질서 자체가 삶과 죽음과 우주의 본질이며, 그 역사의 주인인 것이다. 그리고 바로 그 우주 자신의 자신에 대한 상상력 자체인 것이다!

　그리고는 그만이었다. 다시는 소리가 들려오지 않았다.

　나는 한동안 침묵 속에 망연히 소리를 좀더 기다리고 있었다. 하지만 소리는 끝끝내 그것으로 그만이었다.

　이윽고 나의 의식을 깨워온 소리는 언덕을 스쳐가는 봄바람 소리였다. 서늘한 냉기를 실은 봄날의 저녁 바람기가 비로소 내게 제정신을 들게 했다. 하지만 나는 그렇게 다시 의식을 되찾고 나서도 한동안이나 더 정신이 멍멍해 있었다.

　삶이고 죽음이고 아직도 무엇 하나 확연스럽게 이해할 수 있는 것이 없었다. 아닌 게 아니라 상상력이 별로 넓고 자유롭지 못한 탓인가. 생명이고 우주고 본질을 이해하고 감지해볼 수 있는 것이 아무것도 없었다. 눈앞에 보이는 것은 그저 커다랗게 베어져 누운 3백여 년 묵은 은행나무의 거대한 둥치뿐이었다. 그 거대한 나무 둥치의 가지들 끝에서 비들비들 시들어가는 나뭇잎들뿐이었다. 그 시들어가는 나뭇잎을 흔들며 지나가는 저녁녘 바람기 속에 은행나무의 둥치는 턱없이 거대하게, 그리고 의미가 있을 수 없는 무력한 침묵 속에 생명의 문을 닫고 조용히 누워 있을 뿐이었다.

　—차라리 일상의 삶으로 돌아가도록 하거라…… 그리고 그 열

심한 삶 끝에서 단 한 번만의 죽음을 맞아 완성하도록 하거라.

마침내 천천히 언덕을 내려오고 있는 나의 등 뒤에서 먼 바람결의 이명(耳鳴)처럼 소리가 다시 한 번 귀청을 울려오고 있었다.

(『현대문학』 1984년 4월호)

가위 밑 그림의 음화와 양화 1
—— 머릿그림

8·15해방 이듬해에 돌아가신 아버지는 단 한 장도 당신 생전의 사진이라는 것을 남겨놓은 것이 없으셨다. 다른 가족들은 그때 이미 사진첩을 두 권이나 채울 만큼 사진들을 제법 찍고 있었는데도, 그것을 한 장이라도 남겨놓았어야 할 아버지는 정작 한 번도 사진기 앞에 서신 일이 없이 세상을 떠나고 마신 것이다.

그때 내 나이 갓 여섯.

나는 그로부터 나이를 먹을수록 아버지의 모습이 기억 속에서 뿌옇게 멀어져갔다. 생존 시의 어떤 말씀이나 행업들은 그런대로 역력한데, 유독히 그 얼굴 모습만은 기억 속의 맹점처럼, 하필 어떤 탈색 약방울이 얼굴 부분에 떨어진 사진처럼 갈수록 희미하게 지워져갔다.

하여 마침내 나의 기억 속의 아버지의 모습은 언제나 당신의 얼굴 모습이 지워져버린 상태가 되었다. 그것은 이를테면 얼굴이 없는 아버지의 사진인 셈이었다. 그리고 아버지는 언제나 그 얼굴이 없는 사진의 모습으로 나의 기억 속을 움직여 다니시고, 음색 없는 목소리로 말씀하시곤 하였다.

어느 해 봄날, 아버지는 암소가 새끼를 낳는 것을 도우시다가 옷자락 여러 곳에 벌건 피투성이를 해가지고 외양간을 나오신 일이 있었는데, 그때의 아버지도 지금의 나에겐 "이번에도 암송아지다"라고 기뻐하시던 목소리밖에, 그 기뻐하시는 얼굴 모습은 기억해낼 수가 없는 것이다. 겨울날 양지 바른 담벼락 아래서 마람장을 엮고 앉아 계신 아버지, 들밭 가 언덕 위에 쭈그리고 앉아서 담배를 피우고 계신 아버지, B-29편대가 오르내리는 하늘을 보시며 "이젠 전쟁도 막바진가 보다"고 긴 한숨처럼 말씀하시던 아버지, 스물여섯 살 된 큰형이 당신보다 먼저 폐결핵으로 쓰러져 갔을 때, 이 자식아, 이 몹쓸 놈아! 혼절을 하시듯 울부짖으며 친지분들에게 사지를 질질 끌리다시피 하시면서 아들의 방을 나가시던 아버지, 그 모든 아버지의 모습들에서도 당신의 얼굴만은 영 보이지가 않는다.

그 아버지가 어느 해 가을날 오후 내게 커다란 고구마 한 개를 들려 앞장세우고 마을에서 꽤 거리가 떨어진 외진 산골을 찾아가신 일이 있었다.

아버지는 웬일로 그 산길을 가시면서 익은 맹감이나 산꽃들을 눈에 띄는 족족 모두 꺾어 모으고 계셨다. 그러시느라 집을 나설 때 맡겨두신 고구마를 내가 멋모르고 거의 먹어치우는 것을 모르고 계셨던 모양이었다. 우리는 마침내 어느 골짜기의 한 작은 돌다물(어린아이의 무덤을 돌로 쌓아 만든 것) 앞에서 걸음을 멈춰 섰다. 그리고 아버지는 그제서야 내게 들려온 고구마를 그간 반 이상이나 먹어치운 것을 아시고는 왠지 잠시 어이가 없어하는 표정이 되셨다. 그런 나를 아버지는 별로 나무라지도 않으셨다.

"허허, 그놈 참. 네 동생 걸 네 녀석이 먼저 빼앗아 먹었구나. 허기사 유명은 달라도 형제간은 형제간이니……"

갑자기 무슨 큰 죄라도 지은 듯싶어진 내게 아버지는 전에 없이 너그럽고 부드럽게 말씀하시고는 그나마 아직 먹다 남은 고구마를 돌다물 사이에다 끼워 넣어주셨다. 그리고 다시 당신이 길을 오시면서 꺾어오신 들꽃이랑 맹감 줄기들을 돌다물 이곳저곳에 꽂아주시고는 비로소 아무 거리낌도 없는 서러운 울음소리를 터뜨리셨다. 그 작은 돌다물 곁에 두 다리를 뻗고 주저앉아서, 그 보기 흉한 돌다물을 무슨 소중하고 사랑스런 당신의 귀처이듯 하염없이 어루만지고 쓰다듬어대시면서.

햇볕만 가득한 인적 없는 가을 산골. 거기 늘 억세고 단단해 보이기만 하시던 아버지의 통곡 소리가 끝없이 메아리쳐 오르던 산골의 한나절. 나는 그때 거기서 무엇을 하면서 그 아버지를 기다렸는지 모르겠다. 더욱이 나는 그때까지도 아직 그 작은 돌다물이 무엇인지, 그리고 억세고 단단하기만 하시던 아버지가 무엇 때문에 그 돌다물 틈서리에 먹다 남은 고구마와 들꽃 묶음들을 꽂아 넣어주고서 그토록 슬프게 울고 계신 것인지, 사연을 아무것도 알 수가 없었으니까. 그 돌다물이 큰형보다 한 해 전 홍역으로 저승길을 먼저 가버린 돌쟁이 막내동생, 애가 끊어지듯 한 어머니의 호곡이 하룻밤을 지난 뒤 삽과 괭이를 챙겨 짊어진 이웃집 권 씨 아저씨의 뒤를 따라 아버지의 등에 업혀 새벽녘에 어디론가 길을 떠났다간 영영 다시 돌아오지 않게 된, 그 막내의 저승의 집인 것을 알게 된 것은 내가 한두 살 나이를 좀더 먹은 다음의 일이었다.

"네가 막둥이 주러 간 감자(고구마의 남쪽 말)를 빼앗아 먹었다면?"

"허허, 글쎄 그놈이 그래 어느 참에⋯⋯"

그 당장엔 어머니와 아버지의 그런 농 섞인 편잔에도 나는 정작에 그 뜻을 분명히 알 수가 없었을 정도였으니까. 하지만 어쨌거나 그때의 아버지도 얼굴이 없으셨다. 그 산길에서 들꽃과 맹감나무 줄기를 꺾으시던 아버지, 돌다물 틈새에다 그것들을 꽂아넣고 하염없는 울음을 쏟으시던 아버지, 그리고 산길을 돌아오실 때는 아무 일도 없었던 듯 나를 더욱 부드러운 손길로 이끄시던 아버지, 그 아버지의 목소리(그것도 비록 탈색은 되었지만)나 거동새나 모습(아버지는 늘 흰옷 바지저고리에 조끼 차림새였다)들은 역력한데, 그 얼굴만은 아무래도 모습을 기억해낼 수가 없는 것이다.

"저 어린것들을 두고 내가 어찌⋯⋯ 내가 어찌 지금 눈을 감을거나."

이듬해던가, 다음다음 해던가의 음력 2월 초이레 새벽, 당신이 마지막 눈을 감으실 때마저도 당신의 목소리는 아직도 귀에 쟁쟁한 듯싶은데, 그 말씀을 하고 가신 당신의 얼굴 모습은 끝내 보이지가 않는 것이다.

그리고 그 아버지의 얼굴이 없는 모습은 언제부턴가 내겐 가위눌림 속에서 아무리 눈을 떠서 윗모습을 보려 안간힘을 써대도 언제까지나 반 조각의 모습밖에 보이지 않는 안타까운 설잠 속의 그것이 되고 만 것이다. 그것도 아마 영원히 잠을 깨지 못할, 그래서 끝끝내 모습을 찾아낼 수 없는 필생의 가위눌림, 그 가위눌림 속의 답답한 모습으로 남게 될 것이 분명한.

— 영원히 인화될 수 없는 옛 음화의 기억.

8·15해방 한 해 전.

마을 아래 산골짜기에 조그만 저수지를 막는 방축 공사가 있었다. 아버지는 날마다 아침만 끝나면 그 방축 공사장으로 울력을 나가셨다.

나는 늘상 그 아버지를 따라 방축 공사장 구경을 한번 가보고 싶어 했다. 하지만 아버지는 그때마다 나를 무서운 협박으로 떼쳐버리곤 하셨다.

"안 된다, 그건. 거길 따라가면 넌 당장 죽고 만다."

그 얼굴이 없는 아버지가 말씀하시곤 하였다.

"방둑을 쌓을 땐 흙구덩이 속에다 산 사람을 하나 던져 넣어서 덮어 묻는 법이란다. 방둑이 오래오래 무너지지 말라고 말이다."

그래 사람들은 늘 누군가를 둑구덩이로 던져 넣을까를 기다리는 중이랬다. 나 같은 아이가 눈에 뜨이면 사람들은 영락없이 나를 붙잡아다 던져 넣으려 할 거라고, 그때는 당신도 어쩔 수가 없을 거라고, 얼굴 없는 아버지는 은근스런 귀뜸조로 말씀하시곤 하였다.

"우린 너 같은 어린아이들을 기다리고 있는 거란다. 어느 집 아이가 거길 먼저 놀러 오나 하고 말이다. 그러니 너는 울력판 근처엔 얼씬도 하질 말아야 헌다. 하지만 그래도 네가 정 와보고 싶다면 그땐 나로서도 달리 어찌할 수가 없는 일일 게다. 우리 어른들끼리는 그렇게 서로 약속이 되어 있으니까."

무섭고 끔찍스런 이야기였다. 나는 감히 그런 울력판을 따라나설 엄두를 낼 수 없었다. 하지만 무섭고 끔찍스런 만큼 그 어른들과 울력판에 대한 호기심은 날이 갈수록 오히려 더해만 갔다. 어느 집 아이가 어느 날쯤 그 둑구덩이 속으로 내던져지게 될지도 궁금하기만 하였다. 나는 어느 날 결국 울력판이 멀리 내려다보이는 산으로 올라가 멀찌감치서 그 울력판의 정경을 지켜보게 되었다.

"어럴럴 상사뒤여! 어럴럴 상사뒤여!"

울력판에는 사람들이 가물가물 하얗게 뒤덮여 있었다. 그 사람들은 둑을 다지는 달구질에 맞춰 일제히 소리를 합창해나갔다. 그 소리는 마치 상여꾼들의 그것처럼 낮고 구슬프게 이어져나갔다. 그 가지런한 몸짓과 합창 소리의 사이사이로 다급하게 외쳐대는 뜻모를 소리들이 섞이기도 하였다. 사람들은 과연 둑구덩이 속에 생사람을 던져넣고 매장 행사를 치르고 있는 것 같았다. 그 가지런한 동작들도 그랬고, 낮고 구슬픈 합창 소리도 그랬다. 사람들의 얼굴 모습들을 알아볼 수 없는 것이 더욱 그랬다.

사람들은 하나하나 모습들을 따로 떼어서 가려볼 수가 전혀 없었다. 그 속에는 물론 아침에 집을 나간 아버지나 이웃집 권 씨 아저씨도 틀림없이 섞여 있을 터였지만, 어느 누구도 모습을 따로 가려볼 수는 없었고, 사람들은 그저 그 얼굴이 없는 하얀 무리의 덩어리로 느릿느릿 소리를 합창하고 동작을 맞춰나가고 있을 뿐이었다. 그것은 아무래도 아버지나 이웃집 권 씨 아저씨 그리고 골목길에서 자주 얼굴을 마주치고 때로는 인자스레 머리까지 쓰다듬어주고 지나가는 마을 사람들은 전혀 아니었다.

나는 몸이 떨리고 숨이 차올라서 더 이상 참고 있을 수가 없었다. 정신없이 산을 달려 내려오고 만 다음부터는 다시는 아예 울력판 구경을 따라나설 엄두가 나지 않았다. 아버지는 아직도 몇 날 몇 달을 그 장사놀이 같은 울력판 일을 나다니고 계셨지만, 나는 다시 그 산을 올라가 그것을 엿볼 생각조차 안 했다. 마침내 긴긴 공사가 끝나고 이듬해 봄부터 저수지에 물이 가득 실리기 시작했을 때도 나는 그 방둑 곁을 지나는 것조차 한사코 싫었다. 게다가 공사가 끝난 이듬해부터 저수지 방둑의 한가운데쯤에선 푸른 아카시아 나무가 몇 그루 무성하게 자라오르기 시작했는데, 나는 어쩌면 그게 바로 생사람이 묻힌 장사터의 표시인 듯만 싶어 기분이 늘상 섬뜩거려지곤 하였다.

하지만 그 모든 것은 물론 어렸을 적의 잘못된 환영이었다. 그리고 나는 국민학교를 들어가고 철이 들면서부터 그런 일은 있을 수 없다는 것을 알았다. 하지만 이상스러운 것은 그런 사실의 이해에도 불구하고 나에게는 이후로도 여전히 그 울력터에 대한 이상스런 공포가 남아 있는 것이었다.

그리고 그 가슴 떨리는 울력터의 얼굴 없는 사람들의 환각이 지금까지도 머리에서 지워지질 않고 있는 것이다. 생각해보면 그것은 아마 저 무서운 6·25의 경험이 겹쳐서인지도 모른다. 그 6·25 때 나의 이웃 마을 사람들은 밤마다 몽둥이를 메고 마을 회관으로 몰려나갔다. 그리고 어디론가 수런수런 몰려갔다가 산 사람들을 흙구덩이 속에다 파묻어 덮고 돌아왔다. 나는 며칠 동안 그 이웃 마을 외가에서 지내면서 그럴 수 없는 일이 실제로 일어날 수도 있다는 엄청난 사실을 경험한 것이다. 옛날의 울력판에서도 산 사람을 정말로 흙구덩이 속으로 던져 넣을 수 있었으리라는 끔찍스런 생각이 뒤늦게 되살아났다. 울력판의 환각이 공포 속에 다시 살아난 것이다. 필름 속의 음화가 어쩌면 눈앞에 양화의 현실로 인화되어 나타난 격이랄 수 있을까. 하지만 울력판의 얼굴이 없는 사람들처럼 그 사람들도 역시 얼굴이 없는 사람들이었다. 외가 동네의 골목길에서 대낮에 눈길을 스치며 지나다닌 사람들은 절대로 그 밤울력을 나가 생사람을 덮어 묻고 다니는 사람들일 수가 없었다. 울력판 사람들처럼 그 사람들도 얼굴이 없는 사람들이었다.

아니, 좀더 정직하게 말하자. 울력판 사람들이나 그 사람 사냥꾼들이나 따지고 보면 아마 똑같은 얼굴의 사람들이었을 것이다. 그 얼굴 없는 울력판 사람들의 음화를 양화로 인화해보면 거기엔 아마도 외가 동네의 대낮 골목에서 만난 사람들의 얼굴이 나타나게 될 수도 있었을 것이다. 그리고 어쩌면 나의 아버지와 이웃집 권 씨 아저씨 같은 우리 동네 사람들의 얼굴 모습들까지도 거기 함께 끼여 나타났을 것이다. 하지만 나는 여태까지 실제로 그 음화를 양화로 인화해본 일이 없었다, 라기보다는 그것을 인화시켜볼 용기를 가져본 일이 없었다. 그것은 어쩌면 인화를 해봐야 거기에 나타날 얼굴들을 이미 알고 있었기 때문일 수도 있었다. 그리고 사람들은 어차피 누구나 그런 두렵고 끔찍스런 삶의 음화들을 한 장쯤씩은 마음속에 깊이 숨기며 살아가게 마련임을 알고 있고, 그로 인한 아픔을 새로운 상처로 더치지 않도록 거꾸로 서로들 쓰다듬어주면서 살아가게 마련이라는 체념 때문일 수도 있었다. 하지만 그 음화를 끝내 양화로 인화해볼 수가 없는 한, 그 얼굴이 없는 사람들의 모습은 언제까지나 나를 안타까운 설잠 속의 가위눌림 속에서 헛소리만 되풀이하게 할는지도 모른다.

— 인화하고 싶지 않은 음화 필름.

가위눌림 속의 풍경은 음화로서뿐 아니라 그 모습이 너무도 선명한 양화로서도(그 너무도 선명함 때문에 지워질 수가 없는 것으로) 마음속에 끈질기게 살아남아 있는 경우가 없지 않다. 어렸을 적 깜깜한 어둠 속으로 갑자기 눈을 멀게 해오던 밝은 전짓빛 줄기, 어찌 된 사연인지 내가 다시 옛날의 군영 생활로 재소집되어 가서 훈련 과정을 치러가고 있는 꿈 같은 것들은 나를 번번이 식은땀을 흘리며 고개를 드세게 가로젓게 만든다. 한데도 영영 사라지거나 지워질 줄을 모르고 심심찮게 되살아나는 괴로운 그림들이다.

그런 그림들 가운데서도 가장 소름끼치는 것이 연전에 영암에서 K와 한눈으로 그 충격을 함께한 그림이다. 월출산 후사면의 도갑사 근처에 산장 여관이 하나 있었다. 여름날 하룻밤을 여관에서 술판으로 지새우고 난 우리는 밤잠도 거의 단념하다시피 한 채 아침 해가 돋을 무렵 둘이서 함께 방을 빠져나갔다. 엉망이 된 속을 달래기 위하여 커피 한 잔씩을 시켜 들고 여관 뜰가 돌계단에 앉아 소리 없는 침묵의 대화를 나누고 있을 때였다. 어디선가 문득 아침 산골의 고요를 깨뜨리는 괴상한 소리가 들려오기 시작했다. 그 소리는 무슨 어린애 보채는 울음소리도 같고, 낮게 안으로 삼켜들이는 듯한 느낌이 해소병 환자의 가래 끓이는 소리도 같았으나, 보다는 어떤 무서운 단말마의 고통을 벗어나려는 필사적인 안간힘의 절규 같은 것이 묻어오는 소리였다. K와 같이 나는 무의식중에 그 소리 쪽으로 눈길을 돌렸다. 그리고 거기서 똑같이 그 끔찍스런 소리의 정체를 보았다.

우리는 아직 아침 산그늘 속에 앉아 있었으나 동향바라기인 여관 아랫동네는 지금 막 퍼져내리기 시작한 해맑은 아침햇살 속에 그 산마을다운 고즈넉한 모습을 드러내가고 있었다. 마을 어귀에 높이가 가히 10여 미터는 되어 보이는 커다란 느티나무 한 그루가 서 있었다. 그리고 그 느티나무의 중단쯤 되는 가지에 지금 막 누런색 개 한 마리가 목이 매달려 있었다. 소리의 진원은 물론 녀석의 죽음이었다. 그 녀석의 죽음의 소리였다. 녀석은 아직도 숨이 끊어지지 않은 채 그 단말마의 고통을 벗어나려 하반신을 또아리처럼 거꾸로 꼬아올렸다간 힘이 다해 다리를 다시 길게 아래로 늘어뜨리곤 하였다. 그러면서 그 어린애 울음소리도 같고 가래를 끓여 삼키는 것도 같은 끔찍스런 소리를 앙다문 잇새로 토해내고 있었다. 나무 근처에는 개를 매단 사람의 모습도 보이지가 않았다.

K와 나는 동시에 거기서 다시 눈길을 돌리고 말았다. 아니, 우

리는 그 광경을 목도한 순간에 거의 반사적으로 눈길을 돌이켜버리고 있었다. 그만큼 그것은 그저 한순간에 잠깐 스쳐 본 것뿐이었다. 한데도 그것은 너무도 큰 충격으로 뇌리 속에 선명하게 찍힌 그림이었다.

우리는 그 충격 때문에 거기서 눈길을 돌리고 나서도 계속 아무 말이 없었다. 아니 도대체 말을 할 수가 없었다. 자리를 뜰 수는 더욱 없었다. 간질병 환자가 발작을 일으키는 것을 보고 자리를 비켜 가면 그 간질병 증세가 그 사람에게로 옮겨 간다는 속설이 있다. 위기에 처한 사람을 두고 자리를 피하지 말라는 뜻에서 나온 소리일 것이다. 어쨌거나 나는 그 소리 때문에 어릴 적에 몇 번 길거리에서 발작을 일으킨 간질병 환자 곁에서, 마음은 금방 눈길을 피해 도망을 치고 싶으면서도, 환자가 발작을 그칠 때까지 끔찍스런 느낌 속에 마지못해 자신을 견뎌낸 경험이 있었다.

이번에도 영락없이 그런 꼴이었다. 아니 보다도 우리는 아예 가슴속이 얼어붙고 오금이 저려와서 말을 할 수도 자리를 비킬 수도 없는 가위눌림 상태 그것이었다. 산골엔 한동안 그 단말마의 고통의 소리만 계속되고 있었다. 그것은 시간이 흐를수록 단속이 점점 늘어져갔다. 소리가 마침내 완전히 끊어지고 계곡에 다시 무거운 고요가 덮쳐들었을 때 K가 비로소 가위눌림에서 벗어져 나기라도 하듯 먼저 말했다.

"이제 방으로 들어가지."

우리는 곧 방으로 들어갔다. 하지만 역시 우리는 끝내 도망치듯 해가는 그런 자신들을 용서할 수가 없었던 것 같았다. 아무리 끔찍스럽고 기분이 나쁘더라도 볼 것은 기어코 보아야 한다는 생각, 거기서 외면을 하고 자리를 비켜선다고 어떤 사실이 존재하지 않는 것으로 될 수는 없다는 생각, 마지막을 보아야 한다는 생각…… K나 나는 그때 아마도 똑같은 것을 느끼고 있었음이 분명했다. 우리는 방을 향해 발길을 옮기기 전에 이번에도 똑같이 그 소리가 끊어진 마을 앞 느티나무 쪽을 슬쩍 한 번씩 돌아다보고 있었다. 그리고 거기 느티나무의 중간쯤의 가지에 길게 늘어져 매달린 누런색 개의 죽음을 확인하고 나서야 말없이 다시 발길들을 안으로 옮겨 들어갔다.

하니까 그때 그 몹쓸 그림을 두고 K와 나 사이에 말이 오간 것은 단 한마디도 없었던 셈이었다. 꺼림칙스러운 침묵 이외에 그 그림을 두고 자신의 느낌을 드러낸 일도 거의 없었다. 오직 어떤 감정의 표시가 있었다면, 그때 마지막으로 마을 쪽을 한번 일별하고 나서 방으로 돌아설 때 K 쪽인지 내 쪽인지 누군지가 무심결에 침을 한 번 내뱉었던 기억뿐이다.

한데도 그것은 너무도 역력한 그림이 되고 말았다. K에게나(확신하건대) 나에게서나 영영 지워질 수 없는 그림이 되고 만 것이다. 그 조용한 아침 산골의 해맑은 햇살, 사람의 그림자도 보이지 않는 그 아침 녘 마을 앞 느티나무에 쏟아져 내리던 눈 시린 햇살, 그 햇살 속에, 단말마의 비명으로 하체를 또아리처럼 꼬아 올리다 올리다 마침내는 힘이 다해 소리도 발광도 모두 그치고 눅눅한 정적 속에 꼬리까지 기다랗게 몸이 늘어져 매달린 누렁이의 죽음…… 감도 좋은 사진기처럼 단 한순간에 뇌리에 찍혀진 그 몹쓸 그

림…… 하긴 K에겐 나처럼 자주 그 그림이 눈앞에 인화되어 나타
나는 경우가 드물는지는 모르겠다. 그도 나처럼 여름이 되어도 개
를 먹는 일이 없는 친구니까. 개고기집에는 근처에도 가기를 싫어
하는 친구니까. 하긴 그래서 (뒤에 들은 바 그 동네에서는 한여름에
몇 번씩 월출산 등산객을 위해서 그런 개잡이가 있다고 하였다) 작자
에겐 그 등산객이 더욱 가증스럽고, 그날의 그림이 더욱더 끔찍스
럽게 자주 인화되어 나타날는지도 모르지만.

　—지워버리고 싶은 양화.

　1949년 초여름경, 백범 김구 선생의 국민장 행사 때부터였던가
보다. 우리는 그때부터 면 단위나 지역 단위의 합동 행사들에 수
도 없이 자주 동원이 되어가곤 하였다. 그해 겨울 교실 네 개짜리
새 목조 교사가 지어진 낙성식 행사로부터 6·25동란기를 거치면서
수없이 치러진 멸공대회, 반공대회, 정전 결사반대 면민 궐기대회,
반공포로 석방 지지 환영대회…… 때로는 막바지 전쟁터로 나가는
지역 내 출정 장정 환송대회까지. 우리는 때로 10리고 20리고 더
위와 추위 속을 힘겹게 걸어가 행사장의 한 귀퉁이를 차지해 메우
고 서 있곤 하였다.

　그런데 그렇게 애써 참가한 행사들의 절차가 우리들에겐 늘 그
닥 대단한 느낌을 준 적이 없었다. 무슨 느낌커녕 먼길을 걸어온
수고만 허망스럽고 짜증스러워질 경우가 대부분이었다. 우리는 언
제나 행사장 뒷전에 내팽개쳐지다시피 한 채 행사 절차는 앞에 모

인 몇몇 어른들끼리 진행해나가는 식이곤 하였다.

행사는 그저 앞엣사람들끼리서 치르고 우리는 뒤에서 잡담과 발놀음질로 식이 끝나기만을 기다릴 뿐이었다. 대열을 쫓아온 선생님들만이 이따금 한데서 제멋대로 놀아나는 우리들을 보고 체면상 한번씩 눈을 부라리거나 낮은 소리의 호통질을 쳐대곤 할 뿐이었다. 하지만 그 선생님들조차도 앞에서 진행되는 행사와는 크게 상관이 안 되는 듯싶어 보여 우리는 그 선생님들의 주의조차도 크게 괘념할 필요가 없었다.

도대체 앞에서 무슨 일들이 벌어지고 있는지 발돋움을 하고 넘겨다보기라도 할라치면, 거기엔 그저 낯모를 어른들이 이쪽을 향해 줄을 지어 앉았다간 교대교대 식단을 오르내리며 목청 높여 소리를 질러대거나, 주먹을 마구 휘둘러대며 무슨 두루마리 종이 같은 데다 적어온 글들을 비분강개조로 읽어 내려가고 있는 모습뿐이었다. 그것도 앞쪽 대열에 줄줄이 늘어선 플래카드들 때문에 오래 지켜볼 수는 없는 광경이었다. 그 49년 겨울 새 교사의 낙성식 때마저도 우리는 그 얼기설기 만국기가 둘러쳐진 식단의 뒤켠에 몰려서서 앞에선 도대체 어떤 사람들이 무슨 일을 벌이고 있는지조차 짐작을 할 수가 없었을 정도였다. 하지만 그때만은 그래도 행사 중간에 가슴에 커다란 꽃을 단 우리 학교의 교장 선생님이 단 위로 올라가 무슨 연설인가를 하고 내려갔는데, 거리가 멀어서 그 연설 내용이 무엇인지는 알아들을 수가 없었지만, 우리는 그분이 바로 우리 학교의 교장 선생님이심을 알고는 그것을 직접 자기 눈으로 확인해보기 위해 얼마나 서로 발돋움을 쳐오르며 반갑고 신기해 못 견뎌들 했던가. 그리고 다시 우리 학교의 나이 드신 선생님 한 분이 단을 이어 올라가(당시 우리 학교에는 교감 선생의 직제가 없었다) 상기된 얼굴로 만세 삼창을 선창하였을 때(그 만세 삼창이 끝나고 나면 식순도 대개 끝나기 마련이었는데) 우리는 얼마나 반갑고 감동스럽게 큰소리로 그것을 따라 외쳤던가. 우리가 행사에 직접 상관이 된 적이나, 되고 있다는 느낌을 받은 것은 그때로선 그것이 거의 전부였을 정도였다.

그런 행사는 거의 우리들과는 상관없이 앞엣사람들끼리서만 진행해나갔다. 우리는 언제나 그 식장이 꾸며지는 곳까지 찾아가서 뒷전에서 그저 식이 끝나기만을 기다릴 뿐이었다. 그것은 내가 나중에 K시로 중학교를 나가서도 대개 마찬가지였다. 그 중학교나 고등학교 시절에도 무슨무슨 결사반대 궐기대회, 무슨무슨 지지 환영대회, 누구누구 내도(來道)맞이 행사 같은 것들이 헤아릴 수도 없이 꼬리를 이었다. 때로는 더위 속에 뿌연 먼지를 뒤집어쓰고 거리를 행진하며 발음이나 뜻이 정확지 않은 구호를 외쳐대고, 때로는 만국기와 플래카드가 만발한 행사장의 뒷전에서, 먼 거리 때문에 단 위 사람의 얼굴 형체도 알아볼 수 없고 웅웅거리는 스피커 소음 때문에 그 말뜻도 알아들을 수 없는 식순의 진행을 발장난질로 지루하게 견뎌내기도 하였다. 심지어는 어떤 높은 분을 맞으러 K시에서 30리나 떨어진 S리 비행장까지 수기들을 나눠 들고 여름길을 갔다가 정작 활주로에 내려앉은 비행기에선 언제 누가 내린 줄도 모르고 수기만 잔뜩 흔들어주고 돌아온 적도 있었다. K시와 S리 사이의 30리 길은 그때 말고도 귀한 분들을 맞으러 자주 대열을 지어 나가는 때가 많았는데, 두 시간 세 시간씩을 기다리고 서 있다가 허탕을 치고 돌아오는 때도 많았고, 어쩌다 정말 기다리던 분의 차량 행렬이 지나가는 것을 볼 때도 어느 차에 누가 타고 지나가는 것인지 모든 것이 순간으로 끝나버리기 예사였다. 그리고 그 허망스러운 한순간이 지나가고 나면 우리에겐 먼지와 땀과 허기에 시달려야 하는 그 고역스런 30리의 머나먼 귀로가 남아 있곤 하였다.

우리는 언제나 행사의 주인공이나 그 담당자들의 얼굴을 가까이서 똑똑히 본 일이 없었다. 자연 거기서 무슨 일이 어떻게 진행되고 있었는지도 제대로 알고 돌아온 일이 드물었다. 그것은 언제나 나하고는 별 상관이 되지 않은 '그들만의' 일이었다. 그것이 그들만의 일이었던 만큼 그 사람들의 얼굴을 제대로 본 일이 없었고, 머릿속에 그것을 기억하지 못한 것도 당연한 일이었다. 그리고 내게도 그것이 그리 답답해할 일은 못 되었다.

그러나 알고 보니 그게 아니었다. 가위눌림 현상은 분명한 모습이 보이지 않거나 그것이 너무 분명히 인화되어 나타나는 그림에서만 오는 것이 아니었다. 소리가 들리지 않는 곳에서도 가위눌림 현상은 찾아올 수 있었다. 글쟁이 노릇으로 살아가고 있는 나 자신의 처지 때문인지 모른다. 언제부턴가 나는 자주 그 행사 때의 소리들이 못 견디게 궁금해지기 시작했다. 행사 때마다 앞에서들은 무엇인가 열심히 말들을 하고 있었다. 성난 목소리를 떠지르기도 하고, 길고 긴 두루마리 글을 읽어내리기도 하고, 머리띠를 두른 채 주먹을 휘두르며 거센 구호들을 외쳐대기도 하였다. 그리고 그 소리들은 필시 그들이 앞에서 행사를 치러나가는 절차나 목적과 크게 상관이 되고 있는 것일 터였다. 그것으로 그들은 앞줄 단 근처에서 그들끼리 뭔가 일을 꾸미고 그것을 진행해나가고 있었을 것임에 틀림없었다.

한데 나는 그들의 말을 다시 들을 수도 기억해낼 수도 없는 것이다. 제대로 들려온 일이 없으니 기억이 되살아날 수가 없는 것이다. 사람들은 뭔가 끊임없이 주장하고 외쳐대고 있는데, 내겐 아무것도 들려오는 소리가 없는 것이다. 퇴색한 사진처럼 눈앞에 되살아나는 것은 오히려 한번 제대로 본 일도 없는 그 단상 근처 사람들의 얼굴 모습뿐이었다. 그 얼굴들이 소리 없는 몸짓 속에 끊임없이 내게 외쳐대고 있었다.

그러자 어느 때부턴가 문득 어떤 소리가 들려오기 시작했다. 그러나 그것은 아직도 진짜 분명한 사람의 소리가 아니었다. 그것은 그저 뜻 없이 어우러진 사람들의 소음이 아니면 그 소음 속을 소용돌이치며 웅웅거리는 귀 따가운 스피커의 울림소리뿐이었다.

다름 아닌 바로 이명(耳鳴) 현상이었다.

글을 계속 써먹고 살아가자면 무엇보다 그런 이명 현상이 없어야 할 것이다. 없어져주거나 이겨내야 할 것이다. 이명 현상이 내게 계속되는 한 나는 언제까지나 그때 그곳의 말들을 옳게 분별해 들을 수가 없을 것이다. 하지만 어찌 이명 현상으로 인해 소리를 제대로 들을 수 없는 것이 그 어릴 적 행사 때의 일뿐이랴. 글을 써먹고 사는 사람으로서는 진실로 이명의 헛소리를 듣지 않고 옳은 소리를 제대로 분별해 들어야 하는 것이 기본의 바탕이자 초미의 과제거늘. 독자의 소리, 독자 아닌 사람의 소리, 아픔의 소리, 기쁨의 소리, 낮고 작으면서도 곱고 힘있는 소리, 그 모든 세상의 소리…… 하지만 그 모든 세상의 소리들이 아직도 제대로 잘 분별해 들리지 않고, 그것이 자주 이것저것 뒤섞인 소음의 이명으로 들릴 때가 많음은 그 귓구멍의 허물의 뿌리가 어릴 적부터 너무 깊이 잘못 뻗어 박힌 탓이나 아닌지, 자못 답답하고 두려울 뿐이다. 그렇다면 그 역시 글쟁이로선 참으로 괴롭고 저주스런 또 하나의 가위눌림 현상이 아닐 수 없으므로.

　— 무성(無聲) 시대의 필름과 이명 현상.

　세상에서 가장 답답하고 두려운 가위눌림의 그림은 무엇일까. 가난의 그림은 그중 무서운 그림의 하나가 될 수 있을 것이다. 나는 지금도 사람이 많이 모이는 곳에는 얼굴을 내밀고 나타나기가 주저스러워지곤 한다. 학생 시절 자취 생활을 오래 하다 보니 몸이나 옷깃에 자꾸만 김치 냄새 같은 것이 배어 묻어 다니는 것 같고, 그래 다른 사람들이 내게서 그 불결한 냄새를 눈치챌까 봐 자리를 함께하기를 피하게 되곤 하였다. 심지어는 버스를 기다릴 때마저도 사람들과는 약간 거리를 두고서 혼자서 차를 기다리게 되곤 하였다. 몸에 밴 자취방 김치 냄새를 생각하면서 혼자 버스를 기다리는 자의 그림, 그게 아마 가난의 가위눌림의 그림의 한 가지일 것이다. 이해는 하나 공유하기는 싫은…… 그래 사람들은 그 가난의 가위눌림 속에서 빠져나오기를 그토록 혼자 발버둥치게 되고, 일단 거기서 빠져나오기만 하면 대개는 그런 소리들을 하게 되는 모양이다.

혹은 인기 있는 종목의 운동 경기장에서 관중들의 흥분과 과열 응원을 막기 위해 경비에 임해 선 경찰관들을 볼 때, 귀빈들의 차량 행렬이 지나갈 때 환영 인파를 정리하기 위해 도로 경비에 임하고 있는 경찰관들을 볼 때도 나는 자주 그런 가위눌림 심사 비슷한 것을 느끼게 되곤 한다. 정작 볼만한 운동 시합, 차량 행렬은 보지 못하고, 흥분한 관중이나 환호하는 시민만을 거꾸로 지켜보아야 하는 사람들의 심사야말로 그 사람들이 심장이 없는 기계가 아닌 이상 얼마나 답답하고 궁금할 것인가. 하긴 그땐 모든 것이 등 뒤에 있어 아예 아무것도 볼 수가 없으니 반쪽만 보이고 전체가 보이지 않는 그 가위눌림의 답답스런 공포감과는 오히려 관계가 없을지도 모르지만.

그 반쪽 모습만 보이고 전체가 보이지 않아 공포 속에 애를 먹는 가위눌림의 가장 무서운 그림은 우리의 생명과 삶의 주재자이신 신의 모습이 아닌가 싶다. 우리 인간들은 이미 그 지혜로 자신들의 삶과 영혼의 구원을 위한 신의 모습을 절반가량이나 그려놓고 있다(그것을 그리기까지의 고되고 기나긴 인간의 역사여!).

그러나 아직도 삶과 죽음의 구원자로서의 그 신의 완전한 모습은 보이질 않는다. 그것은 아무도 본 사람이 없고, 보여준 사람도 없었던 셈이다. 생명 있는 자 누구나 그것을 마저 보고자 애를 쓰고 발버둥쳐온 터이지만, 보이는 것은 아직도 그 전체가 아닌 반쪽의 모습뿐이다. 설잠 속의 그것처럼 반쪽밖에 보이지 않는 신의 모습, 나머지 반쪽의 모습을 아무리 찾아보려 애써도 끝내 보이지 않는 그 인색한 구원자의 모습(!)이야말로 우리들의 생명과 삶을 안간힘으로 발버둥치게 만드는 가장 두렵고 안타까운 숙명적 가위눌림 속의 그림일 수 있지 않을까. 그리고 그렇다면 그 반쪽의 모습만을 찾아 그려온 지금까지의 인류사인즉 오히려 나 같은 무교자(無敎者)들에겐 달갑잖은 선물이 될 수도 있는 것이다.

가위눌림 속에선 좀처럼 말이 소리가 되어 나오기도 힘들지만, 그 대신 혼자선 못해본 생각도 없는 모양이다. 아마 모든 것이 가위눌림 속의 두려움 때문이겠지만, 그 보이지 않는 반쪽의 모습은 실상 인간들 각자가 그의 삶 속에 스스로 찾아내어 완성시켜나가야 하는 것이 아닌가 싶어 뵈니, 그 두려움과 무거운 답답증은 갈수록 더할밖에.

— 우리의 구원자이신 신도 또한.

(『세계의문학』 1984년 봄호)

비화밀교(秘火密敎)

1

버스가 J읍 터미널에 닿은 것은 날이 어둑어둑해오는 저녁 5시
경이었다. Y읍에서 기차를 내려 버스로 갈아탄 지 두 시간여 만이
었다. 조승호 선생과의 약속 시각이 대강 맞아떨어져가고 있었다.

나는 버스에서 내리자마자 곧장 터미널 구내의 휴게실을 찾았다.
건물 2층에 있는 휴게실 이름이 무슨 〈남녘〉이라 했던가. 화장실
통로 쪽에 2층으로 올라가는 계단이 보이고, 그 계단 아래에 2층
쪽을 가리키는 경사각 화살표의 〈남녘〉표지대가 서 있었다.

"고향 가본 지가 사오 년 된다면 새로 생긴 터미널은 처음이겠
구먼. 하지만 뭐 헤맬 일은 없을 거네. 터미널 구내에 휴게실이 있
으니까. 건물 2층에 남녘이라고 다방 비슷한 곳이지. 그새 뭐가
달라지지 않았다면 거기서 만나세. 그믐날 저녁 5시경. 5시경이면

날이 이미 어두워올 때니 사람 너무 기다리게 하지 말구."

가능하면 자기가 먼저 와 기다리겠노라며 조 선생이 서울에서
다짐하던 말이었다. 조 선생의 말대로 〈남녘〉은 그동안 이름을 바
꾸거나 장소를 옮길 일이 없었던 모양이다. 하지만 나는 그 생시
멘트 냄새가 가시지 않은 신축 건물의 계단을 오르면서 아직도 마
음 한구석이 미심쩍기만 했다.

'선생님이 정말 이곳에 먼저 와서 나를 기다리고 계실까⋯⋯'

아무래도 내가 조 선생의 몇 마디 실없는 장난 소리에 엉뚱한 어
릿광대 노릇을 하고 있는 것 같았다.

연말 기분에 길거리가 조금씩 술렁거리기 시작하던 지난 12월
중순경. 하루는 평소 마음을 열고 지내던 한 소설쟁이 친구의 신
간 출판 기념 모임엘 나간 일이 있었다. 거기에 생각지도 않았던
조승호 선생이 자리를 함께하고 있었다. 실은 그동안 두 사람 사
이에 그럴 만한 친교가 있어온 탓이었다. 조승호 선생은 알려진
바와 같이 우리나라 민속학의 첫길을 열고 그 기초를 닦아온 사계
의 개척자 격인 인물. 그리고 내 소설쟁이 친구는 글의 소재를 거
의 우리 민속과 세시기들에서 찾아 써온 처지였다. 두 사람은 자
연히 서로의 작업에 관심을 갖게 됐고, 상대방의 취재물을 자기
글 가운데에 인용해 쓰는 경우가 종종 생겼다. 그래저래 두 사람
은 서로 자기 저작물을 주고받는 일까지 있었는데, 조 선생이 그
날 그 자리엘 온 것은 두 사람의 그런 관계 때문이었다. 그것은 오
히려 의당한 일일 수 있었다.

뜻밖인 것은 나와의 마주침이다. 조 선생과의 대면이 너무 오랜

만이었고, 그걸 미리 예상할 수가 없었기 때문이다. 조 선생은 그러니까 내게로 말하면 J읍의 초등학교와 K시의 중학교를 칠팔 년씩 앞서 거쳐간 동향 선배였다. 게다가 조 선생은 젊었을 적 한때 학업을 중단하고 J읍으로 내려와 고향 초등학교에서 교편을 잡은 일이 있었는데, 그때 겨우 초등학교 5학년엘 다니던 나는 당신의 가르침을 받은 바(직접 담임은 아니었지만, 그랬기에 더욱 영향 받은 바가 컸을지도 모른다)가 컸었고, 결국은 그 K시의 중학교까지 당신의 학연을 뒤따르게 된 분이었다. 하면서도 내가 학교를 졸업하고, 양쪽 집안이 차례로 서울로 떠나고부터는─, 더욱이 조 선생이 학교 강의와 학회의 일로 분주해지면서부터는 이런저런 경로로 멀찌감치서 서로 지내는 소식이나 건너 전해올 뿐 직접 얼굴을 접해 만날 기회는 좀처럼 쉽지가 않아오던 분이었다. 그 조승호 선생을 뜻하지 않은 자리에서 마주치게 된 것이었다. 언젠가 선생의 학위 취득 축하연 석상으로 하례 인사를 올리러 찾아가 뵌 이후로 거의 20년 만의 대면이었다.

피차간 반가운 일이 아닐 수 없었다.

그런데 실상 조 선생은 그날 나와 우연히 마주치게 된 것이 아니었다. 조 선생은 미리 내가 그곳에 올 것을 알고서 나를 만나기 겸해 찾아온 길이었다.

"자네가 여길 나올 줄 알았지. 그래 자넬 좀 만나보기 겸해 일부러 온 거야. 어때, 지금 나하고 조용히 얘기 좀 할 수 있을까?"

저자와 책 소개, 그리고 친구인 작자의 공식적인 인사말 순서가 끝나자, 칵테일 잔을 손에 든 선생이 어디선가 먼저 나를 알아보고 다가왔다. 그리고 조 선생은 그간 지내온 서로 간의 사연 따윈 아예 생략해버린 채 무슨 긴요한 의논거리라도 있는 사람처럼 나를 대뜸 한쪽으로 끌고 갔다. 무슨 일로 해선지 회장을 들어설 때부터 나를 찾고 있었던 기색이 역력했다.

하지만 이윽고 두 사람만의 조용한 자리가 되고 나서 조 선생이 내게 물어온 소리는 기대와는 영 딴판이었다.

"난 뒷전에서나마 자네 작품 활동을 늘 눈여겨보아오고 있었지. 헌데 자네 근래에 언제 고향 쪽엘 다녀온 일이 있었던가."

"저도 선생님의 근황에 대한 소식은 선생님의 글월이나 학교 친구들을 통해서 자주 모셔오고 있었습니다. 하지만 고향엔 별로 자주 가보지 못했는데요."

나는 조금 싱거운 기분으로 치레대꾸처럼 선생께 응대했다.

"선생님께서도 마찬가지시겠지만, 서울에다 일단 둥지를 틀고 나니 기회가 좀처럼 어렵더구먼요. 이젠 별반 찾아뵐 만한 집안 분들도 안 계시구요. 한 사오 년 전에 남도 노랫가락 취재를 겸하여 잠시 성묘를 다녀왔을 뿐입니다."

한데 그 조 선생이 먼저 나의 글 일을 지켜봐왔다는 것은 그저 치레말이 아니었던 것 같았다. 그리고 나의 소설 중에 고향 얘기를 자주 찾아볼 수 없는 것이 선생을 뭔가 섭섭하게 해왔던 것일까.

"그래, 역시 짐작대로군. 자네 글을 보고 나도 이미 그런 줄 알았어."

이야기 중에 그는 이상하게 자주 나의 글과 고향 길을 연결 짓고 있었다. 그리고 이번에는 주위를 의식하듯 한층 더 조심스럽고 은

밀스런 표정으로,

"그렇담 자넨 그믐밤의 등산 따위엔 더욱 취미가 없겠구만."

얼토당토않은 등산 이야기까지 꺼내었다. 나는 선생이 무슨 말을 하고 있는지 알 수가 없었다. 그러나 조 선생은 알아듣는 사람끼리는 다 알아들을 수 있는 것을 묻고 있는 듯, 그리고 내가 그걸 알아듣는지 어떤지를 읽어내려는 듯 내 표정을 유심히 살피고 있었다.

"그믐날 밤의 등산이라뇨?"

나는 솔직히 반문하는 수밖에 없었다.

조 선생이 비로소 내게 대한 어떤 확신이 서온 듯 혼자 몇 차례 고개를 끄덕였다. 그리고 이번엔 나의 물음이나 생각 같은 건 아예 무시해버린 채 강압적인 어조로 간단간단히 물어왔다.

"자네, 이번 연말에 무슨 특별한 계획이나 바쁜 일이 없나?"

"아직은 별다른 계획이 없습니다만."

마음속에 어떤 결심이 내려진 듯한 조 선생의 짧고 위압적인 물음에 나 역시 될수록 간략하고 명확하게 대답해나갔다.

"그렇다면 이번 연말은 나하고 함께 여행을 다녀오는 게 어떻겠나?"

"여행이라면 J읍 쪽으로 말씀입니까?"

"J읍, 물론 J읍 쪽이지. 하지만 그냥 평범한 고향 여행길이 아닐세. 이건 실상 그날 밤에 있을 밤 등산을 위해서니까."

"J읍에서 밤에 산을 오릅니까?"

"J읍 뒷산의 이름을 잊지 않고 있겠지. 자넨 아직 나보다 젊으니까 그쯤 밤 등산을 못 오를 리도 없을 게구."

J읍을 멀찌감치서 병풍처럼 뒤로 둘러싸고 있는 해발 1천 미터 가량의 제왕산(帝王山) 이야기였다.

"그런데 어째 하필 그믐날입니까. 그리고 하필이면 밤 등산입니까. 선생님께선 그럼 전에도 매번 그렇게 J읍을 찾아가신 겁니까?"

나는 마침내 궁금한 것들을 한꺼번에 연거푸 물었다.

하지만 선생은 이제 그것으로 내게 할 말을 다해버린 것 같았다. 뿐더러 나의 의사와는 상관없이 두 사람의 여행 계획을 혼자 마음속에 확정지어버린 것 같았다. 선생은 나의 물음엔 대답을 하지 않았다. 그 대신 그저 간단한 한마디로 나를 일방적으로 강요해버렸다.

"그럼 자네 금년의 제야는 나하고 둘이 J읍에서 함께일세."

그리곤 다시 다짐이라도 주듯이 아리송한 몇 마디 덧붙였다.

"이건 자네가 비록 고향을 떠나 있을망정 근본이 어쩔 수 없이 그곳 사람이고, 게다가 자넨 글을 쓰는 사람이기 때문일세. 그런 자네가 알아둬야 할 일이 있다는 말일세. 그믐날 밤 제왕산 등산을 안 해봤다면 열 번 백 번 J읍을 찾아갔더라도 자넨 진짜로 고향을 간 일이 없는 셈이거든."

그리고 나서 조 선생은 그만 나의 곁을 떠나갔다. 그리고 잠시 사람들 사이로 섞였다가 언젠지 모르게 모습이 사라지고 없었다.

그를 봐도 조 선생이 그날 그곳에 나타난 것은 동향 후배인 내게 무엇인가를 알려주기 위해 일부러 나를 찾아온 것이 분명했다.

조 선생은 과연 그 며칠 후에 전화로(전에는 물론 그런 일이 없었

다) 다시 나를 찾았다. 그리고 그 알 수 없는 여행에 대한 내 의사 변동 여부를 묻고는 어쨌든 한번 따라나서보겠노라는 내게 이번에는 좀더 자세한 여행 계획을 일러왔다. 출발은 양쪽 사정에 따라 따로따로 하되 당일 저녁 J읍에서 합류토록 할 것, 여행이나 등산에 특별한 준비는 필요치 않으며 내 쪽에선 그저 겨울 등산 차림 정도만 간편하게 갖춰 입고 나설 것…… 거기에 덧붙여 두 사람이 J읍에서 만날 시각과 장소, 그곳까지의 차편의 연결 과정을 하나하나 비교적 세심하게 일러왔다. 그리고 나서 선생은 전번에 이미 표정이나 말투에서 감지할 수 있었던 것을 뒤미처 생각난 듯 다짐해왔다.

"자네도 이미 짐작하고 있겠지만, 이번 우리의 여행 계획은 어디까지나 우리 둘만의 비밀일세. 이유는 차차 알게 되겠지만, 식구들에게도 가능하면 평범한 연말 여행쯤으로 해두는 게 좋겠어. 귀찮은 눈길과 귀가 많은 세상에 이야기가 번지는 건 좋지 않으니까…… 그럼 이걸로 모든 약속을 끝내기로 하구 담번엔 바로 J읍에서 보세. 그믐날 저녁 J읍 버스 터미널 구내 휴게실 〈남녀〉……"

이곳까지 혼자 천 리 길을 쫓아 내려오게 된 그간의 경위였다. 물론 아직도 뭐가 뭔지 영문을 알 턱이 없는 길이었다. 그날의 마지막 확인 전화가 있은 뒤 조 선생은 정말로 이날까지 한번도 다른 연락이 없었고, 나는 솔직히 그만큼 망설임을 되풀이해오던 끝이었다. 하지만 나는, 그곳에 탯줄을 묻고 떠난 처지에다 더욱이 글 나부랭이를 쓰는 위인으로 그 일에 반드시 알아야 할 대목이 있으리라던 소리가 덫처럼 묘하게 자신을 옭아매오는 느낌이었다. 그래 집안 식구들도 모르는 두 주일 간의 망설임 끝에 결국은 한번 부딪쳐보자는 심사 속에 슬그머니 혼자 길을 떠나온 것이었다.

하지만 막상 J읍까지 당도하여 약속된 2층의 〈남녀〉를 찾아 올라가다 보니 새삼스레 의구심이 안 생길 수 없었다.

— 이거 내가 정말로 도깨비놀음에라도 홀리고 있는 게 아닐까. 도대체 오늘 밤 무엇 때문에 이런 산 오름을 해야 하며, 거기서 무엇을 알게 된단 말인가. 정녕 내가 그걸 알아야 할 양이라면 조 선생은 어찌하여 거기 대해 몇 마디라도 미리 귀띔을 해주려지 않았단 말인가.

나는 〈남녀〉의 계단을 오르며 자꾸만 의구심이 더해갔다. 한편으론 그만큼 조 선생을 믿어야 한다는 자기 위안의 다짐도 더해가고 있었다. 개인적으로는 동향의 선배에다 은사의 덕연까지 더해지닌 조 선생이었다. 게다가 학계에선 나름대로의 기반과 영향력을 쌓아온 점잖고 능력 있는 권위자의 한 사람이었다. 그런 조 선생이 무슨 이유로 해서든 동향의 후배이자 한낱 풋내기 소설쟁이인 나 따위를 골려주려 일부러 남의 동네 출판 기념회장까지 찾아올 수가 있었을까. 그리고 이토록 엉뚱하고 거추장스런 연말 행사를 제의할 필요가 있었을까. 그것이 한낱 부질없는 장난거리라면 그것으로 얻은 것이 무엇이란 말인가…… 아무래도 실없는 장난일 리는 없었다. 중요한 비밀이라도 귀띔해오듯 하던 그 은밀스런 표정과 말투, 그리고 거의 위압감을 느낄 만큼 일방적이던 제의와 당부의 말들, 그 조 선생이 나를 상대로 부질없는 장난질을 꾸미고 있었을 리가 없었다. 그리고 조 선생이 그랬는지 어쨌는지는 어차피 이제 곧 판가름이 나게 되어 있었다.

생각 중에 나는 이미 2층 〈남녘〉의 밀문을 들어서고 있었다. 그리고 그때 나는 곧바로 그 한산한 〈남녘〉의 구석자리 한쪽에서 나를 향해 웃고 앉아 있는 조 선생을 보았다.

약속한 시각을 대어 나타났는데도 날이 어두워지기 시작해선지 조 선생은 〈남녘〉에서 시간을 조금도 지체하지 않았다

"어디서 구했는지 그래도 제법 산을 타본 사람의 차림인걸."

조 선생은 다른 말을 하지 않았다. 자신도 간편한 등산복 차림을 하고 온 조 선생은 내가 약속대로 정시에 나타나는 것을 보고도 으레 그럴 줄 믿었던 듯 간단한 농조를 건네왔을 뿐이었다. 그리곤 내가 그 앞에 자리를 잡고 앉아 더운 커피 한 잔을 시켜 마시기가 무섭게 재촉하듯 서둘러 자리를 일어섰다.

"어디 가서 잠깐 요기를 해야지."

한마디를 던져놓곤 자리 곁에 놓아둔 배낭(그는 내게 다른 준비는 시키지 않은 대신 혼자서 그것을 꾸려온 모양이었다)을 들어 메곤 성큼성큼 다방 문을 앞장서 나갔다. 긴말 주고받을 겨를이 없었다. 나도 곧 그를 뒤따라 다방을 나섰다. 그리고 그가 가는 대로 근처 국밥집 같은 델 들러서 간단히 저녁 요기를 끝내고 나왔다. 그때까지도 조 선생은 별반 이날 밤 일에 대한 이야기가 없었고, 나 역시 이젠 그런 데에 신경을 쓰지 않았다. 기왕에 길을 나서 여기까지 온 터에 쓸데없이 조급하게 굴 필요가 없었다. 이제는 어차피 오래지 않아 일의 앞뒤가 드러나게 되어 있었다.

우리는 그런 식으로 다시 국밥 집을 나와 어디론지 미리 정해진 곳을 향하듯 앞서거니 뒤서거니 발길을 나란히 함께하기 시작했다. 행선지를 그저 조 선생에게 내맡기듯 하고 가는 처지라 발길들이 자연히 그리될 수밖에 없었다. 한데 실인즉 그게 바로 이날 밤 등산길의 시작이었다.

둘이는 아직도 별말이 없이 그저 어두운 밤길을 걸어가고 있었다. 하다 보니 어느새 우리는 J읍의 시가 지역을 빠져나와 제왕산으로 나가는 북쪽 도로로 접어들고 있었다. 조 선생은 그제서야 뭔가 머릿속에 망각하고 있던 일이 생각나듯 나를 향해 모처럼 한마디 해왔다.

"자네도 참 무던히 참을성이 많은 편이구면. 그래 여태까지 아무것도 묻질 않고 따라만 오는 걸 보니 말일세."

그리고는 미처 뭐라고 대꾸할 말을 못 찾아 망설이고 있는 내게 어둠 속으로 자신의 손목시계를 들여다보며 이날 밤 행정에 대해 혼잣소리처럼 간단히 설명을 덧붙였다.

"지금이 벌써 6시니까 출발이 마침 알맞은 셈이군. 여기서 제왕산까지는 이런 걸음으로 대략 반시간이 걸리고 거기서 정상까지 세 시간이 먹히니까, 정상 도착까지는 넉넉잡아 자정을 두 시간쯤 남길 수 있겠어."

이제는 뭔가를 묻는다 하더라도 대답을 아끼지 않을 듯한 어조였다. 게다가 이날 밤 두 사람의 등정은 왠지 자정을 한정하고 있는 투였다. 하지만 이날 밤은 자정과 상관없이 해가 떨어지고부터 너무 어둠이 깊었다. 하늘은 금방 눈발이 비칠 듯 깜깜한 구름 덩이로 뒤덮여 있었다. 옷 단속을 미리 하고 온 터라 추위를 그리 느낄 수는 없었지만, 그리고 조 선생의 발걸음 속도가 나이에 비해선 가벼워 보였지만, 길이 이토록 어둡고 보면 방금 조 선생의 등정 시간 계산이 제대로 맞아떨어질지가 의문이었다.

하지만 나는 쓸데없이 그런 걸 괘념할 이유가 없었다. 모든 건 그저 조 선생한테다 맡겨두고 볼 일이었다. 그 대신 나는 선생이 모처럼 입을 열어온 것을 계기 삼아 우선에 한 가지 궁금한 것을 물었다.

"그믐날 저녁을 제왕봉에서 보내고 거기서 새해 아침을 맞으려는 건 저로서도 어느 면 이해가 갑니다만…… 그래 선생님께선 해마다 여기서 이렇게 새해를 맞아오신 건가요?"

"이 몇 년 동안은 늘 그래 온 셈이지. 하지만 내가 맨 처음 이런 등산을 시작한 것은 벌써 40년도 훨씬 더 된 일이라네……"

나의 물음에 조 선생은 짐작대로 지금껏 대답을 아껴둬온 투였다. 여태도 계속 같은 이야기를 해온 뒤끝이듯 말투가 선선하고 거리낌이 없었다. 나는 그런 조 선생에게 용기를 얻어 다음 질문을 계속해나갔다.

"40년이 지나셨다면 그땐 선생님께서 아직 많이 어리신 때였을 텐데요?"

"그래 일정 때 소학교 5학년 때였으니까. 그때 한국인으로는 드문 관직이던 선친의 손에 이끌려서였지. 자네도 아마 아는 일인지 모르지만 내 선친은 그때 산 아래에서는 일본도(日本刀)를 찰 수 있는 드문 신분이셨거든. 하기야 그때 일본도를 찰 수 있었던 관직 중에선 선친의 경우가 가장 무력한 직위였지만…… 하여튼 나는 그런 아버지에게 이끌려 오늘의 자네처럼 아무것도 모른 채 산을 올랐지."

"그때도 오늘처럼 밤 등산이었습니까?"

"그야 물론이지. 이 등산은 언제나 해가 진 다음에 앞선 해 제야의 어둠 속을 출발하여 새해의 아침 전에 마무리가 지어지는 일이니까."

"거기 무슨 특별한 이유가 있습니까?"

"꽤나 중요한 핵심을 묻는구먼. 물론 그럴 만한 이유야 있지. 그러나 그건 자네가 직접 체험으로 깨달아 알도록 하게. 나도 그걸 그렇게 알게 되었구, 그만큼 그것은 중요한 일이니까……"

조 선생은 제법 친절하고 자상했다. 하지만 나의 물음이 계속되어감에 따라 왠지 차츰 끝마무리가 없는 반대답 어투로 기울고 있었다. 그것은 말할 것도 없이 내게 대한 조 선생의 우회적 암시의 대답일시 분명했다.

"선생님께서 등산을 시작하신 지가 벌써 40년을 넘는다면 그럼 그것은 선생님의 선친께서부터 시작된 일이었습니까?"

선생의 말끝이 반대답 투로 흐려져가는 것을 보고 나는 잠시 생각을 가다듬어 다시 물었다. 조 선생은 새삼 무언가 망설여지는 것이 있는 듯 한동안 침묵을 지키다가 천천히 고개를 가로저었다.

"아니지. 그건 내 선친 때부터 시작된 일도 아니야. 그보다도 훨씬 더 오랜 일이지. 하지만 그 역시 아무도 말을 하는 사람이 없어. 말을 할 사람도 없는 일이구…… 산을 올라가보면 자네도 아마 그게 그렇게 되어온 이유를 알게 될 게야. 그러니 자네도 직접 체험으로 알도록 하게."

"그럼 오늘 밤의 제왕산 등산은 우리 두 사람만의 일이 아닌가요? 다른 사람들도 함께입니까?"

"이따가 보면 그것도 자연히 알게 되겠지만, 이건 일종의 집단 등산일세. 해에 따라서 다르기는 하지만, 날이 기울어 어둠이 짙어지면 읍에서 제왕산 봉우리까지는 일종의 야간 행진로로 변하곤 하지."

선생의 대답에 나는 한동안 다시 입을 다물고 생각을 한번 더 가다듬어나갔다. 시작을 알 수 없는 오랜 세월 동안의 집단 야행, 어둠에서 시작하여 어둠 속에 끝이 나는 행사답게 모든 것이 그저 침묵과 비밀 속에 참여와 체험으로 설명이 이루어지는 행사의 정체, 그리고 번번이 암시 어린 반대답으로 말끝이 흐려지고 있는 조 선생의 태도 등, 나는 갈수록 어떤 음습한 음모의 기운 같은 것이 등줄기를 서늘하게 타 흘러내리는 듯한 느낌이 들었다.

그래 나는 그 조 선생을 채근하듯 좀더 솔직하고 당돌하게 다가들었다

"선생님께서 절 여기까지 불러오신 과정도 그랬지만, 모든 게 그저 안개 속에 비밀로 감춰져 있는 것 같은 게 무슨 지하 결사의 비밀 협회장이라도 가고 있는 느낌인걸요. 전 이를테면 그 결사의 신입 심사를 받으러 가고 있는 것 같구요."

나의 그런 직선적인 한마디가 조 선생에겐 뜻밖에 가파른 추궁으로 받아들여진 모양이었다. 선생은 한동안 말없이 어둠 속을 걸

어가고만 있었다. 하더니 그 어둠 속에 유난히 우람스러워 보이는 몸집을 내게로 다붙여오며,

"자네 아무래도 이것만은 미리 알아두는 게 좋겠군."

단도직입적으로 말해오기 시작했다.

"오늘 밤 이런 일은 실인즉 시발(始發)이나 내용이 간단하네. 오랜 세월 전 언제부턴가…… 이 고을 사람들은 제야의 어둠을 타고 제왕산을 올라가 그들 나름대로의 독특한 방법―, 그것은 이따가 자네가 직접 보게 될 것이네마는 하여튼지 아직은 뭐라고 말하기가 어려운 이곳 사람들 나름의 방법으로 새해의 첫날을 맞이하고 내려오는 풍습이 있어왔네. 그런 은밀스런 풍습이 언제 누구에게서부터 시작됐으며 어떻게 이날까지 전해오게 됐는지, 그리고 그것이 무엇을 뜻하며 뜻하려 하는지 따위는 거의 아무것도 확실한 것이 말해지지 않은 채 말일세. 하지만 일단 그것을 하룻밤 체험하고 나면 모든 것이 스스로 느껴지게 마련이라는 내 말을 믿어두게. 그 느낌이란 물론 이 일에 대해 사람들 간에 서로 말해지지 않고 있는 부분에 관한 것이 핵심이 되겠지만, 한 걸음 나아가 나나 사람들이 어째서 굳이 그걸 말하려 하지 않는가, 그리고 그럼에도 이런 일이 이토록 오랜 세월 동안 계속되어올 수 있었던가, 그런저런 이유들에까지 충분한 이해가 미칠 수 있을 것일세. 심지언 아마 오늘 밤이 밝고 나면 자넨 거기서 어떤 더 큰 궁금증을 얻어 지니게 되는 일이 있다 하더라도 그것을 누구에게 굳이 말하고 싶어 하거나 캐물을 생각마저 없어져 있을 테니 말일세. 그러니 우선은 무엇보다 오늘 밤을 자네가 잘 경험해내는 일일세."

이번에도 결국은 모든 궁금증을 스스로의 경험으로 풀라는 식이었다. 그것으로 나의 의구심과 조바심을 가라앉혀보려는 의도가 역력했다.

하지만 나는 그럴수록 궁금증이 더해갔다. 이번에는 바로 조 선생 자신의 이 일에 대한 관심과 태도가 문제였다. 조 선생도 애초 내가 이 고을 태생이고 소설을 쓰는 사람이기 때문에 이 일을 알아야 한다고 했었다. 나는 그 조 선생이야말로 자신의 전공 때문에 관심을 지나치게 과장하고 있지 않은가 하는 생각이 들었다. 자기 전공 분야에 대한 지나친 관심과 경사 때문에 일종의 지방민의 단순한 민속놀이에 엉뚱하게 나까지 함께 끌어들이고 있지 않나 하는 의구심. 하여 이제는 어차피 내친걸음, 나는 정면으로 조 선생의 의표를 겨냥하고 나섰다.

"이건 이를테면 이 고을 사람들의 일종의 민속놀이라고 할 수 있겠는데요. 그래 선생님께선 전공 때문에 특별히 관심이 더하신 것 아닙니까?"

그러나 나의 그런 추측은 전혀 방향이 빗나간 것이었다.

"내 전공과 이 일을 굳이 상관 지어 말한다면 자네의 추측은 전혀 거꾸로일세. 내가 민속학을 하기 때문에 이 일을 찾아 흥분한 것이 아니라, 어찌 보면 나는 그 어렸을 적의 일로 해서 민속 쪽에 차츰 관심이 기울게 되었는지 모르니까. 사실을 말하면 그 어렸을 적의 내 경험은 세월이 흐를수록 두고두고 더욱 느낌이 새로워지는 충격이었거든. 게다가 이것은 민속이라기보다 일종의 역사이자 종교에 가까운 것이구."

"역사나 종교까지 무거워집니까?"

"이런 행사의 뿌리가 어디 닿아 있느냐에 따라 행사의 성격이 가려지게 될 테니까. 아무도 확실한 걸 말한 사람은 없지만, 이건 아마 한일합병이나 삼일독립운동 무렵이 아니면 그보다도 좀더 시대를 거슬러 올라가서 동학운동부터 시작된 일이라는 말도 있거든. 이 고을이 동학군의 마지막 저항지였던 지역사를 보게 되면, 동학운동을 행사의 시발점으로 보는 게 그런대로 근거가 있어 보이고, 그렇다면 이건 지방 민속을 뛰어넘는 역사나 종교 행사로 볼 수도 있겠지."

"역사라면 비사(秘史)가 되겠고 종교라면 일종의 비교(秘敎)가 되겠군요."

나는 마침내 승복하듯 말했다. 하지만 조 선생은 이번에도 은근히 나를 나무래왔다.

"자네처럼 이 골에서 태어나서 글까지 쓰는 사람이 여태까지 이 일을 모르고 있었다는 점에선 비교나 비사라고 할 수도 있겠지. 하지만 굳이 그런 말을 쓴다면 종교로는 비교보다 밀교(密敎)에 가깝겠지. 자네도 몇 번씩 물어온 말이지만 도대체 여기선 모든 것을 그저 느낌으로 전해 주고 전해 받을 뿐 설교할 교리나 통일된 명문의 경전이 없거든."

그렇게 서로 이야기를 주고받다 보니, 두 사람은 어느새 읍에서 뻗어 나온 평로를 지나 제왕산 기슭까지 이르러 있었다.

그러자 조 선생은 이제 다시 한 번 마음의 준비를 갖추려는 듯 잠시 동안 휴식을 취해가자 하였다.

"자, 그럼 이제 여기서부터가 진짜 산길이니 잠시 숨을 좀 돌려 가기로 하지."

선생은 그러면서 한쪽 길가로 배낭을 내려놓고 그 속에서 준비 해온 손전등을 꺼냈다. 그리고는 그 손전등을 켜서 허공을 크게 한번 휘둘러보았다. 밝은 전짓불 속으로 흰 눈발이 몇 송이 밤나 비처럼 날아 내리고 있었다.

"눈이 좀 내릴 모양이구만."

그는 다시 전짓불을 끄고는 검게 내려앉은 하늘을 쳐다보았다. 그리고는 주머니에서 담뱃갑을 꺼내어 내게 먼저 한 개비를 권해 왔다. 나는 그것을 받아들기만 한 채 이번에는 내 쪽에서 라이터 를 꺼내어 조 선생에게 먼저 불을 붙였다. 그리고 두 사람은 한동 안 말없이 편한 휴식을 취하고 있었다. 신작로를 올 때는 어둠 속 에서 앞뒤를 살필 수 없었지만, 한자리에 그렇게 쉬어 앉았다 보 니 읍내 쪽에서 우리를 뒤따라온 사람들이 적잖게 길을 앞질러 지 나갔다. 어둠 속을 두런두런 떼를 지어 지나가는 사람들도 있었 고, 때로는 혼자서 전짓불을 길동무 삼아 지나가는 사람도 있었 다. 그러나 그 어느 누구도 이쪽 기척에 아는 체를 하거나 주의를 머물러오는 사람이 없었다. 전짓불을 켜 들고 지나가는 사람들도 그 불빛을 이쪽 얼굴에 닿게 하는 일이 없었다. 누가 길가에 앉아 있거나 말거나 그저 자기 앞 발길만 내려 밝힌 채 어른어른 산길 을 지나 올라가곤 하였다. 이쪽에서도 도대체 저쪽이 어떤 부류의 사람들인지 얼굴이나 정체를 알아볼 수가 없었다. 이게 이 사람들 의 행사의 룰이겠지— 그건 영락없이 어떤 지하 결사나 비밀 도당들의 야간 행렬 한가지였다.

우리는 거의 이삼십 명이나 되는 사람들이 우리를 앞질러 산길을 올라갔을 때 휴식을 끝내고 자리에서 일어섰다.

조 선생이 전짓불로 길을 앞장서 밝혀나갔지만, 이때부터는 산길이 제법 가팔라지는 데다 눈발까지 눈앞이 어른거릴 정도여서 발길을 마음대로 재촉해갈 수가 없었다. 게다가 조 선생은 50대 후반의 젊지 않은 연배에 배낭까지 지고 있었고, 나는 또 나대로 서투른 산길에 신발마저 실실치가 못한 형편이었다. 그래저래 우리는 산을 오르는 도중에도 몇 차례나 뒷사람들에게 길을 비켜줘야 했고, 그러고도 중간중간 휴식의 시간을 가져야 했다.

하여 우리가 목표 지점인 제왕산 정상까지 오르게 된 것은 열 번도 넘는 잦은 휴식 끝에 읍내를 출발한 지 네 시간여 만인 10시쯤 해서였다. 그것도 마지막 두 번의 휴식 때에는 조 선생이 더 이상 견디질 못한 듯 배낭 속에 넣어온 네 홉들이 소주병 하나를 꺼내 들었는데, 둘이서 그것을 절반이나 비운 끝에 그 술기운을 빌려서였다. 사람들은 역시 그런 때도 우리를 전혀 상관해오는 일이 없었다. 우리가 낙오병처럼 지쳐 앉아 있거나 말거나, 도중에서 술병이나 빨고 있거나 말거나 아랑곳을 해오는 사람이 아무도 없었다. 눈길 한번 제대로 거들떠보는 일이 없이 그저 묵묵히 자기 갈 길들만 올라가고 있었다. 하다 보니 자연 조 선생과 나도 그 사람들에 대한 관심은 물론, 둘 사이에도 별로 오가는 말이 없이 허덕허덕 산길만 올라온 셈이었다.

우리가 정상에 도착한 것은 그런대로 때가 너무 늦은 것 같지는 않았다. 행사의 내용을 알지 못한 나로서는 무슨 일이 언제부터 시작될 것인지를 알 수 없었다.

제왕봉 정상에는 아래서 산을 올려다볼 때와는 달리 뜻밖에도 그 봉우리 너머로 낮은 분지형의 초원이 펼쳐져 있었다. 마른 억새밭의 넓은 초원이 그동안 쏟아진 고지대의 눈발로 서서히 설원으로 변해가고 있었다. 그 설원의 흰 눈발 속에 사람들이 군데군데 검게 무리져 웅성대고 있었다. 내겐 그 사람들의 무리가 아직도 시간을 기다리고 있는 것처럼 보였다. 우리가 정상을 도착한 다음에도 그곳엔 우리를 뒤따라 산을 올라온 사람들이 호수로 흘러드는 물줄기처럼 계속 줄을 이어 무리로 섞여들어가고 있었다.

"종화(種火)가 아직도 도착하지 않은 모양이군."

정상에서 한동안 아래쪽 설원을 내려다보고 있던 조 선생이 이윽고 혼잣소리처럼 한마디 했다. 그리고는 서서히 나를 앞장서 분지의 무리 쪽으로 내려가기 시작했는데, 조 선생의 그런 한마디로 봐서도 아직은 본격적인 행사 절차가 시작되지 않고 있는 게 분명했다.

"종화라니요? 무슨 불놀이라도 벌어지는 겁니까?"

나도 분지 쪽을 향해 그 조 선생을 천천히 뒤따라 나서며 모처럼 한마딜 넘겨짚어 물었다.

그런데 바로 이때부터였다. 나중에 알고 보니 실은 그럴 만한 이유가 있어 그랬지만, 조 선생은 이때부터 나의 물음에 대해 뜻밖에 다시 대답이 선선해지고 있었다.

"그렇다네. 두고 보면 알겠지만 진짜 근사한 불놀이가 벌어질걸세."

조 선생의 대답에는 이제 우회나 회피의 기미가 조금도 없었다. 그는 이제 때가 가까워온 듯 오히려 설명을 앞질러가고 있었다.

"그 종화주가 누굽니까?"

나는 아닌 게 아니라 어떤 종교적 제의(祭儀) 같은 걸 머리에 떠올리며 계속 궁금한 것을 물어나갔다. 선생이 이번엔 잠시 대답을 잠시 망설였다. 그러다간 새삼 정색을 한 어조로 내게 심상찮은 다짐부터 해왔다.

"내 자네한테 미리 한 번 더 당부를 해두겠네만…… 오늘 밤 여기서 있었던 일들은 듣고 보고 행동한 것 모든 것이 여기서 끝나 없어지고 마는 걸세. 산을 내려가면 그것으로 모든 게 없었던 일이 되고 마는 거란 말일세. 내 더 이상 덧붙이지 않더라도 이 고을 태생인 자네마저 여태까지 이 일을 모르고 지내온 걸 생각하면 내 말이 무얼 뜻하는지 짐작이 갈걸세. 그걸 머릿속에 잘 새겨두게."

조금도 과장기가 섞이지 않은 무겁고 힘있는 당부의 말이었다. 어느 때보다 진중하고 간결한 어조에 나는 섣불리 입을 열 수조차 없었다. 어둠 속에서 갑자기 몸집이 거대하게 부풀어 오르고 있는 듯한 조 선생에게 나는 뭔가 무겁고 큰 것을 가슴에 느끼면서 그의 발길만 묵묵히 뒤쫓아가고 있었다. 하니까 조 선생은 이제 그것으로 자기의 다짐에 대한 나의 응답이 충분하다는 듯 천천히 다시 입을 열어오기 시작했다.

"종화주는 따로 정해진 사람이 없네. 정해진 사람이 따로 없으니까 누가 올해의 종화주인 줄도 알 수가 없구……"

아깟번 물음에 대한 대답이었다.

선생은 좀더 말을 덧붙여나갔다.

"아마 자네도 언젠가는 알게 되겠지만, 종화주는 전해의 그믐날 밤 행사 때 맨 마지막으로 불을 묻는 사람으로 정해지네. 때가 되어 불놀이가 끝나면 우린 모두가 자기 불을 한곳에 묻고 떠나거든. 그 불을 묻는 곳이 저쪽 분지의 동쪽 끝에 돌 구덩이로 만들어져 있네. 거기에 맨 나중 불을 묻는 사람이 다음 해의 종화주가 되는 것이지. 그 사람이 다음 해 이날까지 불씨를 간직했다 다시 가져오는 것이구. 그러니까 해마다 종화주는 바뀌지만 불씨는 언제나 같은 불씨인 셈이지. 언제부턴지 확실치 않지만 여기서 이런 잔치가 치러지기 시작한 그 오래전 옛날부터 말일세……"

종화주는 해마다 바뀌어도 불씨는 언제나 같은 불씨이다― 그것은 이를테면 이곳 사람들이 무슨 이유에선지 그 오랫동안 마음속에 같은 불씨를 지녀오고 1년에 하룻밤 이곳에 모여서 그것으로 마음을 함께 불태움에 다름 아닌 것이었다. 나는 왠지 문득 거기서부터는 어떤 두려움기마저 느껴지기 시작했다. 그만큼 호기심도 더해갈 수밖에 없었다. 하지만 나는 이제 더 이상 이것저것 함부로 물어댈 수가 없었다.

우리는 다시 입을 다문 채 묵묵히 억새 숲의 비탈을 내려갔다. 눈발에 덮여가는 분지형의 초원이 아래로 내려갈수록 넓어지고 있었다. 우리는 그 눈 덮인 억새밭의 서쪽 경사면을 천천히 미끄러지며 아래로 내려갔다. 그리고 오래잖아 우리는 그 초원의 서쪽 바닥께로 내려서 있었다.

우리가 막 거기까지 당도하고 났을 때였다. 정확한 시각은 10시 20분. 때마침 초원의 동쪽 부분 한곳에서 환한 횃불 한 개가 타오르기 시작했다. 동시에 분지의 이곳저곳에서 함성과 박수 소리가 합창하듯 한꺼번에 터져 올랐다. 억새 숲 무성한 벌판 곳곳에는 어둠 속 얼룩으로 알아볼 수 있는 것보다 훨씬 더 많은 사람들이 이미 산을 올라와 있었다. 그 함성과 박수 소리가 분지와 봉우리를 거대하게 메아리쳐 올랐다. 동시에 그 하나의 횃불은 기름기에라도 닿은 듯 이 사람 저 사람으로 순식간에 불길이 번져오고 있었다.

"우리가 정말 때를 맞춰 온 게로군."

조 선생이 번져오는 불길을 보고 한마디 하였다. 내게 이미 충분히 다짐을 준 탓일까. 아니면 이곳이나 이곳의 행사가 원체 그런 식이 되어왔는지도 모른다. 조 선생은 이날 밤 정상엘 오르면서부터는 아예 입이 열려버리고 있었다. 그가 발길을 불빛 쪽으로 향하면서 내게 계속해서 말해오고 있었다.

"그럼 우리도 저쪽으로 가서 불씨를 좀 얻어오도록 할까……"

나는 여전히 입을 다문 채 그의 발길을 뒤따르고 있었다. 불씨를 얻으러 가는 것은 그 조 선생과 나만이 아닐 게 당연했다. 분지의 이곳저곳에서 불빛을 향해 사람들이 거대한 흐름을 이루기 시작했다. 우리는 그 흐름에 이끌려 제물에 불 쪽으로 흘러가는 격이었다. 하지만 우리는 그 불씨를 만나러 동쪽 언덕까지 갈 필요가 없었다. 횃불이 거꾸로 우리들을 향해 같은 속도로 번져왔다. 우리는 분지의 중간쯤에서 횃불의 불씨를 만날 수 있었다, 라기보다도 우리는 그곳에서 횃불의 물결에 휩싸여든 것이었다.

그러자 짐작대로 조 선생은 그곳에서 다시 한 번 배낭을 벗어 내렸다. 그리고 미리 준비해온 횃봉 두 개와 기름병을 꺼냈다. 횃봉은 속이 빈 쇠 파이프 속에 기름과 솜뭉치를 박아 넣어 끝에서 불꽃이 붙어 타게 만든 것이었다. 조 선생을 포함한 모든 사람들이 한결같이 등에 배낭을 지고 온 것은 밤 추위를 달랠 술병 외에도 그 횃봉과 기름병을 가져오기 위해서였다.

조 선생은 그 쇠 파이프 속의 솜덩이에 기름병의 기름을 충분히 적신 다음 지나가는 횃불의 불씨를 받아 당겼다. 그리고 그것을 내게 건네주며 제관처럼 엄숙한 목소리로 일렀다.

"이 불은 자정까지 가야 하네. 자네 말대로 이 불꽃놀이는 자정에 가서야 끝이 나게 되니까."

나는 엉겁결에 그가 건네주는 횃불을 받아들었다. 그리고는 마치 신대를 거머쥔 무당처럼 공연히 혼자 두려워지고 있었다. 조 선생의 말로 보아 행사의 절정은 자정께로 정해져 있는 게 분명했다. 자정엔 도대체 어떤 일이 벌어질 것인가. 나는 차라리 그 시각이 빨리 다가와버렸으면 싶었다. 횃불의 화광에 벌겋게 물이 든 정상의 밤하늘. 그 열기에 꽃비처럼 쏟아지는 눈발들마저 땅 위까지 내려 쌓이지 못하고 있었다. 어떤 불빛이나 함성 소리도 산 아래서는 알아볼 수 없게 된 은밀스런 지세, 그 분지형 지세의 은밀스러움마저도 나는 오히려 마음이 편치 못했다. 덕분에 행사가 그토록 비밀을 지켜올 수 있었겠지만 그 비밀스러움이 나를 더욱 두렵게 하고 있었다.

그러나 조 선생은 나의 두려움 따위는 전혀 아랑곳이 없었다.

그동안 그는 술병을 꺼내어 다시 한 모금씩 목을 축인 다음 배낭을 처음대로 꾸려 지고 있었다. 내 것까지 두 개씩 준비를 해왔으면서도 자기 횃봉에는 아직 불을 당기지 않은 채였다.

"자정까지 기름을 대어가자면 내 건 좀더 기다렸다 붙이지."

왜 불씨를 붙이지 않느냐는 물음에 그는 내게 그렇게 말하고는 그 불도 붙이지 않은 빈 횃봉을 깃대처럼 높다랗게 쳐들어 보일 뿐이었다. 그리고는 배낭을 짊어진 채 어디론지 다시 발길을 옮겨가기 시작했다.

한데 이날 밤 이곳에서의 일은 이때부터가 내게 더 기이한 경험이었다.

조 선생은 이때부터 아무 정처도 없이 그저 무작정 이곳저곳을 헤매 다니기 시작했다. 이 사람 저 사람 마주치는 사람마다 안부와 인사를 묻고 다녔다.

"안녕하십니까…… 그동안 별고 없으셨습니까……"

"반갑습니다. 그새 또 1년이 지나갔군요."

대개는 그저 안면 정도나 익어 보이는데도 조 선생은 빠짐없이 모두 그렇게 인사를 주고받곤 하였다. 그러면서 마치 어디엔지 그가 찾아야 할 사람이 따로 있는 것처럼 횃불 속을 끊임없이 헤매 다녔다. 하지만 정말로 그가 따로 찾아 만나야 할 사람이 있는 것은 아니었다. 조 선생은 진짜 친분이 있어 뵈는 사람과 마주치는 경우도 몇 번 있었는데, 그런 때도 그는 잠시 몇 마디 지내온 형편 이야기나 주고받았을 뿐 이내 다시 발길을 돌려서버리곤 하였다. 그는 무엇보다 누구에게 특정한 사람을 지목해 묻거나, 발길에 정처가 있어 보이질 않았다. 그는 그렇게 이날 밤 안으로 가능한 한 많은 사람을 만나고 인사를 나누는 게 목적인 것처럼 이리저리 불빛 속을 꿰뚫고 다녔다.

실상 그런 기이한 행각은 조승호 선생 한 사람만이 아니었다. 이날 밤 산 위의 모든 사람들이 조 선생과 거의 같은 행각을 벌이고 있었다. 처음 산을 올라와보았을 때 이곳저곳에 검은 얼룩처럼 무리져 기다리고 있을 때와는 달리, 횃불이 환히 밝혀지고부터는 아무도 한 자리에 발길을 머물고 서 있는 사람이 없었다. 사람들은 저마다 불빛 속을 꿰뚫고 다니며 서로서로 인사를 나누기에 분주했다. 그 사람들 역시 얼굴이 서로 익거나 그렇지 않거나를 가리지 않는 식이었다. 사람들은 불길이 스칠 때마다 내게까지 자주 아는 체를 해왔는데, 그때마다 나는 혹시라도 나를 아는 얼굴인가 싶어 혼자서 놀라며 그를 되살피곤 했지만, 그건 번번이 내 오해일 뿐이었다. 나도 결국 그런 인사를 받을 때마다 자연스럽게 답례를 하게끔 되었고, 나중에는 제법 용기를 내어 내 쪽에서 먼저 인사말을 건네기까지 이르렀다. ─안녕하십니까. 반갑습니다. ─반갑습니다. ……별고 없으셨군요.

조 선생도 아마 그러는 내가 제법 대견스러워 보인 모양이었다. 그는 이윽고 기름이 다해가는 내 횃불을 보고는 배낭에서 다시 기름병을 꺼내어 횃봉 속의 솜뭉치를 적셔주었다. 그리고 자기 횃불에도 비로소 불을 당겨 들고는 둘이서 함께 사람들 사이로 섞여 어울려들었다.

─안녕하십니까. 반갑습니다.

― 반갑습니다……

그런 식으로 얼마 동안이나 횃불과 인파 속을 헤매고 다녔을 무렵일까. 이번에는 내가 뜻밖에도 진짜로 아는 사람을 하나 만나게 되었다. 그는 물론 조 선생도 이미 안면이 익어 있던 사람이었는데, 나에겐 겨우 얼굴만 기억되고 있는 먼 일가 형뻘로, 여태까지 어디서 무얼 하고 지냈는지도 몰라온 사람이었다.

"안녕하세요. 반갑습니다……"

나는 으레껏 사람들에게 해온 대로 인사말과 함께 몸을 비켜가려는데, 그때 내 인사에 같은 말로 응답을 해오던 상대편이 발길을 지나치려다 문득 나의 팔을 붙들었다.

"아니, 이거 혹시 서울서 글 쓰는 정훈이 아니여?"

팔을 붙들린 채 얼굴을 올려다보니 그가 사람을 잘못 본 게 아니었다. 나이 이미 쉰을 넘은 그가 세월의 흐름과 변모에도 불구하고 횃불빛 속에서 나를 용케 알아본 것이었다.

"내 자네 소식은 지상에서 종종 접하고 있네만, 오늘 여기서 이렇게 만날 줄은 정말 뜻밖이네그려……"

촌수도 따질 수 없는 그 일가 형의 반가움은 그의 말대로 정말 뜻밖에 커 보였다. 그래 우리는 조 선생이 간단한 인사를 끝내고 자리를 잠시 비켜주고 있는 동안 예외적으로 길게 이야기를 나누었다. 우리는 서로 그동안 지내온 집안 안부들을 주고받았고, 옛날에 돌아가신 어른들의 뒷소식에 양쪽이 함께 마음 송구해하였으며, 나중에는 서로가 의지해 살아가는 일거리에 겸양스런 푸념까지 늘어놓게 되었다. 그는 여태까지 고향 읍 근처에서 사복 사찰

직으로 나이를 먹어가고 있다 했다. 그런데 그는 웬일인지 스스로 자기 삶에 대해 심한 회의를 토로했다.

"자네야 글을 쓰니 하고 싶은 일, 하고 싶은 말 맘대로 하고 살아가겠지만, 나 같은 팔자야 일자리의 성질이 그렇게 화창하게 지낼 수가 있겠는가. 신분을 제대로 드러내고 살 수가 있는가. 그렇다고 세상 사람들 인식이나 좋은가. 하느니 그저 이 사람 저 사람 허물이나 숨어 캐고 다니는 일이라니. 그래 이게 어디 사람 사는 노릇이라 할 수 있겠는가……"

그는 자기 일에 겸양이 지나쳐 끝내는 자신의 삶까지 한심스러워하였다.

하지만 그 예상찮은 곳에서의 일가 간의 상봉은 그쯤에서 대략 마무리가 지어졌다. 시간이 흐를수록 급박하게 고조되어가는 주위의 분위기 때문이었을까. 아니면 그의 숨겨진 신분에 왠지 편치 않은 위화감 같은 걸 느끼고 있었기 때문인지도 모른다. 나는 하필 이런 곳에서 그를 만난 것이, 그리고 그와 길게 이야기를 나누는 것이 왠지 불안하고 거북스러워지고 있었다. 나는 공연히 자신도 모르게 그와의 결별을 서둘러대고 있었다. 보다 더 솔직한 심경을 말한다면 나는 왠지 이곳에서 안 만나야 할 사람을 만난 기분이었다. 산을 오르게 된 과정에서부터 그 장소와 행사의 내용에 이르기까지 모든 것이 그토록 은밀스러워 보였기 때문일 것이다. 그 비밀스러움과 일가 형의 신분이 내게 그런 본능적인 방어 의식을 발동시킨 때문이었을 것이다. 한데다 그는 마지막으로 헤어질 때 나의 그런 꺼림칙스런 기분에 보다 결정적인 한마디를 보태었다.

"그런데 참 자네 혹시 근래에 언제 외국 나갈 일 있었던가?"

이야기를 끝내고 발길을 돌이키려다 말고 그가 뒤늦게 생각이 떠오른 듯 새삼스런 어조로 다시 물었다. 나는 물론 그런 일이 없었다.

"아니요, 그런 일 없는데요. 왜 갑자기 그런 건 물으시죠?"

의아해하는 얼굴로 내가 되물으니 그는 내 물음에 대한 대답 대신,

"그럼 어디 말썽스런 모임 같은 델 끼어든 적도 없고?"

직업적 본능이라도 발동해온 듯 거푸 심상찮은 질문을 해왔다. 나는 이번에도 물론 그런 일이 없다고 대답했다. 그는 뭔가 미심쩍고 걱정스러운 듯 잠시 혼자서 고개를 갸웃거리고 있더니,

"그래? 그렇다면 뭐 괘념할 게 없겠네마는…… 다름 아니라 언젠가 우리한테 자네 본적지 신원 조사 의뢰가 왔던 것 같아서…… 하지만 뭐 몇 달 전 일이니까 이젠 신경 쓸 일이 없을 것 같네. 자네한테 별다른 일이 없다면 아마 사무 착오로 생긴 일이었을 수도 있겠구. 안 들은 걸로 잊어버리게. 자, 그럼……"

어물쩍어물쩍 말끝을 흐리고는 비로소 발길을 인파 속으로 섞어 갔다.

나는 또 한 번 기분이 불편해지지 않을 수 없었다. 어물어물 말끝을 흐려버리고 만 것도 미심쩍었지만 나는 졸지에 자신도 모르게 모종의 피의자로 감시를 받아온 느낌이었다. 그의 말마따나 내게 별다른 일이 없으니 공연히 신경을 써야 할 필요는 없었지만, 어쨌거나 그는 이래저래 이곳을 와서는 안 될 사람처럼 여겨졌고, 나는 그가 떠나고 난 다음도 안 만나야 할 사람을 만나버린 것 같

은 꺼림칙스런 기분이었다.

조 선생도 아마 나의 그런 기분을 눈치챈 모양이었다.

"그 사람 만난 걸 거북해할 것 없네."

조 선생은 물론 우리들 사이에 오간 이야기들을 제대로 모두 들었을 수가 없었다. 하지만 선생은 내가 그와 헤어지고 돌아서자 이야기를 모두 듣고 난 사람처럼 제물에 먼저 안심을 시켜왔다.

"나도 그 사람을 좀 알고 있지만, 오늘 밤 여기선 사람의 됨됨이나 그 사람의 일을 문제 삼을 필요가 없으니까. 게다가 오늘 이 불잔치에는 이 골 사람이면 누구든지 참가할 권리가 있는 걸세. 누구든지 함께 어울리면서 서로의 마음을 나누기도 하고 어려운 일을 걱정해주기도 하지. 산 아래서의 처지나 각자의 입장은 허심탄회하게 모두 씻어버린 채 말일세. 그 사람이 자네에게 무슨 말을 했든지 그 사람은 아마 진심이었을 것일세. 오늘 밤 여기선 경계하지 말고 그 사람의 진심을 받아들이도록 하게나."

조 선생은 숫제 그를 대신해 변명해주고 있는 투였다. 그리고는 이날 밤 몇 번씩 되풀이된 다짐의 말들을 다시 덧붙였다.

"그러나 그것은 오늘 밤 이곳에서의 일일 뿐임을 알아야 하네. 아까도 말했지만 오늘 밤은 오늘 밤으로 끝나는 것이니까. 산 아랜 산 아래의 각자의 입장과 일터의 처지들이 있으니까. 아침에 산을 내려가면 자네가 지금 그 사람을 만났던 사실은 물론 오늘 이 산을 올라온 사실도 없었던 것이 돼야 하네."

나는 굳이 더 하고 싶은 말이 있을 수 없었다. 나는 말없이 침묵을 지킴으로써 조 선생의 충고를 받아들이려 하였다. 그리고 그만

꺼림칙스러운 기분을 떨치고 분위기 속으로 섞여들어가기 시작했다. 이상하게 고조된 주위의 분위기가 그것을 어렵잖게 해주고 있었다.

분지는 이제 사람들의 흐름과 횃불의 행렬로 거대한 소용돌이를 이루고 있었다. 거기엔 어떤 억제할 수 없는 흥분기와 소리 없는 함성 같은 것이 넘쳐흘렀다. 나는 다시 조 선생을 따라 흐름의 열기 속으로 함께 소용돌이쳐 들어갔다.

한데 이번에는 어찌 된 일인지 조 선생 쪽에서 오히려 자꾸 나를 방해하고 있었다.

"내가 오늘 밤 이곳에서 만난 사람들이 어떤 사람들이었는지를 안다면, 자네는 아마 지금 내 말이 무슨 뜻인지를 알아들을 수 있을걸세. 그리고 그것이 오늘 밤 일에서 무엇을 뜻하는지도 알 수가 있을 게구."

조 선생은 나와 함께 흐름 속으로 섞이면서, 그러나 아직도 나를 충분히 납득시키지 못한 듯 같은 이야기를 다시 이어나갔다.

"자넨 아직 잘 알 수 없었겠지만, 한마디로 오늘 밤 나는 이곳에서 J읍의 모든 사람을 만나고 있는 셈일세. 버스 정류소의 검표원에서부터 이 고을 어른인 읍장에 이르기까지 갖가지 직업과 직위의 인물들을 말이네. 농사를 짓는 사람, 장사를 하는 사람, 관리를 하는 사람…… 부자도 있고 가난한 사람도 있고 천한 사람도 있고 귀한 사람도 있고…… 이발사, 차장, 농협 지소장, 깡패, 전과자, 교회의 목사나 변호사, 학교 선생…… 대부분은 물론 이곳에서 태어나 여기서 생업을 마련하고 사는 사람들이지만, 그중에 더러는 우리처럼 오늘 밤 외지에서 이곳까지 먼 길을 찾아온 사람도 적지 않네. 이곳에서 태어나 오늘 밤 일을 아는 사람이면 누구나 이곳으로 올라와 어울리니까. 좋은 사람이나 나쁜 사람이나 선한 사람이나 악한 사람이나 산 아래서 지녀온 신분이나 입장은 아무 구별 없이 서로 똑같은 인간으로⋯⋯"

불길의 흐름과 고조된 분위기에 조 선생도 감정이 서서히 뜨거워져가고 있었다. 그는 마치 시장 터의 소란 속에 물건 흥정이라도 벌이고 있는 사람처럼 목소리가 갈수록 격앙되고 있었다.

"그러나 이건 물론 나 한 대에서 시작되고 경험된 일이 아니라네. 그것은 나를 처음 이곳으로 데려온 내 선친도 마찬가지였으니까. 내가 오늘 여기서 만난 사람들은 알고 보면 옛날에 선친이 만났던 사람들과도 별로 다름이 없는 사람들일걸세."

안녕하세요, 오랜만입니다, 별고 없으시군요, 반갑습니다⋯⋯ 그동안도 잠깐씩 지나치는 사람마다 같은 인사말을 주고받아가면서, 조 선생은 이제 그의 선친에까지 이야기의 줄기를 거슬러 올라가고 있었다. 나 역시 그 조 선생을 따라 같은 인사말을 외우듯이 하면서, 그리고 그 거대한 횃불의 소용돌이 속을 함께 떠 흐르듯 하며 끝없이 이어져오는 선생의 이야기에 주의를 유독 집중시켜나갔다.

"장거리 약국 사람, 우편국 직원과 금융 조합 사람들, 때로는 불온선인으로 낙인이 찍혀 고향에 숨어 사는 대처 유학생⋯⋯ 아버지 역시 당신의 생애 동안 그런 수많은 사람들을 만나셨지. 당신의 시대로 말하면 일제 식민 통치의 시절이었던 데다가 당신 자신은 바로 그 식민 당국의 골수 관리의 신분이었는데도 말일세. 그런 신분이나 처지에도 선친은 해가 바뀌는 이날이면 해마다 빠짐없이 다른 사람들과 함께 산을 오르셨다는 거네. 그리고 여기서 사람들을 만나고 허물없이 함께 어울리셨다는 거야. 그것은 다른 사람들 역시도 이곳에선 아버지를 허물없이 용납해주고 있었다는 뜻이 되지. 선친은 그 자랑스럽지 못한 신분으로 하여 당신이 산을 오르는 데엔 남달리 위태로운 뜻이 있었을 텐데도 말일세. 하지만 선친이나 이곳 사람들 간엔 그 일로 해서 어떤 불이익이나 허물거리가 생긴 일은 한번도 없었다니까. 이곳에서의 일은 그때부터 서로 간에 그만큼 믿음이 깊었다는 말이 되지. 그래 선친은 그후 8·15를 맞고 6·25를 겪어 넘기면서 산 아래선 때로 마루 밑 땅굴살이까지 해야 하는 온갖 곤욕을 치러내면서도 이곳만은 해마다 찾아올 수가 있었다니까……"

"……"

조 선생의 이야기는 끝이 없을 것 같았다. 그의 이야기를 들어나가다 보니 나는 중간에 문득 알고 싶은 의문거리가 한 가지 떠올랐다. 다름 아니라 바로 조 선생의 선친의 전력에 관한 것이었다. 조 선생은 물론 그의 선친이 식민 시대의 관리였음을 숨기려 하지 않았다. 앞참에서도 그는 이미 그의 선친이 '일본도를 찰 수 있는' 그 시절의 위력자였음을 말한 바 있었다. 그리고 그 때문에 그가 산을 오르는 데엔 남다른 위험이 따를 수 있었다고까지 하였다. 하지만 조 선생은 그 정도의 암시와 귀띔뿐 더 이상의 확실한 신분은 말하지 않았다. 자네도 이미 알고 있는지 모르는 일이지만…… 조 선생이 처음 선친에 관한 이야기를 꺼낼 때 덧붙인 말이었다. 선생은 이미 내가 그것을 알고 있으리라 여긴 때문일 수 있었다. 하지만 실인즉 나는 그것을 모르고 있었다. 동향의 선배라지만 나이가 너무 떨어져 함께 학교를 다닌 일이 없었고, 더욱이 집안일까지는 관심을 둔 일이 없었기 때문이다. 일정 치하 때의 사람들의 일이라면 내겐 너무 옛날의 일인 탓도 있었으리라. 그런데 나는 왠지 비로소 그것을 좀더 확실하게 알고 싶었다. 으레 알고 있으리라는 식의 조 선생의 말투가 나를 더욱더 궁금하게 하였다. 하지만 조 선생은 내게 그것을 물어볼 틈을 주지 않았다.

"여기선 그러니까……"

조 선생은 혼자서 그냥 말을 계속해나갔다. 그사이 잠시 등에 진 배낭을 땅바닥에 벗어놓고 두 사람의 횃봉에다 다시 기름을 한 차례 부어넣고 난 다음이었다.

"이곳은 산 아래서 이루어지는 모든 세속의 질서가 사라지고 그저 한 가지 이 산 위에서만의 간절한 소망으로…… 나도 그것이 무엇인지는 확실히 말할 수가 없지만…… 하여튼 오직 한 가지 소망으로 자신을 귀의시켜, 그 소망으로 하여 모든 사람들이 한데 뭉쳐서 어떤 보이지 않는 힘을 탄생시키고, 그것을 지켜가는 숨은 근거지가 되고 있는 셈이지……"

나는 속절없이 궁금증을 눌러둔 채 조 선생의 이야기를 좇는 수밖에 없었다.

"하지만 어떻게 보면 이곳의 행사가 산 아래의 일들과 아주 상관이 없는 것도 아니야. 나도 대략 그걸 느껴온 터이긴 하지만, 선친의 말씀으로 이곳에도 사람이 줄고 느는 기복이 있어왔다니까. 언제라던가…… 당신의 기억으로 그 일제하의 동척(東拓) 설립에 즈음한 자가 농지 신고 때와 식민 통치 말기의 징용령 발동 때가 사람들이 가장 많이 산을 오른 해였다던가. 그건 이곳 일이 세상일과 아무런 상관이 없을 수 없다는 반증이 될 수 있는 거지. 내 기억으로도 그건 그래 뵈는 것이…… 4·19가 있기 바로 전해의 그 자유당 치하의 마지막 해 그믐밤이 내가 철이 들어 나 혼자 겪은 밤으로는 가장 많은 사람들이 산을 오른 것으로 기억되고 있거든…… 산 아래 세상 돌아가는 형편 따라 이 행사에도 사람들의 규모가 달라지는 증거지……"

이젠 술병마저 바닥을 드러내고 말아서 조 선생은 더 이상 목을 축이지도 못한 채 마른 소리만 계속해나가고 있었다. 하지만 드디어는 그 조 선생의 이야기도 그것으로 일단 중단해둬야 할 때가 다가왔다.

"그런데 나도 잘 알 수 없는 일이 있어. 나도 해마다 이곳을 찾아오고 있는 건 아니지만, 이 몇 해 전부터 이렇게 산을 올라오는 사람 수가 해마다 눈에 띄게 늘어가고 있는 느낌이거든……"

조 선생이 다시 추궁하듯 한 눈길로 나를 바라보고 다시 이야기의 방향을 돌려놓고 있을 때였다. 이때까진 그저 끓어 넘칠 듯 분지 안을 끝없이 맴돌고 있던 횃불과 사람들의 소용돌이가 언제부턴지 서로 약속이나 한 듯이 동쪽 언덕을 향해 서서히 한 방향으로 흐르기 시작했다. 그리고 그 알아들을 수 없는 함성을 깃들인 서서하고 힘차고 거대한 흐름이 조 선생과 나를 홍수처럼 함께 그 언덕 쪽으로 휩쓸어가기 시작했다. 조 선생은 그걸 알아차리자 거기서 그만 입을 다물고 말았다. 그리고 나 역시 아직도 가슴속에 풀리지 않는 의문거리로 남아 있는 것들, 그의 불행스런 선친의 전력과 이곳에서 사람들이 그토록 기다리며 빌어온 소망의 정체, 그 위에 조 선생이 마지막으로 내게 암시하거나 말하고 싶었던 것, 그것들이 대체 무엇인지를 뒤늦게 그에게 물을 틈이 없었다. 나 역시 그 모든 궁금증을 가슴에 접어둔 채 이제 마침내 입을 다물고 만 조 선생과 묵묵히 횃불의 흐름을 따르기 시작했다.

어느새 바야흐로 자정이 가까워오고 있었기 때문이었다.

오랜 기다림과 극적으로 고조되어온 열기 찬 분위기—

그러나 막상 행사의 절정은 의외로 조용하고 질서 정연했다, 라기보다는 지금껏 조심스럽게 들끓던 소용돌이가 갑작스레 어떤 정적의 밑바닥으로 가라앉아들어가는 느낌이었다. 동편 언덕 쪽으로 쏠려가던 사람들이 출구가 막힌 물의 흐름처럼 서서히 제자리에서 멈춰 서기 시작했다. 그리고 마치 학교 시절의 조회 행사 때처럼 길고 두꺼운 도열을 이뤄 섰다.

조 선생과 나는 기동이 늦은 탓에 도열의 후미부를 뒤따르고 있었다. 그러나 분지의 중간쯤에서 발길을 멈추고 그 자리에서 자정의 고비를 기다렸다.

시각은 대략 12시 5분 전. 이젠 아무도 함부로 입을 여는 사람이 없었다. 뭔가 내게 암시 어린 이야기의 서두를 꺼냈다가 입을 다물어버린 조 선생도 그것을 다시 이어나가려는 기색이 없었다. 분지는 이제 정상의 하늘을 벌겋게 물들인 횃불의 화광과 그 불꽃들이 한데 엉켜 일렁이는 상형(象形)의 소리뿐 그저 조용하고 무거운 정적 속에 휩싸여 있었다. 그 조용한 산정의 하늘엔 초저녁부터 흩뿌리던 눈발마저 깨끗하게 걷혀 있었다.

사람들은 미구에 닥쳐올 어떤 엄청난 변조라도 맞이하려는 듯 그렇게 묵묵히 기다리고 있었다. 그토록 그 거대한 정적은 어떤 엄청난 폭발이라도 숨긴 듯 불온스런 기다림의 기미가 역력했다.

그러나 실상은 그게 이날 밤의 행사의 절정이자 그것의 전부였다. 자정이 되기까지 거기서 더 이상 아무것도 다른 일이 일어나지 않았다. 적어도 외견상은 그렇게 보였다. 하지만 그냥 아무 일도 없이 자정을 그대로 넘어선 것은 아니었다. 그저 침묵과 기다림 속에서 이날의 행사가 끝난 것이 아니었다. 사실은 한 가지 기이한 현상이 도열 가운데서 일어나고 있었다.

도열의 앞쪽 어디쯤에선가부터 문득 이상한 소리가 번져 오르기 시작했다. 아아, 아아―, 그것은 마치 입속을 맴도는 낮은 신음 소리나 비탄과 비슷한 지하의 합창 소리 같은 것이었는데, 소리가 한번 번져 오르기 시작하자 그것은 순식간에 뒤쪽으로 뒤쪽으로 수심 깊은 물결처럼 파도쳐 전해갔다. 그리고 어느새 우리들을 지나서 대열의 후미까지 휩쓸어버리고 있었다.

분지는 삽시간에 온통 벌통 주변의 웅웅거림처럼 진원을 가릴 수 없는 기이한 합창 소리로 가득 찼다. 그리고 그 소리는 시간이 흐를수록 어떤 절정의 절규로 폭발할 것처럼 낮으면서도 힘차게 부풀어 올랐다. 누가 소리를 내고 있는지는 분명히 알 수가 없었다. 소리의 발원은 물론 그곳에 모여 선 횃불의 사람들이 분명한

데도 누구 하나 입을 열어 그것을 내보이고 있는 사람이 없었다. 심지어는 바로 내 곁에 서 있는 조 선생마저도 그 소리를 함께하고 있는지 어떤지 분간이 잘 안 갔다. 조 선생은 이제 곁에 선 나의 존재도 잊어버린 채 동녘 하늘만 뚫어지게 응시하고 서 있었는데, 횃불빛에 비친 그의 눈에선 웬 눈물기마저 번뜩이고 있었다. 당신의 그런 모습이나 굳게 다물어진 입으로 해서는 소리의 여부를 알 수가 없었다.

한데도 소리는 끊임없이 회중을 물결치고 있었다. 그리고 사람들을 거대한 하나의 소리의 덩어리로 만들어가고 있었다. 끝내는 나 자신도 거기에 휩쓸려 그 소리가 바로 자신의 속을 함께 흐르고 있음을 느끼게끔 되었다. 소리의 물결이 나를 스쳐갈 때마다 이상스런 전율 같은 것을 경험하곤 하였다.

그러나 내가 정말로 사람들과 소리를 함께하고 있었는지 어쨌는지는 스스로도 분명한 걸 알 수 없었다. 그리고 모든 것은 그것으로 그만이었다.

마침내 자정이 지나가고 있었다. 소리는 끝내 어떤 폭발에도 이르지를 않았다. 힘겨운 그 밤의 정점을 향하여 끊임없이 부풀어 올라가던 소리가 어느 한순간 고비를 넘고 나자 서서히 기세를 떨어뜨리기 시작했다. 마치도 어떤 눈에 보이지 않는 절정이 그 순간에 우리를 지나가고 말았듯이, 혹은 끝끝내 마지막 절정을 인내로 간신히 참아 넘겨가듯이, 소리는 이윽고 하늘로 날아간 듯 땅으로 잦아든 듯 회중에서 완전히 사라져 떠나갔다. 그것으로 어느새 자정이 소리 없이 지나간 것이었다. 아니 사람들은 거기서 그렇게 새해의 아침을 맞은 것이었다……

소리가 완전히 가라앉아버리고 나자 사람들은 이제 그 절정을 겪고 나서 자신을 추스를 기력을 기다리듯 한동안 다시 무거운 정적 속에 휩싸여들고 있었다. 변함이 없는 것은 정상의 하늘과 분지를 밝히고 있는 횃불들뿐이었다. 횃불들은 아직도 기세가 꺾이지 않은 채 소리 없는 깃발처럼 밤을 지키고 있었다.

이윽고 사람들이 다시 움직임을 시작했다. 침묵 속에 서서히 자리를 흐트러뜨려 새로운 휩쓸림이 시작되고 있었다. 모든 일이 전혀 누군가의 선도나 신호 한번 받은 일이 없는 채였다. 회중의 어디에선가부터 저절로 시작되고 함께 이루어져나가는 식이었다.

나는 물론 그와 같은 행사나 행사의 진행 과정을, 더욱이 그런 제의의 의미에 이르러서는 아무것도 분명한 것을 알 수 없었다. 하지만 가슴속에 어떤 뜨겁고 신비로운 힘을 그 속에서 함께 경험한 것 같았다. 분명한 말로 설명할 수는 없지만, 거기서 경험한 뜨거운 무엇이 내 가슴속 어디엔가에 무겁게 가라앉아 남아 있는 느낌이었다.

그것은 조 선생에게도 함부로 묻거나 입에 담을 수가 없었다. 그에 앞서서 발길을 먼저 움직여나갈 수도 없었다. 회중이 이미 새로운 흐름을 시작하고 있는데도 조 선생은 아직 정신을 돌이키지 못한 듯 두 손으로 계속 횃불을 받쳐 든 채 자리를 지키고 서 있었기 때문이었다. 하지만 어쨌거나 이제 일은 지나간 다음이었다. 둘이서만 언제까지나 거기 그렇게 밤을 새워 서 있을 수는 없는 노릇이었다.

조 선생이 마침내 정신이 되돌아온 듯 자신의 불빛 속에서 천천히 내 쪽으로 몸을 돌이켜 세웠다. 그리곤 비로소 무언가 나의 감상을 묻고 싶은 듯 전에 없이 궁금스런 눈길을 보내왔다.

하지만 나는 이제 그의 그런 내밀스런 무언의 물음을 정면으로 감당해낼 수가 없었다. 그렇다고 그저 그의 추궁의 눈길을 모른 척 비켜서버릴 수도 없는 일이었다.

"이제 다 끝난 것입니까?"

나는 부러 눈길을 정면으로 마주하며 조심스럽게 그의 물음을 앞질렀다. 그리고 그것으로 그의 무언의 물음에 대한 나의 대답이 되어주기를 바랐다.

조 선생은 이내 나의 그런 속뜻을 알아차린 것 같았다.

"그래, 이젠 모두 끝났어. 지금부턴 산을 내려가야지."

그는 간단히 대답하고 나서 어디론지 천천히 발길을 옮겨놓기 시작했다. 나도 이윽고 사람들 사이를 헤집고 그의 발길을 뒤따르기 시작했다. 한데 알고 보니 아직도 조 선생의 말을 잘못 알아듣고 있었다. 행사가 아직 다 끝난 것이 아니었다. 아니 애초에 예정된 의식은 그것으로 대단원이 지어진 것이었다. 하지만 아직도 마무리 지어야 할 마지막 절차가 한 가지 남아 있었다. 횃불의 불씨를 맡기고 가는 일이었다. 그 일을 끝내야 내년에도 다시 산을 오르는 일을 기약할 수 있었다. 그것은 내게 다른 어떤 일 못지않게 중요한 뜻과 암시를 담고 있었다. 그리고 특히 이날 밤에는 또 하나 예기치 못한 기이한 광경을 목도하게 된 마지막 중요한 절차이기도 하였다. 조 선생과 사람들은 바야흐로 지금 그 일을 끝내러

가고 있는 셈이었다. 한데도 나는 그것을 잊고 있었다. 그것도 모른 채 조 선생을 뒤따라 발길만 무심히 옮겨가고 있었다.

어쨌거나 우리는 이제 그쪽으로 가고 있었다. 그리고 조 선생과 나뿐 아니라 사람들이 한결같이 모두 한 방향으로 몰려가고 있는 것을 보고서야 나는 비로소 그것이 불씨를 맡기러 가는 이날 밤의 마지막 절차임을 깨달았다. 조 선생과 나는 그러니까 동편 언덕 쪽을 향해 가고 있었다. 산을 올라온 쪽과는 반대 방향이었다. 산을 내려가려면 서쪽이어야 하였지만, 불씨가 동쪽에서부터 번져왔기 때문이었다. 최초의 불씨가 번져 나온 그곳이 다시 불씨를 묻고 가는 곳이기 때문이었다. 무질서하게 흩어져 가고 있는 듯싶은 사람들의 흐름도 대개 그쪽이었다. 알아보기 힘들 만큼 완만하기는 하였지만 사람들은 이리저리 무질서하게 움직이고 있는 듯하면서도 마침내는 그 동쪽 언덕을 향해 커다란 소용돌이를 이뤄가고 있었다. 그리고 그쪽으로 가까워져갈수록 사람들은 점점 더 말이 적어지고 표정도 숙연스레 가라앉아들고 있었다.

나는 모든 일이 시종 감탄스러울 뿐이었다. 하여 자신의 느낌을 대신하듯 조 선생에게 새삼 다시 한마디 물었다.

"시작과 끝 그리고 그 시작과 끝 사이의 모든 일들이 누구의 선도도 받지 않고 있는데요. 그러면서도 마치 누군가의 신호를 따르고 있는 것처럼 모든 것이 일사불란 질서정연하군요……"

"때가 되면 모두가 자신이 시작하고 자신이 끝내야 할 때를 알고 있으니까…… 다만 한 가지 일을 더 했거나 행사의 진행을 이끈 사람이 있다면 그 불씨를 가져온 종화주란 사람뿐……"

조 선생도 계속 앞을 뚫고 나가며 혼잣소리처럼 나직이 대답해 왔다

"종화주라면 그 불씨를 1년 동안 맡아 간직했다 오는 사람 말씀이군요. 그런데 지금 선생님과 제가 들고 있는 이 횃불이 내년 이 날 밤에 다시 같은 불씨로 간직되었다 온다는 게 사실일까요?"

"사실이 아니라면······ 이건 이 일이 시작된 때부터 오랜 세월 동안 해를 건너 전해온, 그리고 또한 앞으로도 끝없는 세월을 전해갈 과거와 미래의 우리들의 불일세. 그것을 우리가 오늘 밤 잠시 자기 것으로 얻어 지니고 함께 영혼들을 밝히다 가는 거지. 그래 우리는 지금 우리의 다음 해를 위해 그것을 종화주에게 맡기러 가는 길 아닌가."

"그렇다면 종화주는 누구입니까. 그에게 우리의 불씨는 어떻게 맡겨지며 그는 어떻게 그 불씨를 1년 동안 간직해가는 것일까요?"

나는 모처럼 다시 입이 열리고 있는 조 선생에게 이것저것 거푸 물어댔다. 이미 반해답을 얻고 있는 것도 있었고, 아직은 짐작이 어려운 것도 있었다. 나는 어느 쪽이거나 조 선생의 확인을 얻어 두고 싶었다.

조 선생은 이미 그런 내 속짐작을 알고 대답이 필요 없어 보였기 때문인지 아니면 미구에 모든 것을 스스로 목도하게 되어 있었기 때문인지, 거기서부터는 왠지 다시 나의 물음들을 묵살해버렸다. 그리고는 묵묵히 입을 다문 채 발걸음을 제자리에 머물러 서고 있었다.

이내 내게도 그 까닭이 밝혀졌다.

우린 어느새 햇불들이 무리 져 선 분지의 동쪽 끝 가까이에 당도해 있었다. 불꽃이 모여 엉켜들고 있는 소용돌이의 앞쪽에는 지표면 위로 두어 길가량이나 바윗돌을 쌓아올려 만든 네모골 돌 울타리가 마련되어 있었다. 그곳이 바로 다음 해를 위한 불씨를 던져 묻고 가는 불 웅덩이인 모양으로 깊이를 넘겨다볼 수가 없게 되어 있었다.

그 불 웅덩이 이쪽 편으로 앞서 당도한 사람들의 햇불이 반원형을 이루며 빽빽이 들어차 있었다. 앞에서 불을 던지고 자리를 비켜날 때까지는 길이 막혀 더 이상 나아갈 수가 없었다. 맨 앞쪽 불 웅덩이 근처에서는 햇불 몇 개가 깃발처럼 좌우로 흔들리며 간간이 나지막한 함성 소리까지 일고 있었지만, 뒤에선 거기서 무슨 일이 벌어지고 있는지도 알 수 없었다.

하지만 조 선생은 이미 그 보이지 않는 불 웅덩이 주위에서 무슨 일이 일어나고 있는지를 알고 있는 것 같았다.

"저게 바로 장화대(藏火臺)라는 곳일세. 종화주에게 우리 불씨를 묻어 맡기고 가는 곳이지."

내게 한마디 일러주고는 발길이 트이기를 조용히 기다리기 시작했다.

그러나 그것은 실상 헛된 기다림이었다. 한동안 그렇게 햇불을 들고 서서 차례를 기다려도 앞이 트이지 않았다. 사람들은 여전히 그 장화대 쪽을 향하여 말없이 불길만 우러르고 서 있었다. 장화대에 불을 던지고 돌아가는 사람이 없었다. 앞쪽에선 여전히 몇몇 불길들이 출렁이고 거기 따라 간간이 낮은 함성 소리만 번져날 뿐 회중의 자리는 조금도 앞쪽으로 다가드는 기미가 없었다.

그것이 조 선생에겐 뭔가 지루하고 답답하게 느껴진 모양이었다. 아니 그보다 조 선생으로선 처음부터 모든 것을 짐작하고 자신을 견디고 있었던 것인지도 모른다. 그는 왠지 그 막바지 절차에서 전에 없이 자신을 서둘러대고 있었다.

"자, 우리는 그만 불씨를 맡기고 산을 내려가도록 하지."

한동안 묵묵히 앞을 기다리고 있는 듯싶던 그가 갑자기 참을성을 잃고 흐트러지기 시작했다. 그리곤 전에 없이 굳어진 목소리로 곁에 선 나를 재촉하며 앞으로 나아갔다. 차례나 자신을 기다리고 있을 수가 없었음이 분명했다. 다른 사람들이 쉽사리 불을 던지려 하지 않고 있음을 앞장서 힐난하고 나선 행동이었다. 그것은 분명히 자신뿐 아니라 이날 밤을 통틀어 사람들을 지배해온 그 보이지 않는 산 위의 질서에 대한 모처럼의 파격이자 이단이었다. 그것도 다분히 주위를 의식한 독선적 고의성이 역력한 행동이었다.

나는 도대체 조 선생이 거기서 마음이 가팔라진 이유를 알 수 없었다. 그렇다고 그것을 그에게 묻거나 만류하고 나설 계제도 아니었다. 나는 말없이 조 선생을 뒤따랐다. 사람들은 발이 아예 한자리에 못 박힌 듯 꼼짝을 않고 기다리고들 있었다. 조 선생이 그 사람들 사이를 비집어 나가고 나는 무작정 그의 뒤만 쫓아갔다.

두 사람이 마침내 회중의 맨 앞까지 뚫고 나섰을 때에야 나는 비로소 사람들이 그토록 움직임을 그치고 선 이유를 알았다. 앞을 막아선 횃불의 장막이 걷히고 나자 장화대가 바로 눈앞에 나타났다. 그때 나의 눈길을 끈 것은 장화대가 아닌 횃불들의 춤이었다.

몇몇 젊은이가 장화대 주위에서 이상스런 모습의 춤들을 추고 있었다. 횃불의 열기로 추위도 잊은 채 웃통까지 훌훌 벗어부치고서였다. 웃통을 벗어부친 채 머리를 펄럭이며 무당처럼 횃불 춤을 추어대고 있었다. 팔과 허리를 꺾었다 폈다 하면서 횃불을 흔들고 돌아가는 동작들이 이상하게 원시적이고 충동적인 모습으로 주위의 분위기를 휘어잡고 있었다.

사람들은 그 무언의 춤판으로 장화대에의 접근이 저지되고 있었다. 아니 춤판이 저지했다기보다 사람들 스스로가 기다리고 있었다. 스스로 기다리며 때때로 춤에 취해 기이한 신음 소리까지 토해내고 있었다.

하지만 그것은 역시 위협적인 광경이었다. 장화대를 점령하듯 좌우전후로 횃불을 엇비기며 춤을 추는 젊은이들, 그 원시적이고 충동적인 몸동작들, 얼핏 보아서도 그것은 은근히 사람들의 자의적인 행동을 불용하는 무언의 위협기가 느껴지고 있었다.

그것이 사람들에 대한 위협이자 방해가 되고 있는 것은 조 선생에게서 누구보다 분명해 보였다. 그것이 애초에 조 선생에겐 예정이 되어 있질 않아서였을까, 아니면 그걸 알고 있었다 하더라도 무언가를 혼자서 꺼려 해온 때문일까. 그는 길을 뚫고 앞으로 나설 때부터 얼굴빛이 눈에 띄게 어두워지고 있었다. 그리고 막상 그 침묵의 춤을 앞에 하고서도 그것을 끝내 용납하려지 않았다. 그는 춤판이 계속되어가거나 말거나 사람들이 그것을 기다리고 있거나 말거나, 거기엔 조금도 괘념을 않으려는 태도였다.

그는 회중의 앞으로 나서자 거기서 잠시 숨결을 가다듬듯 춤판을 말없이 바라보고 서 있었다. 어딘지 낭패스런 실망의 빛 같은 것이 경련처럼 자기 횃불 속의 얼굴 위로 지나갔다.

그러나 그는 이내 다시 자신감을 되찾은 듯 장화대 쪽으로 발길을 옮겨갔다. 그때 그 침묵의 춤판이 사람들을 방해하고 있음이 명백해졌다. 춤을 추고 돌아가던 젊은이 서넛이 자연스런 동작으로(그 역시 춤사위의 일부이듯이) 그의 앞을 막아섰다. 그리고 아직도 말 없는 춤 속에서 눈빛과 표정과 횃불길 짓으로 장화대에서 접근을 저지하고 있었다.

조 선생은 이제 내친걸음이었다. 그는 횃불의 앞을 막아서거나 말거나 조금도 망설이는 기색이 없었다. 묘한 긴장감이 감도는 분위기도 전혀 괘념하는 빛이 없었다. 그는 차라리 무아경을 가듯이 계속 의연하게 장화대로 걸어갔다.

젊은이들이 할 수 없이 그를 비켜섰다. 그리고 이내 조 선생이 마침내 장화대 앞에서 발길을 멈춰 섰다. 그의 손에서 아직도 횃불의 불꽃이 마지막 기름을 힘차게 태워 뱉고 있었다. 그는 그 불꽃의 흔들림을 바로잡듯 횃불을 가슴께로 가져갔다. 그리고는 잠시 눈을 감고 기다렸다 그것을 장화대 벽 너머로 힘껏 던져 넣었다.

2

잠시 뒤 우리는 분지를 벗어져 나와 읍으로 내려가는 서쪽 능선 위로 올라와 있었다. 거기까지 나는 어떻게 조 선생을 쫓아 올라왔는지 한동안 제정신을 차릴 수가 없었다.

조 선생은 그러니까 횃불을 던지고 나서 그길로 곧장 몸을 돌이켜 세웠다. 그리고는 아직도 무거운 침묵 속에 잠겨 있는 횃불의 회중을 뚫고 의연스레 장화대를 등져가기 시작했다.

나는 갑자기 자신의 처지가 진퇴유곡이 되어버리고 있었다. 조 선생이 전혀 아는 체를 않은 채 혼자서 모든 걸 끝내버린 때문이었다. 그를 뒤쫓아 횃불을 던지고 올 엄두가 안 났고, 그렇다고 거기 그냥 나 혼자 기다리고 남아 있을 수도 없었다. 손에 든 횃불이 난감스럽기만 하였다. 그때 다행히 조 선생의 결단에 마음을 따라 움직인 몇 사람이 있었다. 내가 어찌할 바를 모르고 망연해 있는데, 몇몇 사람이 앞으로 나서서 장화대로 횃불을 던지고 돌아섰다.

나는 그때를 놓치지 않았다. 나도 함께 재빨리 횃불을 던지고는 회중 사이로 정신없이 몸을 섞어 들어갔다. 다음부터는 거의 앞뒤 분간이 없었다. 늪 속을 헤엄치듯 회중 사이를 헤치며 오로지 앞서 가는 조 선생만을 뒤쫓았다. 그리고 간신히 회중의 늪을 벗어져 났을 때 나는 헐떡헐떡 조 선생에게 매달리듯 서둘러 능선을 기어올랐다. 그것은 마치 필사적인 탈출 행각에 흡사한 꼴이었다. 그 젊은이들의 침묵의 춤과 장화대의 횃불과 횃불의 장막으로부터의 위태롭고 결사적인 탈출 행각이었다.

하지만 나는 내가 무엇 때문에 거기서 그렇게 도망질을 쳐야 하는지 이유를 알 수 없었다. 그 기이한 침묵의 춤판과 횃불의 회중이 무엇인지도 알 수 없었다. 능선을 간신히 올라서고 나서도 내가 어떻게 거기까지 왔는지 자신의 경위를 가릴 수가 없었다.

그러나 그처럼 조급하고 불안스런 기분은 나 혼자서 겪은 것이
아니었다. 나를 앞장서 간 조 선생도 그동안 내내 기분이 마찬가
지인 것 같았다. 길을 오르기가 힘들어서이기도 했겠지만, 조 선
생은 그간 풀숲을 헤쳐 나가면서도 시종 무겁게 입을 다물고 있었
다. 뒤따라오는 나를 기다려주거나 알은체 말 한마디 건네오는 일
이 없이 능선을 기어오르기에만 전력을 기울였다.

능선을 올라와서도 마찬가지였다. 능선을 근근이 올라서고 나서
도 우리는 곧바로 산을 내려가지 않고 있었다. 그것은 물론 가쁜
숨을 가라앉히기 위해서이기도 했지만, 보다는 어떤 불안스런 호
기심 같은 것 때문이었다. 둘이는 약속이나 한 듯 발길을 멈추고
서서 말없이 분지 아래를 내려다보고 있었다. 분지에선 다만 몇몇
사람들만이 우리와 때를 같이하여 산을 내려갔을 뿐 대부분은 아
직도 장화대를 둘러싼 채 가지런히 횃불들을 밝히고 서 있었다.
가쁜 숨을 가누며 묵묵히 그것을 내려다보고 있는 조 선생의 얼굴
에는 용케 그곳을 잘 빠져나왔다는 안도감보다 그 동태를 두고 지
켜보고 싶은 불안스런 호기심이 역력해 보였다.

게다가 그 조 선생의 불온스런 호기심은 내 상상을 훨씬 앞서고
있었던 모양이었다. 조 선생이 뒤늦게 자신이 너무 긴장하고 있음
을 깨달은 탓일까. 이윽고 두 사람의 숨결이 가라앉고 목 줄기의
땀기가 식어가고 있을 때였다.

"자, 그럼 이제 이 근방에서 잠시 숨을 돌렸다 내려가도록 하지.
서둘러 내려가야 찾아들 곳도 마땅찮구……"

그가 비로소 기분을 돌리려는 듯 새삼 휴식을 제의해왔다. 그리

고는 근처의 바람 의지를 찾아서 자신이 먼저 몸을 주저앉혔다. 딴은 나 역시 그를 재촉할 일이 없었다. 나도 말없이 그의 곁으로 자리를 잡아 앉으며 안주머니에서 담배 한 개비를 꺼내 물었다. 서둘러 내려가야 찾아들 곳이 없으니 쉬엄쉬엄 산을 내려가자는 조 선생의 말은 얼핏 듣기엔 그른 소리가 아니었다. 하지만 그것은 실상 구실에 가까웠다. 능선 위는 아직도 눈발이 날렸고, 마른 풀숲엔 이곳저곳 제법 하얗게 눈이 쌓여 있었다. 열기가 식어드는 목 줄기로는 능선의 매운 바람기까지 스며들었다. 가쁜 숨결은 그럭저럭 이미 가라앉고 난 터, 굳이 이런 데서 다시 휴식을 취할 이유가 없었다.

보다도 조 선생은 분지 아래 회중의 동태를 좀더 지켜보고 싶은 것이었다. 횃불들의 동태와 귀추를 기다리려는 것이었다. 자리를 잡고 앉은 것도 그곳을 눈 아래로 내려다보기 용이한 곳이었다.

그것은 내 쪽도 마찬가지였다. 나 역시 회중과 횃불의 귀추가 조 선생 못지않게 궁금하던 참이었다. 조 선생은 이날 밤 내게 모든 것을 스스로 체험하고 그 느낌 속에 해답을 얻어보라 했었다. 나는 이제 이날 밤 내가 겪어내야 할 모든 일을 겪어낸 셈이었다. 그러나 아직도 느낌이 모자랐다. 느낌의 내용이 확연스럽지가 못했다. 느낌의 내용이 확연하지 못한 만큼 거기에 대한 궁금증도 여전했다. 더욱이 그 젊은이들의 춤과 횃불의 기다림은 내게 어떤 불가사의한 수수께끼처럼 보이기까지 했다.

나 역시 그것들의 동태가 궁금했다. 그것들의 동태와 귀추 가운데서 보다 더 확연한 것을 알아내고 싶었다. 그래 나도 함께 조 선생 곁에 남아 횃불들의 동태를 지키기 시작했다. 조 선생이나 나나 서로 간에 이미 그것을 묻거나 확인할 필요가 없었다. 그리곤 마치 시간을 보내기 위한 여담처럼 이날 밤의 일들을 한 가지 한 가지씩 물음과 응답 속에 되새겨나가기 시작했다.

"그러니까…… 아까 우리가 그런 식으로 돌 웅덩이 속으로 불을 던져 맡기면 종화주가 거기서 불씨를 모아다 내년 겨울 이날까지 간수해온다는 것이겠군요."

침묵 속에 한창인 분지의 불길을 지켜보고 앉았다가 내가 문득 지나가는 소리처럼 물었고, 조 선생은 마치 기다리고나 있었던 듯 선선히 응답을 보내왔다.

"종화주 되는 사람이 거기서 불씨를 취해가면 그 사람은 1년 동안 그 불씨를 그가 지닌 무엇보다 소중스럽게 간수해나가지. 그랬다가 그의 1년이 지나면 이날 밤 이곳으로 다시 그것을 돌려주러 오는 거지."

내게 경험시키고 싶어 한 상황이 이제는 모두 다 끝난 때문이었는지 모른다. 그래서 이제는 나의 느낌을 확인해주고 더 이상 궁금증을 남기지 않으려 한 때문이었는지 모른다. 조 선생은 나의 정답을 칭찬하듯, 그리고 그것을 자신이 직접 체험해본 일이기라도 하듯 친절한 설명까지 덧붙이고 있었다. 나는 거기에 힘을 얻어 계속 질문을 이어갔다.

"그 종화주라는 사람은 누가 되는 것입니까?"

조 선생의 설명이 워낙 모자랐던 데다 나의 느낌마저 확연치가 못하여 나는 그럴수록 물어 확인하고 싶은 것이 많았다. 무엇보다도 그 젊은이들의 춤과 회중의 기다림의 뜻이 그랬다. 하지만 그 것만은 얼핏 입을 열어 물을 수가 없었다. 그것은 아직도 귀추가 결정 나지 않고 있는 일인 데다 조 선생의 근심스런 기다림의 기미 가 거기에 대해선 쉽사리 입을 열지 않을 것 같았기 때문이다. 나 는 마음속에 그 침묵의 춤을 접어둔 채 우선에 일이 지나갔거나 기 왕에 이야기가 있어온 것부터 한 가지씩 차례차례 물어나갔다.

"아까 말씀으론 장화대에 가장 나중에 횃불을 던지는 사람이 다 음 해의 종화주가 된다고 하셨지만, 거기에도 어떤 자격이나 절차 같은 건 있을 것 아닙니까?"

"아까도 말했지만 종화주가 되는 데에 무슨 특별한 자격이나 절 차 같은 것은 없네. 되고 싶은 사람이 있으면 누구나 제물에 나서 서 되는 거지. 굳이 어떤 절차가 있다면 맨 나중까지 횃불을 지켜 기다리는 것뿐. 하니까 오늘 밤을 맨 나중까지 횃불을 지키는 사 람이 올해의 종화주가 되는 것이지."

조 선생은 이번에도 대답에 인색해하는 기미가 없었다.

그는 마치 이날 밤 일을 내게 경험시켜준 것을 계기 삼아 그가 알고 있는 모든 것을 일러줄 결심을 한 사람처럼, 그리고 이제는 그럴 때가 됐다고 생각한 사람처럼, 나의 물음 하나하나에 충분한 설명을 덧붙여왔다.

하다 보니 그곳은 이제 이날 밤 일의 중간 결산장 같은 자리가 되어가고 있었다. 그만큼 나는 질문을 끊임없이 이어대고 조 선생 은 거기에 응답을 맡아갔다.

"그럼 우리는 누구보다 먼저 종화주가 되는 것을 단념하고 온 셈인가요?"

"왜, 자네 그게 아쉬운가? 자네도 한번 종화주가 되어보고 싶어
서?"

아직도 춤을 추며 뭔가를 기다리고 있는 젊은이들과 회중을 염
두에 두고 우리가 먼저 불을 던지고 온 사연을 물은 소리였다. 조
선생도 금세 그 뜻을 알아들은 듯 이번에는 다소 농조로 반문했다.
나는 물론 조 선생이 나의 대답을 알고 있을 터이므로 말 대신 침
묵으로 그의 다음 말을 기다렸다. 그러자 그는 다시 진심을 털어
놓듯 자문자답 식으로 혼자서 말을 이어갔다.

"하긴 첫날부터 거기까지 욕심을 낼 수야 없겠지. 하지만 행여
아쉬움이 남더라도 오늘은 단념하고 가는 게 좋을걸세…… 그야
누가 그것을 원하든 상관하고 나설 사람은 아무도 없지만, 그걸
몇 년씩 기다리며 간절히 원하고 있는 사람이 뜻밖에 많거든. 누
가 그해의 종화주가 됐는지 일러주는 사람도 알아주는 사람도 없
는 노릇이지만 그걸 참으로 간절한 소망으로 기다려온 사람이 허
다하단 말일세……"

"지금 저 아래 남아 있는 사람들도 이를테면 그걸 기다리고 있
는 셈인가요?"

"아니 지금 저 사람들은 달라. 저 사람들은 오히려 그와 반대지.
저 사람들은 아마 종화주로 불을 숨겨가게 하는 일 자체를 싫어하
고들 있을 테니까. 종화주를 원하는 건 그 일 자체가 그러하듯이
보다 더 은밀스런 마음속의 소망이지. 그것을 원하는 방법도 보다
은밀하구. 이를테면 어떤 비밀스런 괴로움 때문이든가 죄책감 때

문이든가, 하여튼 그런 비슷한 마음속 동기가 더 강한 법이니까. 내 다행히 그런 예를 한 가지 알고 있는데, 그게 언제던가……"

조 선생은 무슨 말인지를 할 듯하다간 정작에 내가 알고 싶은 것에선 슬그머니 말머리를 다른 데로 돌려갔다.

"그러니까 그건 오래전 일정 때의 일이었어. 그때 이 산을 올라다닌 사람 가운데에 이 나라 2세들의 머릿속에 남의 정신을 집어넣어 사람을 바꿔놓는 식민지 교육자 신분의 인사 한 사람이 있었지. 그런데 그는 아마 한국인으로서는 드물게 일본도까지 차고 다닐 수 있는 자신의 만만찮은 교직자 신분에 대해 내심으로 지나치게 죄의식을 숨겨오고 있었던 모양이야……"

조 선생은 이제 사람들의 종화주에 대한 소망을 빌려 자신의 이야기를 털어놓고 있었다. 그의 선친이 산 아래선 드물게 일본도를 찰 수 있는 신분이었다던가. 나는 처음 그 말을 들었을 때 경찰관 신분을 먼저 연상했었다. 하지만 조 선생의 '일본도를 찰 수 있는 신분'이란 그 어조나 내용으로 보아 자신의 선친을 자칭하고 있음이 분명했다. 하긴 당시로선 교육직 관리로 소학교 교장쯤이면 일본도를 찼으니까. 그래 그렇다면 조 선생의 선친이 일제 소학교의 교장 직을 지낸 분이었단 말인가. 나이가 워낙 어려서이긴 했지만 내가 여지껏 그걸 모르고 있었다니……

나는 새삼 호기심을 느끼며 조용히 조 선생의 이야기에 귀를 기울였다.

"……그는 해마다 산을 올라갔고 자기 횃불을 마지막까지 지키곤 하였지. 그러면서 누구보다 마음속으로 종화주가 되기를 소망

했지. 하지만 그는 자격지심 때문에 차마 그것을 맡고 나설 수가 없었어. 아무도 그를 말리고 나선 사람이 없었지만, 그는 번번이 마지막 순간에 자기 불씨를 구덩이에 던져 넣고 돌아섰지……"

조 선생은 마저 이야기를 계속해나갔다.

"하지만 그는 끝내 자신의 소망을 단념하지 않았지. 오랜 세월을 기다린 끝에 어느 해 그믐날 밤 그는 자신의 어린 아들을 산으로 데려갔어. 그리고 그는 그 어린 아들의 횃불을 그날 밤의 누구보다 나중까지 지켜줬지…… 해서 그는 끝내 자신을 대신하여 그 아들로 그해의 종화주를 삼은 게야. 그날 밤도 이곳엔 물론 그를 알아보는 사람이 허다했지만, 아무도 그것을 방해하지 않았으니까…… 부자 2대를 걸쳐 이뤄낸 힘든 소망의 성취였달까…… 그러니까 아마 그런 사람들의 간절한 소망에 비하면 우리는 그저 덧없는 구경꾼에나 불과한 셈이지……"

조 선생은 그쯤에서 일단 이야기를 마무리 지었다. 짐작대로 그것은 조 선생을 맨 처음 산으로 인도했다는 그의 선친의 이야기였다. 그리고 그렇게 종화주까지 경험한 그의 산행의 내력에 관한 이야기였다.

하지만 나는 조 선생이 지금 와서 무엇 때문에 내게 그 일을 들춰내고 있는지 속마음을 얼핏 짐작할 수 없었다. 그것은 물론 나의 섣부른 종화주에의 소망을 경계하기 위한 이야기였다. 종화주에의 소망이 참으로 간절한 사람들을 말해주기 위함이었다. 하지만 그것은 이야기의 실마리나 구실에 불과한 것이었다. 내가 종화주를 꿈꿀 리 없었고, 그것을 모를 리 없는 조 선생이었다. 조 선생은 뭔가 그것으로 다른 말을 하고 싶은 게 분명했다. 그래 나는 우선 이야기의 복잡한 우회부터 막기 위해 정면으로 조 선생에게 한마디 하였다.

"그러니까 선생님은 이미 종화주의 경험이 있으셨군요."

"그래, 나는 그때 이미 종화주를 한번 지냈던 셈이지. 그래 자네까지 그런 걸 경험할 필요가 없다는 것이었구. 사실은 내 그 얘길 좀 자네한테 자세히 해주려던 참이었거든. 자네도 아마 그 일엔 꽤 관심이 많을 테고, 어찌 보면 꼭 알아둬야 할 일이기도 하니까."

조 선생은 으레 내가 그의 말을 그렇게 듣고 있는 줄 알았다는 듯 그쯤에서 그만 거추장스런 우회를 중단해버렸다. 그리곤 오히려 지금까지는 이야기의 시작에 불과했던 듯 자신이 겪은 그 종화주의 경험을 천천히 다시 회상해나갔다.

"그러니까 자넨 그때 내 선친이 나를 그해의 종화주로 삼고 나서 그것을 얼마나 자랑스러워하셨는지 짐작을 못할걸세. 사실은 나도 산에서 내가 떠맡게 된 일이 무엇인지, 그리고 선친이 그것을 얼마나 감격해하고 있었는지 당시로선 거의 짐작을 못했으니까. 하지만 그 종화주의 1년 동안 선친이 그 불씨를 나 대신 얼마나 소중하고 정성스럽게 간수해가는가를 보고 그 은밀스런 자랑스러움 속에서 그것이 당신에게 얼마나 깊은 소망이며 감동스런 성취인가를 깨닫게 되었었지."

"그렇다면 그 소망과 감동의 핵심은 무엇이었습니까. 그것은 아마 선생님의 말씀대로 이 밀교의 기본 교리와도 통하는 무엇이 될 수 있었을 텐데요……"

내가 불쑥 다시 한마디 물었다. 비로소 이야기의 방향이 잡혀오기 시작했기 때문이었다. 조 선생의 의도가 이제 제법 명백해져가고 있었기 때문이다. 그러자 조 선생은 과연 이날 밤 행사의 가장 핵심적인 의미로 이야기의 방향을 서서히 이끌어갔다.

"아까 산을 올라올 때도 말했지만, 이걸 하나의 밀교로 말한다면 역시 드러난 교리를 말하기란 쉽지가 않겠지. 어쩌면 내 선친의 감동이 거기 제대로 통했던 거라고 할 수도 없는 거구…… 하지만 교리의 본질과 관계없이 내 개인의 경험으로 말한다면 그 소망이나 감동을 통해 나는 용서를 받았다는 것이었지. 그것은 물론 내 선친께서도 마찬가지였겠지만, 그곳은 바로 용서의 자리였거든."

"용서라 한다면 누가 누구를 용서하는 것입니까. 그리고 그 용서의 의미는 무엇일까요?"

"누가 누구를 용서한다기보다 서로가 서로를 용서하는 것이었지. 그리고 아마 자기 자신을 용서하는 것이겠구. 그야 나와 선친으로 말한다면 일방적으로 용서만 받은 건지 모르지만. 그러니 어쨌든 서로가 상대방을 용서한다는 것, 누가 누구에게 어떤 허물을 지어온 처지라도 적어도 오늘 밤 우리끼리만은 여기서 이 고을의 이름으로 그것을 서로 용서하고 허물하지 않는 것…… 그것은 우리가 오늘 밤 이곳에서 누구와도 함께 하나가 되고 있는 일이며, 우리가 함께 똑같은 소망으로 하나가 되는 것은 비로소 하나의 힘을 이루는 일이 되겠지."

"하지만 그 소망이나 힘은 한번도 폭발의 정점이 없었던 것이지요."

나는 집요하게 물고 늘어졌다. 이야기가 나온 김에 마지막 소리를 들어버리고 싶었기 때문이다. 그야 나로서도 그 조 선생에게서 이미 상당한 공감을 느끼고 있기는 하였다. 그 '우리들끼리의 용서의 장소', 그 용서를 통한 서로의 하나 됨, 그리고 그 함께함으로부터의 모종의 힘의 탄생…… 나는 거기서 문득 찜찜하게 나를 스쳐간 먼 일가 형이 다시 떠오르기까지 하였다. 그리고 그의 자조적인 태도와 나에 대한 조 선생의 충고를 생각하고는 그의 '용서'의 의미를 되새겨보기도 했다. 뿐만이 아니었다. 그 자정을 향한 말 없는 합창의 기억이 아직 생생해 있는 나로서는 조 선생의 그 '하나의 소망과 힘'에 대해서도 충분히 어떤 공감을 지닐 수 있었다.

하지만 나는 아직도 확연치가 못했다. 알 수 없는 아쉬움 같은 것이 남아 있었다. 그 자정의 마지막 절정에서 허무하게 스러져 내려앉고 만 합창 소리의 운명, 그 소리와 소망과 힘의 의미는 무엇이란 말인가. 언제까지나 폭발의 정점에 다다를 수 없는 힘, 언제까지나 비밀의 장막 속에 숨겨져 전해져가기만 하는 힘, 나는 아직도 그것의 운명과 의미를 확연하게 납득할 수가 없었다.

그런데 역시 밀교는 밀교다운 교리의 형태가 점지된 때문인가. 내 물음이 막상 정곡을 겨냥하고 들자 지금까지 줄곧 열심이던 조 선생이 거기서 다시 갑자기 대답을 망설였다. 그는 한동안 입을 다문 채 분지 쪽만 불안스레 내려다보고 있었다. 분지에선 그동안 몇몇 사람들만이 뜸뜸이 능선을 지나서 산을 내려갔을 뿐이었다. 나머지 사람들은 아직도 대부분 장화대를 둘러선 채 기다리고 있었다. 그 횃불빛이 아깟번보다 줄어드는 기미가 조금도 없었다.

기다림에 지친 것은 오히려 이쪽이었다.

"폭발이 없는 대신 끈질긴 소망과 기다림이 있었겠지……"

침묵 속에 한동안 그쪽만 근심스레 지켜보고 있던 조 선생이 이윽고는 제물에 불안기를 못 이긴 듯 다시 내 쪽으로 주의를 돌려왔다. 역시 자신이 덜해 보인 어조가 우선에 정곡을 비켜두려는 식이었다.

그러나 나는 그럴수록 더욱 필사적이 되어갔다.

"폭발에 대신해 기다림이 있었다면, 그럼 언젠가는 진짜 폭발이 있을 수도 있다는 말씀입니까?"

"그야 나로서도 알 수 없는 일이지. 그게 바람직스러운 일인지도 알 수 없구. 말할 수 있는 것은 다만 그 힘은 언제까지나 스러지지 않고 불씨로 끝없이 이어져간다는 것뿐. 그리고 언제까지나 이곳에서 다시 소망의 불길로 다시 모아진다는 것뿐……"

"폭발의 정점이 바람직스러운 것이 아니라면…… 그렇다면 그것은 무엇을 위한 기다림이 되고 있는 것입니까. 비록 폭발이 바람직스럽지 못하다 하더라도 목적이 없는 기다림은 있을 수 없을 테니 말씀입니다. 그 힘 속에서 기다리고 있는 것…… 저도 아깟번 자정의 기다림 속에 분명히 어떤 소망과 힘을 느끼고 있었습니다만, 그때 그 기다림 속에 사람들이 담고 있는 그 숨겨진 소망이나 절규가 무엇을 향하고 있었느냔 말씀입니다. 선생님은 그때 무엇을 생각하며 소망하고 계셨습니까. 그리고 사람들은 그때 무엇을 기원하며 절규하고 있었을까요."

"앞서도 말했지만, 그 역시도 분명한 건 말하기가 어렵겠지. 나도 또한 그때는 어떤 간절한 소망 속에서 뜨겁고 무거운 것을 기다리고 있었던 게 사실이지만, 지금으로선 그걸 경험했다는 사실뿐 다른 설명이 불가능하거든. 도대체 그건 누구도 입에 담아 말을 한 일이 없었으니까……"

"말을 하지 않는 건 그게 너무도 자명한 것이기 때문이 아닙니까. 그리고 그것이 자명한 것이라면 사람들의 기다림은 바로 자신들의 힘의 폭발이 아니었을까요? 선생님께선 그것을 바람직스럽지 못한 것처럼 말씀하고 계시지만 말입니다."

조 선생은 왠지 그것을 두려워하고 있는 눈치였기 때문에 나는 그에게 직접 추궁의 화살을 겨누고 들었다.

하니까 조 선생은 자신을 변명하듯, 그러나 추호도 흔들림이 없는 어조로 천천히 대꾸해나갔다.

"글쎄…… 그게 폭발에 대한 기다림인지는 모르지만, 그렇다면 그것은 일종의 이단이지. 여기선 어쩌면 기다림 자체로써 행위와 목적이 완성되어져온 셈이니까. 그저 기다림…… 기다리고 기다리는 것, 이 밀교의 교단과 예배는 그렇게 지금까지 이어져왔거든."

"그 기다림에 무슨 뜻이 있을 수 있는 것입니까. 어떤 폭발이나 자기 증거도 없이 그저 숨어서 기다리고 기다리는 것, 이 교단이나 세상을 위해서 그러한 소망의 기다림 자체에 무슨 의미가 있겠느냔 말씀입니다."

"굳이 따지자면 의미가 전혀 없는 건 아니겠지. 내가 경험한 비유적인 사례 한 가지를 말하자면……"

분지 아래 횃불들은 아직도 별다른 움직임의 기미가 없었다. 무언가 새로 이야기를 꺼내려다 말고 조 선생은 한동안 다시 그 불빛쪽을 묵묵히 내려다보고 있었다. 이제는 밤 추위에 뱃속까지 꽁꽁 얼어붙어오는 느낌이었으나 조 선생은 여태 그런 내색 한번 내보인 일이 없었다. 나 역시 아직은 그것을 참고 견뎌내야 했다. 그리고 조 선생과 함께 기다려야 했다. 나는 말없이 그 조 선생의 주의가 돌아오기를 기다렸다. 하니까 이윽고 조 선생은 마음속에 어떤 작정이 내려진 듯 내게로 문득 다시 주의를 옮겨왔다. 그리고 잠시 전 서두를 꺼냈던 이야기를 다시 이어나가기 시작했다.

"자네한텐 좀 실없이 들릴 이야기가 될지 모르지만, 이것은 그저 내가 경험한 비유적 사례에 불과한 일이니까 그렇게 들으라구. 난 이따금 소리의 합창 속에 그때의 일이 떠오르곤 하거든."

조 선생은 한번 더 전제를 주고 나서 천천히 이야기의 본론으로 들어갔다.

"내 일정 시의 중학교 때 일이었지…… 자네도 들어 알고 있는지 모르지만, 내 재학 시는 일정의 말기 때라 일본인 교장의 횡포가 대단했어……"

입이 일단 열리고 나자 조 선생은 거의 막힘이 없었다. 게다가 사연까지 꽤 길어질 기미였다. 실인즉 조 선생은 거기까지도 모두 마음속 준비를 해온 것인지 몰랐다. 그건 어쨌든 상관없는 일이었다. 나는 계속 담담한 침묵 속에 그의 이야기를 듣고만 있었다.

"그때의 교장은 그러니까 교육자가 아니라 무슨 군병 훈련소의 사령관 같았지."

조 선생이 혼자 말을 계속해나갔다.

"전시복 차림에다 지휘봉까지 휘둘러대며, 작자의 위세가 말할 수 없었어. 그때의 학생들이란 대개가 우리 조선인이었는데, 위인은 게다가 입만 열면 늘상 조선인에 대한 모욕적인 욕설질이었지…… 한데 언제부턴가 교장이 강단 위로 올라서기만 하면 학생들의 대열에서 이상한 소리가 번져 오르기 시작했어. 어디서 누가 내는 소린 줄도 모르게 대열의 곳곳에서 웅웅 소리가 사방으로 떠돌아다니곤 한단 말이야. 아까 자정 때처럼 입을 다문 채 입속소리를 코로 뱉으니 선생들이 미친 듯 대열을 갈고 돌아다녀도 범인은 하나도 잡아낼 수가 없었지. 선생이 다가오면 소리를 멈췄다가 지나가면 다시 소리를 울리곤 했거든. 감히 누구도 교장의 권위에 도전을 하고 나설 수가 없었던 때였지. 더군다나 교장을 어떻게 해보겠다는 생각은 엄두도 내볼 수 없는 때였어. 하지만 우리는 어쨌든 그 교장을 그렇게 상대했어. 누가 먼저 생각해낸 방법인지도 알지 못한 채 자연 발생적으로……"

조 선생은 거기서 잠시 말을 끊고 기다렸다가 서서히 결론을 맺어갔다.

"그렇다면 이제 한번 생각해보세. 그때 우리는 무엇을 하고 있었던가. 그리고 그런 반항이나 대결의 의미는 무엇이었던가. 아마 말하기가 간단치 않을걸세. 의미를 평가하기도 쉽지가 않을 테구. 그건 어찌 보면 지극히 무력한 자기 위안의 행위에 불과한 것처럼도 보이고, 어찌 보면 또 그보다도 훨씬 값진 뜻이 담긴 기다림처럼도 보이고…… 하지만 그런 해석과 평가에 앞서 거기엔 한 가지 분명한 것이 있었지. 다름 아니라 바로 자존심이라는 것이야. 자기 위엄과 자존심…… 그것은 자신의 자존심과 위엄 때문에 그러한 것이고, 적어도 그것으로 자신의 그것만은 확인을 할 수가 있었거든. 아까 자정 때에 내가 느낀 것도 비슷한 것이었지. 자기 위엄과 자존심, 우리가 거기서 그것을 함께 확인할 수 있었고 거기서 어떤 기다림이나 힘의 결집을 느낄 수 있었다면, 그것은 아마도 각자의 위엄과 자존심의 자각, 바로 원의적 자신에의 각성으로 인함이었을 것이란 말일세…… 사람은 무엇보다 그 자신의 위엄을 잃고 자존심을 망각할 때 자신의 존재까지를 부인당하게 되는 파멸에 이를 수가 있는 것이니까. 그것을 스스로 확인하고 지켜나가는 것, 그리고 바로 그러한 소망은 그 소망 자체로서 최소한의 자기 값을 지키는 일이겠지."

조 선생의 이야기는 그쯤에서 일단 끝이 났다. 그저 하나의 비유적 경험이라던 전제와는 달리 결론이 제법 자신에 찬 어조였다.

하지만 나는 조 선생의 이야기가 끝나고 나서도 아직 한동안 더 미진스런 침묵 속에 그를 기다리고 있었다. 그 자신에 찬 조 선생의 결론에도 불구하고 내게는 그것이 아직도 만족스런 해답이 될 수 없었기 때문이다. 내게는 아직도 의구심의 뿌리가 남아 있었기 때문이다. 조 선생은 한마디로 자신의 위엄과 자존심을 지키는 일에 대해 말하고 있었다. 그것을 증거하는 일과 사람의 값에 대해 말하고 있었다. 하지만 조 선생의 증거라는 것은 자신에 대한 숨은 증거일 뿐이었다. 타인과 세상에 대한 증거가 아니었다. 게다가 그 타인과 세상에 대한 소망의 증거랄 수 있는 폭발을 이상하게 두려워하고 있었다. 그러는 이유를 알 수가 없었다. 타인이나 세상과 무관한 증거, 그 은밀스럽고 이기적인 자기 증거의 기다림, 그 과정에서의 모종의 힘의 자생과 허무한 스러짐, 그게 도대체…… 그러한 소망의 확인과 기다림 자체에 무슨 뜻이 있을 수 있는 것인가. 그것을 과연 증거라 말할 수 있을 것인가. 그리고 그것을 힘이라 말할 수 있을 것이란 말인가. 그런 데까지는 아직도 훨씬 못 미친 데서 조 선생의 이야기가 끝나버리고 있었다. 빠져나오기 어려운 어떤 순환 논법의 고삐에 매여 맴돌고 있었던 격이라고 할까. 어찌 보면 나는 이야기가 다시 애초의 출발점으로 되돌아가버린 느낌이었다.

하지만 조 선생은 이제 하고 싶은 말을 다 해버린 사람처럼 다시 묵묵히 입을 다문 채 다른 말을 이어올 기미가 안 보였다.

두 사람의 침묵이 생각 밖으로 길어지고 있었다. 게다가 이번에는 두 사람의 침묵에 빗장을 걸어버린 또 하나의 영문 모를 사태가 벌어지고 있었다.

그 추위 속의 끈질긴 기다림이 마침내는 헛되질 않았던 것일까. 때마침 분지 아래의 횃불들의 동태가 심상찮은 변화를 시작하고 있었다. 분지에선 그사이도 수런수런 몇 사람씩 불을 버린 사람들이 이따금 능선을 넘어 내려가고 있었다. 하지만 앞쪽 장화대를 둘러싼 젊은이들의 횃불 춤은 아직도 끈질기게 계속되었고, 그 횃불 춤에 최면이 걸린 듯 대부분의 사람들은(그 실은 횃불들이) 여전히 그 앞에 가지런히 몰려서 기다리고 있었다. 그런데 어느 순간 그 횃불 춤 근처에서 갑자기 어지러운 소용돌이가 일어나기 시작했다. 그러자 여태까진 그저 무거운 침묵 속에 기다리고만 있던 횃불들이 그 앞쪽의 소용돌이를 향하여 쥐어짜듯 일시에 죄어들어 가고 있었다. 횃불들은 순식간에 앞쪽의 소용돌이를 덮어 삼켜버린 채 알아들을 수 없는 어떤 외침 소리들만이 능선까지 낭자하게 회오리쳐 올라왔다. 그뿐만이 아니었다. 소용돌이는 그것으로 진정된 것이 아니었다. 소리들이 새로운 소용돌이의 진원을 이루기 시작했다. 하나하나 낭자하게 쏟아져 흩어지던 소리들이 이윽고 하나의 커다란 합창의 덩어리로 변해가면서, 그 합창 소리의 한가운데서부터 보다 큰 불길의 소용돌이를 일으키기 시작했다.

와, 와, 와—

소리는 마치 경기장의 응원성처럼 기이한 단속과 절도를 이루면서 분지 전체로 물결쳐 번져갔다. 거기 따라 벌 둥지처럼 한곳으로 덩어리져 몰렸던 횃불의 무리가 하나의 커다란 소용돌이를 이루며 분지 전체를 휩쓸고 있었다.

어떤 계기가 있었는지 알 수 없었다. 하지만 이제 분지의 횃불들은 그 불온스럽고 긴 기다림을 끝내고 바야흐로 어떤 흐름의 출구를 찾아 새로운 움직임을 시작하고 있었다. 나는 물론 그것이 무엇을 뜻하는지 알 수 없었다. 무엇을 위해 어디로 움직이려는 것인지 소용돌이의 목적이나 귀추도 쉽사리 짐작할 수 없었다. 하지만 나는 이제 그것으로 그만 조 선생 쪽에는 더 이상 주의를 기울일 수가 없었다. 이제는 굳이 조 선생의 해답을 기다릴 필요가 없었다. 조 선생은 그 기다림과 비밀의 힘에 관해 본질적 근거를 자존심이라 했었다. 하지만 조 선생은 아직 거기까지뿐이었다. 그는 아직도 그 자존심을 세상에 증거하는 일에 대해서는 말을 하지 않고 있었다. 증거커녕 그는 이날 밤의 일에 대해 한사코 비밀만을 당부해왔었다. 장화대를 둘러싼 젊은이들을 무시하고 단호하게 먼저 횃불을 던지고 온 조 선생이었다. 그리고 그 젊은이들의 춤과 회중의 기다림을 불안하고 못마땅하게 지켜보아온 조 선생이었다. 무엇보다 그 젊은이들의 춤을 물었을 때 한마디로 말길을 막아버리던 조 선생이었다. 그는 확실히 세상에의 증거를 두려워하고 있었다. 그 증거로서의 어떤 자존심의 폭발을 경계하고 있었다. 그래서 모든 걸 영원한 비밀 속에 숨겨 간직해 이어가려는 것이었다. 나는 조 선생에게 거기 숨은 사연을 들어야 하였다…… 하지만 이제는 그럴 필요가 없었다. 횃불들이 움직이고 있었기 때문이다. 이 횃불들의 힘찬 움직임 속에, 그 움직임의 마지막 증거 속에 해답이 있을 수 있기 때문이었다. 내 기대가 성급한 것인지는 모르지만, 하긴 그래서 조 선생과 나는 이때까지 그것을(조 선생은 불안 속에, 나는 궁금증과 호기심 속에서) 기다리고 있었는지도 모른다. 조 선생의 이유 같은 건 이제 소용이 없었다. 젊은이들의 춤과 회중의 기다림은 군이 의미를 따질 필요가 없었다. 움직임의 귀추가 확연해지고 어떤 폭발이 이루어지기만 한다면, 그 소망과 자존심이 힘차게 증거되기만 한다면, 그것으로 모든 의미가 해명되고 모든 이유가 설명될 수 있었다. 그 화창한 소망과 자존심의 합창은 조 선생의 다분히 고답적인 목소리쯤 휩쓸어 씻어갈 수 있을 것이기 때문이었다.

나는 거의 숨도 쉬지 못할 만큼 긴장한 시선으로 분지의 동정만 지키고 있었다.

한데 그것은 조 선생 쪽도 마찬가지였다. 조 선생도 이미 분지 쪽 동정에 심상찮은 기미를 느끼고 있는 낌새였다. 그리고 갈수록 심한 불안기와 경계심에 휩싸이는 기미였다. 그는 계속 아무 말이 없이 아래쪽 동태에만 넋이 팔려 있었다.

두 사람이 더욱 입을 열 수 없게 한 것은 또 하나 분지 쪽의 참경이었다. 횃불들은 이제 장화대를 물러나와 분지 전체를 소용돌이치고 있었다. 그런데 그 소용돌이 첫 진원지였던 장화대 앞에서는 아직도 몇 점 횃불들의 불길이 미친 듯 춤을 추며 휘돌아가고 있었다. 그 원무의 한가운데쯤에서 다른 불길 하나가 세찬 화염을 뿜어대고 있었다. 그 원심의 세찬 불길은 바야흐로 차츰 연기로 숨을 죽여가고 있었는데, 그럴수록 주위를 돌아가는 횃불들은 노골적인 광기를 더해가고 있었다. 그것은 일견 분지의 분위기를 고조시켜가는 배석 합주단의 연주와도 같아 보였다.

실인즉 그게 사실일 수도 있었다. 우리는 아직도 서로 간에 말이 없었지만, 이미 그것을 짐작하고 있었다. 거기서 무슨 일이 일어나고 있는가를 조 선생도 나도 이미 알고 있었다. 그것을 알고 있었기 때문에 더욱 무슨 말을 할 수가 없었다. 다만 나로서 아직 알 수 없는 것은 어떻게 그런 일이 실제로 일어날 수 있느냐는 것이었다. 그리고 그로 인한 소용돌이의 물결이 어디까지 미쳐갈 수 있느냐는 것이었다. 그것이 과연 어디까지 물결쳐가서 어떤 증거를 보일 것이냐는 것이었다.

하지만 일은 어쨌든 눈앞에 벌어지고 있었다. 조 선생은 그러나 거기까지도 이미 다 마음속 해답이 분명해지고 있는 것 같았다.

"아이구, 이거 추워서 원……"

그가 이윽고 진저리를 치듯 벌떡 자리를 차고 일어났다. 그것은 물론 추위 때문이 아니었다. 추위는 거기까지 서로 견뎌온 처지였다. 소용돌이의 귀추를 더 이상 기다릴 필요가 없었거나, 자신의 불안기를 견딜 수 없었기 때문이었다. 모든 것이 이미 명백해진 이상 이제는 그만 산을 내려가고 싶었기 때문일 수 있었다.

하지만 조 선생은 아직도 신중했다. 아직도 신중하고 끈질긴 데가 있었다.

"민속학이라는 걸 주무르고 있다 보면 세상이란 노상 눈에 보이는 힘만으로 이끌려가고 있는 게 아니라는 사실에 새삼 놀랄 때가 많지……"

그가 느닷없이 다시 말을 시작했다. 귀추가 이미 분명해지고 있는 횃불들의 동태에 혼자서 마지막 저항이라도 하듯이. 혹은 자신의 예감에 대항하여 자신을 버텨나가려는 듯 필사적인 어조로. 그러나 어쩔 수 없이 초조감에 쫓기며 서성서성 주위를 맴돌기 시작하며.

"눈에 보이는 세상사의 뒤엔 가시적 현상 세계의 질서로서는 한 번도 떠올라본 적이 없는 어떤 숨은 힘, 어쩌면 전혀 질서나 의미가 없는 혼돈의 상태처럼 보이면서도, 그러나 나름대로의 엄연한 질서를 지니고 그것을 행사해나가고 있는 힘의 지하 세계가 따로 있다는 말일세……"

나는 계속 횃불의 동태 쪽에 눈을 머물러둔 채 말없이 웅크리고 앉아 듣고만 있었고, 조 선생이 혼자서 말을 이어나갔다.

"눈에 보이는 현상의 세계가 양지의 세계라면 그것은 그 현상의 뒤에 숨어 그것을 은밀히 완성시켜나가는 그림자의 세계 혹은 음력(陰力)의 세계라고 할 수 있는 것이지. 오히려 상식적인 얘긴지도 모르지만, 우리들이 살아가는 이 세상이라는 것은 우리의 생각처럼 가시적 현상 질서 한 가지 힘에만 의지해 움직여나가는 것이 아니라 그 뒤에 숨은 음지의 힘에도 함께 은밀히 의지되어, 양력과 음력 두 개의 바퀴로 함께 움직여 나아가는 것이 실상이란 말일세. 그런데 때로 어떤 사람들은 자기 노력에 의해서든 우연한 기회로든 현상의 뒤에 숨은 음지의 힘을 감지해내게 되는 수가 종종 생기지. 그리고 그렇게 되면 사람들은 곧바로 그것을 현상의 질서로 바꿔놓고 싶어 하지. 자네도 아마 같은 생각일지 모르지만, 아마도 그래서 오늘 밤 일에 대해 나를 끈질기게 추궁하고 들었겠지만…… 그때 사람들은 대개 이렇게 생각들을 하기가 쉽거든. 세상은 실상 이렇게 되어 있었던 거였구먼. 하지만 뒤늦게나마 내가 그걸 찾아낸 거지. 나는 이제 그것을 증거해 보일 겨. 음지 속에 숨겨져온 힘과 질서도 나름대로의 역할이 증거되어야 하니까……"

조 선생 역시도 이제는 내가 스스로 모든 것을 알아차렸으리라 여기고 있었는지 모른다. 아니면 이제는 마음이 그만큼 조급해지고 있었는지도 모른다. 그는 바야흐로 그 하나로 모인 힘(그것의 근거가 자존심이라 했었다)의 비밀과 비밀 속의 기다림에 관해 말하고 있었다. 증거가 없는 영원한 기다림만의 힘, 그 힘의 비밀의 역할에 관해서 말하고 있었다. 그것은 내가 밤새껏 궁금해해왔고 그가 마지막까지 대답을 미뤄오던 것이었다. 횃불의 소용돌이와 그것의 귀추에서 직접적인 해답을 기다린다 하면서도 역시 궁금증은 궁금증대로 남아 있던 것이었다. 조 선생은 시종 나의 그런 궁금증을 은근히 부추기고 있었던 게 분명했다. 그리고 마지막까지 혼자 속에서 대답의 때를 맞춰보고 있었던 게 분명했다. 그런데 이제는 때가 된 모양인가. 조 선생은 이제 제물에 비밀의 덕목과 거기에 대한 자신의 믿음을 털어놓고 있었다. 더욱이 이제는 그의 말속에 고집스런 자신감까지 더해가고 있었다.

그가 혼자서 계속 말을 이어나갔다.

"하지만 그건 오해인 게야. 오해일 뿐 아니라 무모한 자기 파괴를 부르는 노릇이지. 그 보이지 않는 음지의 질서는 그 존재 자체로서 충분한 역할을 수행해가고 있거든. 아니 그것은 숨어 있는 존재로서만이 오히려 그 역할이 가능하기 때문이지…… 우리 누구나가 감지하고 확인할 수 있는 가시적 현상 질서는 기본적으로 우리 현실에 대한 지배의 질서로서 작용하는 것이지. 그런데 그 음지의 힘에다 어떤 가시적 질서를 부여하여 그것을 논리화하고 증거해 보이면 그 순간에 그것은 현상의 세계로 떠올라와 가시적 현상 세계의 지배 질서 혹은 지배의 논리로 합세해버리거든. 드러나려는 것, 그래서 지배하려는 것, 그것이 사실은 이 세상 모든 힘의 본능적 속성이기도 하지만 말일세. 그래 어떻게 보면 그 음지의 질서라는 것도 사실은 드러나기 위한 싸움, 혹은 드러나 싸우려는 자기 실현욕과 충동에 그 힘이 근원하고 있는 것인지도 모르지만. 하지만 그것은 우리 삶이나 지금 이 세계의 균형을 위해선 전혀 바람직스런 일이 아니지. 무엇보다도 우리 삶이나 이 세계는 논리와 논리 아닌 것, 혹은 일상의 삶의 덕목으로 선택된 질서와 그것이 아닌 것, 눈에 보이는 것과 보이지 않는 것, 다시 말해서 실체와 그림자 그런 두 겹의 힘의 질서로 이루어져나간다는 게 나의 인식이니까. 현상의 세계와 소망의 세계의 관계라고 할까. 그래서 나는 그 눈에 보이지 않게 숨겨져 실현을 기다리는 소망의 힘 또한 눈에 보이는 현상의 질서 못지않게 소중스럽게 지켜가고 싶은 거구. 어차피 한번의 폭발로 모든 소망이 실현될 수 없다면 내일의 세상에도 꿈만은 줄기차게 이어져가야 하니까. 그래서 그 숨은 힘의 질서 속에 미래의 꿈의 씨앗으로 남아 있으려는 사람들의 노력도 그만큼 용기 있고 값진 것으로 알고 있는 것이구……"

"……"

"사실은 굳이 증거되지 않더라도 사실의 존재 자체로서 신성한 것이지. 그 가장 값진 힘도 실상은 그 사실의 신성성에 있겠구. 그것을 굳이 증거하고 싶어 하는 것은 사실 자체의 신성성을 잃게 하고 그것을 또 하나의 현실적 지배력으로 편입시켜들이는 노릇에 다름 아닐 수도 있는 거지. 그것이 얼마나 경계할 일인지는 오늘밤의 일이 얼마나 오랜 세월 얼마나 많은 사람들에 의해 지켜져왔는지, 그것 한 가지만으로도 충분한 일일걸세. 그것 한 가지만으로도 음지의 질서가 얼마만 한 값을 지닌 것인가를 짐작해볼 수 있을 일일 게구. 도대체 내 지난 세월 가운데서 오늘 밤 이 일 한 가지를 빼고 나면 그렇게 되지 않은 일이 한 가지도 없었으니까.

소위 내 민속학 쪽 일까지도 모두가 현상의 질서 쪽에 가담하고
아직도 사실의 신성성과 그 힘 속에 남아 있는 것은 오직 오늘 밤
이 일 한 가지뿐이거든. 이게 나의 이 세상에서의 마지막 남은 꿈
이라 할까……"

조 선생은 거기까지 말하고 나서 자신의 열기를 이기지 못한 듯
담배 한 대를 꺼내 물었다. 그러고는 한동안 분지 쪽을 향해 말없
이 연기만 뿜어대고 있었다.

분지 쪽은 여전히 함성과 불꽃이 끓어 넘칠 듯 소용돌이치고 있
었다.

나는 이제 더 이상 그 조 선생 앞에 말없이 듣고만 앉아 있을 수
가 없었다. 조 선생은 한마디로 가시적 현상의 질서 뒤에 숨어 있
는 또 하나의 힘과 그 힘의 역할을 말하고 있었다. 그리고 이날 밤
의 일에 관한 절대 비밀의 유지를 고집하고 있었다. 그 엄청나게
가열스런 정신주의…… 나는 그것이 옳은지 그른지 쉽사리 확신
을 얻을 수가 없었다. 사람들 가운데는 조 선생의 말대로 그 '증
거'를 열망하고 있는 사람들이 얼마든지 많을 수 있었다. 현실 가
운데서 그것을 증거하고 그럼으로써 조금씩이나마 현실에 대해서
인식의 변화를 구하고 싶어 할 수도 있는 일이었다. 하지만 그런
것은 뒤로 제쳐두고 내게는 이미 한 가지 분명해진 것이 있었다.
그것은 바로 조 선생의 신념과 확고부동한 태도였다. 조 선생도
어쩌면 사실의 증거 자체를 그토록 죄악시할 이유는 없었을는지
모른다. 그 사실의 신성성 자체는 증거의 여부에 좌우될 수 있는
것이 아니었다. 그가 그토록 증거를 반대하는 것은 그로 인한 현

상적 지배 질서에의 영합을 스스로 경계하려는 데에서였을 수 있었다. 그리고 단 한 번의 소망의 증거와 폭발로써 그 꿈의 불운한 노출과 소멸만을 초래하게 될 것을 두려워하고 있을 수도 있었다. 하지만 그게 어느 쪽이었든지 간에 조 선생 자신의 태도는 확고했다. 그는 한사코 사실이 알려지는 것을 원하지 않았고, 뒤에 숨은 그림자의 세계 속에서 그 힘과 꿈의 질서에 봉사하며 그쪽에 관여된 삶의 부분들은 영원한 침묵으로 남기를 바라고 있었다.

그것은 어쨌든 존경할 만한 일이었다. 그것은 그의 가열한 정신주의의 미덕일 수도 있었다. 나는 계속 침묵 속에 무심히 앉아 있을 수가 없었다. 하지만 그렇다고 새삼스레 무슨 섣부른 말참견을 하고 나설 수도 없었다. 뭔지 아직도 가슴속에 미심쩍게 꿈틀대고 있는 것이 도대체가 그럴 기분이 아니었다.

나는 말없이 자리를 털고 일어나 굳어진 팔다리를 몇 차례 뻗어 움직여보았다. 그리고는 이제 하산 채비라도 끝내고 난 것처럼 조 선생의 다음번 거동을 기다렸다. 이제는 조 선생도 할 말을 거의 다한 듯싶었기 때문이다. 보다도 이제는 그 조 선생에게서 더 이상 기대할 말이 없는 듯싶었기 때문이다. 그리고 말없이 서 있는 조 선생이 이제는 어쩌면 내게 하산을 재촉하고 있는 듯싶기도 했기 때문이다.

하지만 조 선생은 아직도 그게 아니었다. 조 선생도 어쩌면 나로부터 아직 완전한 승복을 얻어내지 못한 느낌이었는지 모른다. 아니면 무엇인가 좀더 기다려서 거기서 확인을 해버리고 싶은 것이 있어서였는지도 모른다.

"이곳은 하나의 옹달샘 같은 곳이었지……"

조 선생이 다시 혼잣소리처럼 천천히 말을 잇기 시작했다. 곁에 선 나의 기미를 무시하듯 시선을 계속 분지 쪽 불길에다 머물러둔 채였다.

"산속 깊은 곳에 숨어 있는 소망의 옹달샘…… 오랜 세월 동안 그 새암과 수맥이 숨겨져 지켜져옴으로써 그 소망의 물줄기가 끊기는 일이 없이 해마다 새 물이 괴어 오르는 샘터…… 그 샘물이 세상으로 흘러내리는 것을 본 사람은 아무도 없었지. 하지만 그렇다고 샘물이 아래로 흐르지 않는 건 아니었어. 샘터가 산속에 숨어 있는 것처럼 샘물 또한 숲과 땅속으로만 스며 흘렀거든. 그리고 세상을 보다 깊은 곳에서 은밀스럽게 적셔주고 있었거든. 그런데 때로 성급한 사람들은 그걸 물이 흐르지 않는 것으로 여기려 들곤 하지. 그래서 내놓고 샘터에서 산 아래로 시원스런 관수로를 쳐내리려 덤벼들지."

그 숨어 기다리는 소망의 힘, 그것의 세상에 대한 은밀스런 증거, 그것들에 대한 설명이 아직도 마음에 차지 않았던 모양이었다. 조 선생은 또다시 거기 대한 설명을 덧붙이고 있었다. 이번에는 샘물의 비유 속에서였다.

"그야 샘터에서 세상으로 곧바로 물길을 내놓으면 원하는 곳을 일시적으로 적셔줄 수도 있겠고 그 결과로 증거도 쉽겠지. 물길을 통하여 샘물을 한꺼번에 빼갈 수도 있겠고, 더욱이 겉으로 드러난 물길엔 건수(乾水)가 함께 몰려 흐를 수도 있으니까. 하지만 건수는 비가 올 때나 솟아 몰리는 것, 가뭄이 지고 건수가 끊어지면 물길이 마르고 세상도 마를 테지. 수맥을 숨겨 간직하지 못한 샘터는 더 이상 샘물이 괴어 흐를 수가 없거든. 우리한텐 그래 가뭄에 상관없이 언제나 수맥이 끊기지 않고 땅속을 적셔 흐르는 숨겨진 샘 같은 게 소용되고 있는 게지. 한데 저자들은…… 저자들은 그걸 이해하지 못하지. 그래 성급하게 수로를 쳐내려 세상을 한꺼번에 덮어씌우고 그렇게 그것을 증거하고 싶어 하지."

바람기는 그리 심하지 않았지만 아직도 드문드문 눈앞을 스쳐 내리는 찬 눈발 속에서 조 선생의 이야기는 거기서도 한동안이나 더 계속되어나갔다.

"그렇다고 물론 저자들 모두가 애초부터 그것을 원했던 것은 아니었지. 사람들을 선동하고 휘몰아대는 건 극히 일부의 몇 사람에 불과하지. 자네도 보았겠지만 그 최면술사 같은 젊은 춤꾼들…… 춤으로 불씨를 묻는 걸 방해하고 사람들의 넋을 빼앗아버리는 친구들, 그자들도 기다릴 줄 아는 것이 있다면 오직 성급한 증거를 기다리는 것뿐…… 그자들이 어떻게 여길 끼어들었든지 파란의 시초는 그자들로부터였지. 사람들은 작자들에게 제 넋을 빼앗기고도 그런 사실조차 모르고들 있거든……"

조 선생은 마침내, 젊은이들의 춤과 그것의 비밀을 말하고 있었다. 그리고 횃불들의 끈질긴 기다림과 소용돌이의 비밀을 말하고 있었다. 그것도 심한 배반감으로 인하여 노기와 비방기가 역력한 어조였다.

하지만 그것은 이제 내겐 차라리 부질없는 일처럼 보였다. 그것은 내게 아직도 마지막 확인이 미뤄져온 채였지만, 이제는 사실이 조 선생에 앞서서 설명을 대신해오고 있기 때문이었다. 사실이 설명을 앞서버리고 있는 마당에 조 선생의 그것은 뒤늦은 사족이나 무력한 넋두리에 불과할 수도 있었다.

한데다 조 선생은 이제 거기서 더 이야기를 계속해나갈 수도 없었다.

분지에서 다시 몇 사람이 수런수런 우리 쪽으로 능선을 기어 올라오고 있었다. 조 선생은 반가운 듯 거기서 말을 잠시 중단한 채 침묵 속에 잠잠히 기척을 기다리고 있었다. 그리고 그 사람들이 우리 곁을 지나서 이윽고 다시 하산 길로 접어들기 시작했을 때, 그는 뒤미처 생각이 떠오른 듯 등 뒤로 한마디 나지막하게 물었다.

"그래, 불길을 잡아줄 가망이 아예 없습디까."

그러자 산을 앞질러 내려가던 사람들도 그 말이 무슨 뜻인지 금세 알아들은 듯,

"불길을 잡아주는 게 다 무어요. 제 손으로 기름불을 뒤집어쓴 사람을…… 덤벼들 엄두조차 못 내고 말았다오."

일행 중의 누군가가 대답을 남기고는 이내 어둠 속으로 모습이 사라져가고 있었다.

조 선생은 이제 더 아무것도 할 말이 없는 사람처럼 한동안 그대로 우두커니 서 있기만 하였다. 아직도 함성과 불길이 소용돌이치고 있는 분지 쪽만 우두커니 지켜보고 있었다.

하지만 조 선생은 이제 그것으로 모든 것이 분명해진 것 같았다. 더 이상 기다리거나 확인해야 할 일이 아무것도 남아 있지 않은 것 같았다. 보다도 이제는 거기에 더 이상 '자리를 함께' 하고 있을

수도 없어진 것 같았다.

그가 이윽고 몸을 돌이켜 산 아래로 천천히 발길을 옮겨놓기 시작했다. 내게는 가자 말자 가부간에 한마디 드러난 의사 표시가 없은 채였다. 그런데 어쨌거나 그것이 이날 밤 우리가 한발 앞서 산을 내려온 하산 길의 출발이 되고 있었다.

이제는 대충 이야기를 마물러야 할 때가 온 것 같다. 조 선생과 횃불의 끈덕진 대결은 그것으로 마침내 승패가 결판난 거나 다름없었기 때문이다.

하지만 지루하더라도 한 가지만은 마저 사실을 밝혀두고 이야기를 끝내는 것이 좋으리라 생각된다. 산을 내려온 다음의 이야기 말이다. 왜냐하면 이날 밤 우리가 산을 내려온 것으로 모든 일이 끝난 게 아니었으니까. 그것으로 해답이 밝혀진 것은 조 선생의 불안스런 기다림에 대한 횃불들의 동태와 그 귀추에 대한 예감뿐이었다. 우리가 마침내 산을 내려오기 시작했을 때 조 선생에겐 이미 거기에 대한 모종의 확신이 예감되고 있었음이 분명했다. 하지만 그것은 이날 밤의 일에 대한 조 선생의 승패의 문제일 뿐이었다. 보다도 내게 중요한 것은 당연히 나 자신의 문제였다. 그것은 우리가 산을 내려올 때까지도 아무런 해답이 마련되지 않고 있었다. 횃불의 귀추가 어디에 이를지를 아직 알고 있지 못한 나에겐 그것이 더욱 그럴 수밖에 없었다.

이미 짐작하고 있는 이가 많겠지만, 이 이야기를 이토록 중언부언 길게 끌어온 것도 사실은 바로 그런 자신의 문제 때문인 셈이다. 거기에 대한 자신의 해답을 구하고자 이날 밤의 행사와 조 선생에 대해 그토록 많은 의구심을 지녀왔고, 그런 사실들 하나하나까지를 여기서 다시 장황하게 곱씹어온 것이다.

조 선생은 한마디로 이날 밤 나에게 하나의 어려운 공안(公案)을 제공해온 것이었다. 그는 이날 밤의 산행에 나를 동행시킴으로써 기이한 소설거리를 제공하고 있었다. 그러나 그것은 동시에 소설로 씌어질 수 없는 숙명적 자기 금기를 수반한 소재였다. 영원히 세상에 알려서는 안 되는 비교의 기이한 예배 행사, 그것이 세상에 알려질 때는 그것으로 그만 교리와 예비처가 소멸되고 말 운명의 지하 밀교 행사…… 조 선생은 그 교단의 힘이나 세상에의 기여가 그것의 보안성에 근거해온 것으로 누출을 한사코 경계하고 있었다. 다시 말해 그는 내게 하나의 충격적인 소설거리를 보여주고 나서 동시에 그것을 쓰지 못하게 하는 침묵의 굴레를 씌운 것이었다.

그러나 나는 뭐라고 해도 역시 한 사람의 글쟁이였다. 그것도 사실적인 세상사에 대한 이야기꾼으로서의 소설쟁이였다. 소설질이 무엇인가. 그것은 분명 조 선생과는 반대로 그 보이지 않는 어둠 속의 세계와 삶의 현상들에 대해 인간 정신의 밝은 빛을 쏘아 비춰 그것을 가시적 삶의 질서로 끌어들이려는 노릇이 아니던가. 그 어둠 속의 것을 알리고 증거하여 보편적 삶의 덕목으로 일반화시켜나가는 일이 아니던가. 소설쟁이로서의 나는 스스로 그 일을 자임하고 나선 위인이 아니던가. 나는 어쨌거나 그것을 써내어 소설로써 사실을 증거해야 하였다. 그것이 나의 어쩔 수 없는 욕구

이자 직업상의 의무였다. 일단 확인된 사실의 앞에서 소설이 포기
될 수는 없기 때문이었다. 소설쟁이가 스스로 사실을 감출 수는
없기 때문이었다. 그것은 내가 조 선생의 믿음이나 주장을 무시해
버리고자 해서가 아니었다. 조 선생의 믿음의 옳고 그름이나 그에
대한 나의 승복 여부는 별도의 문제였다. 조 선생의 고집이 옳든
그르든 그것은 그의 진심에서의 확신이요 사실상 신앙에 가까운
것이었다. 그 조 선생은 어떻게 보면 내 소설의 논리를 정면에서
부인하고 있는 셈이었다. 그러나 그는 내 소설뿐 아니라 자기 학
문의 목적까지도 부인하고 있었다. 조 선생의 민속학 또한 내 소
설의 경우처럼 현상적 삶과 삶의 마당에, 그것의 질서와 질서의
확대에 목표가 겨냥되고 있음이 분명한 것이었다. 조 선생의 작업
또한 그것들을 찾아내고 세상에 증거해 보이는 것이었다. 한데도
조 선생의 요지부동한 태도는 그것까지도 스스로 부인하고 있는
격이었다.

나는 그런 조 선생을 섣불리 부인할 수가 없었다. 부인하기에는
너무도 크고 무거운 것이 그에게서 느껴졌다. 내가 아직 그것을
이해하지 못하고 있을 뿐, 어쩌면 그것은 나의 소설이나 조 선생
의 민속학의 현상적 논리를 훨씬 뛰어넘는 무거운 삶의 값을 지탱
하고 있을 수도 있었다.

나는 일단 그런 조 선생을 나의 소설에 대한 하나의 현실적 제약
으로 받아들일 수밖에 없었다.

하고 보니 나의 소설에의 욕망은 꼼짝없는 이율배반, 빠져나갈
출구가 보이지 않는 높고 깜깜한 공안의 울타리에 갇히고 만 셈이

었다.

산을 내려오기 시작했을 때까지도 그것은 전혀 실마리가 풀리지 않았다. 산을 내려오면서도 물론 마찬가지였다.

산을 내려오면서도 나는 계속 그것을 생각하지 않을 수 없었다. 오늘 밤의 일로 나는 도대체 무엇을 할 수 있고 해야 할 것인가. 조 선생이 정말로 내게 끝끝내 소설을 바라지 않고 있는 것인가. 그가 그토록 발설을 경계하는 것은 바로 내게 증거를 막으려는 것이 아닌가. 그렇다면 그는 무엇 때문에 오늘 밤 이 깊은 골짜기로 나를 끌어들였단 말인가. 그리고 이런 이율배반의 갈등의 체험을 제공했단 말인가. 이곳을 오고 나면 나는 분명히 소설을 쓰려 할 것을 알고 있었을 텐데도. 당신의 말대로 내가 이 고을 태생이기 때문에? 그리고 내가 그의 동향 후배이기 때문에? 그저 그 같은 이유들만으로?

하산 길은 눈발과 어둠 속에서도 더할 수 없이 신속했다. 조 선생에겐 이미 횃불의 귀추에 분명한 확신이 있었기 때문일 터였다. 그리고 그것으로 조 선생은 더 이상 자리를 함께할 수 없게 된 때문이었을 터였다. 그는 일단 하산 길로 접어들자 쫓기듯 발길이 조급해지고 있었다. 승패가 결정 난 시합의 패자가 퇴장을 서두르듯 급히 분지를 등져갔다. 어둠 속에 더듬거리고 눈에 미끄러지면서도 멈춤이나 휴식이 거의 없었다. 더욱이 무슨 말을 주고받거나 속생각을 짚어나갈 여유는 없었다. 그리고 그런 식으로 경황없는 발길 끝에 우리는 길을 나선 지 한 시간 남짓 만에 무사히 다시 산 아래로 내려섰다.

하지만 나는 그동안도 계속 같은 상념에만 매달리고 있었다. 그래 조 선생은 내 소설에의 욕구를 그토록 짐작조차 못했었단 말인가. 아니라면 그는 역시 내게 어떤 식의 소설을 기대하고 있는 것이 아닐까. 그래 하필이면 고향 후배 중에 소설쟁이인 나를 골라 데려온 게 아니었을까. 그것도 오랫동안 소식을 끊고 지내온 나를 골라서 이 먼 데까지. 그래서 모든 것이 자신의 체험 속에 직접 해명되도록 하라고 조심스런 충고를 앞세웠던 게 아닐까. 그러면서 나를 부러 갈등 속에 빠뜨려놓고 곁에서 함께 기다려온 것이 아닐까…… 그렇다면 대체 나는 이 일을 어떻게 감당해가야 한단 말인가. 발설이 불가피한 소설의 숙명과 증거가 용납되지 않는 배반의 논리 앞에……

그것은 물론 해답의 실마리가 쉽게 잡힐 수 없는 수수께끼 한가지였다. 아니 애초에 정답이 숨겨져 있지 않는 불가해의 수수께끼 같은 것이었다. 내가 알고 있는 아기장수의 이야기는 사실이 드러남으로 인한 비극의 이야기였다. 비밀이 드러남으로 인한 비극이면서도 그것은 애초에 그 드러남의 비극이 전제되어 꾸며진 이야기였다. 그래 비극이 완성되려면 사실은 정체를 드러내야 했다. 그에 비해 내 소설은 사실을 드러냄이 없이 이야기를 완성해내야 하는 것이었다. 극단적으로 말하면 사실을 보여주지 않고 그것을 증거해야 하는 격이었다.

나는 끝끝내 출구를 못 찾은 채 무위한 사념 속만 헤매고 있었다. 그것은 우리가 하산을 끝내고 산길을 벗어나려 할 때까지도 마찬가지였다. 나의 사념은 그때까지도 계속 깜깜한 공안 속만 헤매었다. 아니 우리가 산을 내려와 모처럼 한숨을 돌리고 났을 때 내게는 보다 더 단단하고 확실한 공안의 울타리가 확인되고 있었다.

알고 보니 사실은 나의 공안이 우연히 주어진 게 아니었던 것이다. 내가 대충 짐작해온 대로 그것은 조 선생도 이미 알고 있는 일이었다. 알고 있을 뿐 아니라 처음부터 그것을 염두에 두고 거기까지 나를 끌어들여온 것이었다. 그리고 마지막까지 속셈을 아껴둔 채 나를 답답하게 밀어붙여온 것이었다. 내가 미리 당겨 써왔지만 나를 답답하게 만든 그 공안이란 말도 사실은 조 선생에게서 먼저 나온 말이었다.

우리가 마침내 산길을 벗어나 읍으로 나가는 신작로 길로 접어들었을 때였다.

"담배 남은 것 있나?"

앞서 가던 조 선생이 비로소 담배 생각이 난 듯 자신의 빈 담뱃갑을 구겨버리고 나서 나를 향해 돌아섰다. 나는 그에게 말없이 담배를 건네주고 뒤이어 불도 함께 켜 붙여주었다. 그리고 이제는 이날 밤 일에 대해 어느 만큼이나마 분명한 마무리를 지어야겠다고 생각했다. 조 선생이 담배를 물고 다시 몸을 돌이켜 세우는 것을 보고 나도 뒤에서 천천히 한 개비를 붙여 물었다. 그리고는 이제 완연히 속도가 느려지고 있는 조 선생의 등 뒤를 따라가며 짐짓 불평조의 몇 마디를 흘려 건넸다.

"오늘 밤 제가 무엇 때문에 이곳엘 왔어야 했는지 이유를 아직도 알 수가 없군요. 제가 오늘 밤 무엇을 보았으며 그것들을 어떻게 이해해야 할 건지두요……"

그런데 사실은 조 선생 쪽에서도 끝내는 그 소리가 나올 줄 알고 있었던 것 같았다. 혹은 조 선생에게도 이제는 이날 밤의 산행에 마무리를 지을 때가 왔다고 여겨졌는지 모른다.

"처음 자네한테 동행을 권할 때도 그런 말을 했었지만, 그야 자네는 이 고을 사람이니까."

그는 마치 지금까지 내내 그것을 이야기해온 뒤끝이기라도 하듯이, 아니면 마지막까지 대답을 아끼며 나의 채근을 기다리고나 있었듯이 수월스레 금방 응답을 보내왔다. 그리고 기왕 이야기가 나온 김에 미심스러운 것을 모두 마무리 지어주고 싶은 듯 혼자서 계속 말을 이어나갔다.

"그리고 이건 불교식으로 말하면 일종의 화두(話頭)나 공안 같은 것이겠는데, 이 밀교와 자네 소설의 배반적 논리의 울타리 속에서 자네의 소설이 그것을 어떻게 뛰어넘고 도망칠 수 있을 것인가…… 그게 오늘 밤 일에 대한 자네 방식의 이해의 길이겠고, 그 길을 찾아내는 것이 자네가 앞으로 해야 할 일이겠지. 나도 이를테면 그걸 보고 싶어 자넬 여기까지 데려온 셈이었으니까……"

이미 모든 것을 단념하고 난 때문인지 조 선생은 이제 불안기도 없었고 목소리마저 지극히 담담했다. 그런데 그것은 말할 것도 없이 바로 나의 소설 이야기였다. 그는 내게 마침내 소설을 주문하고 있는 것이었다. 사실을 절대로 노출시켜서는 안 된다는 이야기질과의 배반, 그 빠져나갈 수 없는 반논리의 울타리 속에 나와 내 소설을 단단히 가둬놓고 그는 내게 다시 내 소설로 그것을 빠져나가라 하고 있는 것이었다. 조 선생도 처음부터 내 심중을 환히 다

꿰뚫어 알고 있었던 게 분명했다. 아니 나의 그 소설의 공안이란 것 자체가 애초에 조 선생의 예정 속에 미리 마련이 되어 있었던 게 분명했다. 그것을 조 선생이 이제사 비로소 내게 확인해온 것뿐이었다. 나는 내가 원했든 안 했든 산행을 따라 나설 결심을 했을 당시부터 이미 그것을 내 소설의 공안으로 떠안아버리고 있었던 셈이었다.

나는 갈수록 어둠이 깊어져가고 있는 느낌이었다. 함정을 빠져나갈 길이 없을 것 같았다. 조 선생은 나의 그런 낭패스런 심사까지도 미리 다 염량을 해두고 있었다.

"하니까 이건 여태까지 자네에게 발설을 막아온 것과는 배반되는 주문일세마는…… 하지만 자네는 어떻든 이걸 쓰지 않고는 배겨낼 수가 없는 사람 아닌가. 나는 처음부터 그걸 알고 있었지. 그래 자네더러 자신의 소설로 그 공안의 울타리를 한번 뛰어넘어보라는 것이었네. 그럴 수만 있다면 자네의 소설은 지금까지보다 훨씬 두꺼운 겹이 생길 게 분명하구…… 이제사 말이지만 지금까지 보아온 자네의 소설은 아무래도 겹이 그리 두꺼워 보이지가 못했거든. 그건 역시 자네 눈길이 아직까지 가시적 현상에만 너무 단순하게 집착해 있었다는 증거일 테니 말일세……"

조 선생은 계속해서 나의 어둠을 졸라왔다. 내 속을 환히 들여다보고 있어 그런지 이번에는 나의 물음조차도 기다리지 않은 채였다. 그는 천천히 걸음을 앞서가며 등 뒤로 흘리듯 말을 계속해 갔다.

"자네로서도 아마 쉽지가 않은 일일 테지. 이런 일이 있으리라

곤 여태까지 상상조차도 못해본 일일 테니까. 하지만 깜깜한 건
자네나 자네의 소설만이 아닐 게야. 세상엔 그보다 더 깜깜하고
답답한 인간들 천지니까. 세상을 턱없이 간단하게 생각하고 제물
에 자신만만해 사는 사람들 말일세. 그런 사람들까지 모두 이런
데에 함부로 끌어들여올 수는 없는 일이지. 하지만 그 사람들에게
도 이런 보이지 않는 힘과 힘의 질서가 존재한다는 사실만은 감지
시켜줄 필요가 있지 않겠나……"

"……"

"그런 뜻에서 나도 결국은 어떤 증거를 꿈꿔온 셈이지만, 그래
나는 자네의 소설에다 그 일을 기대해보았던 것일세. 그래 어떤가.
소설이란 어차피 사실의 증거만이 유일한 방법이 아닐 테니 말이
네. 소설로는 어쩌면 그런 암시가 충분히 가능할 수가 있을 게 아
닌가. 사실의 기술이 아닌 사실의 암시와 증거…… 세상에는 우
리가 미처 감득하지 못한 어떤 커다란 힘이 존재할 수도 있다
는…… 그 깊은 소망의 샘물이 지금까지도 끊임없이 조금씩조금
씩 깊은 곳으로 스며 흘러내려오고 있었듯이."

여전히 흘리듯 한 말투 속에 조 선생은 계속 나의 소설을 다그쳤
다. 이번에는 아예 그 소설의 방법에까지 주문이 미치고 있었다.
그가 모든 것을 그토록 면밀히 계산해두고 있었던 증거일 수 있었
다. 그리고 그 '암시'라는 것이야말로 그가 그것을 세상에 증거할
불가피하고도 유일한 방법이었을 터였다.

하지만 나는 아직도 조 선생이 과연 세상에의 증거를 바라고
있는지가 의문이었다. 그의 오랜 신념과 가열한 정신주의……

그가 언제부터 산 아래의 세상을 그토록 염두에 두어왔단 말인가. 그의 바람을 실감할 수 없었기 때문에 그러는 이유도 이해할 수가 없었다.

"세상 사람들에게 숨어 흐르는 힘의 존재를 알리려는 것, 세상의 보이지 않는 뒷겹을 알리려는 것, 그게 선생님께서 제게 소설을 바라시는 이유의 전부십니까."

내가 모처럼 조 선생에게 한마디 의심쩍은 어조로 말끝을 받았다. 이제는 그도 굳이 알고 싶은 것이 아니었지만 조 선생에게 혼잣말을 시키지 않기 위해서였다.

조 선생은 이제 아무것도 마음속에 담아두고 싶지가 않은 기색이었다.

"그래. 애초에는 그게 전부였지."

그가 서슴없이 대꾸해왔다.

"그건 세상을 위해서이기도 하지만, 그에 앞서 이 밀교의 존속에도 필요한 일이었으니까. 아까 산에서 자네도 보았지만, 세상을 향해 교리를 노출시키고 곧바로 작용을 하고 싶어 하는, 그런 식으로 늘상 그것을 직접적으로 증거하고 싶어 하는 사람들이 있어왔거든. 그런 욕망이나 요구가 커지고, 그것이 지나치게 꼭꼭 억제되어버리면 결국엔 폭발에까지 이를 수가 있는 거지. 자네의 소설로 어떤 암시가 가능해진다면 그건 지하로 스며 흐르는 물처럼 차오르는 힘의 범람이나 폭발을 막을 수가 있게 되지."

"하지만 제 소설 같은 것이 없었어도 지금까지 물은 늘 스며 흘러내리지 않았습니까. 그것으로 위험스런 폭발이 없이 교단도 잘

유지되어왔구요."

솔직하고 담담한 조 선생의 응답에 나는 한마디 더 묻지 않을 수 없었다.

"한데 선생님께선 어째서 올해 저를 여기로 불러와야 하셨을까요. 그리고 제게 그런 어려운 소설의 공안까지 안겨주신 겁니까."

"그것은 사정이 자네 말처럼 심상스러워 보이지가 못했던 탓이었지. 근년에 부쩍 사람 수가 늘기 시작했거든. 그리고 무언가 불온스런 기운이 엉켜들기 시작했어……"

조 선생은 여전히 느린 걸음 속에 대답을 주저하는 기미가 없었다. 나로서도 이미 짐작하고 있던 일이었지만, 조 선생은 다시 한 번 산 위에서의 불안기와 파국의 내력을 말하고 있는 중이었다.

"이 이삼 년 동안의 일이었지. 그리고 그 이삼 년 동안의 불길스런 예감은 틀린 것이 아니었어. 섭섭한 일이지만 오늘 밤 나는 그것을 분명히 확인할 수가 있었지. 자네도 보았겠지만 그 젊은이들의 춤…… 그 횃불들의 광란의 소용돌이…… 그것들은 바로 이 밀교의 운명을 재촉하는 파국의 춤이었어. 그들에게도 어떤 기다림이 있어왔다면 그것은 바로 자신들의 교단을 끝장내려는 가공스런 범람과 자기 폭발뿐…… 나는 어떻게든지 그걸 막아보고 싶었지. 그래 자네까지 여길 끌어들여온 것이었구……"

그런데 참으로 이상스런 일이었다. 조 선생은 계속 그렇게 길을 가면서도 뭔가 또 다른 자신의 예감을 혼자 내심으로 기다리고 있었던 모양이었다. 그리고 마침내 그것이 사실로 나타나고 있는 것을 알고 있었던 모양이었다 그가 왠지 거기서 다시 발걸음을 멈추고 내게로 돌아섰다. 그리고 덩달아 발을 멈춰 서고 있는 내게 새삼 중요한 사실을 일깨우듯 말했다.

"하지만 이젠 다 부질없는 노릇이지. 내 소망도 자네의 소설도⋯⋯"

그의 어조에는 새삼 낭패스런 한숨기 같은 것이 어리고 있었다.

"그래 사실은 이런 이야기도 자네한테 모두 털어놓는 것이니, 너무 부담을 느낄 것은 없을 거네. 자네한테 정말 소설을 주문하려면 이런 이야기도 사실 필요 없었을 테니까⋯⋯"

말을 끝내고 나서도 조 선생은 한동안 어둠 속으로 계속 나를 지켜보고 있었다. 그러고 서 있는 그의 모습이 모든 희망이 무너져 내린 사람처럼 더없이 무력하고 허탈스러워 보였다. 그보다 자신의 예배소와 신전에서 내몰린 밀교의 교주처럼 처참스럽기까지 해보였다. 아니 사실은 그 자신이 바로 신전을 잃고 내쫓긴 밀교의 교주였다.

결과부터 말하면 그의 말대로였다. 그는 나에게 소설을 바랐지만 그것도 이제는 부질없는 노릇이 되고 말았노라 하였다. 아니 그는 그것을 알고 있었기 때문에 내게 소설 이야기를 해버린 거라 하였다. 말하자면 그는 내게 하나의 공안을 주고 나서 그것을 스스로 다시 거둬가버린 격이었다. 어쩌면 그가 처음부터 내게 헛공안을 마련하고 있었다 할 수도 있었다. 그리고 나 또한 마침내는 그것이 빈 공안으로 끝난 일임을 깨닫게 되었다.

그렇다면 대체 무엇이 어찌 되었던 것인가.

사실은 매우 간단한 것이었다. 조 선생은 산을 내려오면서 이미 나에 대한 공안이 부질없는 것임을 알고 있었다. 하면서도 그는 아직 행여나 하는 바람 속에 마지막 희망을 버리지 못하고 있었다. 자멸적인 범람과 폭발을 단언하면서도 마지막 희망이 무너져가는 확증이 등 뒤로 쫓아오는 것을 겁내고 있었다. 그것은 참으로 불길스럽고 초조한 예감이었을 터였다. 그러나 그는 거기서 끝내 자신의 예감이 사실로 나타난 것을 보게 된 것이었다. 그리고 그래 내게도 마침내 그것을 똑똑히 보게 해준 것이었다.

　조 선생이 이윽고 얼굴을 들어 나의 머리 위로 멀리 제왕산 정상 쪽을 바라보았다. 그러고 있는 그의 눈동자 속에 알 수 없는 화광의 그림자가 어리고 있었다. 그것은 조 선생 자신의 눈빛이 아니었다. 내가 그 말 없는 조 선생의 눈빛을 좇아 제왕산 정봉 쪽을 돌아다보았을 때―, 언제부턴지 거기 진짜 화광이 제왕산의 검은 하늘을 벌겋게 물들이고 있었다. 뿐만 아니라 산의 능선께로는 바야흐로 줄기줄기 횃불들의 행렬이 용암의 분출처럼 넘쳐 내려오고 있었다.

　신전은 이미 불타고 있었던 것이다. 그 제단과 신전을 태우고 난 불길이 하늘과 산과 누리를 불태우며 먼 함성의 합창 소리 속에 아래로 아래로 넘쳐 내려오고 있었다.

붙임

글을 끝내면서 몇 마디만 덧붙이자면 그러니까 나의 이 어쭙잖은 이야기는 기이하게도 그 조 선생의 참담스런 패배에 결정적인 빚을 지고 씌어져 나오게 된 셈이다. 산 위에서의 일이 조 선생의 그런 패배로 끝나지 않았다면 나는 끝끝내 내 소설의 공안을 해결해낼 수가 없었을지 모르기 때문이다. 자력으로 그것을 해결할 수 없는 한 나는 이 이야기를 쓸 수가 없었을 터이기 때문이다.

그러나 역설적이게도 조 선생의 패배는 그 막막한 공안의 울타리를 스스로 다시 거두어들임으로써 내게 이런 식이나마 어려운 이야기의 길을 열어준 것이었다. 아니면 하나의 사실이라는 것은 어떤 조작이나 은폐의 기도에도 불구하고 결국은 그 자체의 힘으로써 자신의 존재와 질서와 운명을 스스로 증거하게 마련인 것이라고나 할까. 그런 의미에서 그것은 어쩌면 보다 직접적인 공안의 실현이자 나의 소설에 앞선 해답이랄 수 있으리라. 도대체가 하나의 사실이나 힘의 질서라는 것은 그 증거의 길이 지나치게 억제될 때 그것의 존재나 질서 자체를 궁극적인 덕목으로 지탱해나가려는 어떤 정신적인 조작의 틀도 무용한 것으로 만들어(그 조 선생의 정신주의의 무참스런 패배!)버릴 수가 있으니까. 그게 이를테면 폭발일 것이었다. 그리고 심히 부끄러운 일이지만, 나의 이 이야기는 그러한 폭발에서 간신히 출구를 만나게 된 셈이었다.

하기야 내 소설이라는 것이 애초부터 그 공안의 밖에서, 혹은 어떤 식으로든 그것이 실현되어진 이후에, 이렇듯 허섭스레기 뒷

이야깃거리나 헐떡헐떡 감당해나가는 노릇인지도 모르지만, 그리고 저 드러남의 비극에 관한 아기장수의 이야기도, 사실에선 드러남이 곧 비극이지만—, 그리고 그것은 애초 드러남을 전제로 하고 있는 이야기이기도 하지만—, 그러나 거기서도, 사실이 일단 비극으로 완성이 되고 난 다음에는 그것을 다시 만인의 삶으로 함께 완성시켜나가는 이야기의 과정이 뒤따르는 형식이니까.

(『문학사상』 1985년 2월호)

공안(公案)의 소설 쓰기

박인성
(문학평론가)

1. 말하기 위해 둘이 되기

이청준 문학은 언제나 길 위의 문학이기도 하다. 그의 소설의 주제적 형상으로 여러 차례 언급된 독행자(獨行者)의 비유뿐만 아니라 '남도 사람' 연작에서와 같은 객(客), 혹은 『인문주의자 무소작 씨의 종생기』와 같은 작품에서 여행자로서의 인물 정체성은 이청준의 이야기를 언제나 도중(途中)의 이야기, 여정의 문학이게 하는 원동력이 된다. 우선 이청준의 1960~70년대 소설들은 도시/고향의 이항대립의 사이에서, 동시에 억압적인 현실과 개인의 진실 사이에서 고통받는 주체의 문제를 해결하기 위한 것이었다. 그리고 그러한 주제를 관철하기 위한 방법론적 접근법은 '언어사회학 서설' 연작에서 그러하듯 상처 입은 주체가 그 상처를 규명하고 자기 존재를 탐구하는 것, 그리고 이를 위해 존재를 담는 그릇으로서의 언어에 대한 이성적 탐사를 수행하는 것이다. 그러나 역설적으로 이청준 소설에 보다 해석적인 깊이를 제공하는 것은 이러한 탐색에의 욕망이 목적지에 도달하거나 해답의 형태로 귀결되지 못한다는 점이다. 오히려 '전짓불'로 대표되는 과거의 고통스러운 트라우마와 그것을 말로써 온전히 증명할 수 없는 진술 불가능성의 사이에서 이청준 소설은 자기 증상을 (재)발견하기 위한 여정으로 심화되어간다.

그러한 의미에서 이청준의 소설 속 여정에 있어 그 탐색의 대상 자체가 부재하거나 온전히 획득될 수 없는 것임이 드러날 때, 그것은 주체의 고통스러운 과거에 대한 억압, 그리고 그 회귀로서의 개인의 증상과 내밀한 연관성을 드러낸다. 더욱이 그 과정이 심화될수록 이야기는 애초에 갈등의 핵심이 되었던 문학과 사회, 개인과 집단의 이항대립을 뛰어넘는다. 뿐만 아니라, 우리가 손쉽게 현실이라 받아들였던 현상계의 가시적인 질서 너머의 영역에까지 그 여로를 넓혀가는 것이다. 「비화밀교」를 비롯하여 80년대 이청준 문학 전반을 관류하는 이러한 경향성은 주체가 이성적 탐색을 거듭하는 와중에 이성만으로는 증명할 수 없는 지점에 도달하는 역설의 순간을 예비한다. 다시 말해, 베일에 가려 있는 채로 작동하고 있는 인간 존재의 거대한 뿌리이자 현상 너머의 정신세계에 대해 새롭게 증언하는 것이라 할 수 있다. 그렇기에 언어에 대한 탐색이 어느새 언어를 뛰어넘는 '소리'로 향한 것처럼 ('남도 사람' 연작), 마찬가지로 자신의 뿌리 찾기로서의 고향에 대한 탐색 또한 유년기의 환상으로서의 고향 자체를 넘어서서 그 이면에 단단하게 뿌리내린 존재의 비가시적인 근원에 조심스레 다가가는 방식으로 확대된다. 「비화밀교」에서 조 선생의 논리에 의하면 누구에게나 '고향'은 있을지언정 '근본'을 아는 것은 아니기에, 고향의 표면 아래 숨겨진 '근본'을 찾는 여정이 그것이다.

그 지난한 길 위의 여정을 마치 이상의 수필 「권태」에 빗대어 일기 형식으로 관념의 긴 사슬을 연결하여 쓴 작품이 바로 「여름의 추상」이라 할 것이다. 도시에서 고향 사이에 놓인 긴장 상태를 클로즈업하여 기록해나가는 긴 여정 중에 있는 이 작품에서 주인공 '나'는 도시의 집에 머무를 수도 없고, 그렇다고 다시금 방문한 고향땅에 온전히 정착할 수도 없는 심리적 고착 상태에 빠져 있다. 서울의 아파트 집에서는 정확히 누구라 표현되지 않으나 "그토록 끈질기게 나를 뒤쫓는 카메라"(p. 90)에 대한 불안기가 그를 옥죄어오는 한편, 누구에게서 온 것인지도 모르고 누구의 죽음인지도 모르는 고향에서 온 한통의 부고(訃告)에 대한 궁금증이 그를 끌어당긴다. 즉, 도피의 욕구와 함께 비밀에 싸인 죽음의 진상에 도달하고자 하는 욕망이 이 여로를 추동하는 이중구속이 되는 것이다. 이 구속 속에서 '나'는 쫓기는 자인 동시에 쫓는 자의 이중적 운명을 지니게 되는데, 「여름의 추상」은 이 두 가지 플롯이자 두 가지 운명의 접점으로서의 고향땅에서 그 자신의 존재의 뿌리를 (재)확인하는 이야기가 된다.

탐색담은 주로 반복의 구조를 가지며, 구조적인 상동성 속에서 이중의 과제를 수행한다. 정신분석의 용어를 빌린다면, 그것은 욕망desire과 충동drive의 이중주라 할 수 있다. 표면적으로 인물은 탐색에 있어서 욕망의 대상을 명시적으로 가진다. 그러나 그 대상인 죽음 자체가 드러나지 않으면서 욕망이 오히려 불안을 배태할 때 이청준 소설의 주체는 암시적으로 탐색의 대상을 찾기보다는 그 자신의 실종으로, 더 이상 욕망하지 않는 상태, 무생물에 가까운 항상성의 상태를 지향한다. 그것은 다소 직접적으로 죽음 충동의 표현으로 나아간다. "나는 이제 그냥 그 바다로 흔적도 없이 사라져가고 싶다" 그러나 동시에 그 충동은 "나는 끝내 사라질 수가 없다"(p. 172)는 현실적 구속 사이에서 여정 자체를 지속시킨다. 이청준의 표현을 빌리자면, 삶을 움직이는 동력이 이성과 논리 이면에 있는 '음지의 힘'에 의해 영향을 받는 것처럼, 마찬가지로 그의 소설 텍스트를 움직이는 힘은 서술된 내용이나 텍스트 표면에 있다기보다도 그 저변의 충동에 사로잡혀 있는 셈이다.

「여름의 추상」을 비롯한 이청준의 다양한 텍스트에서 반복하여 등장하는 대상으로서의 죽음은 온전히 규명되지 않는 영역에 수수께끼의 형태로 남아서 산 사람에게 결코 완성된 의미를 제공하지 않는다. 오히려 죽음이 그것을 쫓아가는 삶을 지속케 하는 일종의 미끼가 될 때, 이야기는 욕망과 충동 사이를 길항하며 미학적으로 심화된다. 즉, 일반화와 보편화에 저항하는 것으로 끝내 남아 있는 죽음은 개별화되고 특수화된 이야기를 추동하는 힘이 된다. 그 죽음은 흔적으로만 체험되며 확정되지 않는 죽음에 대한 해석 과정은 오히려 여정 중에 있는 주체의 증상으로 되돌아오며, 반복되는 자기-지시와 자기 존재를 설명하기 위한 보충설명이나 결론의 지연delay을 야기한다. 동시에 그것만으로 해결되지 않는 불안과 절망을 경유하며 주체는 그 자신을 분열시키게 되는데, 끝까지 그 대상을 증명하고자 하는 '나'와 그로부터 벗어나고자 하는 '나' 사이의 분열이다. 욕망과 충동 어느 한쪽에 붙잡히지 않기 위해 스스로의 존재를 열어놓는 것이다.

「여름의 추상」에서 그 자신을 쫓는 카메라에 대한 불안은 역설적으로 '나'가 찾는 죽음 그 자체의 의미를 확정해버리는 것에 대한 불안과 상동적이다. 그가 죽음을 발견하고 그것을 해석할 수 있듯이, 그 또한 카메라의 프레임 안에 들어가는 순간의 다른 이에게 해석되는 피사체로서 그 의미상의 죽음에 노출되는 것을 피할 수 없다. 어느 쪽의 의미도 확정되기 어려운 이중구속에 사로잡힌 신경증자일 수밖에 없는 이청준 소설의 주체는 자기를 찾아가는 여정 중에 역설적으로 그 자신이 포착되고 해석되는 것을 유예하고 지연시킴으로써 존재해나갈 수 있다. 다시 말해서, 그렇기에 그는 대상을 욕망하는 자신과, 그것을 유예하고 회피하고자 하는 자신을 분열함으로써, 삶-서술을 계속해나간다. 「여름의 추상」의, 다소간 하나의 통합되지 않는 제각각의 일기장과 같은 서술방식은 바로 이러한 분열의 실천적인 글쓰기 방식이 된다. 주체를 생존하게 해주는 것은 끊임없이 자기 자신이 이중화doubling되는 지점이며, 주체의 분열을 글쓰기의 문제로 매개하는 한에서만 가능해진다. 말하기 위해 둘이 되기. 욕망의 축과 충동의 축에서 분신double으로서의 이청준 소설의 주체는 단지 탐색의 대상이 아니라 탐색의 여정 자체를 통해 이중화된 자신을, 자기 안의 타자(他者)를 재발견하게 된다.

2. 죽음과 삶의 동시성(同時性)/동소성(同所性)

죽음 그 자체가 아니라, 죽음이 남긴 흔적을 더듬어가는 와중에 오히려 자기 내부의 타자를 발견하는 것. 그것은 단순한 분열이 아니라 '동시 존재'에 대한 의식으로 연장된다. 이러한 분리, 이중화는 내 안의 다른 나를, 혹은 내 안의 타자의 존재를 보여주는 실천적인 미학적 방식이자 존재론적 형상이 된다. 「여름의 추상」에서 '나'는 고향에 도착하여 여러 사람을 만난 뒤에야 불확실하게나마 누이의 죽음을 짐작할 따름이지만, 누이의 죽음에 대한 진실은 물론이고 정작 누가 그 부고를 보냈는지조차 확인할 수도 없다. "죽음의 모습은 오히려 그렇게 사자의 죽음 뒤에 남아 있는 사람들로 남겨"(p. 213) 죽음의 모습은 그 자체로 보이지 않는다. 그러나 죽음 그 자체는 드러나지 않을지라도 죽음의 흔적들, 파편화된 부분 대상들, 메울 수 없는 부재이자 공백으로서의 죽음 자체를 메우는 요철로서의 '작은 죽음들a little death'을 반복적으로 경험하는 와중에 죽음의 모습들은 그저 제각각의 죽음이 아니라 차츰 그 나름의 연결성을 가지게 된다.

이를테면 「여름의 추상」에서 '나'는 누이의 죽음을 대체하는 다른 죽음들의 흔적을, 그중에서도 고향땅의 오래된 거목이 잘린 흔적, 그 둥치의 구멍을 들여다본다. "이쪽 구멍에서 저쪽 구멍을 한동안 가만히 내다보고 있으려니, 나는 문득 나의 삶과 시간을 포함한 이 지상의 모든 것들이 함께 그곳을 지나가고 있는 듯싶어진다"(p. 222). 죽음 앞에서 우리는 모두 남겨진 자이며, 그러한 방식으로 남겨진 자들은 죽음을 살아가게 된다. "지금 여기 나의 모습도 또한 앞서간 누군가의 죽음의 모습으로 남아 있는 것인가. 지금도 그 죽음의 모습을 살아가고 있는 것인가"(p. 213). 그것은 주체가 이미 자기 내부에 내재화된 죽음을 발견하는 것, 우리 모두는 누군가의 죽음의 모습이라는 방식으로 삶과 자기 정체성을 재규정하는 것이기도 하다. '나'는 이미 앞선 누군가의 죽음의 모습이며, 동시에 '나'의 죽음은 다시 누군가가 살아갈 삶의 모습이기도 하다. 이러한 이청준의 통찰은 단순한 죽음에 대한 선문답으로의 초월이 아니라, 인간적인 삶과 문학의 자리에서 기묘한 시간성과 공간성의 중첩을 발생하게끔 하는 힘이라 할 것이다. 온전히 과거도 아니고 미래도 아닌 중첩된 시공간으로의 죽음은 여기가 아닌 곳, 달리 말하자면 아직 오지 않은 내세를 다시 '지금, 이곳'에서 만나는 형용모순의 자리가 되는 것이다.

이러한 통찰의 순간은 「노거목과의 대화」에서 노거목이 주장하는 '동시성(同時性)'과 '동소성(同所性)'이라는 표현으로 확인된다. 일종의 "동시 존재와 두 공간의 세계"(p. 283)라는 존재방식을 통해서 죽음은 남겨진 사람들의 모습으로 전이되고 육화되며, 그들 역시 같은 운명을 반복하게 될 것임을 알게 한다. 그러한 과정 속에서 '그들'의 운명을 '우리'의 운명으로 살아내는 것은 이청준이 '무교자(無敎者)'로서 언제나 반쪽뿐인 모습으로 나타나는 신의 나머지 반쪽 모습을 찾아가는 과정, 그 상상력의 작용으로서의 이야기 서술인 셈이기도 하다. 마찬가지로 이러한 이행 자체는

과거 이청준의 자서전적 글쓰기가 실패할 수밖에 없었던 그 내재
적인 불가능성을 확대·심화하는 새로운 방식의 자서전이 가능한
장소를 발견하는 것이기도 하다. 이청준에게 자서전이란 개인이
온전한 자기규정을 달성하는 곳이 아니라, 역설적으로 자기규정이
불가능해지는 곳에서 타자를 발견하고 그 타자에 의해 새롭게 씌
어지는 작업이 된다. 그것은 불가능성, 근본적인 패배를 내재한
작업이다. 그러므로 이청준은 "문학은 패배한 삶을 승리로 구현코
자 하는 슬픈 사랑의 길"(p. 175)이라 규정하는 것이리라.

그렇다면 「여름의 추상」에서 '나'가 서울의 아파트로 되돌아왔을
때, 그가 자기 자신을 죽음을 전달하는 전보의 존재를 알게 되는
것은 의미심장하다. 죽음을 알리는 전보의 실체를 쫓고 있다고 생
각했던 자신이 정작 그 전보에 의하여 쫓기는 것은 아니었을까를
되묻는 지점에서, 그는 이미 누군가에 의하여 그 실체가 보증되기
이전까지는 엄밀하게 안-죽은un-dead 존재로서 죽지도 않고 살
지도 않은 자로서의 위상을 지니게 된다. 두 죽음 사이의 존재, 상
징적인 죽음과 실제의 죽음 사이에서 배회하는 유령과도 같은 운
명에 이르게 되는 것이다. 이러한 운명은 앞서의 동시성-동소성과
다르지 않다. 오히려 '나'가 살아 있는지 유령인지 확정될 수 없는
불확정성의 영역에서 그는 하나가 아닌 둘의 존재로서 같은 곳,
같은 시간에 함께 있는 존재인 셈이니까 말이다. 둘이 되기는 필
연적으로 다시 하나 되기를, 타자이자 패배자로서의 자기 자신 내
부의 모순과 분열을 새로운 조화와 질서로 받아들이는 힘이다. 그
것이야말로 이청준에게 있어서의 '용서'라 부를 수 있는 종류의 소

설적 성찰이라 할 것이다.

3. 증거와 용서

이청준의 소설의 한 축은 끊임없이 증거를 필요로 하는 현상적 질서에 속해 있다. 앞서 탐색담의 형식을 빌려 말하자면 대상을 욕망하는 쫓는 자로서의 정체성이 그것이다. 「시간의 문」에서는 유종열이 미래로 향하는 시간의 문을 증명하고 싶어 했던 카메라와 같은 힘이 그것이며, 「비화밀교」에서는 고향을 떠나온 소설가 정훈이 조 선생을 따라 그 자신의 '근본'을 확인하고자 다시 고향을 향하는 남도행과 그곳에서 그믐날 제왕산(帝王山)에 오르는 것 또한 표면적으로는 그러한 증거에의 욕망에서 출발하는 것이다. 이러한 증거에의 욕구는 종교적 대상으로서의 신 혹은 존재의 섭리에 대한 인간의 태도와도 관련된다. 「노거목과의 대화」에서 거의 이청준 본인에 가까운 소설 속 인물이 신의 인격화 현상 속에서 그의 반쪽만 드러난 모습과 그 때문에 생겨나는 가위눌림은 증명되지 못하는 인간 인상의 섭리에 대한 불안으로 보인다. 그가 "섭리에 대한 신뢰보다 오히려 그 권능과 역사의 임의성에 대한 두려움"(p. 274)을 고백할 때, 필연적으로 "문학이란 어떤 뜻에서는 신과의 등돌림에서 시작하여 인간 자신의 능력과 책임 안에서 삶과 죽음의 모든 문제를 풀어가고 감당해나가려는 인식과 실천의 방법"(pp. 274~75)임을 덧붙이는 것은 그 때문이다.

흥미로운 것은 "눈에 보이는 세상사의 뒤엔 가시적 현상 세계의 질서로서는 한 번도 떠올라본 적이 없는 어떤 숨은 힘"(p. 377)이 있음을 짐작하면서도, 그것을 함부로 타인과 세상 앞에 증명하고 증거로서 내세우는 행위에 대한 경계심이 함께한다는 것이다. 그것은 음지의 질서임에도 그것을 현실 세계와 타인 앞에 과도하게 증명하려 할 때, 명백한 "현실에 대한 지배의 질서"(p. 379)로서 등장하여 지배의 논리에 합세함을 잘 알고 있기 때문이다. 바로 『당신들의 천국』에서 조백헌 원장이 자신도 모르게 발휘하는 동상(銅像)의 정치적인 지배력이자, 「가위 잠꼬대」에서 부흥회 사람들뿐만 아니라 그들이 믿는 안 장로마저 실상 지배되는 종교적인 맹목의 힘이기도 하다. 그렇기에 그러한 반쪽만 드러난 음지의 힘을 상상하는 여정 속에서도 그것의 과도한 증명과 증거를 경계하면서, 이청준 소설의 주체에게는 항상 쫓는 자의 운명에 쫓기는 자의 운명이 덧씌워질 수밖에 없다. 비로소 그가 쫓기는 자로서 자기 자신을 재발견하고 그 모순을 새롭게 품어낼 때 증거를 향하던 그의 욕망이 다른 방식의 형질변화를 경험하게 되기 때문이다. 바로 더 높은 질서와 조화로서의 용서의 길이다. 정치와 역사, 종교를 아우르는 방식의 밀교적(密敎的) 제의가 곧 "우리들끼리의 용서의 장소"(p. 367)로 나타나는 것이 「비화밀교」에서 이청준이 보여주는 깊이 있는 문학적 형상화라 할 만하다.

여기에서 나타나는 용서는 기존의 현상 질서의 논리, 언어의 상징적 체계로서만 음지의 힘을 포함하고 환원시키려는 방식의 증거가 아니라, 오히려 그 음지의 힘이 오롯이 그 육신을 관통하는 경험으로 나타나게 된다. 용서란 세상과 타인에 대한 증거, 혹은 지배와 복수의 방식으로서의 증거를 부정하고, 그러한 증거의 소유로서의 자기규정, 자서전 쓰기의 불가능성을 인정할 때 가능해진다. 현실에 대한 열린 담화로서의 용서는 앞서 죽음을 둘러싼 여정 중에 자기 존재 내부로 스며들고 어느새 '이미' 나와 함께하는 자기 바깥의 존재를 향하는 것이다. 그것은 주체가 자기 자신의 닫힌 현실을 넘어서는 파격이자 이미 그 자신의 죽음까지를 품고 사는 운명을 깨닫는 존재론적인 열림the open의 상태에 이르는 것이기도 하다. "한의 본질은 흔히 말하듯 어떤 아픔이나 원망이 쌓여가고 풀리는 상대적 감정태로서가 아니라, 그 아픔을 함께 껴안고 초극해 넘어서는 창조적 생명력의 미학"[1]이라고 이청준이 말할 때, 그것은 주체가 그 자신의 주어진 현실과 규격화된 자기규정을 넘어서 끊임없이 스스로를 갱신하며 작동하는 삶을 실천하는 것이다. 바로 이러한 삶의 '미학'으로 지칭된 것이야말로 이청준에게 '용서'라는 주제의식이 소설 내부에서 끊임없이 그 자신을 열어나가는 일련의 수사학적 양상이라 할 수 있다. "한 마당의 소리는 그런 모순과 파격에도 불구하고 끝내는 더 높은 질서와 조화로 승화되어간다"(p. 141). 그것을 '용서의 수사학'이라 부를 수 있다면, 그것은 다시 '소리'와 만나 일종의 '남도 사람' 연작을 관류하는 "판소리의 율격"[2]으로, 그리고 「여름의 추상」에서 언급되는 '흥취'와 '신명기'로 이어지는 셈이다.

---

1) 이청준, 「아픔 속에 숙성된 우리 정서의 미덕」, 『서편제』, 열림원, 1998, p. 202.
2) 같은 글, p. 200.

그 흥취나 신명기란 것은 대체 무엇인가. 그것은 바로 자신의 삶에 대한 사랑의 율동이다. 있어야 할 삶, 규범적인 삶뿐 아니라 있어온 삶, 버려지고 배척된 삶, 그런 모든 사람들에 대한 사랑의 율동이다. 살아 있는 사람들의 모든 꿈과 욕망과 슬픔들에 대한 허심탄회한 사랑의 율동이다. (pp. 140~41)

마찬가지로 「비화밀교」에서 그믐날의 제왕산 등산은 "산 아래에서의 처지나 각자의 입장은 허심탄회하게 모두 씻어버린 채"(p. 340) 증거가 아닌 용서로서 서로를 품어내는 장소가 된다. "이곳은 산 아래서 이루어지는 모든 세속의 질서가 사라지고 그저 한 가지 이 산 위에서만의 간절한 소망으로 〔……〕 자신을 귀의시켜, 그 소망으로 하여 모든 사람들이 한데 뭉쳐서 어떤 보이지 않는 힘을 탄생시키고, 그것을 지켜가는 숨은 근거지가 되고 있는 셈"(p. 344)으로, 우리가 흔히 생각하는 것처럼 용서란 누군가에 의해 베풀어지거나 수여받는 것이 아니며, 교환 가능한 것조차 아니다. 「벌레 이야기」에서 알암이 엄마를 죽음으로 몰고 간 그러한 일방적인 용서의 증거란 불가능함을 상기해야만 한다. 오히려 "누가 누구를 용서한다기보다 서로가 서로를 용서하는 것이었지. 그리고 아마 자기 자신을 용서하는 것"(p. 366)이라고 말할 때 「여름의 추상」에서 결국 타자의 죽음을 향한 여정은 '나'의 죽음과 삶의 동시 존재를 감내하는 일이었음을 이러한 차원에서 재확인할 수 있을 것이다. 마찬가지로 「비화밀교」에서 우리는 새롭게 이청준의 오랜 모티프인 전짓불과 조우하게 된다. "진짓불을 켜 들고 지나가는 사람들도 그 불빛을 이쪽 얼굴에 닿게 하는 일이 없었다"(p. 328). 이 문장은 용서에 있어 이청준 문학을 가로지르는 중요한 표현으로, 이청준 문학 전체의 원형적 장면인 '전짓불 공포'로부터 벗어나는 서술이기도 하다. 산 위에서 전짓불을 든 사람은 더 이상 위험스러운 지배의 논리로 이쪽을 위협하는 지배질서나 상징적 타자가 아니라, 새롭게 재발견하고 같은 운명을 감내해야 할 나이며 타자인, 타자이며 나인 존재이기 때문이다.

4. 횡단과 합창

이청준의 '용서'는 종교-정치-역사를 아우르는 '근본'에 대한 지향 속에서 그 토대를 얻고, 판소리의 율격이나 미학적 파격으로서의 '소리'를 통해 열린 담화로 나아간다. '용서'는 이청준에게 있어서의 개별적 존재자를 넘어서 표상 불가능한 바깥의 존재를 닮아가는 순간이며, 그렇기에 언어 구조를 넘어서는 '소리'의 힘이다. 따라서 힐리스 밀러가 타자성을 정의할 때, "하나의 개념이 아니라 각각의 경우에 특정한 언어 구조verbal constructs의 규정하기 어려운 형상"[3]이라 부른 것처럼 용서는 주체가 자기동일성을 회복하는 장소가 아니라 타자와 처음으로 만나는 장소이자, 자신도 모

---

3) J. Hillis Miller, *Others*, Princeton: Princeton University Press, 2001, p. 2.

르게 타자를 닮아가는 언어적 토포스가 된다. 그렇다면 이청준은 앞서 「여름의 추상」에서 죽음을 둘러싼 여정, 그리고 「비화밀교」에서 밀교의 제의적 장소에 대한 문학적 형상화가 모두 타자를 향한 것이었음을 드러낸다. 죽음과 마찬가지로 진정한 타자와의 만남이란 영영 불가능할 것이지만, 그 불가능한 여정을 문학적 상상력과 용서의 실천 속에서 수행해나갈 때, 이청준 소설은 불가능성을 매개한 채로 개인의 운명을 완성될 수 없는 과정에 노출시킨다. 그 쫓고 쫓기는 이중의 운명 속에서 존재론적 열림 속에 노출될 때, 「시간의 문」과 「비화밀교」는 흥미로운 두 가지 판본을 제시해주고 있다. 바로 '당신'이 아니라 '우리'가 같은 운명을 살아내기 위한 '횡단'과 '합창'이 그것이다.

「시간의 문」에서 유종열은 그 자신의 이름처럼 '宗悅(근본의 열락)'을 꿈꾸는 사람이지만, 일차적으로 그것은 타자와의 관계에 대한 것보다는 자기 자신의 욕망의 차원에서 이해되고 있다. 그가 생각하는 가장 근본적인 욕망이 또한 예술과 삶이 근본적인 지점에서 화합할 때만 가능하다면, 이러한 자기의 한계에 대한 인식을 통해 유종열의 사진과 미래로 나가는 시간의 문에 대한 그의 예술관은 「시간의 문」 전체를 관통하는 서사의 전개 속에서 세 가지 단계로 차츰 이행해 가는 것을 이해할 수 있다. 첫 단계는 과거의 해석을 통해 미래의 시간으로 나아갈 수 있으리라는 의식의 단계. 그러나 이것은 오히려 그를 과거의 지점에 가두었을 뿐, 애초에 그의 사진에는 자기만이 남을 뿐, 타자에 대한 관심과 사랑 같은 것은 존재하지 않았다. 동시에 카메라라고 하는 현재로 회귀하는 재귀적인 매체로부터 벗어날 수 없기에 발생하는 한계이다. 카메라에 대한 매체적 한계의 인식은 실상 세상과 타인에 대한 증명으로서의 자서전에 대한 인식과 크게 다르지 않다.

유종열의 사진 작업의 두번째 단계는 그가 월남전의 종군 기자로 참여하게 되면서 앞서 그의 사진에서 부재했던 타인에 대한 관심이 드러나게 되는 지점이다. 그는 실상 전쟁의 풍경 그 자체에 대한 관심보다 "한결같이 인간의 삶과 죽음의 얼굴"(p. 41)이 될 정도로 사람에 대한 관심으로 이행해 간다. 그들은 주로 전쟁을 통해 고통받고 굶주리며, 죽음에 이르게 된 벌거벗은 자들이다. 그것은 "분명한 변화요, 변화의 신호"(p. 42)였으며, 그가 사람의 얼굴들을 찍기 시작함으로써 이행해 가는 새로운 사진관이었지만, 이 또한 근본적으로 사진을 찍는 그와 피사체가 되는 타자 사이에 발생하는 '벽'을 도무지 넘을 수 없다는 좌절감에 부딪히게 된다. "찍히는 사람과 찍는 사람, 대상과 나, 언제나 둘은 그런 관계지. 둘 사이엔 엄청난 거리의 벽이 있거든. 그래, 바로 그 거리의 벽이에요. 그 두꺼운 거리의 벽을 뚫고 들어갈 수가 없어요"(p. 46)라는 유종열의 고백과 문제의식 속에서는, 그가 여전히 타자를 증명하고 바라보는 주체로서의 자기 상징적인 자기 정체성을 포기하지 않고 있음이 드러난다. 그렇기에 그에게는 최종적인 세번째 단계로의 전향이 발생하게 된다.

그의 유고전에 전시된 또 다른 얼굴 사진들은 위의 인용에서 드러나듯이, 다시금 그가 넘어갈 수 없었던 타자의 얼굴에 맞서려는 노력으로 파악된다. 물론 그것이 월남전이라는 과거의 체험에 대한 반복적인 플래시백이 아니라, 현재 바다 위에 떠 있는 난민들을 향했다는 점에서도 그러한 연속선상에 있다 할 것이다. "그가 찾아 떠나간 것은 결국 땅에서든 바다에서든 그를 오랫동안 마음속에서 괴롭혀온 그 전쟁터의 참극의 얼굴들과 다시 한 번 맞서기 위해서였음이 분명했다. 그리하여 비로소 그 대상과 카메라 사이의 두꺼운 벽을 허물고 대상의 시간을 함께할 희망을 좇아갔음이 분명했다"(p. 49). 이러한 유종열의 노력의 일환은 이제 다시 '벽'이라고 묘사되고 있는 주체와 타자 사이의 구분선을 지우는 가장 전위적인 방식인 '횡단'에 이르는 것이다. 그는 말 그대로 카메라를 남겨두고 그가 탄 배의 일본인 선장의 만류에도 불구하고 보트 하나를 빌려 안개 너머 난민들에게로 '넘어'간 것이다. 이 타자를 향한 횡단은 어떤 현실에 대한 증거나 자기 정체성에 대한 규정성을 가지지 않기에 잠재적인 가능태이자 관측 불가능한 안개 너머의 익명적 존재의 상태로 스스로를 벗어던지는 행위이자 규정할 수 없는 타자에 닮아가는 순간이 된다. 그것은 아직 오지 않은 과거보다는 미래를 자신의 오래된 과거처럼 기억하고 환기하는, 'foremember'라 부를 수 있는 행위다.

일종의 종교적 귀의라 부를 수 있을 법한 이러한 횡단과 필적할 만하게 그려지는 것이 바로 「비화밀교」에서의 제왕산 등산, 그 밀교적 제의 도중에 이루어지는 사람들의 합창이다. 이 "기이한 합창 '소리'"는 혼종적 공간과 일체감에 대한 체험을 가장 극적으로 묘사한다. 쇼펜하우어가 우리를 물자체Ding an sich와 연결시켜주는 것이 바로 음악이라고 말했던 것처럼, '남도 사람' 연작에서의 '소리'는 이제 현상세계 이면의 음지의 힘을 드러내는 중요한 매개체가 되고 있다. 이에 대한 묘사는 "그것은 마치 입속을 맴도는 낮은 신음 소리나 비탄 비슷한 지하의 합창 소리"(p. 347)로 시작하여 "온통 벌통 주변의 웅웅거림처럼 진원을 가릴 수 없는 기이한 합창 소리"(p. 347)로 변모해, 이윽고 "사람들을 거대한 하나의 소리의 덩어리로 만들어가고 있었다"(p. 348)로 진행되어 간다. 사자(死者)를 환기시키는 '지하(地下)'가 이내 이승과 저승의 경계가 지워져 사방의 '진원을 가릴 수 없는' 영역에 이르렀다가, 아예 공간적 구분조차 사라져 사람들 모두가 소리가 되어버리는 이러한 묘사의 이행 과정은 앞서 유종열의 횡단과 유사한 화해와 귀의의 한 형태라 할 것이다.

이러한 일체감을 형성하는 밀교적 체험은 현실이나 '나'를 규정하는 종류의 자기동일성의 이성적인 이해나 그것이 만드는 논리적 경계선을 지우는 일이며, 오히려 산 아래를 살아가는 벅찬 운명 속에서 우리 모두가 공유하는 비극적 인식이 솟구쳐 나오는 순간으로서 니체가 설명하는 '디오니소스적인 합창'의 한 형태로 볼 수 있다. 니체에게 있어서 아폴론적인 관조의 힘, 표상적 논리에 반대되는 디오니소스적인 힘은 비조형적인 음악 예술로 대표되며 자연 자체로부터, 인간 예술가의 매개를 거치지 않고 나타나는 의지의 발현이다. 그 순간만큼은 어떤 문학의 언어로서도 온전히 증언하거나 증거를 가질 수 없기에, '함께 고통을 겪는' 비극적 인식으로부터 솟구쳐 나오는 이 절규로서의 합창은 현상을 모사하는 것이 아니라 의지로부터 직접 나타나는 일종의 에피파니epiphany

라 할 만하다.

이청준이 일찍이 「선학동 나그네」에서 나그네의 소리를 향한 가열하고 지난한 여정이 끝내 언어적 표상이라기보다 비상학(飛翔鶴)의 형태로서 보여줄 수밖에 없었던 그 용서의 순간으로서의 '소리'가 「비화밀교」에서는 합창의 형태로 보다 많은 이들의 운명을 짊어지게 된 셈이다. 그 합창 소리를 상징계의 언어로는 포획할 수 없는 과잉이자 현상계 이면의 힘의 현현으로 파악할 수 있다면, 현실의 논리만으로는 그 자신의 '삶의 몫'을 감당해내기 어려운 산 아래의 사람들은 스스로 음지의 힘을 찾아 나선 것이다. 그리고 그러한 정신세계의 힘을 몸소 체험함으로써 제각각의, 그리고 그 자신마저 넘어선 타자의 삶의 몫까지를 익명적인 단계에서 함께 떠안고 살아내는 삶의 순간이 곧 용서의 순간으로서의 합창, 그리고 그 단편으로서의 유종열의 횡단이라 할 것이다.

5. 공안의 울타리와 나그네의 길

「시간의 문」에는 그보다 일찍 발표한 이청준 유일의 희곡 작품인 「제3의 신」과 만나는 지점이 있다. 바로 월남 난민들이 그 자신들의 처참한 삶을 증언하고자 우방국들을 향해 보낸 일종의 편지 내용인데, 바로 그 편지에 나오는 여덟 명의 난민과 그 마지막 생존자의 이야기가 바로 희곡 「제3의 신」인 것이다. 주목할 것은 편지에는 여덟 명의 생존자가 있다고 언급되어 있으나 「제3의 신」에서는 일곱 명의 등장인물만이 존재한다는 점이다. 그것이 바로 중요한 수수께끼가 된다. 희곡에서 일곱 명의 생존자들 또한 무인도에 그들보다 먼저 있었던 사람들의 죽음의 흔적들을 발견하게 되는데, 정작 죽은 이의 숫자와 무덤의 숫자가 맞지 않음을 알게 된다. 그리고 이야기의 진행 중에 바로 그 죽음의 수수께끼를 하나의 원동력 삼아 그 비밀을 추적하는 과정 자체가 그들이 조금이라도 절망으로부터 자신을 지켜나가는 생존법임이 드러난다. 결국에는 하나하나 목숨을 잃고 마지막 생존자 '호아'는 그보다 바로 앞서 죽은 '탄'에게서 그 수수께끼의 진실을 듣게 되는데, 탄은 "모든 걸 다 말할 수 없을 바엔 수수께끼야말로 가장 많은 것을 말해줄 수 있는 가장 정직한 방법"[4]임을 주장하며, 호아에게도 그들 이후에 섬에 도달할 사람들을 위해 풀리지 않는 수수께끼를 남겨둘 것을 요청하는 것이다.

수수께끼는 풀리지 않는 형태로 남아서 살아남은 자들, 남겨진 자들로 하여금 제 나름의 이야기와 상상력을 발휘하게 하는 것으로, 「비화밀교」에서 조 선생의 표현을 빌리자면 일종의 불교에서의 '공안(公案)'인 셈이다. 그 공안은 조 선생이 굳이 남녘 고향땅에 후배 소설가인 정훈을 굳이 불러내어 제왕산 등산을 통해 그에게 소설거리를 제공해준 목적이라 할 것이다. 증명의 불가능성을 전제로 하여 다시금 그것을 풀어낼 것을 요청하는 것, "다시 말해 그는 내게 하나의 충격적인 소설거리를 보여주고 나서 동시에 그

---

4) 이청준, 「제3의 신」, 『비화밀교』, 나남, 1985, p. 276.

것을 쓰지 못하게 하는 침묵의 굴레를 씌운 것이었다"(p. 387).
이것은 민속학자인 조 선생 스스로가 자신이 증명해왔던 음지의
힘에 대하여 불안기와 두려움을 가지고 있기 때문이다. 그는 음지
의 힘이 현실 세계에 규합될 때 가지는 그 지배적인 논리만큼이나,
그 현실에 대한 섣부른 자존심의 폭발을 경계한다. 제왕산 등산은
분명 지배적 논리가 만들어낸 원한과 복수의 영역으로부터 "자기
위엄과 자존심"을 지켜가기 위한 소망들이 만나는 "기다림이나 힘
의 결집"(p. 372)이기도 하다. 그러나 그들에게 서로의 원망까지
품어내는 용서가 없다면 그 힘은 세상을 향해 폭발하고야 말 위험
스러운 자기 증명이자 파괴의 욕망으로 나아가고 말 것임을 그는
알고 있다.

그렇기에 스스로가 증명해나가는 음지의 힘에 대하여 다시금 그
것을 부정하는 배반의 과정으로서의 이청준의 이야기는 이제 자진
하여 높은 공안의 울타리 안에 자신을 가두어놓는다. 증명해나가
되 증거를 내세우지 않으며 주체 자신의 진실을 향해 가되 그 자
신의 틀을 벗어나려 한다. 수동과 능동이 뒤섞인 이러한 중층 결
정이야말로 이청준 소설의 이야기가 가시적인 현상 이상의 진실에
대한 소설적인 이야기의 '겹'을 얻고 그것으로 다시금 현실과 화해
해나가는 힘이라 할 것이다. 그렇기에 조 선생과의 대화 속에서 공
안은 일종의 문답법처럼 펼쳐지며, 소설 마지막의 '붙임'에서 드러
나듯 조 선생은 그렇게 시도한 공안의 부질없음을 고백한다. 그가
정훈에게 요청한 증거의 길에 있어서 "어떤 정신적인 조작의 틀도
무용한 것"(p. 399)임을 그 자신의 패배를 통해 스스로 보여준 것

이라 할 수 있다. 그렇게 해서 이야기의 길은 다시 열린 셈이다.

이처럼 스스로의 이야기의 길을 계속해서 개방하는 열린 담화로서의 이청준 문학은, 소설 속 '밀교'가 (율)법의 형태로 그 자신을 언어적 틀 안에 가둬두지 않는 것과 상동적이다. "자네도 몇 번씩 물어온 말이지만 도대체 여기선 모든 것을 그저 느낌으로 전해 주고 전해 받을 뿐 설교할 교리나 통일된 명문의 경전이 없거든"(p. 327). 밀교적 제의의 순간이 잘못 파악하게 된다면, 다시 말해 조 선생이 염려하는 지배적 논리에 영합하는 차원으로 보게 된다면 그것은 민족이나 국가에 대한 환상으로서의 근본주의적 상상력과 유사해 보일지도 모른다. 그러나 이청준은 또한 그러한 제의가 권력과 이데올로기에 영합적인 근본주의적 환상으로 비약할 수 없는 이유 또한 그 안에서 찾고 있다. 공안은 응답이 아니라 여전히 질문과 대화의 형식 속에 있기 때문이다. 일종의 선민의식 속에서 환희의 구원을 꿈꾸는 근본주의적 상상력과 다르게 밀교는 고통받는 사람들에게 율법이나 구원의 확답을 제시해주지 않는다. 이청준이 꿈꾸는 '근본'과 구원은 오직 과정 안에서만 스스로를 벗어나는 열림의 순간, 불안과 절망까지도 껴안으려는 순간들에만 찰나적으로 찾아오기 때문이다. 용서 또한 마찬가지이며, 이 공안의 울타리 안에서 용서는 오히려 그것이 불가능한 지점에서 고정되지 않는 유동적 과정으로서만 그 자신을 열어놓는 셈이다.

그러한 공안의 울타리는 「시간의 문」에서 유종열의 횡단을 그것을 유종열의 카메라로 찍어낸 일본인 선장의 사진으로서만 지켜보게 된 '남겨진 사람들'에게도 동일하게 주어진 것과 같다. 유종열이 난민들을 향해 나아간 그 횡단조차도 다시금 카메라의 절망스러운 틀 안에 갇힐 수 있다면, 그러한 유종열의 횡단을 해석하고 그의 존재를 미래의 시간으로 이어가는 현재의 몫은 그것을 바라보는 남겨진 자들의 공안의 울타리이자 새롭게 열어나가야 할 이야기의 운명인 셈이다. 그렇기에 그 운명의 관찰자이자 동시에 그 운명을 품어내는 '허'는 다시 "사진의 화면 위에 문득 커다란 맹점(盲點)의 투영이 생기고 있었다. 그리고 홀연 그것 속으로 유 선배의 모습이 사라지고 없었"(p. 86)음을 발견해낸다. 유종열의 유고전에서 서술자인 '허'가 끝내 유종열의 실종을 완전히 감당해낼 수 있게 되는 것은 이제 그를 현재에 묶어두지 않고 미래의 시간으로 풀어주는 것, 어떤 증거로부터의 해방이기도 하다. 그것은 끊임없이 액자 바깥에서 다시 바깥으로 펼쳐지는 일종의 역(逆) — 미장아빔mise en abyme, 몰입의 환상이 아니라 끊임없이 깨어나는 삶의 순간, 즉 미래에 다가서는 태도로 읽힌다.

그처럼 하나의 액자 바깥에 다음 액자가 펼쳐짐을 알아갈 때, 유종열의 횡단을 지켜보는 남겨진 자들의 운명은 또한 그 이청준의 이야기를 지켜보는 이들의 운명과 닮아간다. 이제 그 증거와 공안으로부터 자신의 이야기의 길을 열어나가는 것, 자신의 존재값을 감당하는 것은 이야기꾼으로서의 이청준과 그의 인물들만이 아니라 그의 이야기를 읽고 있는 독자들의 몫이기도 하다. 우리 독자들 또한 나그네로서 제각각의, 그러나 동시에 함께 걸어갈 이야기의 길 위에 서게 된 것이다. 여기에서 다시 「여름의 추상」에서 언급된 '나그네'의 운명에 주목해야 한다. "무엇보다도 내가 이 나그네라는 말을 좋아하는 것은 그의 삶을 다시 만나고자 하는 피곤한 구도의 모험길에서도 그는 어느 곳에서나 자신의 신전(神殿)을 짓지 않기 때문이다"(p. 223). 그러한 의미에서 우리는 신전을 짓지 않는 밀교인 동시에 무교자로서 신의 얼굴, 음지의 힘을 인간의 여정 속에서 감내해야만 한다.

'나'를 위한 단 하나의 자서전이 아니라 그 이야기를 위해서 우선 하나가 둘이 되고, 다시 그 배반으로부터 서로를 용서하는 과정 속에서만 불가능한 자서전은 수많은 익명의 자서전이 되어갈 것이다. 오직 응답과 결과가 아닌 질문과 과정, "도중(途中)의 사람"(p. 223)으로서 개인이 그 현실 너머의 신의 얼굴, 언어 너머의 소리의 얼굴, 저 죽음에 직면한 고아, 병사, 난민의 얼굴을 자신의 운명 안에 품어내는 것. 동시에 자신의 얼굴 또한 그 자신의 운명으로부터 열어주어 풀어내는 것이다. 앞서 한 차례 언급한 이청준 유일의 희곡 「제3의 신」에서 마지막 생존자인 호아는 결국 최종의 수수께끼(그 자신의 죽음을 감추는 일)를 만들어내기 위해 스스로 쭈어chua, 즉 신이 되었다. 이러한 결말에서 신은 더 이상 인간 너머의 초월자가 아니라 인간을 인간답게 죽을 수 있게 하는 인간 내면의 얼굴임이 드러난다. 그리고 신이자 인간이며 인간이자 신인 그에게 오직 가능한 것은 "마땅히 그만한 사랑이나 책임"을 다해 인간이 그 얼굴을 되찾게 하는 것뿐이다. 우리가 신의 가면이나 거인의 동상(銅像)이 아닌 우리 자신의 얼굴을 발견하고자 할 때, 우리는 결코 사랑과 책임의 바깥에 존재할 수 없다. 그러한 방식으로 오랜 시간 이청준 문학은 제 스스로의 울타리를 넘어가고,

우리의 이야기가 되어왔다. 그렇다면 이제는 우리의 이야기가 다시 미래로 향하는 시간의 문을 열고, 아직 씌어지지 않은, 이름 모를 이들의 이야기가 되어갈 차례다.

〔2013〕

텍스트의 변모와 상호 관계

이윤옥

(문학평론가)

「시간의 문」

| **발표** | 『문학사상』 1982년 1월호.

| **최초의 단행본 수록** | 『시간의 문』, 중원사, 1982.

---

1. 실증적 정보

1) 초고: 대학노트에 쓴 육필 초고와 작품 구성계획표가 남아 있다. 초고에서 유종열의 이름은 유동우→ 유동섭 → 유병수→ 유종열로 바뀐다. '나'의 성(姓)은 '허'가 아니라 '조'이며, 오군은 정군이다. 유종열의 아내인 여자대학 시청각교육과 출신 정성희는 그냥 여자로 나온다.

2) 「황홀한 실종」: 「시간의 문」의 유종열은 「황홀한 실종」의 윤일섭이나 「겨울광장」의 완행댁처럼 자기 실종의 황홀한 욕망에 시달린다. 그는 현재 시간 가운데엔 자신의 소재가 없는, 존재 자체가 실종된 사람이다. 윤일섭은 문을 중심으로 안과 밖을 나눈 뒤, 안으로 자신을 실종시켜버리고, 유종열은 카메라를 중심으로 세상 사람들과 유리된다. 윤일섭이 생각

---

* 텍스트의 변모를 밝힘에 있어 원전의 띄어쓰기 및 맞춤법을 그대로 살렸음을 일러둔다.

하는 진정한 자유는 시간의 벽을 뚫고 정지된 야구공처럼 현실에서의 영원한 부재, 현상의 부재 속에 있다. 그의 자기 실종 욕구는, 세상 사람들을 시간의 벽 속에 가두고 자신은 시간의 벽을 넘어 살겠다는 욕망으로 궁극적으로는 시간의 문을 나서겠다는 것이다. 유종열의 욕망도 윤일섭과 같다. 하지만 그는 정지된 시간 속에 길을 잃고 사라지는 실종을 받아들이지 못한다. 그래서 윤일섭은 시간의 문을 나가지 못하고 미치지만, 유종열은 시간의 문을 나갈 뿐 아니라 미치지도 않는다(21쪽 10행, 26쪽 11행, 28쪽 9행, 46쪽 14행).

- 「황홀한 실종」: i) 시간이 정지해버린 세상 사람들의 시선 속에선 그게 물론 영원한 부재일 수밖에 없겠지만, 진정한 자유라는 건 차라리 그런 현상의 부재 속에 숨겨져 있는 게 아니겠습니까? 선생님은 그런 경우 어느 편을 택하시겠습니까?/윤일섭은 마치 자신이 금방이라도 그 부재 속으로 모습을 숨겨 없어져버릴 듯 표정이 차츰 몽롱해지고 있었다. ii) 골짜기로 들어간 저는 영원히 그 안개 속으로 모습이 사라져 들어가버린 거구요. 그건 물론 지금까지도 그래요. 전 지금도 그때 제가 그 골짜기에서 어떻게 되었는지를 알 수가 없거든요.

- 「겨울광장」: 그리고 그 딸의 환상을 빌려 자신을 못내 가없어하고, 그 딸의 실종을 통해 자신의 실종을 감행해온 것이다.

3) 「제3의 신」: 이청준이 쓴 유일한 희곡인 「제3의 신」은 베트남 난민들의 해상 탈출극이 한창이던 때, 외딴 섬에서 일어난 사건을 다루고 있다. 이 희곡에 나오는, 난민의 참상을 적나라하게 보여주는 혈서가 「시간의 문」에 그대로 인용되고 있다(48쪽).

4) 수필 「죽음의 미학과 사회학」: 1982년 창작집에 제목 없이 후기로 실렸던 글로, 2000년 창작집에 「시간의 문」 작가 노트로 수록된다.

- 「죽음의 미학과 사회학」: 죽음은, 삶의 어떤 양식으로서의 효과적인 메타포가 될 수 있을까. 그리고 그것은 그 삶에 대한 완벽한 자유의 메타포로

어떤 문학적 구원의 힘을 발휘할 수 있을까. 그것이 만약 가능하다면 글장이는 아마 그 죽음의 문학을 해볼 만한 것이 될 것이고, 우리의 삶은 이 지상에서 제법 자유의 가능태로서의 용기와 결단력을 지녀볼 수가 있는 것이 될 것이다.

2. 텍스트의 변모

1) 『문학사상』(1982년 1월호)에서 『시간의 문』(중원사, 1982)으로

* 작품 전체에서 '하지만'이란 말은 삭제되거나 대부분 '그러나'로 바뀜.

- 11쪽 1행: 좀처럼 → 썩
- 15쪽 1행: 탄부 → 광부
- 19쪽 22행: 몰고 → 쫓고
- 27쪽 17행: 허망스런 → 허망스럽기 그지없는
- 29쪽 20행: 같다고 할 수가 → 같았을 수
- 30쪽 7행: 없기 때문이었다. → 없었다.
- 34쪽 2행: 찍어내야 했거든요. → 찍어냈어야 하지 않았을까요.
- 34쪽 3행: 했어요. → 하지 않았을까요.
- 68쪽 23행: 사실은 그래서 → 〔삭제〕
- 69쪽 13행: 하지만 그것도 처음엔 부질없는 일 같았습니다. → 유선생에겐 처음 그런 다짐들이 전혀 부질없는 일만 같아 보였습니다.
- 75쪽 11행: 관계 당사국간에도 → 하필이면 일의대수(一衣帶水)간 사이인 두 관계 당사국간에도
- 80쪽 17행: 그리고 유선배가 그것과 → 유선배가 그 미래의 시간과

2) 『시간의 문』(중원사, 1982)에서 『시간의 문』(열림원, 2000)으로

* 작품에서 '의곡'이란 말은 '왜곡'으로 바뀐다.

- 13쪽 11행: 칭찬 → 찬사
- 14쪽 15행: 처음 → 제법 깊이

- 15쪽 8행: 그런 작업이 일주일이나 걸렸다. → 그런 상황이 일주일이나 계속됐다.
- 15쪽 12행: 그래 우리는 그것으로 곧 하숙까지 한데로 합쳐버린 것이었다. → 그리고 그 일이 인연이 되어 나는 곧 서울의 하숙집까지 그에게로 한데 합쳐 들어갔다.
- 15쪽 20행: 나는 곧 유선배에게로 하숙을 합해 들어갔다. → 〔삭제〕
- 19쪽 18행: 그 순간 엉뚱한 → 내가 미처 생각지 못한
- 20쪽 3행: 생각도 엷지가 않았을 테니까. → 나름대로 생각이 없지도 않았을 테니까.
- 26쪽 21행: 한데 그는 이상하게도 그 때만은 서울로 돌아오자마자 그가 바다에서 찍어온 사진들의 필름 현상과 인화를 서둘렀다. → 〔삭제〕
- 27쪽 18행: 내뱉는 소리였다. → 내뱉었다.
- 35쪽 14행: 유선배는 이미 자기 허물이나 약점을 스스로 자각하고 있는 사람 같았다. → 유 선배는 이미 자기 허물이나 약점을 깨닫고 있었다.
- 65쪽 1행: 부인 → 영부인
- 65쪽 3행, 4행: 글월 → 글
- 70쪽 6행: 독기 같은 것이 → 빛이
- 77쪽 4행: 인상들 → 표정들
- 80쪽 22행: 불확실한 → 확실한
- 82쪽 18행: 여자는 실상 그 유선배의 절망을 말하고 있었던 게 아니었던 것 같았다. → 잠시 전 여자는 실상 그 유 선배의 절망을 말하고 있었던 것 같았다.

3. 소재 및 주제

1) 피곤기와 실종: 피곤은 삶의 버거운 무게와 같은 말이다. 사람들은 그 무게가 견딜 수 없을 지경이 될 때, 세상과의 단절을 극복하지 못하고

현실에 자기 소재가 없을 때, 현실에서 비켜서기 위해 자기를 실종시키려 한다. 그 극단이 미치는 상태, 즉 내가 나 자신에게서 실종되는 것이다. '사람들은 때로 견딜 수 없는 것을 견디기 위하여 그의 현실을 파괴하여 우화를 만든다'(18쪽 7행, 130쪽 10행).

　2) **실종의 항해**: 「여름의 추상」에도 '절망스런 실종의 항해'가 나온다 (27~28쪽, 171~72쪽).

　3) **자기 얼굴 찾기**: 유종열 같은 인물은 이청준의 초기 작품부터 나온 다. 일종의 자아망실 상태인 이런 인물은 자아회복으로 나가기 위해 노력 하는데, 그것이 바로 자기 얼굴 찾기이다(42쪽 21행).

　4) **함께 흐르기**: 정지된 시간의 벽을 뚫고 대상 안으로 들어가 함께 흐 르려는 유종열의 소망은 「흐르지 않는 강」의 두목 덕재의 소망이기도 하 다. 강물 속으로 들어가 강물과 하나 되어 흐르기 위해 무진 애를 쓴 두목 역시 유종열처럼 소망을 이룬다(43쪽 9행, 80쪽 10행).

　- 「흐르지 않는 강」: i) 두목이 가끔 광기가 나서 강물의 흐름을 끊어놓고 싶어 날뛰는 것은 바로 그 자신의 흐름을 끝냄으로써 새로운 강물의 생명 을 얻어 흐르고 싶은, 그래 그 두목 자신이 강이 되고 싶은 소망과 충동 때문일 수 있었다. ii) 강물이 흐름을 멈춘 순간은 두목에게 그 강을 함께 흐를 영원한 생명의 문을 열어준 때였다.

　5) **사실성의 확인**: '나'는 유종열에게 「황홀한 실종」의 손 박사, 「조만 득 씨」의 민 박사처럼 말한다(50쪽 19행).

　- 「황홀한 실종」: "사실······ 사실이라. 하긴 그걸 일단 사실이라고 말해도 상관없겠지요. 박사님께서 아직도 그걸 굳이 사실로 믿고 싶으시다면 말 씀입니다. 하지만 전 바로 박사님의 그 사실의 확인이라는 것이 무슨 필 요가 있느냐 하는 점에서 박사님의 처방에 대해 납득이 잘 가지 않고 있 다는 말씀입니다. 도대체 그 윤 형에게서 과거의 사실을 확인시켜 주는 것이 그에게 지금 무슨 의미가 있는 것입니까?"

- 「조만득 씨」: 그게 만약 우리가 짊어지고 살아 내야 할 숙명의 부채 같은 것이라면, 우리는 어차피 누구나 자신의 현실과 정직하게 맞서는 도리밖에 다른 길이 없는 거지. 우리가 짊어지고 살아 내야 할 진짜의 짐이란 우리의 현실 바로 그거니까……

6) **예술 속으로 사라진 사람**: 사진작가인 유종열이 사진 속으로 들어간 것처럼 『인문주의자 무소작 씨의 종생기』의 이야기꾼 무소작도 이야기 속으로 들어간다. 이청준은 화가는 아니지만 자신이 사라져 들어가고 싶은 그림에 대해 「여름의 추상」에서 말하기도 한다(81쪽 21행, 82쪽 12행).

「여름의 추상」

| **발표** | 『한국문학』, 1982년 4월호.
| **최초의 단행본 수록** | 『시간의 문』, 중원사, 1982.

1. 실증적 정보

1) 초고: 작품 전체 구성표를 포함한 육필 초고가 두 편 남아 있다. 첫째 초고에는 몇몇 일화에 날짜가 표시되어 있다. 둘째 초고에는 각 일화에 '토란 다툼 고부' 같은 제목이 붙어 있다. 실명일 가능성이 큰 초고의 이름들은 우록 김봉호를 제외하면 모두 바뀐다.

2) 전기와 연관성: 이 글은 이청준의 자전적 이야기다. 나와 아내, 노인, 형수는 모두 이청준과 아내, 어머니, 형수를 가리키며, 배경 역시 대부분 사실 그대로 씌어졌지만, 잡지사 취재를 피해 이리저리 떠도는 것은 허구다. 수필 「작가의 자기 취재」에 따르면 소설의 소재는 '나 자신의 삶의 체험과, 나의 관심권 안으로 들어와 나의 이야기가 된 남의 이야기'에서 나온다. 「여름의 추상」은 이청준이 직접 겪은 일을 일기 형식을 빌려 실제 진행 상황과 거의 일치하게 쓴 작품이다. 1985년에 나온 산문집 『말

없음표의 속말들』에는 「여름의 추상」과 공통된 일화가 여러 편 실려 있다. 그 수필들에는 '80년 여름의 〈귀향일기〉 중에서'라는 부제가 붙어 있다.

- 「남녘 하늘의 비행운」: 제주도에서 뜬 비행기가 남녘 고향 하늘에 남긴 비행운에 대해 쓴 글이다(121~22쪽).
- 「더위의 우화」: 권태와 기다림의 천재 이상에 대한 글이다(29~31쪽).
- 「묘지의 민요가락」: 아버지 무덤을 찾아보고 쓴 글이다(162~65쪽).
- 「잇초의 이름」: 염소에게 풀을 먹이러 가는 길에 노인과 나눈 대화를 쓴 글이다(189~92쪽).

3) 이전 발표 작품과의 연관성: 「여름의 추상」에는 「새와 나무」의 원화가 들어 있다. 두 작품을 비교해 볼 때, '나'는 「새와 나무」의 '윤지욱'이고, 우록 김봉호는 '김석호', 시인 심호 이동주는 '시장이'이다(177~82쪽).

4) 「생명의 추상」: 이 글에는 「여름의 추상」에 나오는 잘려나간 태산목에 대한 이야기가 들어 있다. 고깔을 닮아 고깔나무로 불리는 나무 형태나, '나'가 친구 재웅과 고목의 흔적을 찾아가는 정황, 둘이 나누는 대화가 대부분 같다. 「생명의 추상」에서는 '나'가 사진작가 한남수로 바뀌지만 재웅은 그대로이다. 「여름의 추상」과 「생명의 추상」은 주 인물이 소설가와 사진작가라는 차이만 있을 뿐 많은 부분이 겹친다. 「여름의 추상」에는 고목을 중심으로 한 생명에 관한 일화가 있는데, 그것을 뽑아 쓴 작품이 「생명의 추상」이라 할 수 있다.

5) 수필 「돌이 구르는 법」: 「여름의 추상」 중 '다시 해남에서'와 같은 일화가 들어 있다(173~77쪽).

6) 수필 「삶으로 맺고 소리로 풀고」: 이 글에 따르면 「여름의 추상」은 떠남과 돌아옴에 대한 글로 귀향연습과 무관하지 않다. '나'가 고향에서 되찾은 순수한 공포감은 '도회에서 익혀 온 거짓의상과 속임수의 몸짓들이 깨끗하고 순진한 고향 풍물 앞에서 제물에 발가벗겨져나가는 자기폭로와 정화에의 괴로운 예감'이기도 하다(192쪽).

- 「삶으로 맺고 소리로 풀고」: 고향은 밖에서 잃고 지쳐 돌아온 자들을 위해 휴식과 위안을 더 많이 준비하고 기다리는 곳이었다. 그 넉넉하고 허물없는 도량은 누가 감히 무엇을 더하고 덜할 것이 없는 관용의 성지였다./그러자 나는 새삼스레 두렵고 부끄러워지기 시작했다.

7) **수필 「나그네」**: 이청준이 1980년에 쓴 이 수필은 「여름의 추상」 중 '밤기차 속에서'와 내용이 같다. 2001년 작품집에는 「예언자」의 작가 노트로 실린다(122~24쪽).

2. 텍스트의 변모

1) 『한국문학』(1982년 4월호)에서 『시간의 문』(중원사, 1982)으로
* '년 월 일 ○○에서는' → '○○에서 월 일'과 같이 바뀐다.
- 87쪽 16행: 현관 수위 → 수위
- 96쪽 17행: 몸에 배어 버린 것이다. → 버릇으로 깊이 배어 버린 것이다.
- 101쪽 11행: 애써 하얗게 긴장을 한 → 벌써 팽팽하게 긴장이 된
- 102쪽 10행: (혹은 아내에게서 이미 귀띔을 받고 알고 있었는지도 모르지만) → 〔삭제〕
- 110쪽 20행: 늦게나마 그 죽음의 자리를 가봐야 하였다. 한 순간이라도 그 누님의 죽음의 자리에 함께 있어야 하겠다. → 늦게나마 그 죽음의 자리에 함께 있어야 하였다.
- 114쪽 22행: 오늘도 → 〔삭제〕
- 120쪽 13행: 그리고 실제로 → 〔삭제〕
- 121쪽 10행: 이중섭 → 장욱진
- 122쪽 8행: 남쪽 → 북쪽
- 123쪽 7행: 사람들 → 친구들
- 128쪽 3행: 한 시간 → 반 시간
- 128쪽 7행: 뿐만이 아니다. → 〔삭제〕

- 129쪽 6행: 하고 보니 왠지 이젠 손에 뽑아든 고추 포기가 실없어 보일
  정도로 기분이 다시 머쓱해 오기 시작한다. → 〔삭제〕
- 133쪽 8행: 검은 얼굴로 상상이 된다던가. → 검은 얼굴로 밖엔 상상될
  수 없는 것.
- 139쪽 14행: 되어 간 것 같다. → 되어 간 거라면 그야 지나친 속단일 테
  지만.
- 156쪽 17행: 무슨 상여 소리처럼 → 마치 상둣군의 그것처럼
- 167쪽 1행: 열관 → 다섯관
- 176쪽 15행: 향리로 → 〔삭제〕
- 194쪽 20행: 것이었다. → 핑계였다.
- 198쪽 6행: 전짓불로 → 〔삽입〕
- 198쪽 17행: 들으나마나 → 알아보나마나
- 201쪽 14행: 닭 → 삥아리(병아리) 새끼
- 206쪽 20행: 약주값 → 소주값
- 207쪽 23행: 적지 않은 → 그럴만한
- 209쪽 4행: 하나이기 때문에 → 하나라는 뜻으로
- 210쪽 4행: 늦여름 → 가을
- 211쪽 21행: 당신 생전 한번 호강살이 해봤으면. → 같이나 갔어도 덜하
  겠소.
- 218쪽 2행: 나를 본 김이라 → 마침
- 229쪽 13행: 누구에게든지 → 〔삭제〕
- 230쪽 3행: 실상 → 지금

2) 『시간의 문』(중원사, 1982)에서 『눈길』(열림원, 2000)로

* 수위 → 경비, 수위실 → 경비실

- 97쪽 6행: 마음좋은 → 〔삭제〕
- 99쪽 11행: 아쉽고 → 끝내

- 100쪽 9행: 가엾은 일 → 몹쓸 일
- 105쪽 4행: 하니까 작자는 마지막으로 그럼 다른 데라도 어디 내가 가 있을 만한 곳이 없느냐고 하더란다. → 그래도 작자는 다른 데 어디 가 있을 만한 곳이 없느냐며 도대체 전화를 끝낼 기미가 없더랬다.
- 106쪽 20행: 하루 이틀 계속 → 〔삽입〕
- 110쪽 22행: 속으로 혼자 → 〔삽입〕
- 113쪽 1행: 한눈 → 방심
- 120쪽 8행: 의제(毅齊) → 의제(毅齊)나 청전(靑田)
- 120쪽 9행: 의제 → 의제, 청전
- 124쪽 13행: 오가야, → 유가야,
- 125쪽 15행: 한 마리 쯤 → 〔삭제〕
- 126쪽 14행: 업힌 놈의 각성을 재촉해대곤 하는 것이다. → 업힌 놈을 일깨워 추스른다.
- 127쪽 16행: 알 수 없는 → 실없는
- 128쪽 19행: 불같은 분노가 → 주책없는 농기까지
- 140쪽 14행: 흥 → 흥취(신명기)
- 140쪽 20행: 흥이란 것 → 흥취나 신명기란 것
- 145쪽 8행: 9월이 그중 바래졌다. → 9월에 마음이 끌렸다.
- 145쪽 10행: 소이였다. → 시절이었다.
- 146쪽 7행: 임이 안 와도 → 임의 인연이 없어도
- 149쪽 1행: 운수를 → 길운을
- 161쪽 5행: 식구 → 사람 식구
- 164쪽 2행: 그리 → 눈에 띄게
- 170쪽 13행: 거짓이 → 그저 허풍이
- 171쪽 9행: 작정 → 예정
- 171쪽 20행: 무작정하고 → 〔삭제〕

- 178쪽 10행: 먼길을 → 〔삽입〕
- 180쪽 8행: 나의 그 말을 듣고 이상하게 먼저 머리를 젓는다. → 그런 내 말에 천천히 머리를 젓는다.
- 204쪽 1행: 요란스럽게 → 〔삽입〕
- 216쪽 4행: 더 듣지 않아도 → 〔삽입〕
- 217쪽 12행: (실은 태산목) → 〔삽입〕
- 220쪽 6행: 고목이 → 나무가
- 220쪽 19행: 찾아다니는 → 옮겨다니는
- 220쪽 21행: 것 → 덕목
- 229쪽 12행: 유가에게든지 이가에게든지 한 사람에게만이라도. → 김가에게든지 유가에게든지 편한 대로 누구 한 사람에게만이라도.
- 230쪽 2행: 부치게 될 줄로 알지만 → 부치게 하도록 하겠지만

3. 인물형

1) **수진**: 「침몰선」 「들어보면 아시겠지만」에도 '수진'이 나온다.
2) **재웅**: 「생명의 추상」에서 사진작가 한남수의 고향친구 이름이다.

4. 소재 및 주제

1) **카메라의 조작**: 「시간의 문」에서 유종열도 주체와 대상을 나누는 카메라의 숙명에 대해 고민한다(96쪽 3행).
2) **막내 누나**: 이청준은 수필뿐 아니라 소설과 동화 등 여러 작품에서, 그와 나이차가 적어 가장 오래 함께 살았던 막내 누나를 언급한다. 「별이 되어간 누님 이야기」 등(109~10쪽, 213~15쪽).
3) **부끄러움**: 「눈길」 같은 작품을 보면 이청준이나 이청준의 어머니에게 부끄러움은 삶이 지닌 일종의 원죄로, 사는 것 자체와 관련이 있다 (116쪽 4행).

- 수필 「빼앗긴 부끄러움」: 옛 어른들은 흔히 자기 집안이나 신상의 불상사를 자신의 부덕(不德)과 허물 탓으로 돌려 스스로 부끄러움을 금치 못했다.

4) **독서**: 수필 「시간 지우기 독서」는 '별 목적이나 필요성 없이 그저 마음의 위안이나 휴식 삼아'『고반여사』와『주영편』같은 책을 뒤적이는, 느린 책읽기에 대한 글이다. 거기에 따르면『고반여사』와『주영편』은, 「여름의 추상」에 비평쟁이 김가로 나오는 김현이 추천한 책이다(118쪽, 153쪽, 186~87쪽).

- 「시간 지우기 독서」: "할 일 없이 소일 삼아 읽으려면 순조 때 사람 정동유(鄭東愈)의『주영편(晝永編)』과 명나라 사람 도융(屠隆)이 쓴『고반여사(考槃餘事)』가 좋지."/1980년대 초반의 어느 해 여름, 한동안 서울을 비켜 시골로 내려가 지내야 할 일이 생겼다. 60년대에는 A. 티보데의『소설의 미학』이나 구스타프 야노흐의『카프카와의 대화』따위, 70년대에 들어선 조셉 플레처의『상황의 윤리』같은, 그때그때 시의에 맞는 책을 소개하고 권해오곤 하던 고우 김현에게 내 시골행을 말하면서, 심사도 안 편하니 그저 시간 보내기 책이나 몇 권 추천하랬더니 서슴지 않고 그 두 책을 말했다.

5) **예술 속으로 들어간 사람**: 앞의 「시간의 문」 주석 참조.

6) **장욱진의 그림**: 이청준은 새와 해가 나오는 장욱진의 그림을 소재로 「장 화백의 새」라는 짧은 소설을 썼다(121쪽 9행).

- 「장 화백의 새」: 평수가 작은 그의 그림마다 화면 안쪽에서 수줍게 빛나고 있는 태양과 그 태양빛 속을 행복하게 날고 있는 그 수수께끼의 새를 주의해 본 사람은 그의 웃음의 샘을 알고 있었다.

7) **우화**: 「겨울광장」의 완행댁과 「조만득 씨」의 조만득, 「황홀한 실종」의 윤일섭은 견딜 수 없는 현실을 파괴해 우화를 만든 대표적인 인물들이다(130쪽 10행).

8) **거울**: 자아망실 상태에 빠진 인물이 자아회복으로 나아가는 상징적 행위가 거울보기다. 그래서 「퇴원」의 '나'에게 간호사 미스 윤은 거울을 빌려주고, 「조율사」의 지훈도 거울에 열심히 자기 얼굴을 비춰본다. 때로는 맑은 물처럼 얼굴을 비춰볼 수 있는 것이 거울을 대체하기도 한다. 앞의 「시간의 문」 주석 참조(133쪽 10행).

- 「퇴원」: 그녀는 거울을 다시 침대에 놓아두고 방을 나갔다. 이상하다. 이 여자는 틀림없이 나의 병세를 알고 있는 모양이다. 거울을 봐라? 그러면 제가 어쩌겠다는 것인가? 나는 침상 위에 벌렁 드러누워 한동안 미스 윤과 씨름을 하고 있었다. 어쩐지 조금이라도 미스 윤의 환영을 나의 내부에 들여보내어서는 안 될 것 같은 두려운 생각이 들었다. 나는 당장 눈앞에서 미스 윤을 쫓기 위하여 그녀가 침상 끝에 놓고 간 거울을 집어들었다. 거울 속에서 나는 참으로 오랜만에 나의 얼굴을 보았다.

- 「조율사」: i) 지훈은 전번의 어항을 어디로 치워버렸는지, 그 대신 조그만 면경으로 자기 얼굴을 열심히 비춰보다가는, 〔……〕 그는 말을 끝내고 나서 슬프디 슬픈 눈으로 나를 바라보았다. 그러다 이윽고 예의 거울을 다시 집어 들었다. ii) 나는 그 물구멍 위로 몸을 굽혔다. 그러다 거기서 문득 이상한 것을 보았다. 그건 물론 내 얼굴이었다. 내 얼굴이 물에 비친 것이었다. 그런데 그때 내 얼굴이 전혀 딴사람의 그것처럼 낯설어 보였다.

9) **남도 소리와 사투리**: 이청준은 수필 「존재적 언어와 관계적 언어 사이에서」, 소설가의 꿈은 '존재의 삶과 관계의 삶을 존재의 언어와 관계의 언어로, 혹은 자율의 언어와 타율의 언어 질서로 번역해 놓고, 그 언어 질서의 대립적 갈등을 노래의 말 혹은 노래의 삶으로 해답해 보려는 것'이라고 했다. 도회의 표준어는 관계적 언어이고, 남도 소리와 사투리는 대표적인 존재의 언어, 자율의 언어이다(133~42쪽).

- 「존재적 언어와 관계적 언어 사이에서」: i) 관계의 언어가 그 내부의 자율

적 창조성을 도외시하고 획일적인 공리성만을 강조하고 나설 때 그것은 금방 타율적인 지배의 언어질서로 변모한다. 그리고 그 타율적인 지배의 언어질서가 개별적인 삶의 덕목들을 망각할 때 그것은 다시 인간성의 혹독한 파괴질서로 둔갑한다. ii) 다시 말해 이 사람들의 언어질서는 그 삶과 말이 처음부터 하나로 굳게 밀착하여 그 삶의 실체에 대한 굳은 신뢰를 유지함으로써 오히려 그 사실적인 지시성을 뛰어넘어(그러나 그 사실성을 절대로 배반함이 없이 말이 그 삶 자체로서!) 말 자체의 자율적인 질서로서의 자유를 넓게 확보해 나가고 있는 것이다. 그리고 그 말이 자유로와진 만큼 우리의 삶도 그 말과 함께 넓고 자유롭게 해방시켜 나가고 있는 것이다.

10) **화투점**: 「금지곡 시대」에는 마음의 균형을 잡기 위해 화투점을 치던 버릇과 그에 대해서 글을 쓴 경험이 나온다. 거기에 언급된 글이 「여름의 추상」이다(144~49쪽).

- 「금지곡 시대」: 나는 어디선가 내 하루 동안의 마음의 균형을 고르기 위해 어릴적부터 가끔 아침녘으로 그 화투패의 점괘를 떼어보는 남세스런 버릇을 고백한 일이 있다. 뿐더러 나는 거기서 내가 원하는 좋은 점괘가 애초에는 그저 재미있는 놀이나 좋은 음식을 얻어먹는 따위에서 나이를 먹어감에 따라 가슴이 두근거려지는 이성의 문제로, 그리고 다시 재물 등속의 선호 과정을 거쳐 종당에는 주위와 자신의 무탈을 비는 마음의 즐거움으로, 그 소망이 서서히 바뀌어가더라는 고백을 덧붙였던 것으로 기억된다.

11) **울력판**: 인부들이 방죽을 쌓는 울력판에서 산 채로 묻을 아이를 기다리는 일화는 여러 작품에 나온다(155~60쪽).

12) **소리의 무덤**: '남도 사람' 연작에는 소리꾼이 죽어 묻힌 소리의 무덤이 나온다(176쪽).

13) **이름과 쓰임**: 같은 음식 재료도 지역에 따라 이름이나 쓰임이 다를

수 있다. 그런 현상을 두고 어느 쪽이 옳고 그른지를 따질 일은 아니다 (182~86쪽).

- 『인문주의자 무소작 씨의 종생기』: 그런데 지금 여러분이 대처로 나간다 면 그 본바닥 해물들을 이름을 새로 바꿔 외워야 하는 괴로움쯤은 문제도 아닐 겁니다. 그 사람들은 이름을 바꿔 부를 뿐 아니라, 모든 생선은 굽거 나 삶거나 모조리 겉비늘을 다 벗겨내고 속엣것도 깡그리 다 드러내버리 는 것을 옳은 섭생법으로 여기니까요.

14) 죽음의 모습: 이청준은 자신의 삶에 어린 시절 죽은 큰형의 몫까지 실려 있다고 여긴다. 먼저 간 사람의 죽음의 모습이 남은 사람의 삶에서 찾아지기 때문이다. 그의 이런 견해는 「노거목과의 대화」 「가위 밑 그림 의 음화와 양화」 등 여러 작품에서 일관되게 나타난다(212~13쪽).

- 수필 「형의 다락」: 그리고 그 형의 삶은 내가 그의 꿈과 소망과 슬픔들을 변함없는 그리움으로 대신 살아드리기로 다짐한 내 삶 속에 누구보다 절 실한(적어도 나에게는) 여생을 이어가게 된 것이었다. 아니 나는 그 형의 죽음과 부활로 인하여 사람이란 원래가 육신의 죽음만으로 끝나지 않는 또 다른 생명이 있음을 본 것이다.

「젖은 속옷」

| **발표** | 1982년.

| **최초의 단행본 수록** | 『비화밀교』, 나남, 1985.

1. 실증적 정보

- **수필 「자기 부끄러움과 소설질에 대하여」**: 1984년 창작집 『황홀한 실종』의 작가 서문으로, 2000년 창작집에 「젖은 속옷」의 작가 노트 로 수록된다. 이 글에서 이청준은 소설 쓰기가 '젖은 속옷 제 몸 말리

기' 같다고 한다.

「노거목과의 대화」

| **발표** | 『현대문학』 1984년 4월호.

| **최초의 단행본 수록** | 『비화밀교』, 나남, 1985.

1. 실증적 정보

1) 초고: 대학노트에 쓴 육필 초고가 남아 있다.

2) **이전 발표 작품과의 연관성**: 「노거목과의 대화」에는 「여름의 추상」에
나오는 남순 아배의 갯죽엄 일화가 들어 있다(210~13쪽, 267쪽 3~12행).

2. 텍스트의 변모

1) 『현대문학』(1984년 4월호)에서 『비화밀교』(나남, 1985)로

 - 265쪽 7행: 그런데 나무도 → 나무도 실상

 - 268쪽 18행: 노 거목 → 거목

 - 275쪽 10행: 어떤 삶의 순간의 영원한 정지 → 삶의 어떤 순간의 영원한
   정지

 - 278쪽 4행: 나무 → 노거목

 - 279쪽 4행: 아닌게아니라 → 〔삭제〕

 - 282쪽 23행: 생명 → 생성

 - 283쪽 12행: 동시 존재의 두 공간의 세계 → 〔삽입〕

2) 『비화밀교』(나남, 1985)에서 『시간의 문』(열림원, 2000)으로

 - 257쪽 19행: 처참 → 참연

 - 261쪽 18행: 한 예로 → 〔삭제〕

 - 263쪽 4행: 나는 → 그것으로

- 263쪽 22행: 미소진 → 부드러운
- 264쪽 10행: 지혜를 → 지혜의 말을
- 267쪽 17행: 분명하게 보여 주고 있는 셈이기는 하겠지. → 보여주기는 하겠지.
- 269쪽 10행: 그것을 내게 → 해답을
- 270쪽 8행: 이내 나는 그것을 보고 → 그 미라들로 하여
- 270쪽 11행: 죽음의 계속에 처형된 인간의 끔찍스런 모습이었읍니다. → 진행 상태로 형벌된 죽음의 전율스런 모습이었습니다.
- 271쪽 14행: 처참스런 → 끝없는
- 276쪽 9행: 모습이나 실체가 → 모습이
- 277쪽 22행: 오늘 일 → 내 일
- 279쪽 6행: 당신의 → 당신이 아직 말하지 않은
- 288쪽 5행: 간단명료하게 → 내가 알아듣기 쉽도록 분명한 말로
- 291쪽 2행: 먼 바람결 소리처럼 소리가 다시 한번 이명(耳鳴)처럼 귀청을 울려 오고 있었다. → 먼 바람결의 이명(耳鳴)처럼 소리가 다시 한 번 귀청을 울려오고 있었다.

3. 소재 및 주제

1) **신의 모습**: 신의 인격화 현상은 신의 모습을 반만 보여줄 뿐이다. 신을 끝내 반밖에 볼 수 없을 때 우리는 일종의 가위눌림에 빠진다. 「가위 밑 그림의 음화와 양화」에도 신의 인격화 현상과 가위눌림의 관계가 그대로 반복되어 나온다(274쪽, 310~11쪽).

2) **죽음의 모습**: 앞의 「여름의 추상」 주석 참조.

3) **무소착**: 이청준의 소설 『인문주의자 무소작 씨의 종생기』의 무소작은 불교용어 무소착의 변형이다. '부처님은 진염(塵染)에 집착하지 않는다'는 말인 무소착은 일반적으로 어디에도 집착하지 않는 것을 뜻한다

(282쪽 10행).

「가위 밑 그림의 음화와 양화」

| **발표** | 『세계의문학』 1984년 봄호.
| **최초의 단행본 수록** | 『황홀한 실종』, 나남, 1984.

1. 실증적 정보

1) 초고: 대학노트에 쓴 육필 초고가 남아 있다. 초고에는 발표작과 제목이 다른 일화가 두 편 있다.

2) 『가위 밑 그림의 음화와 양화』 연작: 「가위 밑 그림의 음화와 양화」는 같은 표제 '가위 밑 그림의 음화와 양화' 연작의 첫 작품이다. 이 글에는 발표 당시 '머릿그림'이라는 부제가 없었다. '가위 밑 그림의 음화와 양화'가 처음부터 연작 형태였던 것은 아니다. 1990년 단행본 『키 작은 자유인』에서 「전짓불 앞의 방백」 「금지곡 시대」 「잃어버린 절」 「키 작은 자유인」이 더해져 총 다섯 편의 소설이 연작으로 묶인다. '가위 밑 그림의 음화와 양화'는 「여름의 추상」처럼 자전적 이야기로, 사실과 허구의 경계가 모호한 매우 독특한 형식의 글이다.

3) 이전 발표 작품과의 연관성: 앞의 「노거목과의 대화」 주석 참조.

4) 수필 「유년의 산을 다시 탄다」: '영원히 인화될 수 없는 옛 음화의 기억'에 나오는 죽은 아우에 얽힌 고구마와 돌무덤 이야기가 들어 있다 (293~96쪽).

2. 텍스트의 변모

1) 『세계의문학』(1984년 봄호)에서 『황홀한 실종』(나남, 1984)으로
   - 295쪽 19행: 그 이듬해던가, 다음다음 해던가의 → 〔삽입〕

- 306쪽 3행: 없었던 것 같다 → 없었다

- 306쪽 13행: 내관맞이행사 → 내도맞이 행사

- 310쪽 15행: 가장 무서운 → 〔삽입〕

2) 『황홀한 실종』(나남, 1984)에서 『가위 밑 그림의 음화와 양화』(열림원, 1999)로

- 292쪽 17행: 얼굴모습 → 모습

- 298쪽 17행: 환상 → 환영

- 298쪽 22행: 환상 → 환각

- 306쪽 6행: 되어진 적이나 되어지고 있다는 → 된 적이나, 되고 있다는

- 309쪽 12행: 그렇다면 → 〔삭제〕

3. 소재 및 주제

1) 올력판: 앞의 「여름의 추상」 주석 참조(296~300쪽).

2) 외면하지 않기: 아무리 끔찍해도 볼 것은 반드시 보아야 한다. 사실을 정면으로 응시해야 하는 이유는, 보지 않는다고 그런 사실이나 우리의 책임감, 부채의식이 사라지는 것은 아니기 때문이다. '나'와 K가 개의 죽음을 보는 이유는, 「병신과 머저리」에서 형이 노루의 죽음을 보고 말겠다고 결심하는 이유와 같다. 「병신과 머저리」에서 '분명한 살의와 비정이 담긴 그 음향', 노루를 향한 총소리는 「가위 밑 그림의 음화와 양화」에서 누렁이가 지르는 단말마의 비명으로 변주된다(302쪽 23행).

- 「병신과 머저리」: 〈오늘은 그 노루를 보고 말겠다. 피를 토하고 쓰러진 노루를〉.

3) 행사 동원: 이청준에게는 어린 시절 관에서 벌이는 행사에 강제로 동원된 기억이 꽤 강렬했던 것 같다. 『쓰어지지 않은 자서전』에도 그 잊히지 않는 기억을 환기하는 장면이 나온다(304~09쪽).

- 『쓰어지지 않은 자서전』: -그때는 아마 전쟁 초기의 일이었다고 생각됩니

다. 6·25전쟁 말입니다. 그래서 전쟁터로 나가는 장정들의 환송회가 자주 있었지요. 그런 어느 날이었습니다. 그날도 우리는 아침부터 손에 손에 태극기를 들고 장정들을 환송하러 면소에서 읍으로 나가는 찻길까지 10리 길을 걸어갔습니다. [……] 장정들의 차는 결국 그러는 사이에 우리 앞을 멀리 지나가 버렸고, 대열을 다 빠져나간 차들은 앞쪽부터 갑자기 속력을 내어 순식간에 훌쩍 고갯길을 넘어가고 말았어요. 그러자 뒤에 남아 선 우리는 일시에 힘이 죽 빠져나간 느낌이었지요. 그리고 정말로 배가 굉장히 고파오기 시작했어요.

「비화밀교」

| **발표** | 『문학사상』 1985년 2월호.
| **최초의 단행본 수록** | 『비화밀교』, 나남, 1985.

1. 실증적 정보

1) 초고: 대학노트에 쓴 육필 초고가 남아 있다.

2) 수필 「자신을 씻겨온 소설질」: 이청준은 이 글에서 폭력적인 시대와 사회 상황을 어떤 식으로든 소설로 감당해보고자 한 소설가로서의 어려움을 말한다. 그는 그런 '시대고(時代苦)의 과제'를 다룬 작품으로 「소문의 벽」 『당신들의 천국』 「시간의 문」 「비화밀교」 등을 들고 있다.

- 「자신을 씻겨온 소설질」: 내 동시대 작가들도 다 마찬가지이겠지만, 내가 소설을 써온 것은 저 1960년의 4·19학생혁명으로부터 5·16군사 쿠데타, 10월유신, 10·26과 12·12정변, 5·17광주항쟁과 6·29선언을 거쳐 이후의 민선정부에 이르기까지 줄곧 극심한 정치, 사회의 격변기였다. 그것도 알다시피 개인과 사회의 퇴행을 초래한 폭력과 어둠의 세월이 대부분이었다. 그 위에 내 의식 속에는 소년기에 겪었던 6·25의 기억이 늘 답답한

가위눌림 같은 어둠 자국으로 자리해 있었다. 그런 기억과 체험의 과정 속에 우리 누구의 삶도 스스로 부끄러운 죄의식과 무력감에서 자유로울 수 없었겠지만, 나 또한 글쟁이로서 그 짐을 감당해나갈 길을 쉽게 찾기가 어려웠음이 물론이다.

2) 수필 「작품의 기명 행위에 대해」: 「비화밀교」에서 조승호는 소설가인 '나'의 동향 선배이자 초등학교 스승이기도 하다. 수필 「작품의 기명 행위에 대해」를 보면, 조승호가 겪은 일본인 교장에 대한 항의 시위는 이청준의 초등학교 스승이 실제로 겪은 일이다(370~71쪽).

　- 「작품의 기명 행위에 대해」: 일제 말기 그 학교 재학생이었던 초등학교 적 담임 선생님의 회고담에 따르면 이런 식이었다./그 무렵 그 학교 교장은 거의 매일 조회 행사 때마다 전교생 앞에서 이른바 '내선일체(內鮮一體) 교육'을 위한 훈화를 일삼았다. 학생들은 물론 자존심이 상하고 지겨워했지만 불만을 털어놓거나 대항할 방법을 찾을 수 없었다. 그러던 어느 날 다시 교장의 일방적인 훈화가 시작됐을 때, 학생들의 대열 가운데에 어디선지 '우웅—'하는 입속 외침 소리가 들려왔고, 그걸 신호로 그 입속 콧소리가 사방으로 번져나가 종당엔 대열 전체가 커다란 함성 덩어리로 변하였다. 당황한 교장은 훈화를 멈출 수밖에 없었고, 단 아래 선생님들은 대열로 뛰어들어 그 불온한 소리의 확산을 막으려 쫓아다녔지만, 선생들이 자기 곁을 지나갈 때만 잠시 묵연해 있을 뿐 소리의 물결은 계속 이곳저곳 번져 옮겨 다녔고, 그 바람에 선생들은 아무 소득 없이 그 소리의 늪 속을 허우적대는 꼴이었다.

2. 텍스트의 변모

1) 『문학사상』(1985년 2월호)에서 『비화밀교』(나남, 1985)로

　- 313쪽 4행: 하긴 J읍은 이 한반도의 최남단 고을인 데다 「남녘」은 자리를 옮겨다닐 영업소가 아니므로. → 〔삭제〕

- 318쪽 23행: 끝내는 → 그래
- 319쪽 22행: 엄숙한 → 〔삭제〕
- 324쪽 1행: 그것도 자네가 → 자네도
- 324쪽 20행: 비밀집회장 → 비밀협회장
- 324쪽 21행: 신입시험 행을 → 신입 심사를 받으러
- 326쪽 8행: 자랑 → 과장
- 330쪽 2행: 그러나 그때 사람들은 뭔가 아직 기다리고 있는 것이 분명해 보였다. → 〔삭제〕
- 347쪽 9행: 사실은 그것은 아니었다. → 〔삭제〕
- 356쪽 16행: 그리고는 무슨 기원이라도 외우듯 눈을 감고 잠시 기다렸다 가는 → 그리고는 잠시 눈을 감고 기다렸다.
- 360쪽 3행: 어림 → 여담
- 361쪽 7행: 「선생님의 말씀에서 얻은 짐작으론 아마 한 사람이 계속해서 그 일을 맡아 나가는 건 아닌 듯싶어 뵙니다만, 그게 해마다 한 사람으로 정해져 있는 일이 아니라면 그걸 새로 바꿔 이을 사람은 누가 어떻게 정하는 겁니까.」/이번에는 내쪽에서 정오간에 해답을 내놓지 못한 물음이었다. 그것은 이날밤에 두고두고 궁금증을 풀어낼 수가 없었던 물음이었다. 조선생은 이번에도 대답에 인색해하는 기미가 없었다./「종화주가 해마다 바뀌는 것은 자네가 이미 짐작한 대롤세. 하지만 그걸 새로 바꿔 잇는 사람은 누가 어떻게 정해주는 게 아닐세. 되고 싶은 사람이 있으면 제물에 나서 되는 거지. 거기에 무슨 자격이나 조건 같은 것이 있는 것도 아니고…」/조선생은 마치 이날 밤 일을 내게 경험시켜준 것을 계기삼아 그가 알고 있는 모든 것을 일러줄 결심을 한 사람처럼, 그리고 이제는 그럴 때가 왔다고 생각한 사람처럼, 나의 물음 하나하나에 충분한 설명을 덧붙여 오고 있었다./하다 보니 그곳은 이미 그날 밤 일의 중간결산장 같은 자리가 되어가고 있었다./「되고 싶은 사람이면 누구나 될 수 있는 일이라구

요…… 그러나 거기에도 절차 방법은 있어야 할 거 아닙니까.」/나는 끊임없이 질문을 이어대고 조선생은 거기에 응답을 맡아갔다./「방법이 있다면 횃불을 가장 나중까지 지녔다 던지는 사람이겠지. 오늘 밤 가장 늦게 횃불을 던지는 사람이 불씨를 간직해가게 되어 있으니까.」→ "아까 말씀으론 장화대에 가장 나중에 횃불을 던지는 사람이 다음 해의 종화주가 된다고 하셨지만, 거기에도 어떤 자격이나 절차 같은 건 있을 것 아닙니까?"/ "아까도 말했지만 종화주가 되는 데에 무슨 특별한 자격이나 절차같은 것은 없네, 되고 싶은 사람이 있으면 누구나 제물에 나서서 되는 거지, 굳이 어떤 절차가 있다면 맨 나중까지 횃불을 지켜 기다리는 것뿐. 하니까 오늘밤을 맨나중까지 횃불을 지키는 사람이 올해의 종화주가 되는 것이지."/조선생은 이번에도 대답에 인색해하는 기미가 없었다./그는 마치 이날 밤 일을 내게 경험시켜준 것을 계기삼아 그가 알고 있는 모든 것을 일러줄 결심을 한 사람처럼, 그리고 이제는 그럴 때가 왔다고 생각한 사람처럼, 나의 물음 하나하나에 충분한 설명을 덧붙여 오고 있었다./하다 보니 그곳은 이제 이날 밤 일의 중간결산장 같은 자리가 되어가고 있었다. 그만큼 나는 질문을 끊임없이 이어대고 조선생은 거기에 응답을 맡아갔다.

- 376쪽 10행: 연기를 뿜고 있었다. → 세찬 화염을 뿜어대고 있었다.
- 378쪽 7행: 두개의 바퀴로 움직여나아가는 것이란 말일세. → 양력과 음력 두개의 바퀴로 함께 움직여 나가는 것이 실상이란 말일세.
- 382쪽 3행: 상실 → 소멸
- 382쪽 11행: 도대체가 그럴 기분이 아니었다. → 뭔지 아직도 가슴 속에 미심쩍게 꿈틀대고 있는 것이 도대체가 그럴 기분이 아니었다.
- 382쪽 20행: 그는 아직도 남아 있는 이야기가 있었던 모양이었다. → 조선생도 어쩌면 나로부터 아직 완전한 승복을 얻어내지 못한 느낌이었는지 모른다.

- 392쪽 19행: 그런데 듣고 보니 그게 바로 나의 소설이야기였다. → 그런데 그것은 말할 것도 없이 바로 나의 소설 이야기였다.

- 399쪽 1행: 〈덧 붙임〉 → 〈붙임〉

2) 『비화밀교』(나남, 1985)에서 『벌레 이야기』(열림원, 2002)로

* 갈대 → 억새

- 313쪽 16행: 그 사람인 것이다. → 인물.

- 321쪽 21행: 우리들 → 두 사람

- 322쪽 7행: 빌미 → 계기

- 331쪽 2행: "그러면 누가 불씨를 가져와야 그 불놀이가 시작되는 겁니까?"/"그것도 자네가 짐작한 대로네. 우리는 그 사람을 종화주(種火主)라고 하는데, 종화주는 전년의 행사에 쓴 불씨를 일년 동안 살려 간직해 오다가 그 불씨를 오늘 다시 이곳으로 가지고 오는 거라네. 오늘 밤 불놀이는 종화주가 그 불씨와 함께 이곳에 당도하는 것으로부터 시작되는 걸세." → 〔삭제〕

- 333쪽 3행: 벌판 → 분지

- 343쪽 18행: 고백하고 있었다. → 숨기려 하지 않았다.

- 348쪽 18행: 음세 → 기세

- 371쪽 3행, 4행: 한국인 → 조선인

- 387쪽 11행: 노출 → 누출

- 395쪽 1행: 조선생의 그 가열한 정신주의…… → 그의 오랜 신념과 가열한 정신주의……

3. 인물형

- 정훈: 정훈은 청준의 변형이다. 이청준이 소설로 쓴 소설론이라 할 수 있는 「지배와 해방」에 나오는 소설가의 이름도 정훈이다.

4. 소재 및 주제

1) 용서: 용서는 한과 밀접한 관계를 가진 말이다. 「다시 태어나는 말」
은 '남도 사람' 연작과 '언어사회학 서설' 연작의 공동 완결 작품인데, 용
서가 바로 다시 태어나는 말이다(366쪽 10행, 367쪽 3행).

2) 음지의 역사: 조승호가 말하는 음력의 세계는 다른 말로 하면 음지
의 세계, 음화의 세계라 할 수 있다. 수필 「음화의 역사」에 따르면, 야사
(野史)는 눈에 보이는 현상 세계의 역사인 정사(正史)의 음화다. 『춤추
는 사제』는 공동체의 꿈과 희망을 품고 숨어 흐르는 음지의 역사, 음력의
세계를 다룬 글이다(378쪽 2행).

　－『춤추는 사제』: 기록과 유적들로 보존된 역사가 양지의 역사라면 전설과
　　민담의 그것은 음지의 역사일 수 있었다.

3) 아기장수 설화: 양력의 세계를 정사가 전한다면, 음력의 세계는 전
설과 민담이 전한다. 이청준은 이 설화를 재해석한 「아기장수의 꿈」을 썼
다. 비극적인 아기장수 설화는 이청준의 여러 작품에서 중요한 역할을 한
다. 『신화를 삼킨 섬』에서는 프롤로그와 에필로그를 담당하면서 작품 전
체를 요약하고, 『춤추는 사제』 「지관의 소」에도 나온다(390쪽 14행, 400
쪽 1행).

4) 불빛 행렬: 공동체의 숨은 의지가 하나로 모인 상징적인 횃불 행렬
은 『제3의 현장』에도 나온다(398쪽 15행).

　－『제3의 현장』: 그런데 그 전도사의 기다림은 결국 헛된 것이 아님이 드러
　　난다. 동편 하늘이 훤히 밝아올 무렵, 밤새 제자리에서 어둠을 지켜오던
　　마을의 불빛들이 드디어 심상찮은 움직임의 기미를 보이기 시작한다. 불
　　빛들이 하나하나 언덕 쪽을 향하여 이동을 시작한다. 그리고 작은 물줄기
　　들이 서서히 강물을 이루어 흐르듯 어느새 길고 거대한 불빛의 흐름으로
　　변하여 그 언덕 위의 예배당을 향해 우렁찬 행진을 시작해오고 있었다.